三島由紀夫研究

長谷川泉
森安理文
遠藤祐
小川和佑
共編

右文書院

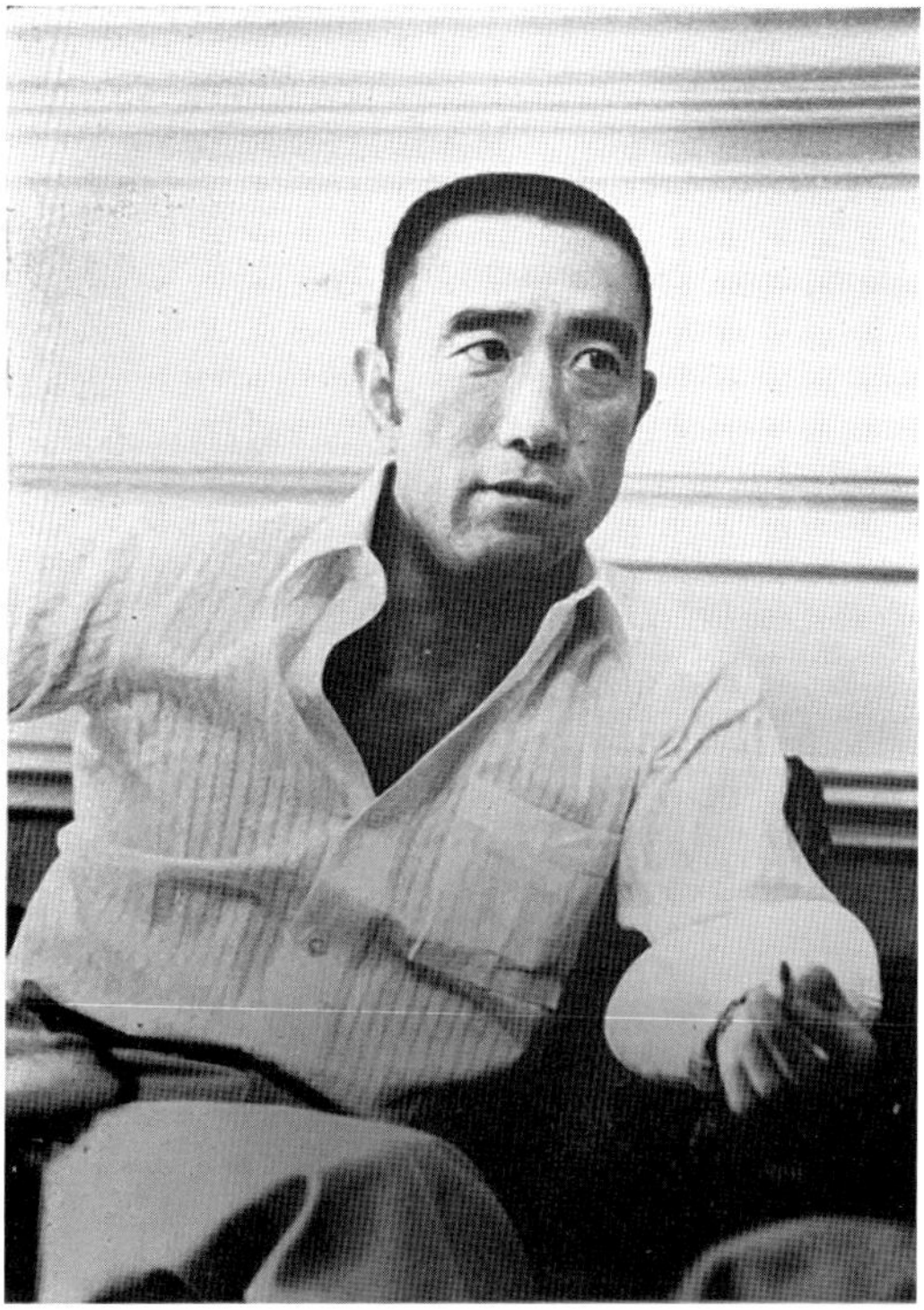

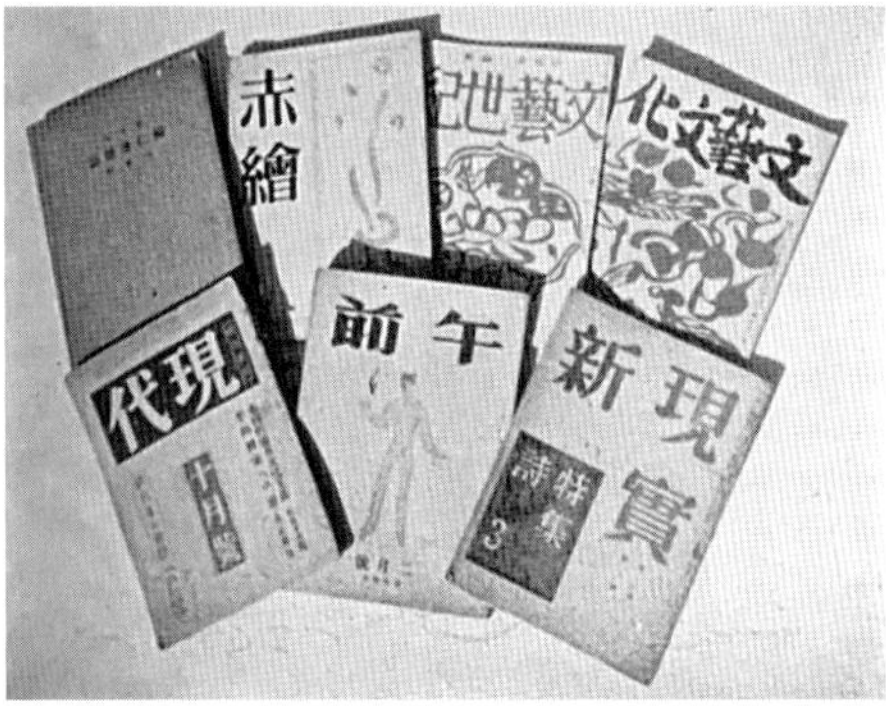

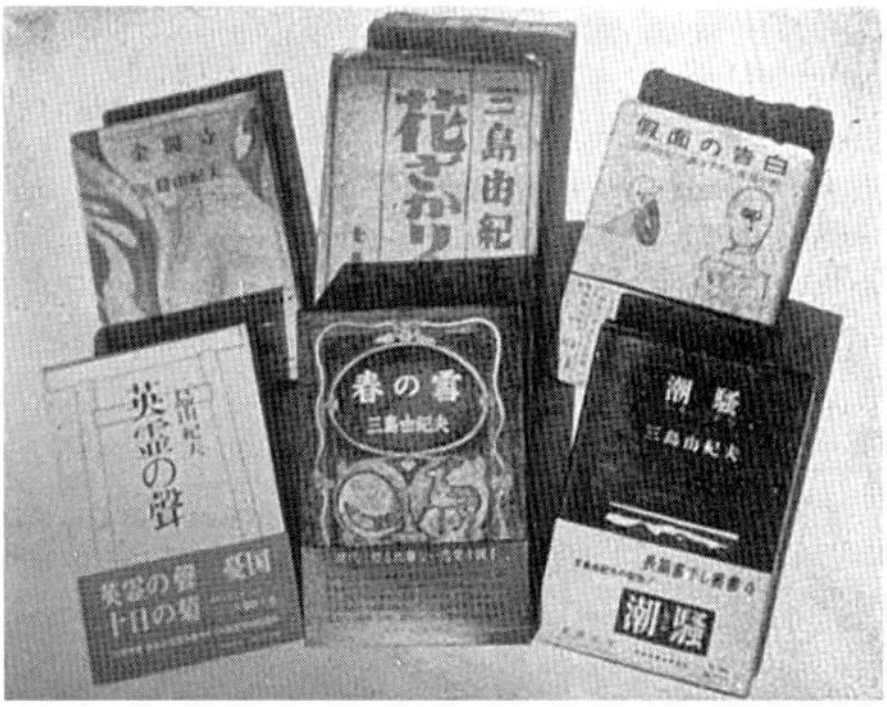

▲上　初期発表関係雑誌

▲中　主要単行本（初版）

◀下　三島由紀夫邸

序

三島由紀夫は、決して一箇所に停滞していない作家である。学習院時代に習作を発表していた文学的萌芽の時代から、世界的作家の位置を占めつつある今日にいたるまで、その点は変わっていない。むしろ、ますます文学的模索と彷徨の地平線は拡大されるばかりである。

作家が独自の創作理論を持ち、おのれの文学様式について、はっきりした定見を持っている場合と、然らざる場合とがある。前者の場合には、作家みずからが、文学の秘法を語って、おのれの文学の創作の楽屋を公開することがある。読者の享受にゆだねられて、無限の可能性を秘めた作品の生命を、みずから限局し、時にはみずから扼殺する危険をもはらむことを意に介しない。三島由紀夫の場合は、まさしくそのような例にあてはまる。これは、作家に自信がなくてはかなわぬ作業である。

このような作家を研究したり、論議したりする場合には、作家自身の創作理論や、自作自解の類に頼りがちである。三島由紀夫を論ずる場合にも、多くの論者が三島自身の発言に牽引されがちである。三島を論ずる場合に、そのことは論者に一種の安定感を与えるにちがいない。だが、そのことにあまりによりかかることの危険をも考えざるをえない。

なぜならば、三島にとっては、一つ一つの作品は、三島自身の文学的姿勢と文学理論、それを青眼の構えとでも呼ぶならば、青眼の構えから対象を切った成果であるにはちがいないが、作品が成った瞬間には、もはや抜け殻になってしまっているからである。実体が脱皮して残していった抜け殻には、実体そのものは存しない。実体は、変貌の姿相をとって、もはや天高く飛翔し去ってしまっている。抜け殻をつかまえて、実体だと誤判されては、作家もやりきれないだろうし、またそのことは評者にとっては名誉なことではない。

作家の発展史を論ずるならば、話は別である。考古学的な研究ならば、それはそれなりに立派な意味を持つ、考古学に対する考現学ということばに、新しい生命と意義を持たせて考えるならば、作家対批評家の場合には、考現学どころか、未来学の意味も必要であろう。歴史的時間を刻んで、この世のなかに新しい価値を担った創造が附加されてゆく作家に対する場合には、すくなくも作家の歩む軌跡への先取りの洞察と明敏がなければならないだろう。三島由紀夫に対する場合には、その明敏が要請されることと大である。

ところが、三島の場合は、そのことが必ずしも容易ではない。その理由は、三島由紀夫という作家それ自体の内面構造の裡にある。三島様式の模索と実験は、時々刻々に、間断なく、次元を異にしておこなわれている。三島様式は、閉鎖的な、狭小な文学観では理解しがたい。

三島の場合には、理論に基づいて作品が形成される。あるいは、実作の形成過程が、作家みずからによって解析される。だから、これほど明晰に、読者の前に作品が投げ出される場合はありえない。しかもなお、作品は読者の前に、常に不可知の扉を存在させている。その扉は、容易に開くことが可能なように見える。何らの呪文を要することなく、そのことは可能なように見える。だが、その呪文は、三島美学に親炙してはじめて平易なものとなる。平易でありながら、平易でない秘密がそこにある。三島美学と、三島文学の持つ魅力はそこにある。

本書は、最近ますます活躍の場を拡げている三島文学の秘奥を窺うべく、多面的な論考と、複眼的な論究をもって編まれたものである。

一部分に、既発表の旧稿を採録したものもあるが、そのほとんどが新しい今日の時点における問題意識を踏まえて改稿されたことは、編者にとってはありがたいことであった。書きおろしの新稿を中心にし、かつ最近とくに注目を惹いている海外からの三島観を加えて編集したのは、世界的視圏の裡で三島文学が注目されているからである。

近作の「豊饒の海」をはじめ、三島文学の今後は、さらに新しい理論と新しい様式の模索をくりかえしてゆくことであろう。その場合に、本書は文学的人間像三島由紀夫と三島文学を理解し享受するための欠かせない道標となってゆくことを念じたい。

最後に、本書の作成にあたっては、直接実務の煩をとってくれた高野良知氏をはじめ、写真など資料の提供をしてくれた山口基氏らに対し謝意を表する。

昭和四十五年六月

編　者　記

三島由紀夫研究　目　次

三　作品論

一　三島由紀夫の世界

ミネルヴァとマルス

長谷川　泉

作家のなかには、幼いときに印された精神の瘢痕を、長じてもなお残存しているものと、瘢痕の遺残を払拭し、新しい形成をくりかえしくりかえしてゆくものとがある。三島由紀夫の場合には、いったいその点はどのようになるのであろうか。このことは、文学的人間像の形成の過程で、変貌の多い作家と、変貌のすくない作家という区別にもつながるものであろう。川端康成のように、孤児の感情にまつわる恩愛に薫染する心が、幼少期から長ずるに及ぶまで尾を引いてゆるがない作家もある。その特異な環境と、人間形成の過程とが密着して、はりめぐらされた精緻な脈管を形づくっているのが川端文学であるとすれば、川端康成の場合には変貌のすくない作家であるということができる。

その点で、三島由紀夫の場合はどのようになるのであろうか。まずその点の検出から始めることにしよう。三島由紀夫の文学的稟質の発現は、比較的早かったということができる。学習院の「輔仁会雑誌」一六〇号（昭和二二・一二）に載っている中学一年時代の「谺」という詩を次に引用してみよう。この詩は「あき」「寂秋」「斜陽」「晝寢」といっしょに発表された詩群のなかの一作である。付記にあるように、昭和十二年十月の作である。

谺

此の洞穴《ほらあな》は（地獄への道）
だと、人は謂ふ。
細く暗く穿たれた悪魔の口の様な中へ
入つて行つた人は一人もない。

それは、永遠の謎と神秘を守る洞穴だ。

併し私は其のかたくなな洞穴の前に立ち、
優しい愛の言葉を投げ掛けてやつた。
ところが、歸つてきた谺は、
私の今の聲ではなく、
幾年か前の初々しい聲だ。

意外にも其の地獄への洞穴とは、
希望と、更生の洞穴であつた。

昭和十二年十月

中学一年生という時点での詩作品であるということに注目しておこう。川端康成の「十六歳の日記」が「真率な自伝」としてすぐれた処女作としての地位を得ているのに比較しても、それよりも、もっと若年のときの作品であることに注目しておこう。

「冴」というこの詩は、中学一年生の作品としては、将来の絢爛たる才華を予測させるほどの光芒を放っているとはいえないかもしれない。しかし、驚くほどよく整った詩である。表現上の均斉のよくとれた詩である。表現上の機智を秘めた詩である。「洞穴」を「地獄への道」だとする通俗に反逆する詩人の精神が定着されている。「洞穴」に「永遠の謎と神秘」を密着する心象は、奇異なものではない。しかしその「洞穴」にいどむのに「優しい愛の言葉」をもって、恐るべき「地獄への洞穴」を「希望と、更生の洞穴」たらしめる明るい転換が、この詩を支えている形而上学であり、この詩の暗明を分ける点である。三島文学のなかにひそむ健康な要素は、この詩のなかにすでにかいまみることができる。現在にいたるまで、三島美学と三島文学の様式は、きわめて多彩である印象を与え、かつまた巧緻である印象を与える。しかしながら、その内実は思いのほか、直線的であり、すなおであり、かつ健康である。このことのきざしは、すでにこの「冴」という詩のなかに発芽をみることができる。

ところで、いま一つの例をとりあげておこう。「輔仁会雑誌」一六七号（昭和一六・一一）に載った「抒情詩抄」の詩群のあとがきのような形で組み込まれている、自作自註のことばを次に引くのがそれである。

茲にとり集めし六篇のつたなき歌すべて佛蘭西庭園のみやびに倣ひ古くは「さつぽお」のことの葉による希臘の榮花、またこの邦の古今の集《しふ》にうたはれし相聞《つまごひ》をまねびてわがざれ歌の苑生《そのふ》つくらむとのおこのわざなり又馬なる一篇はそぞろうかみ上《あが》る幻をせかむすべなくわが身かへりみず寫し出でし破韻のうたなればまづしき花がたみのそこばくの景物たらむとの志のみ。みづから嗤ふすべなきわが詩《うた》のわざによむ人ねがはくは一ひらのあはれみをたびたまへと云爾。

「抒情詩抄」は「小曲抜萃」の五詩と「風の抑揚」「附、馬とその序曲」の詩群からなるものである。このあとがきに述べられている雅文体の含羞の文字は、表面上は含羞の文字ではあっても、その内実は自信に満ちたことばの表面張力でふくれている。そして、興味を惹かれることは、三島由紀夫という若い文学魂を培った文学精神の内面構造がここにみずから解析されていることである。すなわち「『さつぽお』のことの葉による希臘の栄花」と「この邦の古今の集にうたはれし相聞」という、古今東西の典型は、文学少年三島の血肉としてすでに採り得るものは貪婪に摂取されている姿をかいまみることができる。

文学の世界は、旧い審美を過去の墓標とする創造の精神に支えられて成立する。しかしながら、芸術に関与する世界は、自然科学などとは違って、掘り起こされた過去の地盤のうえに、新しいものが、常に過去を斥けて文学的真実を誇示するということのない世界である。すぐれたるもの、卓越したるものは、必然的に過去を踏まえて新しいものと無条件に握手するものではない。ゆえに、卓越した古典への讃仰は、古典という名において不滅の生命を持続する要素に支えられて、不死鳥のように現代に甦生し、再現されるものと濃密な関連を持つ。

三島由紀夫が現在書き継いでいる四部作『豊饒の海』を見るがよい。自作自解における「『豊饒の海』は『浜松中納言物語』を典拠とした夢と転生の物語」ということばに注目しなければならない。古典としての『浜松中納言物語』は夢告と転生を、筋だての重要な契機として、読者の心をおき去りにしている欠陥を持つことが指摘されている。三島由紀夫が『浜松中納言物語』という古典において許された夢告を、すでに発表されている『春の雪』『奔馬』『暁の寺』において、どのように近代的な小説に再生・転化させる構想力を発揮し得たかということが、これから発表される『豊饒の海』第四巻を含めての、三島文学開扉の鍵ともなるであろう。夢告と転生ということは、現代の世界においては、どちらかといえば、甦りにくい性格を持つ。それは『近代能楽集』において、能楽の様式を近代的素材によって血肉化した作業よりも、はるかに困難な道程を持っていると考えられる。しかもなお、三島由紀夫がその困難な途をみずから選定して、近代作品としての大作、しかもみずからはっきりと『浜松中納言物語』を典拠とすることを明言して構成し、事実その通りの構想を着々と実現に移していることは、驚嘆に値することである。しかも『浜松中納言物語』には、今は佚亡した首巻があるわけであるが『春の雪』のあざやかさはこの佚亡首巻をもっとも巧に現代に生かした感がある。夢告と転生は『春の雪』において、もっとも完璧に現代化されているように思われる。『奔馬』以下においての結構は、まだ発表されていない第四巻の発表をまってその功罪があげつらわれなければならないだろうが、夢告と転生に関する限りは、上述の感を拭いえない。森鷗外が、山椒大夫や、魚玄機や、寒山拾得や、高瀬舟の罪人を素材として、現代意識を盛った歴史小説を構成し、あるいは芥川龍之介が『今昔物語』や『宇治拾遺物語』や南蛮物の素材をもって「太古緬邈の世」に取材したことの利点を最大限に発揮したようなこととの比較においては、三島由紀夫のほうが、はるかに難しい問題にいどんだということができる。死滅した古典ということばは矛盾をはらんでおかしいとしても、そのままの形では現代に甦ることの難しい古典から、採り得るものは貪婪に摂取する三島由紀夫の文学的姿勢が、すでに「抒情詩抄」のあとがきに顕示されていることを書きたかったから、やや迂路に踏み入ったのである。この「抒情詩抄」のあとがきは、ただ単に「詩を書く少年」の才華への自負や矜持の秘密をのぞき見する意味にのみ瞥見されてはならない。むしろ次のようなことばと重ね合わせてみることに、その意義を見出すべきものだと思う。

　次のようなことばとは、三島の自己凝視と、あえて自作の生命と、全作品の系譜を扼殺してもいとわぬ自己暴露との奇妙な混合から成り立っている『自己改造の試み』のなかの文章である。作家が自作自解を嫌ったり、作品の縁起の類を公にすることを好まない心象はよくわかる。あえてそれをなすことは、読者の前に投げ出された作品が、いちじるしく誤解を招く危険を恐れるか、ないしはいかなる批判の前にもたじろぐことを知らない絶対的な自信に支えられている場合に限られるであろう。三島由紀夫が、みずからいう読者への「もてなし」は、三島の場合、多いほうである。この場合の『自己改造の試み』の、読者に与える「もてなし」は、前述の後者の場合によって支えられている。

　三島由紀夫は、昭和三十一年に発表されたこの論文のなかで、自己の作品系譜のなかから九つの作品の典型的文体を選んだ。すなわち（一）『彩絵硝子』（一九四〇年）（二）『みのもの月』（一九四二年）（三）『中世』（一九四五年）（四）『盗賊』（一九四八年）（五）『日曜日』（一九五〇年）（六）『青の時代』（一九五〇年）（七）『禁色』（一九五三年）（八）『沈める滝』（一九五五年）（九）『金閣寺』（一九五六年）の九作品がそれであり、それぞれの作品をもっともよく具現するとみられる代表的文体の凝縮された部分が抽出されているのである。この作品系譜について、三島由紀夫の自作自解は、読者に対する親切そのものであるが、さらに親切そのものであることは、抽出されたこの作品系譜から除外された『仮面の告白』『愛の渇き』『潮騒』について、それなりの理由が自註されていることである。すなわち『仮面の告白』は、それまでの三島文体の集大成であること、『愛の渇き』はモオリヤックの一時的な影響下に生まれたものであること、『潮騒』は強引、かつ人工的に、単純で古典的な、造られた文体であることで、特例に属する文体であるからとされている。以上の論は、もちろん文体に執しての発言である。ゆえに、三島文学の系譜のなかで文体としていかに過去の集大成であり、かつごった煮であろうとも、作品そのものの価値として大きな評価を与えるかどうかということは、おのずから別の問題である。また『潮騒』が強引に作られた古典的文体であろうと、この文体が、意図された主題をすぐれた様式美との調和的均斉の裡に表現し得たならば、人工的であろうと、単純であろうと、作品そのものの価値として大きな評価を与えることをさまたげるものではない。

問題の焦点にかえって、三島由紀夫が、いかに他の影響を蒙っているかということを、文体の一覧表に即して、みずから検証し告白した結果は、次のように説明されている。『彩絵硝子』は「新感覚派、ポオル・モオラン、堀辰雄、ラディゲの『ドニイズ』など。」である。『みのもの月』は「日本古典、および堀辰雄によるその現代語訳。」である。『中世』は「日夏耿之介、およびヨーロッパ頽唐派文学の翻訳。」である。『盗賊』は「ラディゲの『ドルジェル伯の舞踏会』。」である。『日曜日』は「はっきりと（！）森鷗外。」である。『青の時代』は「スタンダールの翻訳。」である。『禁色』は「スタンダールに鷗外風な荘重さを加味したもの。」である。『沈める滝』は「スタンダール、プラス鷗外。」である。『金閣寺』

は「鷗外プラス、トオマス・マン。」である。

三島由紀夫が「輔仁会雑誌」に発表した小説は、昭和十三年の『酸模』や『座禅物語』に始まり『彩絵硝子』は昭和十五年に発表された作品である。新感覚派は大正十三年十月創刊された「文芸時代」を拠点として、ポール・モーランをはじめ前衛芸術の世界的な浸透の動向を背景としている。この淵源は、はるかに遡って、明治四十二年五月号の「スバル」に鷗外がいち早く紹介したマリネッチイの「未来主義の宣言十一箇条」に求められる。新感覚派は、比較的短命で腐蝕してしまったといわれるが、その影響力の強さは、無視することのできないものを持っており、いわゆる文壇の新感覚派時代にもっとも才能的に華かな存在として映り、作品の実験においても尖鋭な作品群を生み出した横光利一や中河与一の新感覚派的飾画が早く剝落して、横光や中河の顫動する神経の座標からは一歩後退していた川端康成や、次の世代で西欧的手法を手に入れた堀辰雄らの手法が比較的長く影響力を持ったことは注目されてよい。『彩絵硝子』の昭和十五年（一九四〇）は、もはや文壇的、かつ文学史的意味での新感覚派は、とうに腐蝕して、過去の審美となりおおせていたであろう。しかもなお、三島由紀夫が新感覚派、ポール・モーラン、堀辰雄、レーモン・ラディゲという、感性的であるよりは、どちらかといえば感覚の論理に傾く系譜に比較的初期の文学的出発をゆだねていたことは、三島文学の河床としては無視することのできないものである。しかし、三島由紀夫自身が、この文体の系譜のなかでは『みのもの月』をもって典型として抽出し、『彩絵硝子』と『みのもの月』との間に位置する『花ざかりの森』を消去しているにしても、西欧的な発想に基づく新感覚派の河床と日本の古典の沈着するものを、水面下に埋没していても基盤としていることは疑いをいれない。そして瀟洒と頽唐と夭折と新奇と明晰と荘重と格調と、その時々の傾斜は万華鏡のようにきらびやかに、めくるめく実験をくりかえしながらも、それぞれの時点での傾斜された諸要素を止揚の一因子として残存させてきていることは興味深い。

その点においては、三島由紀夫は志賀直哉など、一貫した文体をもって終始する作家ではない。貪欲に、内外の古典を摂取し、未来をも先取りする貪婪な眼をもった作家である。「作家にとつての文体は、作家のザインを現はすものではなく、常にゾルレンを現はすものだといふ考へが、終始一貫私の頭を離れない。」ということばは、文体に執していえばその通りであるが、実は文体の問題を越えて、三島由紀夫という文学精神の柔軟な海綿構造を顕示することばと理解して誤りないものである。

「輔仁会雑誌」一六五号（昭和一五・三）に載った「小曲集」の詩群のなかに「倦怠」の詩がある。若い文学魂が、現実と、表現の世界との格闘の裡に小さな胸を痛めている心象があらわである。昭和十五年という時点では、十五歳という若い創作主作の主体性はまだ十分な充実を期待するほうが無理である。だから、素材と形成の冒険的な機微の前におののく姿勢が素直にうたい出されている。さまざまな模索は、そこから始められた。貪婪な眼ほど、摂取するものは多い。

倦怠

すり硝子の窓は薄情だつた
しかしそいつを明けてみても
戸外《おもて》は固定された舞台だつた
小さなわたしの立脚点。

——一五・一・二八

「倦怠」は「わたしの立脚点」が「小さ」いことの自覚からかもし出されざるを得ないが、この「倦怠」なくして、模索も、彷徨も、遍歴も、意図的なすべては放棄されてしまうであろう。昭和三十一年という時点で、新感覚派から森鷗外プラス、トーマス・マンまでの文体遍歴を口にし、文体遍歴を口にすることは、すなわち三島文学様式が「小さなわたしの立脚点」から出発したにしても、「わたしの立脚点」が「小さ」いことを意識することからの、水流にしつらえられた筌《うえ》である。筌は、古今東西の古典を捕える。素材であれ、文体であれ、様式であれ、利用できるものは、すべて捕える。その捕えかたは「常にゾルレンを現はすもの」としての捕えかたである。筌のなかに捕獲された古典は「ザイン」に過ぎなかろう。『豊饒の海』における下敷として宣言されている『浜松中納言物語』が、王朝の古典としてはその高い評価を与えられるとは限らない作品であるごとく。だが、三島由紀夫は『浜松中納言物語』に「ゾルレンを現はすもの」を見て、三島様式のなかに再生した。それが『豊饒の海』である。

『豊饒の海』の成る契機は、三島由紀夫が『浜松中納言物語』を収めた『日本古典文学大系』の「月報」（昭和三九・五）に「夢と人生」を書いて、「一見荒唐無稽」な『浜松中納言物語』が「確乎不動の現実と自足することのできない時代に生きてゐることを、自ら発見してゐる」ことに、この作品の価値を認めているところに発する。「もし夢が現実に先行するものならば、われわれが現実と呼ぶもののはうが不確実であり、恒久不変の現実といふものが存在しないならば、転成のはうが自然である、といつた考へ方で貫かれてゐる。」と解釈するときに、作家の創作の情熱が火花をあげて、触発するものがあったのである。

三島由紀夫は三好行雄との対談「三島文学の背景」（「国文学」昭和四五・五臨時増刊）のなかで、過去の作品はとかげのしっぽのようなもので、しかも落ちて化石になったようなものだから、そのことを話すのは、興味を持たないことを述べている。自己の過去の作品に対する嫌悪感を語っている作家は、三島由紀夫だけに限らない。しかし、三島由紀夫が語っているとかげのしっぽの化石の議論は、それとはいささか趣きを異にする。問題を先取りし、論理の夢をかけた作品を構築してゆく作家にとっては、観念の住み古した家には関心が薄いのは当然であろう。それでは、そのことを、三島由紀夫が彷徨と模索と遍歴のなかで親炙した古典との関係はどうなるか、という問題が提起されることになる。古典は、まさしく、三島由紀夫の意図する三島様式を構築すべき観念の柱一本であっても、それを満足させる場合に拾いあげられるものである。堀辰雄が拾われ、『浜松中納言物語』の夢告と転生が現代に甦るのは、この意味においてである。森鷗外の明徹な文体が摸されるのは、まさしくこのためである。

「輔仁会雑誌」や「文芸文化」や「赤絵」における文学的出発の最初から、三島由紀夫の、このような文学的青春彷徨は、一種の悲劇的パトスとして孤独なあなぐらのなかでの観念の積木細工をくりかえしていた。詩も書く少年としての感情の装飾も、その孤独のあなぐらを彩った。文学的人間像の形成にとって、自己の主体性が明確に確立されない以前における家庭環境の絶大な暴力をわれわれはそこに見る。昔の家族制度が崩壊しない家庭という血縁的小社会においては、現在の教育ママなどとは違った意味での庭訓が、個性のうえにのしかかっていた。そのような庭訓が、いかに作家の人間形成と、その作物に影響力を持つかということの二つの相反する典型的な事例を、われわれは森鷗外と夏目漱石のうえに見ることができる。三島由紀夫の場合においても、そのことを無視しては、虚弱な文学少年の文学的故郷を語ることはできない。鷗外が、ドイツ留学によって、森家の残滓を洗い落とすなど、過去のしっぽをどれほど脱落させて、新しいしっぽをつけ加えつけ加えして帰ろうと、やはり「ここは日本だ。」という感慨につながるもの、そして『忘想』の翁をして回顧させたような心境を脱することができなかったように。そしてまた漱石が虐げられ、心底から可愛がられることのなかった実家や養家の環境のなかで成長させられ、肉体の病気とも相結んで、サイコソマティック（精神身体医学）な鬱病や、その精神症状の、爆発を脱することができなかったように。

三島文学開扉の鍵ともいうべき『太陽と鉄』のなかに、次のことばがある。三島由紀夫の幼い肉体と精神が、どのようにしてはぐくまれたかの結果が示されている。過保護児童としての実情は、自伝的要素がちりばめられている『仮面の告白』によるのが便利であろうが、ここでは実態よりも結果を重んじて『太陽と鉄』の文章をとる。

　世のつねの人にとつては、肉体が先に訪れ、それから言葉が訪れるのであらうに、私にとつては、まづ言葉が訪れて、ずつとあとから、甚だ気の進まぬ様子で、そのときすでに観念的な姿をしてゐたところの肉体が訪れたが、この肉体は云ふまでもなく、すでに言葉に蝕まれてゐた。

ここには、回想のなかに再現された、ひよわな文学少年の姿が明確に分析されている。「言葉が現実を蝕むその腐蝕作用を利用して作品を作る」少年の姿が。

この文は、石川淳が「文芸時評」（「朝日新聞（夕刊）」昭和四五・四・二七～二八）で『三島由紀夫文学論集』（昭和四五・三　講談社）だけを採りあげた際に、この文を枕として、石川淳ばりの論旨を展開している問題の文章でもある。石川淳は厖大な『三島由紀夫文学論集』（八ポイント・二段組み・五〇〇頁）の三部構成の第一部の冒頭の『太陽と鉄』および第二部の冒頭の「古今集と新古今集」について説くことで、この著の全貌を察し、さらに、『三島由紀夫文学論集』一冊を採りあげることで「文芸時評」の責をはたしたわけである。かつての『森鷗外』の名著ほどの親炙のはての論断の冴えもなく、また永井荷風の死屍に鞭うった「敗荷落日」の凄絶無比な格調もない。みずから「踏み越し」を認めているのは、石川淳一流の皮肉であるが、そもそも『太陽と鉄』という文章自体が「告白と批評との中間形態とでもいふべき、微妙なあいまいな領域」の文章であり、「小説といふ客観的芸術ジャンルでは表現しにくいもののもろもろの堆積」を表現すべき意図のもとに書かれたものである。最初から、一筋縄でゆくものではない。だから、さすがの石川淳も「文芸時評」で『太陽と鉄』を採りあげる勇断をあえてし、『太陽と鉄』と「古今集と新古今集」を論じることで「文芸時評」の責をはたす勇断をあえてしながら、ついに石川淳としては歯切れの悪い議論に終わっている。『太陽と鉄』の魔力に魅入られたかのごとくである。

『太陽と鉄』は近代社会における肉体と精神の乖離に対するアンチ・テーゼの文章で充溢している。それは三島由紀夫の文学と行動、精神と肉体の公平、客観的な立場からの分析であるのだが、三島自身がいうように、日本の風土のなかにあっては「公平」は難解であり、かつ「一如」はあっても「二元論」がないという批判的思考に導かれてゆくことになる。だから『太陽と鉄』は虫明亜呂無が「三島由紀夫における肉体の美学」（「国文学」昭和四五・五臨時増刊）と称するときには、三島自身が肉体と精神の均衡を説いているのであるがゆえに、「肉体の美学」では「公平」を欠くことにもなる。

石川淳は、三島由紀夫が述べた「言葉の腐蝕作用を忠実に押し進めて、それを自分の仕事としようとする決心」に三島の直面した劇の一面を、そのまま是認する。是認するどころか、作家の宿命的な軌道をそこに敷こうとしたのは、まさしく三島自身が批評している世の作家なるものの範疇に、ほかならぬ石川淳自体もいることを認めたものである。石川淳はいう。「三島君はそもそも幼少のむかしからいずれは『言葉の腐蝕作用を忠実に』仕事にするに至るべきものと定まっていたようである。すなわち、星辰の運行あやまたず、今日の小説家がそこにいる。」と。そしてまた「かのことばの『腐蝕作用』のほうは、わたしもまた売文渡世の、つまり腐蝕屋のくちだから、今さらなにもいうにおよばない。」と。そして、石川淳が、三島由紀夫と違う点はまさしく三島自身がみずからの試行錯誤をも含めて批判した一元論にかかわってくる。石川淳はそのことを「ただ『肉体』となると、わたしはみずから『鉄』をもってその場に臨もうなんぞと欲したことがない。」と斥け去る。ただ、石川淳一様の皮肉で、三島の説く肉体が「ただ一つの例外」を除いては驚く義理を感じないことを前提としたうえで、「ただ一つの例外」に説き及ぶ。それは三島自身の神輿かつぎの体験に根ざしたものである。すなわち神輿かつぎの若者の肉体的な苦難のうちの陶酔の幻が傍観者としてのみとらえられていたのに対して、みずから神輿をかつぐことによって、みずからの肉体のことばをもって把握した、いわば「肉体」の戦利品としての「青空」をかち得た体験を評価しているのである。ただし石川淳のことばは、次のように綴られている。「『青空』という表現はことばであるが、それがミコシかつぎという『肉体』経験から発せられたとき、ことばの『腐蝕作用』に依って、その作用の逆手によって、はじめて実物として取りこむことをえた自然の顔のようにおもう。あるいは、このことばは『肉体』がこれを食ってその意味を吐き出したものである。」と。石川淳のこの発言は、三島のいう「一如」への正面からの反駁ではないにしても、二元論の否定的見解にくみする座標からのことばととれる。それならば、三島由紀夫が『太陽と鉄』でおこなった、宿命的な二元論的思考の絵解きは成功しなかったかという疑問が出されることになる。このことの解答を用意するためには『太陽と鉄』に関してのさらなる検討が加えられなければならないだろう。

『太陽と鉄』のなかで、三島由紀夫が出会った太陽の経験は二度あるとして記述されている。最初の無意識の出会いは、敗戦の夏の苛烈な太陽であり、第二の出会いは一九五二年の最初の海外旅行で出会った灼熱の太陽であった。第二の契機から生まれた作品がギリシァへの憧憬と昂奮に触発された『潮騒』であった。『潮騒』の通俗的成功が、そのような作品から背反させることになった心象は『私の遍歴時代』のなかに書きとめられている。そのことは、三島由紀夫という作家の停止することを知らない、問題意識の先どりと、その実践の一つのあらわれであるから、そのように理解しておいて先へ進んでよい。問題は、太古から不変の太陽の光が、三島由紀夫という作家の内面構造に革命的な変革を要請する結果になったことである。そして、その場合の革命の主体性は、三島由紀夫の側にあったということである。そのような革命の可能性の主体性は、三島由紀夫以外の作家にも、ひとしなみに存在する。だが、太陽の光を浴びて内面構造の革命の主体的な変革の主となったのは、この場合三島由紀夫であったということである。臓器感覚的な夜の奥から、明るい皮膚に包まれた筋肉の隆起に太陽を引きずり出し、そそのかしたと三島自身述べている通り、太陽の光に応じた三島の、一種の阿吽の呼吸がその瞬間から、三島に鉄塊による肉体の訓練を意図させることになった。その踏み切りの主体性はもちろん三島由紀夫自身の転換の思考から生み出されたものである。虚弱からの絶縁の思考は、文学的であるかといえば、それは文学の域を越える。そのことは、三島由紀夫が、前出の三好行雄との対談のなかで「からだが弱かったりして社会的不適格者だったところから、とにかく、文学をやってみた。それで文壇にはいってみると社会的不適格者がうようよしている。社会的不適格者イコール文学というようなのが、文壇の九九パーセント占めている。」と述べ、そこからの脱出をはかったことを明言していることにも示されている。

だが、三島由紀夫にあっては、石川淳が「ただ『内体』となると、わたしはみずから『鉄』をもってその場に臨もうなんぞと欲したことがない。」と述べたような夜の思考に基づく芸術を疎外して、ことばを媒介に置いて、鉄による虚弱からの絶縁の肉体の思考が文学に結合してくる。「文学の域を越える。」ことではなくなってくる。そのしくみは、どのようにして可能であるのか。三島由紀夫は、力を内包した形態という観念が芸術作品の定義としてふさわしいものである憧憬を語っている。若年の三島由紀夫は、虚弱なる肉体の持ち主であったがゆえに、「力を内包した形態という観念」を流眄にしか見て通ることしかできなかった。若年時の彷徨も遍歴も、力を内包しない形態のなかの模索の仮りの姿であった。この場合の仮りの姿とは、将来の三島由紀夫という文学的人間像に捧献されるべき要素を持つ、それぞれの時点での道標を刻んだ意味においての仮りの姿である。その意味での仮りの姿であっても、今日の三島由紀夫を理解するためには、三島自身が嫌悪しようがしまいが、脱落して化石化したしっぽと断じようが、「太陽」と「鉄」によって鍛えられた今日の三島由紀夫を構築した根太の一本になっていることにおいて無視することはできないものを持っている。

鉄を介して作られ、その過程を通して学ばれた筋肉は抽象性を帯びる。なぜならば、鍛えられた筋肉は特殊性や個性を失い、発達すればするほど一般性と普遍性を獲得する独自の抽象性を持つことが説かれる。それに対して、言語芸術の異様な栄光は、一見普遍化を目ざしながら、個性によって、言語のもっとも直接的な機能である普遍妥当性を精妙に裏切ることをもって成立することが説かれる。コミュニケーションの手段としてのふつうの抽象性を持ち得ない筋肉が、書物や知的分析によっても把握しえない力の純粋感覚によって、言語が想像力の共犯作業に頼って成立させるものを創造などにおける肉体の活動を通して把握しようとしたのであった。

「すでに私は私の文体を私の筋肉にふさはしいものにしてゐたが、それによつて文体は撓《しな》やかに自在になり、脂肪に類する装飾は剥ぎ取られ、筋肉的な装飾、すなはち現代文明の裡では無用であつても、威信と美観のためには依然として必要な、さういふ装飾は、丹念に維持されてゐる。」という文章がある。想像力の放恣を斥ける抑制の姿勢は、さきにあげた森鷗外の文体との接近などをもたらしたであろう。網羅的な真実を志向することをせず、真実のうちから一定の真実だけを採用する爛爛たる主体の眼光はそこに光っている。

みずからの考えを尊重し、みずからの主体性において構築した真実以外のものを切り棄てる精神と生活態度を狷介として斥けることができるであろうか。思考の内面構造は、もちろんその形成過程を問題にする場合に、さまざまな曲折をとる。三島由紀夫の辿った道標が正直にこのことを物語ってもいる。時には、政略的な教唆によってもそれは形成され得る。だが、教唆によろうと、みずからの血と涙の結晶としてそれをかちとろうと、かちとられて魂の内奥に定着したものは、その主体性においてすでに血肉化したものであって、その系譜あさりはこの場合問題ではない。殉教は、およそ教義や、信念や、世界観が、その導入の初源的形態においては、他律的なものであろうとも、殉ずる姿勢の対象として選別された真実は、みずからの主体性において強靱的に鎧われたものである。この主体性が維持されるかぎりにおいては、殉教の行為そのものの尊厳が存するだけであって、結果への顧慮は念頭からは消え去ってしまっている。現前の時点時点における行為の過程が重要なのであって、その結果が、何を獲得し、何を喪失することになるかは二義的な関心にすぎない。

そのことは夭折の精神や、夭折の讃美にもつながる思想構造を持つ。三島由紀夫における「死」の問題としての意味するものは、三島文学の本質を貫く痛点である。このことは、三島由紀夫自身が、戦争中に夭折を願ったという作者自身の行動に関する問題や、その観点からの問題に止まらない。夭折の声は直接には『憂国』や『十日の菊』や『英霊の声』などにも響いている基調音であるが、もっと幅広く、深く近作の『豊饒の海』にいたるまで、くりかえして具体的に顕現されている思念である。結果よりも過程を問題にし、課程における火花の散る充溢を冀う生きかたは、もちろん老醜を否定する。老年の充溢と老年の美というものがないわけではないが、「太陽」と「鉄」に結合してゆく限りでは、充溢は生のエネルギーの充溢と等価である。しかも、それは健康に満ちあふれていなければならない。夭折がもし不健康や病弱の死につながるならば、そして夭折の概念は、容易にそのことと結びがちであるが、三島由紀夫における夭折はそのことを否定する。それは、あらゆる可能性をはらんだ若年性、そして、なおその時点における最高の充溢の極限における死でなければならない。しかも死は容易に口に出すことなく、この場合においては充溢の極点における結果としての死でなければならない。夭折が目的とされることも峻拒されるはずである。結果をちらちらと横目で見ることは、結論の意識によって過程を冒瀆するものである。夭折は結果としてあらわれてくるものでなければならない。

三島由紀夫の芸術と生活、文体と行動倫理において、文武の相反する欲求が一身に均衡する境地はどのようにして用意されるかという機構は、三島文学を理解する場合に、きわめて重要である。三島は、文武という相拮抗する矛盾と衝突を包摂する論理を次のように述べる。

文学の反対原理への昔からの関心が、かうして私にとつては、はじめて稔りのあるものになつたやうに思はれた。死に対する燃えるやうな希求が、決して厭世や無気力と結びつかずに、却つて充溢した力や生の絶頂の花々しさや戦ひの意思と結びつくところに「武」の原理があるとすれば、これほど文学の原理に反するものは又とあるまい。「文」の原理とは、死を抑圧されつつ私かに動力として利用され、力はひたすら虚妄の構築に捧げられ、生はつねに保留され、ストックされ、死と適度にまぜ合はされ、防腐剤を施され、不気味な永生を保つ芸術作品の創作に費やされることであつた。むしろかう言つたらよからう。「武」とは花と散ることであり、「文」とは不朽の花を育てることだ、と。そして不朽の花とはすなはち造花である。

このことばは、三島美学の根本原理である芸術を生活の二元論の垂錘と受けとめてはならない。三島由紀夫が私小説を排し、太宰治を批判するのは芸術と生活を一元化することによって芸術も生活もだめにしてしまう危険からの立論である。三島自身はそれをトーマス・マンなどから教えられたことを語っている。トーマス・マンから教えられようと誰から教えられようと、ここではそのことは問題ではない。文体のうえで、三島由紀夫が影響を受けたとあかしている森鷗外の作品にも、鷗外の実生活の破片がきわめて多く指摘される。それは『舞姫』『うたかたの記』『文づかひ』の初期の留学土産の三部作を始めとして、晩年の『高瀬舟』『寒山拾得』の歴史小説にいたるまで、日常的実生活ばかりでなく、精神的実生活を濃密に摂り入れているからである。だが、鷗外はこのことによって芸術を腐蝕させてはいない。『ヰタ・セクスアリス』のような作品においてもそうである。一見、自然主義に近い印象を与える『ヰタ・セクスアリス』が、いかに自然主義に対する真向からの挑戦であったかは、不必要なまでに長々と縷述されているこの作品の序説的部分を熟読することによって明瞭になることである。すなわち、芸術と生活との二元論のお手本は、鷗外にもあるということである。

「文」と「武」、ミネルヴァとマルス、造花と花は『太陽と鉄』の終末において、高次元な統一が冀求される形での相拮抗する姿を明確にしてゆく。その間に介在する「死」が大きな意味を持つことも説かれている。三島文学において、相拮抗する諸要素が劇的な盛りあげをおこなってゆくことは、小説があまりにも演劇的だという批評にもなっていることを三島自身認識していることである。だが、そのように相拮抗する要素が劇的な構想力をとらせることは、三島が小説以外のジャンルにも手を染め、戯曲を書き、演劇の世界にも親炙するという多彩な活動と直接に連結する必要はない。小説は、小説のジャンルにおいて論じられて然るべきであり、言語芸術の解体が将来もし可能になるとしても、小説というジャンルの優位性は当分の間ゆるぎそうにないからである。

『豊饒の海』は、三島の作品系譜のなかでは大作であり、『仮面の告白』に自伝的要素が素材的破片として隠見するということの意味や、『金閣寺』が、現実の金閣寺を焼亡させた学僧がいたということの意味になぞらえる程度では『浜松中納言物語』という一種の典拠がある。しかしながら、この作品におけるミネルヴァとマルスの相拮抗するもの、そのほかの巨細さまざまな形をとっての相拮抗する要素の対決・均衡と、その破綻によって起こってゆく悲劇的葛藤は、三島文学の手法の典型を示すものである。そして、それらは、『浜松中納言物語』を現代に再生させた三島様式のなかであざやかに造型されたもののにほかならない。

「太陽」と「鉄」によって三島文学の座標はたしかに転機をもたらされた。この場合の転機には、もちろん文学少年としての過去の三島由紀夫をすべて破砕し尽くすものではないことは、すでに述べたことと同様の前提である。だが、そのことは同時にまた、「太陽」と「鉄」も、文学的人間像三島由紀夫の一つの道標であるということである。

そのことは何を意味するか。歴史的時間のなかに生きるものは、その歩みを停止した瞬間から、三島由紀夫の嫌悪する作品となるということである。三島由紀夫の春秋は、縷述したように、結果への顧慮よりは、おのれの主体的思考の構造と論理によって壮麗な構築を時々刻々に、念々に造型してゆく。『太陽と鉄』は、現在の三島由紀夫を規定するもっとも有力な論理であるにはちがいない。ところで、『太陽と鉄』は、将来の三島由紀夫を絶対のものとして規定してゆくことが可能であろうか。

「太陽」も「鉄」も蝕まれた近代への反逆のことばで満たされている。『太陽と鉄』が将来を先取りする予見に満ちた論理として通用するかどうかということについては検証が必要である。だが、この検証には、未来学の知識が必要である。文学の創造にも、文学の享受にも、人間の存在が関与する。その人間は未来とつなげられた座標のうえを逸脱することは許されない。この座標上にうごめくすべての人にそのことは要請されないとしても、すくなくも「英雄」には許されないという意味においてである。

未来を先どりすることは、ミネルヴァとマルスの神話の世界に後退してしまうことではなくて、三島由紀夫が『太陽と鉄』で現代的に論理化してみせたように、未来の人間の宿命を先どりしてそこに実践的な命題を設定することである。アレキシス・カレルが「人間―この未知なるもの」において嘆じたように蝕まれた人間の人間性回復は、防砦に拠るのではなく能動的積極的な攻勢の精神によってしか解決することができないであろう。

「太陽」と「鉄」は、老年の三島由紀夫をも救済するであろうか。現時点における「太陽」も「鉄」も、防砦に拠るのではない三島由紀夫を、みずからの創造的論理によって自己改造し、その影響力を他にも及ぼそうとする。「楯の会」は、その論理の影響力を検証する社会的な場である。「死」がかけられていることも、三島論理からすれば認められるところである。

三島由紀夫に『美しい星』という作品がある。未来学からいえばもう化石になったしっぽを落している作品かもしれない。未来学は自然科学によって蝕まれた人間が社会科学や芸術や宗教や、およそ自然科学とは相拮抗するか、あるいは拮抗の次元を異にした、自然科学からみれば、実は怪物的な力を発揮しなければならないものをもって対決と止揚をくりかえさなければならない世界であろう。そこでも、「太陽」と「鉄」は悲劇的に存在するであろう。しかし、そのときの三島由紀夫は、もはや「太陽と鉄」の次の新しい論理を模索し実践していることであろう。おのれの論理を常に構築し、その論理に忠実に従う人間の命運とは、そのようなものであるべきである。現在の三島由紀夫が、文壇人とのつきあいを可能なかぎり排して、おのれの論理とその実践の世界に生きているのは、それなりに立派である。それもまた三島一流の拮抗であるからである。

『太陽と鉄』の「死」を媒介にした文武の課題の次に来るものが、三島由紀夫の生殺の鍵を握ることの認識を新たにする。

三島由紀夫―人と作品の系譜

磯田　光一

小林秀雄氏は『モオツァルト』のなかで、スタンダールの生涯に関して、次のように述べている。「こんなに伝記作者が手こずる生涯はあるまい。嘗てベイルと名付けられた人物と、スタンダアルを初めとする一群の偽名を擁した怪物的天才との驚くべき結合において、肉体の占める分量は、能うる限り少なかったといえようか」と。

ここにいう作家における「素顔」と「仮面」との関係は、多少の字句の訂正をほどこすならば、三島由紀夫氏の「生活」と「文学」との関係にも、かなりの正しさをもって適用できる。私たちは、右の言葉を次のように書き直してみることもできるであろう。すなわち、「かつて平岡公威と呼ばれた一人物と、〝三島由紀夫〟という名で演じられた華麗な仮面劇の主人公との関係において、肉体の占める分量はきわめて少ないものにすぎなかった」と。ここに私が言おうとしている「肉体」とは、「精神」と「肉体」との対立というような場合の「肉体」ではない。「肉眼」とか「肉声」とかいう言葉が、人間の自然のままの眼光や音声をあらわしているように、ここにいう「肉体」という語も、個人のありのままの本質、いいかえれば「仮面」にたいする「素顔」と言ってもさほど遠いものではない。そしておそらく三島由紀夫氏の生活と文学との特異性は、氏が生活と芸術とを、「素顔」よりもいっそうリアルな「仮面」によって統括し、それを一つの知的な「神話」と化してしまったところにある。文学にあまり親しみをもたない人々でさえも、三島氏の存在になにか伝説的なものを感じているのは、貴族的精神による生活と芸術との統制が、世人の追随を許さぬほどの徹底ぶりで行なわれ、陰湿な日本の精神風土では珍しい作家のイメージを作りあげているからである。

考えてみると、近代日本文学の主流を形づくった私小説の作家たちは、なによりもまず人間の「素顔」を語ることに努力を傾けてきた。社会についてゆけない異端者としての芸術家が、自分の精神の問題を、また個人のかけがえならぬ実生活の足跡を、唯一の価値あるものとして表現の世界にもちこんできたという点に、日本的な近代小説としての私小説の特質があった。そこでは「作品」は「作家」という人間の表現として成立していて、また「作家」と「作品」との間に因果関係があるからこそ、作家論という批評様式が作品論よりもむしろ作家の評伝に近い色彩をおびてくるのである。

ところで、三島由紀夫氏の場合は、このような近代日本の支配的な文学理念への挑戦が、氏の文学的発想の一端を形づくっているだけに、三島氏の評伝を書くことは、たとえば武者小路実篤氏の評伝を書く場合とは決定的に異なる困難さを伴なっている。「作品」を私生活の告白や時代への不満のはけ口ではない客観的な「物」として制作している三島氏について、その実生活上の事実を列挙してみることは、少なくとも三島文学の理解の手助けとしては、ほとんど無意味に近いのである。私としてなしうることは、「作品」と「生活」との極度の計量化によって成立している三島由紀夫という神話を、私なりに再構成して読者に提示する以外に道はない。

　三島由紀夫氏は、大正十四年一月十四日に、当時農林省に勤務していた父・平岡梓と母・倭文重《しずえ》との間に生れた。本名は平岡公威といった。大正十四年の生れであるということは、吉本隆明、吉行淳之介氏らよりも一つ年下であり、井上光晴、奥野健男氏らよりも一つ年上であることを意味している。文学をかりに時代との相関関係に重点をおいて考えるならば、三島氏はいわゆる「戦中世代」に属しており、その青春期においてなんらかの意味で戦争にたいする姿勢を、自己の精神の姿勢として確立することを強いられていたのである。また三島由紀夫氏が経済的にも社会的にも恵まれた階層の出身であったことは、年少のころから文学に親しむことのできる環境にいたことを意味しており、さらに、現実の些事に拘泥する必要がなかったという理由から、反リアリズム的な芸術観（さらにいえば世界観）の確立をうながす要因にもなっていた。

　昭和六年に学習院の初等科に入学してから、昭和十九年に高等科を卒業するまで、三島氏は十三年間にわたって学習院で学んでいたことになる。この間に氏の文学の形成に影響のあった要因を挙げるならば、学習院における恩師・清水文雄氏と詩人・林富士馬氏とを通じ「日本浪曼派」の系統の人々とつながりをもつに至ったことである。

　今日、日本浪曼派の評価については、じつにさまざまな見解がある。左翼の人々の立場からみれば、保田与重郎氏をはじめとする昭和十年代のロマン主義者が、軍国主義の推進に思想的な役割を果したという理由から、日本浪曼派すなわち反動的思想という評価が発生する。しかし、ひとつの思想（あるいは思想運動）を、その社会的な効果という側面をはなれて、その発生根拠にさかのぼって捉えようとするならば、事態はまったく異なった様相を帯びてくるであろう。明治維新以来の日本の近代化の過程（左翼運動もその中に含まれる）を、西欧文明による堕落の歴史と見、日本古来の伝統的な美質への回帰を説いた保田与重郎氏の立場を「反動的」の一語によって批判することは易しい。しかし、暗い時代の絶望的な心情をもった青年たちの目に、保田氏の反俗的な美的理想主義が、まさにその反俗性のゆえに、強い共感を呼びおこしたことも否定できない。ただここで問題になるのは、三島氏への日本浪曼派の影響の性格であるが、思想を信仰し、それを実施してゆくタイプの青年が、そこに自分の生きるための支柱を見いだしたのにたいして、三島由紀夫氏においては、主として清水文雄氏を通じて「文芸文化」の雰囲気にふれることによって、低俗な軍国主義支配者への反撥として、伝統的な古典美学の摂取がおこなわれたということができる。氏の小説における処女作とも称すべき『花ざかりの森』は「文芸文化」の昭和十六年十、十一月号に掲載され、これが機縁となって「文芸文化」の人々との交渉がはじまっている。

「この土地へきてからというもの、私の気持には隠遁ともなづけたいような、そんな、ふしぎに老いづいた心がほの見えてきた。」という書き出しで、『花ざかりの森』ははじまっている。典雅な文章で書かれたこの童話的な作品は、今日でも読むに耐えるだけの香気をもった作品であるが、十六歳の少年が「隠遁ともなづけたいような」感情をいだいたことを、読者は不思議に考えるかもしれない。しかし、この十六歳の少年の心に宿った隠遁の志は、一つには卑俗な現実から脱出して古典的・童話的な世界にあこがれるロマンチックな心情的傾斜とともに、もう一つ、後年の三島氏の作品にさまざまな屈折した形であらわれるシニシズムの根をも暗示している。三島氏の芸術家としての自覚の形成以前の時期を描いた『詩を書く少年』によれば、「詩はまつたく楽に、次から次へ、すらすらと出来た」のであり、彼は「言葉さへ美しければよいのだ」と考え、言語による世界の変貌を素朴に楽しんでいたのである。つまり、当時の三島氏は「言葉の本当に個性的な使い方を、まだものにしたわけではなかった」のであって、昭和十九年に短篇集として刊行された『花ざかりの森』の諸篇が、古典的和文脈の模倣と装飾性とを感じさせるのも、おそらくそのためであると思われる。

しかし、そのような精神的位相にあったこの時代の三島氏が、十五歳のときに書いた『凶《まが》ごと』という詩のなかで、

わたくしは夕な夕な
窓に立ち椿事を待つた、
凶変のだう悪な砂塵が
夜の虹のやうに町並の
むかふからおしよせてくるのを。

と歌っていることは、注目されなければならない。すなわち、戦時下の三島氏は、一方において極度に冷笑的な態度をもって時代に対処していたと同時に、そのような傍観者的な自己からの脱出の希求を、「凶変のだう悪な砂塵」への期待として心の内部に所有していたのである。そのような三島氏の目には、戦時下の現実は、一方では空疎なスローガンの支配というような現象を通じて、人間の卑俗さが極端な

形をとって顕われたものと見え、だから他方、そういう醜い現実への反逆のひとつの極として、「美しい死」が夢みられていたのである。ここにいう「美しい死」とは、国家的、現世的な制約をうけた「名誉の戦死」というようなものでさえなく、むしろ卑俗な現世の対極としてあらわれる、完結した美的形式としての死であった。エロチシズムを定義して、「死に至るほどに生を求めること」と言ったのは、ジョルジュ・バタイユであるが、これをもう少し平易に言い直してみるならば、「生きがいのある人生」を生きるとは、「何物かのために死にうる」という自覚をもちうることにほかならず、このようなかたちで人生を生きぬき、満ち足りた気持ちで死を迎えることは、人生の最も純化されたかたちということもできる。人間の内部に存在するこのような「完結した美しい生と死」への願望は、ある意味で人間に共通した願望であり、バタイユにならって言うならば、人間は本質的に「エロチシズム的存在」であるともいうことができる。

今日、エロチシズムという語は、通常は男女関係という局面においてのみ使用される。しかし、相手の異性のために死んでも悔いないという自覚が、ある意味で最も充実した生命感を意識させるのと同じように、ひとつの高貴な理想のために生き、そして死ぬという生存様式も、最も充実した、そして最も純化された人生のかたちであると言うことができよう。いいかえれば、人間は自分のエゴイズムを伸長したいという願望をもつと同時に、自己を否定しつくすことによって、逆に充足感を獲得するという側面もあり、この後者の側面が、いわば「エロチシズム的存在」としての人間の側面にほかならない。結合をはばむ外的な圧力を破って情死を遂げた人びとや、最後まで信念を貫いた人間にたいして、私たちが「美しい」と感じるのは、そこにエロスの完全燃焼があるからで、三島氏の美学の根底にある「夭折」

の観念、すなわち若くして美しく死ぬことが最も純粋な人生の姿であって、生きのびることは醜さを人目にさらすことでしかないという考え方も、人間を「エロチシズム的存在」と見る人間観につながっている。そして、三島氏にとって、戦争は「死」を強いるものであったがゆえに、その「死」をどのように美しいかたちで実現するかという夢に、関心が集中されていたのである。『中世』は、乱世の豪奢な夢と挫折を描いた作品として興味ぶかく、三島氏自身も、のちに『私の遍歴時代』のなかで、「私の心にわだかまっていた終末観の美学の作品化」であった、と述べている。

『中世』は、足利義尚将軍の死をめぐって、後に遺された父義政の悲しみ、および義政の悲しみを何とかして救おうとする周辺の人々の努力を描いている。文章も擬古文の調子をもっており、乱世のなかでの人間の孤独と死とが主題になっている。巫女を通じて義尚を現世に呼び出そうとする義政の執念や、義政の苦悩を救うべく不死の霊薬を求めてさまよう医師の鄭阿や、美女菊若を想う禅師霊海などは、いずれも不可能への渇望を生きる人間として描かれている。これらの人物たちの心に宿っている「不可能」への渇望と、その渇望ゆえに滅びの道をたどってゆく運命とは、少なからず作者の心情を反映していたにちがいない。三島氏の代表作の一つである『仮面の告白』によれば、当時の氏は、ほぼ次のような状況のなかにあったのである。

その上まるで豊かな秋の収穫のように、私のぐるりにある夥しい死、戦災死、殉職、戦病死、戦死、轢死、病死のどの一群かに、私の名が予定されていないはずはないと思われた。死刑囚は自殺をしない。どう考えても自殺には似合わしからぬ季節であった。私は何ものかが私を殺してくれるのを待っていた。ところがそれは、何ものかが私を生かしてくれるのを待っているのと同じことなのである。

このような「生」と「死」の境界線の近くでの緊張感は、むろん戦争がどのように苛烈なものになろうと、日常生活を失わせたわけではなかったが、その反面、「就職の心配もなければ、試験の心配さえなく、わずかながら食物も与えられ、未来に関して自分の責任の及ぶ範囲が皆無だったから、生活的に幸福であった」とともに、文学的にも、三島氏は「小さな堅固な城」のなかで、美しい滅亡を夢み、反俗的な放恣な夢を織っていればよかったのである。そして、三島氏にとって「不幸は、終戦と共に突然私を襲ってきた」のであった。

『金閣寺』の主人公は、戦時から戦後にかけての心理的な推移を次のように述べている。

それから終戦までの一年間が、私が金閣と最も親しみ、その安否を気づかい、その美に溺れた時期である。（中略）

この世に私と金閣との共通の危難のあることが私をはげました。美と私とを結ぶ媒立《なかだち》が見つかったのだ。私を拒絶し、私を疎外していたように思われたものとの間に、橋が懸けられたと私は感じた。

私を焼き亡ぼす火は金閣をも焼き亡ぼすだろうという考えは、私をほとんど酔わせたのである。

ここにいう「金閣」と「私」との連帯感は、「美」とともに滅びうるという幸福、あるいは、「滅びうること」「死ぬこと」がそのまま人生の美的完結でありうるという実感である。しかし、このような予感は、敗戦によって次のような形で裏切られるのである。

『金閣と私との関係は絶たれたんだ』と私は考えた。『これで私と金閣とが同じ世界に住んでいるという夢想は崩れた。またもとの、もとよりももっと望みのない事態がはじまる。美がそこにおり、私はこちらにいるという事態。この世のつづくかぎり渝《かわ》らぬ事態……』

敗戦は私にとっては、こうした絶望の体験に他ならなかった。

おそらく、このような敗戦のうけとめ方に、三島由紀夫氏と他の戦後派の作家や批評家たちとの決定的なちがいがある。そしてまた、おそらく「戦中派」と呼ばれる一群の人々との差異も、ここにいう「絶望」の質のちがいとして明白にあらわれている。

戦後派文学の思想的主流を形作った「近代文学」派の批評家たち、平野謙氏や本多秋五氏や荒正人氏にとって、戦争の終結、平和の到来は、いわば「第二の青春」の到来を意味するものであった。それは、戦後派のこれらの批評家や、代表的作家である野間宏氏らが、戦前にマルクス主義の思想的影響をうけており、戦争を人間性に加えられた不当な悪として体験していたことに由来している。これらの人々にとって戦後とは、このような忌わしい過去を批判し、人間性の自由と解放とを樹立するべき時代と見えたのである。

しかし、三島由紀夫氏においては、すべてが逆転した形をとってあらわれてくる。すなわち氏の『林房雄論』の記述によれば、戦後とは「凶々《まがまが》しい挫折」の時代であり、若く美しく死ぬという期待が不可能になった時代であった。しかし、人間はなおも生き続けなければならない。『林房雄論』の次の一節は、林氏について述べているにもかかわらず、三島氏の文学的発想の中核が、じつにあざやかに読みとれるのである。

しぶとく生き永らえるものは、私にとって、俗悪さの象徴をしていた。私は夭折に憧れていたが、なお生きており、この上生きつづけなければならぬことも予感していた。かくて林氏は当時の私にとって必須な、二重影像《ダブル・イメージ》をなしていた。すなわち時代の挫折の象徴としてのイメージと、私が範とせざるをえぬしぶとく生きつづける俗悪さのイメージと、言いかえれば、心もうずく自己否定の影像と、不合理な、むりやりの、八方破れの、自己肯定の影像と。

三島氏にとって「夭折」の希望が失われた戦後は、「しぶとく生き永らえ」ねばならない時代であり、氏の「芸術家」としての自覚は、失われた「夭折」の美を、しぶとく生き永らえる現世的な俗悪さから、いかにして救い出すかということに向けられる。むろん平和と民主主義（それは美的貴族主義の観点からみれば俗悪さの象徴である）の支配する現実のなかで、「美」を語り「夭折」を語ることは滑稽である。仮面や擬装の論理が、芸術的方法の問題となるのは、ここからであり、芸術家は生身の人間として俗悪さを内部に所有しており、この俗悪さ（いいかえれば社会が芸術家を見る視点）を媒介とすることによって、作品の客観性は保たれるのである。

ここで私は、三島氏と同世代に属する「戦中派」の左翼文学者の多くの人々と、三島氏との決定的な文学理念の違いについてふれておきたい。私は現在の日本文学の中堅層を形作っている人々の戦争体験像をおおむね次の三つに分けて考えている。やや図式的になるが、第一型は、いわば「信仰・実践型」の体験像であり、戦時下の聖戦思想を信仰対象としてうけとめ、敗戦を青春の終末と意識し、その挫折感からの脱出を左翼思想への信仰・実践に求め、戦争体験の痕跡を社会的にプラスの方向に転化しようとする場合である。吉本隆明氏のような特殊例を除けば、戦中派左翼の精神史的な推移はこの形をとっている。第二のタイプは「冷笑・傍観型」であり、いわゆる「第三の新人」の作家たちは、おおむねこの分類に属している。彼らにおいては、戦時下の空疎なスローガンへの反撥が、日常的なものへの固執という形をとり、その姿勢のまま戦後を生きていて、安岡章太郎氏、庄野潤三氏らのような日常性の文学として開花する。

しかし、三島由紀夫氏の場合は、このいずれとも微妙に異なってくる。第一型の実践者が、戦後においても思想をエロスの対象として生きていたのにたいして、三島氏においては、「実践」は社会的次元で行為するというかたちをとらず、文体による「造型」に集中される。三島氏が一部の人々から空疎な傍観者と見られるのは、実生活における自己追求とその定着とを文学の本道と考える人々の目からそう見えるのであって、逆にいえば、日本的な芸術家の概念を破却して、「作る」ことに芸術家の本領を自覚した点に、三島氏の決定的な新しさがあったとも言えるのである。第二型の体験像にもとづいた日常性固執の文学が、人間に内在する精神の危険な欲求への志向を欠いているという点で、三島氏の文学とは決定的に異なる発想をもっていることは言うまでもない。

ところで、「戦後」を喪失の季節として迎えた三島氏は、あらゆる現実的行動を断念し、自己に内在する「美しい死」への志向や「破滅への希求」を、逆説的に表現する言葉の魔術師として登場する。戦後における三島由紀夫氏の文壇ジャーナリズムへの登場は、昭和二十一年六月号の「人間」に掲載された短篇『煙草』によってである。当時の三島氏は、早熟な新人として一部の人々の注意をひいてはいたが、いまだ作家としての個性を確立したとは言いきれなかった。『夜の仕度』(「人間」昭和二二年八月)や『春子』(「人間」昭和二二年一二月)には戦時下の童話的ロマンスの世界から脱して、硬質な造型的文体の確立に向かう作風の推移が認められる。文学的影響という点からいえば、戦時下の日本古典への傾斜から、ラディゲの心理小説によって象徴される知的構成を尊重する態度への移行として捉えられるが、しかしまた、三島氏自身の創作意識の問題としても、非合理的な情念の世界を客観化する手だてとして、知的・構成的文体が必要とされたのである。文体に装飾的な要素は多いが、かなりの完成度を示している『頭文字』(「文学界」昭和二三年六月)や、氏自身がラディゲの影響を公言している最初の長篇『盗賊』のなかに、私たちは、戦後の三島氏の文学的出発のすがた、および時代にたいする氏のアイロニカルな姿勢を見ることができる。

『頭文字』は物語の構成という点からみれば、平凡な恋愛小説のパタンを踏襲している。主人公・朝倉中尉とその恋人・渥子《あつ》との悲恋が、その主題になっているが、やはりこの物語の結末において、中尉の戦死の時刻に渥子《あつ》の左乳の下にＡＳという頭文字が現れるという箇所は、作者の関心がどこにあったかを示している。エロチシズムの原理からすれば、恋愛は自己否定を通じて対象の中に没入しようという志向を意味しており、したがって恋愛の極限的な形態は、エロスを燃焼しつくして共に死ぬことにある。いっしょに死なぬにしても、別離の上で苦悩に身を焦がして死ぬことにある。恋愛結婚という世俗的制度は、いわばそのようなエロスの極限的燃焼を喰いとめて、緩慢な老化をもたらすという点で、恋愛の一種の堕落した形態、つまり「俗悪に生きのびる」ことと思惟される。三島氏の恋愛小説が、けっしてハピー・エンドの構成をとらず、別離または死によって終っているのも、氏がエロチシズムの本質を深く理解していた点に由来している。子供をおぶったロミオや、買物籠をぶらさげたジュリエットに何の魅力がありえようか。『頭文字』におけるＡＳの文字の出現する奇跡は、まさに人間に内在する「不可能への情熱」を表象している。一流の恋愛小説は、必ず悲恋小説でなければならず、人間の情念は現実の卑俗さに滅ぼされるという過程においてのみ、その純化された姿を示しうるのである。『頭文字』とテーマは異なるが、『盗賊』の明秀と清子とが、結婚式の夜にいっしょに死ぬ決意をしたときの次の言葉は、やはりこの時期の三島氏の世界観を端的にあらわしている。ついでにつけ加えておくが、この明秀という青年は美子という女に失恋しており、清子は佐伯という男に捨てられており、周囲の人々は、この失恋者同士を結婚させるのであるが、彼ら二人は、それぞれ相手の心にある恋人の幻影を尊重するゆえに、共に生命を断つのである。

「……誰にもまして私達は幻影の真の価値を知っています。世間の人たちは、私達に、幸福な初恋人、幸福のあまりに死んだとしか思われない恋人同士の幻影を見出すでしょう。しかしこの誤った幻影も、私達の懐く幻影同様に空しく、それ故に久遠《くおん》であり、究極に於て私達のそれと一つ物であるとはいえないでしょうか。」

もちろんここにいる二人は、自分たちが心にいだいている「幻影」のむなしさを知らぬではない。いや、知っているがゆえに、彼らは彼らを嘲笑する世間の論理を一歩だけぬいているのである。退屈な賢明さ、俗悪な人生を受容して生きのびるか、それとも愚かさを承知して自ら信じる「幻影」のために死ぬか。この二つの道のうちの後者を、この小説の主人公たちは選ぶのである。ここにもまた、「滅亡の美学」、「夭折の美学」が、堅固な理知の衣によって、作品化されているのが見られるであろう。

昭和二十三年といえば、民主主義日本の確立期であった。時代の主流は、封建的な拘束を破って「個人」の確立に向かっていた。むろんかつての軍国主義時代の不幸を思えば、個人主義的ヒューマニズムの確立は必要であった。しかし、人間に内在する「生きたい」という願望の拡張によって、人間のすべての問題が片づくであろうか。人生は「死」によって限定されているものであり、人間には、「生きのびたい」という願望とともに、「美しく死にたい」という潜在的な願望もあるのではないか。自己否定によってしか立証することのできない真実もまたありうるのだ。『頭文字』や『盗賊』は、戦後の民主主義によっては決して解決のできない人間性の領域を暗示している。そして、三島氏と多くの戦後派作家との差異も、じつにそこにあったのである。世人が人間性を拘束するものを否定して、そこに「自由」を見いだしていたとき、三島氏は拘束をこわしたあとにくる虚無感のにがさを、そして「拘束されること」「死ぬこと」に伴う愉楽を、きわめて逆説的な口調で語り続けていたのである。それが前向きの進歩主義の立場からみれば、滑稽に見えかねないことを、三島氏は十分に知りぬいていた。時代への反逆は、完全な知的武装を通じて遂行されなければならぬ。実生活も、芸術も、一分のすきもない知的操作によって統制されていなければならぬ。

昭和三十八年、雑誌「文芸」で行われたアンケートのなかで、「あなたの美徳は？」という問いにたいして、三島氏は「約束墨守」と答えている。このことは、三島氏が実生活の統制にたいしてどれほど細心の注意をはらっているかを示している。これは儒教倫理の伝統とか、いわゆる「律儀さ」とかいうようなものとは、本質的に異なっている。約束を守らぬことは、相手にたいして負い目の意識をもつことであり、精神の権威を保つためには、どのような無理をしても、相手に精神的な負債を負ってはならない。約束の時間に一分遅れても、それによって相手に謝罪し、しかも相手につけこまれる可能性があるかぎり、精神の貴族にとっては、この上ない屈辱であり、相手を堂々と軽蔑する権利を失うことである。「軽蔑する権利を得るための戦いが、征服です。ある価値を征服したいと思う僕の目的は、ただその価値を軽蔑したいためにすぎません」と長篇『青の時代』の主人公は言う。軽蔑されずに、しかも軽蔑する権利を獲得すること。それは、実生活の次元にあっては、生活の計量化としてあらわれるが、芸術においては、自己を語る方法の転換、つまり「素顔」を語る私小説の発想を破棄して、「仮面」の論理を告白のなかに導入することを意味している。

三島由紀夫氏の太宰治にたいする徹底した嫌悪は、ひろく知れわたっている。太宰治との初対面の印象は、『私の遍歴時代』のなかにも述べられており、それはそれとして興味があるが、しかしここでは『小説家の休暇』のなかに出てくる太宰観を問題にしたい。三島氏は太宰について、「弱点をそのまま強味へもってゆこうとする操作は、私には自己欺瞞に思われる。どうにもならない自分を信じるということは、あらゆる点で人間として僭越なことだ。ましてそれを人に押しつけるにいたっては！」と言い、さらに、「ドン・キホーテは作中人物にすぎぬ。セルヴァンテスはドン・キホーテではなかった。どうして日本の或る種の小説家は、作中人物たらんとする奇妙な衝動にかられるのであろうか」と結んでいる。

おそらく、この太宰治批判には、抒情的な文学への三島氏の反撥の強さが示されている。一人の人間が心に悩みをもっているとき、彼はその悩みを他人にきいてもらう権利をもっているのであろうか。また、他人は彼の悩みをきいてやる義務があるのだろうか。この問題は、現代において文学作品を書く場合に、必ず一度は考えなければならない問題である。私小説の作家たちは、自己表現がそのまま文学になりうるという信念をもっていた。しかし、太宰治の哀切な抒情を、みっともない振舞としか見なかった三島氏は、ありのままの素朴な自己表現にたいしてもはやついてゆくことはできない。自分の悩みをだらだらと書き綴ることは、歌舞伎の舞台の上でストリップ・ショウをするのと同じくらいみっともない。文学は本質的に「芝居」的なものなのであって、舞台の上に上る（つまり作品として人に読ませる）ためには、まず衣裳をつけて、さらに芸の修練を積んでいなければならない。芸術作品というものを、美的に完成された「物」と考えている三島氏にとっては、「告白する」ということさえも、美的な仮面をつけて行なわねばならない。『仮面の告白』は、「告白」の価値意識を逆転したという点で、まさに画期的な作品であった。

『仮面の告白』が出版されたのは、昭和二十四年七月のことである。すでに昭和二十二年に東京大学法学部を卒業して、翌年一月から大蔵省に勤めていた三島氏は、同じ年の九月に大蔵省を退官して、文学に専念できるような生活体制を築いていた。『仮面の告白』は、河出書房で企画されていた長篇小説叢書の一冊として刊行されたが、この作品によって、今までに三島氏の才能に多少の疑問をもっていた人々も、否応なしに新進作家の最大のホープの一人として、三島氏の存在を認めるようになったということができる。

『仮面の告白』の小説方法上の新しさについてはすでに述べたが、この作品の内容ないしは主題は、「私」という主人公の性のめざめと恋愛の破局ということになろう。今日の三島氏の文学から考えると、いくぶんかの気取りや、装飾的な要素が目につくが、しかし知的な文体や幼少年期の「性」意識の分析などは、たしかに新しい作家の到来を人々に印象づけるに十分であった。「私」の幼年時代の追憶や、思春期にあらわれる同性愛のすがた、園子という少女への思慕の感情、自分の成長の証拠をつかみたいために売春婦のところへ行って失敗する挿話、戦争のもとでの青春の緊張感、そして最後に戦争が終って園子と再会しながら、ついに結ばれずに終るという結末。これらが極度に知的な文体によって描かれていて、爽快な読後感を与えてくれる。少なくとも『仮面の告白』は、戦前の私小説的、実感的な文学にたいして、知的な構成をもった新しい告白体小説の誕生を意味していたのである。これほどしめっぽさを感じさせない青春小説は、やはりめずらしい。

三島由紀夫氏は『私の遍歴時代』のなかで、『仮面の告白』を書きあげた頃にふれて次のように書いている。

『仮面の告白』のような、内心の怪物を何とか征服したような小説を書いたあとで、二十四歳の私の心には、二つの相反する志向がはっきりと生まれた。一つは、何としてでも、生きなければならぬ、という思いであり、もう一つは、明確な、理智的な、明るい古典義への傾斜であった。

『仮面の告白』の次に書かれた『愛の渇き』（昭和二五年刊）は、関西の田舎を背景にして、悦子という女主人公の愛と憎悪と殺人を扱っている。しかし、この作品も、知的な硬質の文体で書かれていて、世の愛欲小説にみられる陰湿な抒情的志向や、感傷的なムードなどとはまったくといってよいほど無縁である。これは作者自身も語っているように、人物の設定までも、フランスの古典劇の構成にならって組みたてられており、三島氏自身のいう古典主義の美学を実作に生かしたものの一つといえるであろう。

ここで戦後における三島氏の社会的事件へのかかわり方について、述べておきたい。時代というものは、つねにその時代を象徴するような事件を生み出すものだが、三島氏のいくつかの作品が、それらの事件から作品の素材を得ていることは興味ぶかい。短篇『親切な機械』（「風雪」昭和二四年一一月）は、京都大学学生の女子学生殺しを扱っており、長篇の『青の時代』は、東大法学部の学生で高利貸をしていた山崎晃嗣の自殺事件を素材にして書かれている。また三島氏の代表作ともいうべき『金閣寺』は、金閣の放火犯人をモデルにして書かれているし、『宴のあと』のモデル有田八郎代議士、『絹と明察』のモデルとなった近江絹糸の夏川社長などを考えてみても、三島氏が社会的な常識を破った異常人物にたいして、どれほど旺盛な興味をもっているかは理解できよう。

しかし、三島氏のモデル小説について共通に言いうることは、おおむねモデルになった人物が、堅固な確信をもって常識をふみにじっていること、そしてまた作者の方でも、それらの人物の堅固な確信を自分なりに摂取し消化して、そこに明らかに三島的な人間像を創り出しているということである。『金閣寺』については、のちにやや詳しく述べるが、『青の時代』においては、センチメンタルでない英雄主義を信条として、どこまでも自覚的にこの世を征服してゆく青年の姿が描かれている。また『絹と明察』

では父性愛によって企業を経営しようとする男が、父性愛ゆえに厳しいしつけを従業員に強制し、ストライキによって自分の期待を裏切られて、「夢」の挫折をしいられる運命が描かれている。刑法の上では、「悪」を自分の信念から正しいと思って犯すばあいを「確信犯」と呼ぶのであるが、三島氏のモデル小説の特質は、その主人公が多かれ少なかれ「確信犯」としての性格をもっているという点にある。

「アプレ・ゲール」という言葉は、戦後の無秩序のなかで背徳的なことを堂々と行なう青年たちにたいする批判と冷笑のこもった言葉として、戦後の一時期に流行したことがあるが、このアプレ・ゲール青年たちにとっても、三島氏が一つの偶像であったことは、昭和三十年代の一部青年たちにとって石原慎太郎氏が教祖的存在であったのと似通っている。少なくとも、三島氏の文学は、平和と民主主義と人間性との確立をめざす前向きの時代思潮にたいして、その網の目からこぼれ落ちた異端者の心に、妙に切実に訴えてくるものをもっていたのである。そのような戦後世代の反逆的心情への共感は、短篇『月』のなかにも見いだされるであろう。

三島由紀夫氏が、きわめて知的な問題小説の作者であると同時に、ボディ・ビルや剣道を通じて肉体的なトレイニングに心を用いていることは、多くの人々の知るところであろう。そしてまた、氏が尖端的な現代人であると同時に、ギリシャ人の健康な生命力への憧憬を心にいだき、明るく透明な作品を書こうとしていることも、広く認められている事実である。三島由紀夫氏とギリシャ精神ということだけでも、十分に一つのテーマを構成しうる問題であるが、ここでは『潮騒』との関連においてのみ問題にしてみたい。三島氏は長篇『鏡子の家』のなかで次のように言う。

希臘人の美しい肉体は、日光と海軍と軍事訓練と蜂蜜との結果であった。しかし今では自然というものは死んでしまった。希臘人の肉体がもっていた詩的形而上的なものに到達するには、逆の方法、つまり筋肉を鍛えるという人工的方法によるほかはないのである。

この一文は、三島氏にとってギリシャ的健康が何を意味していたかを、かなりはっきりと示している。いいかえれば、現代文明のなかで「自然」は死んでしまっているのであり、人間の本来あるべき健康に到達するためには、意識的、人工的な操作が必要であるということだ。これは実生活の面では、体育やスポーツによる健康の獲得を意味しているが、芸術の問題としては、失われた自然的生命を人工的な造型によって構築することを意味している。『潮騒』の世界は、三島氏にとっては、人間の堕落以前のエデンの園を意味するが、その理想郷は人工的なフィクションを通じて再建されなければならない。『潮騒』の作中人物について、三島氏は「何から何まで自分の反対物」であると言っているが、自意識の怪物とでも称すべき三島氏の精神は、いわば自己の対立物のなかに、ひとつの失われた夢を結晶させようとした、ともうけとれる。

『潮騒』は昭和二十九年六月に書下ろし単行本として出版され、同じ年に「新潮社文学賞」を受けている。この小説は、ロンゴスの『ダフニスとクロエ』を下敷きにして創作された、と作者は語っており、ギリシャ的自然のなかで演じられた理想的な恋愛の姿を、現代の背景のなかに蘇生させようと試みたものとうけとれる。小説の舞台として選ばれたのは、伊勢湾の入口にある小さな島（作中では「歌島」と名づけられている）で、少なくとも都会の影響からは完全に遮断された土地である。そこに登場するのが新治という十八歳の青年と初江という娘であるが、これらの人物の特質をなしているのは、彼らが現代人の病ともいうべき知性や自意識を、ほとんど持ちあわせていないということである。自然は昔ながらの美しさを保って生きており、人間もまた自然に従うことによって、満ち足りた生活を送っている。極端にいうならば、彼らは「精神」を持ちあわせていない。ヴァレリーは、「幸福な国民には精神がない。彼らは精神を必要としないからだ」と言ったことがあるが、このように精神を必要としない世界にこそ、人間の本来の幸福はあるのではなかろうか。そこでは、神（これはキリスト教的な神ではない）さえも、自然や人間とともに生きていたのだ。

明る日、漁からかえった新治は、五六寸の虎魚《おこぜ》を二疋、鰓をとおした藁でつらねたのを、手に下げて、灯台長官舎へ行った。八代神社の裏手まで昇ったとき、神のたちどころの恩寵に、まだ感謝の祈りを捧げていなかったことを思い出して、表へまわって、敬虔な祈りを捧げた。

祈りおわると、すでに月に照らされている伊勢海を眺めて深呼吸をした。古代の神々のように、雲がいくつも海の上に泛んでいる。

若者は彼をとりまくこの豊饒な自然と、彼自身との無上の調和を感じた。彼の深く吸う息は、自然をつくりなす目に見えぬものの一部が、若者の体の深みにまで滲み入るように思われ、彼の聴く潮騒は、海の巨きな潮の流れが、彼の体内の若々しい血潮の流れと調べを合わせているように思われた。新治は日々の生活に、別に音楽を必要としなかったが、自然がそのまま音楽の必要を充たしていたからに相違ない。

ここには、近代人の苦悩や絶望は少しもない。神々も自然も人間も、有機的な統一のなかにあり、すべてが満ち足りたかたちで完結している。肉体的な健康がそのまま精神的な健康につながり、人間の内部と外部とが完全に調和している理想状態が描かれているのだ。これは、三島氏が自己を語った作品ではないが、戦後の近代化の風潮を人間にとってマイナスのものと意識してきた三島氏にしてみれば、近代の毒に染まらぬ健康を作品のなかに再建しえたことは、やはり氏の反近代的な美学の一端を、芸術的完成という形で実現したものと見られよう。『潮騒』の世界の特質をいっそうよく理解しうるために、ここで私は『アポロの杯』のなかから、三島氏がギリシァに旅したときの感銘を書き記した部分を、紹介しておこう。

> 今、私は希臘にいる。私は無上の幸に酔っている。よしホテルの予約を怠ったためにうす汚ない三流ホテルに放り込まれている身の上であろうとも。インフレーションのために一流の店の食事が七万ドラグマを要しようとも。今この町におそらくただ一人の日本人として暮す孤独に置かれようとも。希臘語は一語も解せず商店の看板さえ読み兼ねようとも。（中略）
>
> 希臘人は美の不滅を信じた。かれらは完全な人体の美を石に刻んだ。日本人は美の不死を信じたかどうか疑問である。かれらは具体的な美が、肉体のように滅びる日を慮って、いつも死の空寂の形象を真似たのである。石庭の不均斉の美は、死そのものの不死を暗示しているうように思われる。
>
> （中略）

希臘人は外面を信じた。それは偉大な思想である。キリスト教が「精神」を発明するまで、人間は精神なんぞを必要としないで、矜らしく生きていたのである。希臘人の考えた内面は、いつも外面と左右対称を保っていた。希臘劇にはキリスト教が考えるような精神的なものは何一つない。それはいわば過剰な内面性が必ず復讐をうけるという教訓の反復に尽きている。われわれは希臘劇の上演とオリムピック競技とを切離して考えてはならない。この夥しい烈しい光の下で、たえず躍動しては静止し、たえず破れてはまた保たれていた、競技者の筋肉のように汎神論的均衡を思うことは、私を幸福にする。


『潮騒』の世界が、ここにいう「汎神論的幸福」の世界であり、こういう美しい「自然」と醜い「精神」との対立のドラマを、私たちは三島氏の長篇『禁色』（昭和二六―二七年刊）のなかに見いだすであろう。

三島由紀夫氏の作品のなかで、最も芸術的な完成を示しているのは、やはり『金閣寺』ということになろう。昭和三十一年の一月から十ヵ月にわたって「新潮」に連載されたこの小説は、金閣の放火犯人・林承賢をモデルにしている。しかし、三島氏の他のモデル小説と同様に、この小説もまた、社会的な事件を枠組にしながら、三島氏が氏なりの個性を存分に投入した作品については、三島氏自身も、「やっと私は、自分の気質を完全に利用して、それを思想に晶化させようとする試みに安心して立戻り、それは曲りなりにも成功して、私の思想は作品の完成と同時に完成して、そうして死んでしまう」と書いている。

ところで『金閣寺』の主人公「私」は幼時から金閣の美に魅せられ、金閣こそが、彼の精神を支える唯一のものになってくる。金閣はこの世をたちこえて聳え立つ「美」の象徴であると同時に、「私」を他の俗人たちと分つところの、宿命の刻印でもあったのである。「私」は、「遠い田の面《も》が日にきらめいているのを見たりすれば、それは見えざる金閣の投影だと思」い、いたるところに、あたかも何ものかの予感や啓示のように、金閣は立ちあらわれたのである。どもりという生来の宿命を負わされていた「私」は、当然の結果として、他の子供たちにたいして一種の劣等感をいだき、閉鎖的な孤独におちいってゆく。そして、このようなタイプの少年にとっては、自分の劣等感を補償して、その孤独に何らかの積極的な意味を与えてくれる理想が必要なのであり、「私」にとっては、金閣の存在こそが自分の孤独感を正当化してくれる唯一の根拠であった。

　だが、ここで注意すべきことは、金閣がどこまでも「私」にとって「理想」として意味をもっていると同時に、それが「私」の全精神をとらえてしまうという理由のために、かえって「私」を実生活上の無能力者にしてしまうという一事であろう。人間が一つの理想をもつことは、もちろん望ましい。しかし、理想は実生活のかなたに聳え立つものであるから、それが人間を全面的にとらえてしまった場合、その人間は一種の生活喪失者としての姿を示してくる。たとえばある宗教を狂信的に信仰している人間を考えてみるならば、彼にとって人生はその宗教の教義によって解釈された観念的なものとなり、現世の些事にとらわれることは、自分の理想にたいする裏切りという意味合いを帯びてくる。『金閣寺』における「私」にも、金閣への憧憬の強さのために、同じような現象が起ってくる。すなわち、「私」がこの人生を素朴な生活者として生きようと願うとき、金閣は逆に彼の実生活を妨害する要因としてはたらきかけてくる。人生における最大の事象の一つである恋愛にたいしても、金閣は最大の妨害者としてあらわれざるをえない。

　しかし永い接吻と、柔らかい娘の顎の感触が、私の欲望を目ざめさせた。ずいぶん夢みていたはずのものでありながら、現実感は浅く稀薄であり、欲望は別の軌道を駈けめぐっていた。（中略）今の機を逸したら、永遠に人生は私を訪れぬだろう。そう考えた私の心はやりには、吃り阻まれて言葉が口を出かねるときの、百千《ももち》の屈辱の思い出が懸っていた。私は決然と口を切り、吃りながらも何事かを言い、生をわがものにするべきであった。柏木のあの酷薄な促し、「吃れ！吃れ！」というあの無遠慮な叫びは私の耳に蘇って、私を鼓舞した。……私はようやく手を女の裾のほうへ辷らせた。

　そのとき金閣が現れたのである。

　威厳にみちた、憂鬱な繊細な建築。剝げた金箔をそこかしこに残した豪奢の亡骸のような建築。近いと思えば遠く、親しくもあり隔たってもいる不可解な距離に、いつも澄明に浮んでいるあの金閣が現われたのである。

　それは私と、私の志す人生との間に立ちはだかり、はじめは微細画のように小さかったものが、みるみる大きくなり、あの巧緻な模型のなかにほとんど世界を包む巨大な金閣の照応が見られたように、それは私をかこむ世界の隅々までも埋め、この世界の寸法をきっちりと充たすものになった。巨大な音楽のように世界を充たし、その音楽だけでもって世界の意味を充足するものになった。

この場合、相手の女は「人生」を表象しており、「私」は人間の一人として女との結びつきを通じて人生を生きようと願っている。しかし「私」の心を支配している「理想」としての金閣は、「私」が卑俗な人生を生きることをけっして許そうとはしない。いったいこのような矛盾のなかに置かれた場合、人は理想によって人生を拒否しつづけるべきか、それとも理想を障害物と認めて、理想への復讐を行なうべきか。『金閣寺』の「私」は、ついに後者を選んで金閣への復讐を決意するに至るのである。

ここで思い出されるのは三島氏が愛読しているトーマス・マンの『トニオ・クレーゲル』の問題である。『トニオ・クレーゲル』の主人公は芸術家の宿命ゆえに俗世間に追随できず、彼に固有な不毛の孤独に陥るが、最後に至って、芸術家の市民性を自覚する。三島氏の『金閣寺』の問題も、氏の精神に宿っているトニオ・クレーゲル的な素質を考慮に入れてゆくならば、現世を拒否した理想主義者が、やがて理想主義に個有な孤独の限界点を自覚し、自分に外界からの孤絶を強いてきた「理想」への復讐を完遂し、「現世」への復帰を志向する精神運動の物語とも考えられよう。「私」はやがて金閣に放火し、自分を苦しめてきた「理想」にたいする復讐を敢行する。火焔に包まれた金閣の姿を確認した上で、「私」は次のようなかたちで人生への出発を試みる。

気がつくと、体のいたるところに火ぶくれや擦り傷があって血が流れていた。手の指にも、さっき戸を叩いたときの怪我とみえて血が滲《にじ》んでいた。私は遁れた獣のようにその傷口を舐めた。ポケットをさぐると、小刀と手巾に包んだがカルモチンの瓶とが出て来た。それを谷底めがけて投げ捨てた。

別のポケットの煙草が手に触れた。私は煙草を喫んだ。一ト仕事終えて一服している人がよくそう思うように、生きようと私は思った。

この最後の部分に示されている「生きよう」という決意をどう捉えるかによって、『金閣寺』の解釈は、いくぶん異なったものになるかもしれない。自分の心を支配していた「美」にたいして復讐をなしとげたとき、「私」ははたして正常な常識人として、人生とのつながりを回復することができたであろうか。できたとも言えようし、できそうもない、とも考えられよう。しかし、いずれにせよ、この作品の特質は、「美の信徒」としての三島氏が、「美」への復讐を志す人物を描いたという点にあるであろう。このことは、作家の意識の問題として考えれば、「美」（理想）を生きる人間の心情を、世俗の人生の視点から相対化して眺める文学方法を、三島氏がはっきりと自覚したことを示している。もちろんそれ以前の三島氏も、やはり人間の情念を知的に構成する創作態度を保っていた。しかし、『金閣寺』において精神的な自画像を描いた三島氏は、そこで一つの脱皮を遂げ、いっそう広い世界へ歩み出たともいうことができる。

長篇小説家としての三島氏は、同時にすぐれた短篇作家でもあり、また劇作家でもある。作品の分量からいっても、『三島由紀夫短篇全集』（新潮社）に収められている作品だけで七十四篇であるから、実際に書かれた短篇の分量は、これを上回っている。また戯曲の方面でも、初期の『火宅』（「人間」昭和二三年一一月）や、『燈台』（「文学界」昭和二四年五月）などの一幕物をはじめ、『只ほど高いものはない』（「新潮」昭和二七年二月）『鹿鳴館』（「文学界」昭和三一年一二月）などの多幕物、さらに『近代能楽集』としてまとめられた古典の現代化などに至るまで、はなはだ多面的な活動を示している。私はこれらの作品について、こまかい考察を試みているだけのゆとりはない。ここでは、三島氏の文学における戯曲の意味、および、古典の現代化にあらわれている氏の美学の一面に触れておきたい。

元来、戯曲という文学様式は、原則として複数の登場人物を前提として成立するものであり、また、観客に見せるために舞台の上で演じられるものである。このことは、戯曲という様式が私小説という一人称告白体の文学と本質的に対立することを示しているとともに、つねに自己のすがたを観客として距離をおいて眺める態度を前提として成立することをも意味している。ここでは人物の内面よりも、舞台で表現される「外面」に重点がおかれ、せりふもまた「外在化された言語」としての性格が強く要求されてくる。私小説という形の求道的告白文学への不信を強く示している三島氏にしてみれば、戯曲を書くことは、氏自身の文学態度としても、かなりの必然性をもっていたと見ることができる。

三島氏の戯曲の特質の一つは、深刻癖にとらわれた近代のリアリズム的演劇にたいして、歯切れのよい軽さをもっているという点にある。現代劇では、氏のいくぶんシニカルな人生態度がむしろプラスの要因として働いており、さわやかな印象をもたらすのに役立っている。このような特質は、たとえば『鹿鳴館』の舞台装置における鹿鳴館の姿を明治の西欧文化模倣の軽薄さを現すように配慮することによって、諷刺的な効果をあげるのに役立っている。また、『近代能楽集』に収められた諸篇は、能の様式を利用しながらも、古典的な演劇空間の再現にさいして、氏の諷刺的才能が巧みに生かされている。

たとえば、『卒塔婆小町』（「群像」昭和二七年一月）をとりあげてみると、ここでは絶世の美人・小町は老婆の姿をとってあらわれる。作中に出てくる「詩人」は、「老婆」を若いころの小町と信じて心を動かされる。老婆は詩人に向かって、もし自分のことを「美しい」と言えば詩人が命を失うであろうことを予告する。しかし詩人は老婆をかつての美人「小町」と信じて求愛し、死をとげる。すなわち「美」を信じる者は、結局、現世の前には敗れなければならないのである。このような構成をとっているこの戯曲は、「幻想」と「現実」との落差を主題にし、「幻想」を信じた詩人を最後に殺すわけであるが、ここにも、世俗の視点から理想主義者の「幻想」を冷笑しながら、なおかつ一面においてそれを救いあげようとする作者の態度が見られよう。これは『喜びの琴』（「文芸」昭和三九年二月）に出てくる片桐巡査への作者の態度にも通じるものであろう。

『卒塔婆小町』に見られるように、一方において「幻影」を信じる人間に共感しながらも、他方、それを第三者の眼から眺めるという態度は、言いかえれば、現実というものを多くの視点から見ることのできる姿勢を意味している。三島の短篇が、西洋のコントの手法を巧みに生かしているのも、そのことと無関係ではない。コントは、読者に一つの人生の姿をあらかじめ示しておいて、最後の落ちに至って、別の現実の姿が現われてきて、そこから独特なリアリティが生れてくる。『遠乗会』（「別冊文芸春秋」昭和二五年八月）、『クロスワード・パズル』（「文芸春秋」昭和二七年一月）、近くは『孔雀』（「文学界」昭和四〇年二月）などに、コントの手法のあざやかな適用が見いだされるであろう。

人生の切断面が、あまりにもすっきりしていて、全体として軽みを感じさせる三島の作品は、そのために、一部の人々からは傍観者的態度の強いものとして批判されている。しかしまた、考えようによっては、作中人物にべったりと身を寄せない距離感こそが、客観的造型のために有利に働いていることも事実である。『憂国』は、二・二六事件の青年将校の死を扱った名作であるが、これもまた、作者自身が青年将校的な人物でなかったからこそ、過不足のない作品造型が可能であったということができよう。

この論考は、いっそう評伝として色彩は強くもってよいものかもしれない。しかし、作者の実生活と作品とがはっきりと切断されているところに成立しているのが三島氏の作品であってみれば、氏の私生活上のこまかいことがらを並べることは、ほとんど三島氏を理解する上では無意味に近い。『金閣寺』によって三島氏は、芸術家としての象徴的自画像を描いたわけだが、「戦後」という「時代」の自画像を描いたのが、『鏡子の家』（昭和三四年刊）であったということができよう。『鏡子の家』は、鏡子という女主人公を中心として、そこに集まる戦後的な青年群像を描いた作品である。青年といってもけっして平凡な青年たちではなく、いわば戦後の混乱期における「精神」の怪物たちの集まりといった趣きがある。世界の崩壊を夢みる清一郎、ボクサーでありながら拳をこわし右翼団体に入る峻吉、画家の夏雄――これらの人物がそれぞれの異様な生き方を貫き、そこに彼らなりの青春を発見するのであるが、しかしこの不毛で病的な青春には、やがて鏡子の夫が帰ってくるに及んで、日常性が侵入してくる。この日常性の復帰は、『金閣寺』における「人生」と同じように、「美」や「青春」と対立するものである。しかし、戦後という「病める時代」は、日常性の復元によって、相対的なものとして措定される。『金閣寺』が自己の象徴的自画像を描くことによって自己脱皮をとげた作品であったとすれば、『鏡子の家』は、「戦後」という時代を内側から描くことによって、作者がそこからの脱皮を試みた作品とみられよう。

この二つの作品を書きあげることによって、三島氏は、きわめて自由な世界に出ることができた。時代とともに呼吸し、生きていた三島氏は、時代からの脱皮を通じて、自由自在な芸術造型をなしうる地点に到達したのである。『鏡子の家』に次いで書かれた長篇小説として、『宴のあと』（「新潮」連載・昭和三五年）、『美しい星』（「新潮」連載・昭和三七年）、『午後の曳航』（昭和三九年刊）、『絹と明察』（「群像」連載・昭和三九年）などがあい次いで書かれることになる。『宴のあと』はモデル問題をめぐって、いわゆる「プライヴァシー裁判」をひき起した。しかしこの小説も、すでに三島氏のモデル小説の特色として述べたように、どこまでも三島氏の独自の世界を作り上げた作品であり、女主人公・しづの溌剌たる生命の汪溢が、全篇にすがすがしい印象を与えている。

また『美しい星』は、ＳＦの手法を巧みに生かして、「宇宙朋友会」という新興宗教めいた団体の創立者・大杉重一郎を中心にして、彼の対立者・羽黒助教授の人類滅亡の思想とをからみ合わせた、きわめてユニークな小説である。重一郎は「空飛ぶ円盤」に心をうばわれた奇妙な人物で、ある日とつぜん自分が宇宙人であるという自覚に到達する。彼は人類救済こそ自分の使命であるという自覚をもって、「宇宙朋友会」を組織して布教活動に専念する。彼の対立者・羽黒は、重一郎とは正反対に人類の滅亡を教義として掲げて、これまた奇妙な思想家として登場する。

物語はこの二人を中心にして展開されるが、この小説の特質の一つは、三島氏が「思想」にとりつかれた狂信者のドラマを書こうとしたところにあると思われる。重一郎も羽黒助教授も、自分の思想を唯一絶対のものと信じて疑わずほとんど日常生活を超越したかのような生き方をしている。このような人間の生存様式は、常識人の目から見れば奇異なものとしか見えないかもしれないが、しかし、ある意味からすれば、このような狂信者の姿こそ、二十世紀の人間に固有なものではないであろうか。たとえば政治的イデオロギイを絶対的なものとして信じて、それによって現実を解釈している政治家の姿もまた、大杉重一郎と似たものではないであろうか。現実が不確定なものに見え、さまざまな観念や先入観が生の現実の代用物として通用しているところに、現代の特質の一つがあるとすれば、このような狂信者の生き方は、ある意味では、現代人の生存様式を極限的な姿で描いたものとも、見ることができる。人類救済思想を信じている重一郎は、彼の「思想」をエロスの対象として生き、そこに生きがいを感じているのであって、そのような点にも、この小説の現代的な特質が見いだされる。三島氏は安部公房氏との対談「二十世紀の文学」(「文芸」昭和四一年二月)のなかで、二十世紀文学の問題の中心は、セックスにあり、しかも二十世紀の特質は、エロスがセックスの領域以外のところに入りこみ、思想や行動がエロス的衝動によって規定される点にあると述べているが、この『美しい星』も『憂国』や『英霊の声』(「文芸」昭和四一年六月)の主人公が天皇制の思想をほとんど恋愛の対象と同じように生きているのにも似て、エロス的に思想を生きる人間を描いていて興味ぶかい。また羽黒助教授の思想も、進歩的ヒューマニズムと相反するものであるという点で、三島氏の現代の思想状況へのアイロニカルな姿勢がそこに読みとれておもしろい。

この『美しい星』をめぐって、これが政治小説であるか否かという問題をめぐって論争の起きたことも、記憶されてよい。従来の日本の「政治小説」の概念からすれば、政治小説とは、政治を直接に描いて社会批判をした作品か、あるいは左翼イデオロギイによって現実を批判した作品を意味していたが、この『美しい星』が直接に政治を扱っていなくても、現代的状況の一端を鋭く呈示したという理由で、これを新しいタイプの政治小説であると見るのが、論争者の一方の意見であった。もとより『美しい星』をそのように見るか否かは、人によって異なることであろう。しかし、問題を小説造型に限って考えてみても、『美しい星』が「思想にとりつかれた人間」の破滅を描いているという点で、従来の小説様式に新しい何ものかをプラスしたことは、ほぼ認めてよいと私は考えている。

『絹と明察』は、かつて従業員を酷使して労働争議を起こした近江絹糸の夏川社長をモデルにした小説である。そして、この作品もまた、完全に三島氏の思想に彩られており、とりわけ日本的な父親の映像を定着している点が特長的である。主人公の駒沢善次郎は、日本的な家族主義倫理の体現者であり、彼は自分の信じているその思想を、会社経営という事業にまで適用しようと試みる。会社を家族と考えている駒沢にとって、従業員は息子であり、だからこそ、彼は愛する息子たちのためを思って、愛の鞭を加えることを惜しまない。むろんこのような前近代的な倫理観念を信じている社長を、近代思想の洗礼をうけた従業員が喜ぼうはずがない。当然、両者の考え方の根本的な違いから、労働争議が起こるが、ストライキは駒沢にとっては、恩愛の裏切り以外の何物でもありえない。従業員の反抗を裏切りと感じた駒沢は、その挫折感から京都の病院でついに死ぬのであるが、古都の自然に囲まれて、鐘の音に耳を傾けながら、死の床に横たわる彼の姿は、新時代の抬頭を前にして滅びるほかはない「日本の父親」の姿を象徴している。それはあたかも明治の新政府についてゆけず古い血統を信じて狂死してゆく島崎藤村の『夜明け前』の主人公にも似て、ある種の滅亡の美しさを漂わせている。

ここで注目すべきは、三島氏における「日本的なもの」の意味である。この小説の琵琶湖を中心とした日本的な風景の描写も美しいが、三島氏の内部に宿る「日本」の原質を、最もよく示しているのは、やはり氏の代表的エッセイ『林房雄論』（「新潮」昭和三八年二月）であるだろう。日本的心情の体現者としての林房雄氏を論じたこのエッセイは、林房雄氏の個性に即しながらも、さらにそれを超えて、日本の伝統の原質にまで根を下ろしていて、政治思想や転向、さらに右翼思想を支える土俗的情念に至るまで、見事にとらえることに成功している。少年期の三島氏が日本浪曼派の間接的な影響下にあって、その美学の一端を体得したことは、この文章のはじめのほうで述べておいたが、『絹と明察』もまた、三島氏の「日本的なもの」への共感なくしては生れえなかったにちがいない。『豊饒の海』四部作もまた、明治以降の日本の歴史を背景にして、畢生の大作をめざして進行している。

最後に氏の文学の戦後文学史における特異な位置についてふれておきたい。

考えてみると、戦後という時代は、さまざまな要因を包蔵していた。戦時下の軍国政権の圧力が不当に人間性を扼殺していたため、自由と解放とを主張する文学が、戦後の数年間における文学の主流をなしたことも疑いを容れない。人間がこの世に生き、現実の生活をしてゆかねばならないかぎり、私たちは現実的な次元における人間的生活の確保をめざすべきであり、その意味で、荒正人氏が終戦直後に主張した「エゴイズムを通してヒューマニズムへ」という考え方は、いまもなお意味を失ったとは思われない。一市民としての「自己」を中心に考えるかぎり、私たちは社会的・政治的な局面においては、「自己」の欲求の拡充をめざすべきであるにちがいない。

しかし、人間という矛盾にみちた存在を考えるならば、私たちは、「人間」を「エゴイズムの集積」と見る見方だけで満足することができるであろうか。誤解を恐れずにいえば、人間の心には自己のエゴイズムを拡張したいという願望と同時に、それとはまったく逆の「死」への希求とでもいうべきものがひそんではいないであろうか。「生きがいのある人生」とは、「ある目的のためにいつでも死ねる」というくらいに生命を燃焼させることにほかならず、このような生き方への願望は、おそらくだれの心の中にも秘められているにちがいない。三島氏は、このような願望の所在について、『魔——現代的状況の象徴的構図』（「新潮」昭和三六年七月）のなかで次のように言う。

　若い不平たらたらなサラリーマンの心には、社長になりたいという欲求と紙一重に、若いままの自分の英雄的な死のイメージが揺曳している。これは永久に太鼓腹や高血圧とは縁のない死にざまで、死が一つの狂おしい祝福であり祭典であるような事態なのである、かつて戦争がそれを可能にしたが、今の身のまわりにはこのような死の可能性は片鱗だに見当らぬ。壮烈な死が決して滑稽ではないような事態を招来するには、自分一人だけではなく、社会全体の破滅が必要なのであるまいか？

　このような言葉を、危険な反動的言辞としてうけとるのは易しい。しかし、こういう危険な情念は、人が意識するとしないとにかかわりなく、やはり私たちすべての者の心にひそんでいるのではなかろうか。ここにいう「壮烈な死」とは、たとえば『憂国』にみられるような「祝祭」としての性格をもった死のことである。今日の民主主義社会のなかにあってさえ、私たちが、たとえば歌舞伎や浄瑠璃などに見られる人間たちの生き方を完結した「美」として見ることができるのはなぜであろうか。人々は前近代的な時代に見られる仇討や切腹や心中などを、理論的な次元でつまらぬ生き方と考えることができる。しかし、近代人のうす汚れた心と、おのれの節操を固守して死んで行った遠い時代の人々の生き方とを比べてみるとき、少なくとも「美」の問題としては、私たちの心のなかに、後者の生き方にたいする共感の要素があることは事実であろう。私は、現実的次元における人間の解放をめざして歩き続けた戦後の進歩主義者の立場を非難しようとは思わない。ただ、彼らの思考から洩れ落ちた人間性の領域に関わることなしに、「人間」を考えることはできない、と言いたいだけである。

戦後二十余年間にわたる三島由紀夫氏の文学的な歩みは、これをひとくちに要約するならば、戦後思想の主流にたいして、たえず異端者としての立場を崩さなかったという点にあった。初期の作品群は、人間に内在する危険な情念の飛躍を堅固な知性によって造型しているし、氏の「仮面」の論理は、伝統的な「私小説」の発想を底からゆるがさずにはいなかった。戦後の文学が社会的な大ロマンやリアリズムの確立をめざしていたとき、三島氏は反リアリズム的な立場から、芸術至上主義を守って一歩も動こうとしなかった。むろん三島氏は戦後の新しい作家の代表者ではあったが、その「新しさ」はつねに「伝統」を媒介としての新しさであった。三島氏が、その文学の発想からいえば、ロマン主義というよりも「新・古典主義」と呼ぶほうがふさわしいのも、そのためである。

戯曲『サド侯爵夫人』は、典雅な古典劇の手法を活用しながら、日本では稀に見る華麗な演劇的世界を樹立している。この戯曲の女主人公であるサドの妻・ルネは、自分の夫が牢獄につながれている間は、献身的な愛情を彼に注ぐことを惜しまない。しかし、時代が変わって、サドが釈放され、彼が新時代に受けいれられようとしはじめたとき、ルネは夫を捨てて修道院に入ってしまう。このようなルネの生き方は、常識人の生活感覚から見れば、異様なものと思われるかもしれない。しかし、考えてみるに、サドという一人の男の社会的価値が何でありえよう。サドが牢獄にあった日、ルネにとっては、サドは社会的に無価値であったからこそ、無償の愛の対象になりえたのである。しかし、サドの思想が社会的に公認され、夫が世に受け容れられてしまったとき、ルネにとっては、それは「無償の愛」を失うことでしかありえなかったのだ。三島氏の戯曲においては、ルネが修道院に入る動機は、もっと複雑なものとして描かれている。しかしルネの心に宿っている「反逆」の心は、同時に三島氏自身の「時代」に対する態度にも通じるものではなかったであろうか。ルネはサドの最高の理解者であり、サドを捨てることによって、いっそうサドを理解したのである。ルネは言う。

「……私にははじめてあの人が、牢屋のなかで何をしていたかを悟りました。バスティーユの牢が外側の力で破られたのに引きかえて、あの人は内側から鑢《やすり》一つ使わずに牢を破っていたのです。……」

私は、このサド観がそのまま三島氏に当てはまるとは思わない。しかし、サドが獄中で作りあげた文学と思想による「未来永劫に続く長い夜」は、三島氏が「戦後」という時代のなかで、ひそかに創り出そうと願っていたものを、私たちに暗示してはいないであろうか。

（集英社・日本文学全集『三島由紀夫集』解説、のち評論集『パトスの神話』所収）

二　作家論　Ⅰ　作家研究

聖セバスチャンの顔

花田　清輝

もちろん、あらゆる告白は、羞恥だとか、恫喝だとか、虚栄だとか、——その動機はさまざまであろうが、意識的にせよ、無意識的にせよ、すべて仮面をかぶって行われており、したがって、もしもこの作品の意図するところが、私小説風の告白にあるのなら、なにもわざわざ「仮面の告白」とことわる必要はない。しかし、このばあい、仮面は、懺悔聴聞僧《コンフエツスール》を眼中におき、おのれの顔をかくすためにとりあげられているのではなく、逆におのれの顔をあきらかにするために、——ほとんど他人の視線など問題にせず、いわば、仮説としてとりあげられている。つまり、ここでは、仮面があればこそ、告白もまたあるのだ。最初に告白をしたいという内心のやみがたい欲求があり、その結果、仮面がとりあげられているわけではない。そこに、この告白の独自性があり、仮面の特に強調されるゆえんがある。『道化の華』のなかで、太宰治は、作家はみんなこういうものであろうか、告白をするのにも言葉を飾る、と仮面にたいするはげしい嫌悪の情をもらしており、爾来、所詮、人間は、仮面をかなぐりすてることはできぬと観念したかれが、徹頭徹尾、反語的に、毒をもって毒を制し、虚構をもって虚構を殺し、仮面をつけたまま、仮面を逆用することによって、いかに執拗におのれのほんとうの顔を示そうと努めたかは、いまなお、われわれの記憶にあたらしいが、——しかし、こういう悲劇は、三島由紀夫には縁がない。思うに、たとえ、ふた眼とみられぬ顔であるにせよ、仮面をつけた顔を、ちゃんと所有しているという自意識をもっている人間は幸福だ。むしろ羨望に値いする。太宰の世代にくらべると、三島の世代は、いっそう悲劇的であり、かれらは、おのれのほんとうの顔のいかなるものであるかを知らず、しばしば、顔そのものの存在にさえ疑惑をいだきながら、ひたすら仮面だけをたよりに、一歩、一歩、みずからの顔にむかって肉迫してゆくほかに手がないのだ。「失われた世代《ロスト・ゼネレーション》」は、おのれの顔もまた失っており、顔の代りに、かれらの所有しているものといえば、つめたく、かたい、仮面だけなのだ。仮面の表情は、理知的であり、非情冷酷であり、傲慢不遜であり、口角に薄気味の悪い微笑をたたえているところは、いささか悪魔的でないこともない。はたしてかれらは、このような仮面を、仮説として、いかなる顔を発見するであろうか。いかなる告白を試みるであろうか。顔を発見することは不可能かもしれない。しかし、失敗を覚悟の前で、今日の若い世代は、架空の顔を求めて、無限の可能性をはらむ未知の世界に、勇敢に踏み出してゆく。

繰返していう。鷗外の『ヰタ・セクスアリス』において意識的につけている老獪な表情の仮面も、花袋の『蒲団』において無意識にかぶっている愚直な表情の仮面も、ユングの言葉を借りていえば、いずれも「外向型」に属しており、したがって、仮面は、つねに外にむかって遠心的に作用しているにすぎないが、太宰や三島の意識的に用いている仮面は、ひとしく「内向型」であり、たとえ両者のあいだに、仮面の表情において著しい相違があり、一方が羞恥のいろをうかべ、他方が不敵な面魂を誇っているにせよ、仮面は、同様に、絶えず内にむかって、求心的に作用しているのだ。この点にたいする認識不足から、いろいろな誤解がうまれる。花袋はむろんのこと、鷗外にも、太宰にも、顔が、――おのれの肉体があり、その肉体を、ひと眼からかくしたり、みずからの眼でみつめたりするために、はじめて仮面が問題になるのであるが、ひとり三島だけは、きれいに肉体を喪失しており、仮面は、かれの肉体を探しだすための道具になっているのである。そう思って、あらためて仮面をみなおしてみると、それぞれの仮面のもつ表情の意味が、全然、一変してくることはあきらかであろう。外向型の仮面をつけ、おのれの肉体をなにもかもさらけだすふりをしながら、しかもみごとにかくしおおせているばあい、仮面の表情は、愚直にみえればみえるほど、実は、老獪であり、老獪にみえればみえるほど、案外、愚直なのだ。内向型のばあいにしても同じである。仮面の表情に羞恥のいろが漂っているのは、いっぱんに考えられているように、仮面の主が、ひと眼にうつるおのれの肉体のみにくさを気にしてはにかんでいるからではなく、逆に、そのみにくさを、仮借するところなくとらえようとして、わき目もふらず緊張しているからであり、したがって、羞恥のいろは、傍若無人な、不敵さのあらわれ以外のなにものでもないのだ。これだけいえば、三島の仮面のもつ不敵な表情について、もはや蛇足をつけ加えるまでもあるまい。対決すべき肉体をもたぬかれは、心ひそかに、おのれの不具に、羞恥を感じているようにみえる。精神の桎梏を憎み、それに叛逆しようとする肉体があるように、肉体の桎梏を愛し、それに憧憬をいだく精神もまたあるのだ。花袋の末流には田村泰次郎がいるが、鷗外や太宰と、三島由紀夫とのあいだには断絶がある。かれは、全然、あたらしいのだ。そうして、ここから、ようやく、文学の領域において、半世紀遅れ、日本の二十世紀がはじまるのである。

「群像」の座談会で、十九世紀たちは、『仮面の告白』における内向型の仮面を、外向型のそれと思い込み、極度に理知的な仮面の表情に相当おびやかされながらも、一気に読めず、十一回にわけて読んだと白状してみたり、例によって外国文学の影響を云々してみたり、羞恥心や官能的なものの欠如を指摘してみたり、——要するに、この作品に、鬼面ひとをおどろかす若い世代のポーズだけをみて、無理に安心したがっているらしいが、もちろん、三島由紀夫は、少しもひと眼を気にして仮面をつけているわけではない。性的倒錯という内向型の仮面をかぶり、ひたすらかれが、おのれの肉体を模索しているのは、理知的な、あまりにも理知的な自分自身に不満をいだき、きびしい自己批判を行っているせいであり、その結果『仮面の告白』には、今日の若い世代に特有の、いささかも感傷的ではない、さればといって素朴とも称しがたい、透明な論理的抒情があふれており、これが、世の大人たちに、この作品を、気障だとか、気どっているとかいわせるのであろう。鷗外の『ヰタ・セクスアリス』こそ、気障なのだ。気どっているのだ。あれは、理知的な表情をした外向型の仮面をつけ、一度もおのれの肉体をみつめようとはしない、虚栄心にとんだ俗物の告白にほかならなかった。この種の仮面にたよっている人物は、いまの若い世代のなかにもたくさんおり、内向型の仮面をとりあげた三島由紀夫のばあい、むしろ、例外中の例外に属するのかもしれないが、——しかし、そういう鷗外の亜流たちも、鷗外ほどには、気障でもなければ、気どってもいない。なぜなら、かれらもまた、三島と同様、おのれの肉体を失っているからである。恋愛をしたこともないのに、恋愛の心理や生理や、手れん手くだにさえ通暁し、もはや恋愛そのものを歯牙にもかけなくなっている世代、フラーテーションが得意であり、相手から恋愛されることはあるかもしれないが、断じてこちらからは恋愛することのない世代、したがって、まったく無道徳的であるにもかかわらず、きわめて道徳的な行動に終始する世代。――これが、鷗外の亜流である今日の若い世代であるが、なるほど、かれらは口ほどにもない連中にすぎず、当然、座談会の十九世紀たちの軽蔑に値いしよう。観念の世界においては、かれらは、辛辣で、嘲笑的で、残忍で、十九世紀の人間よりも、むしろ、十八世紀の人間に、――スウィフトやヴォルテールに似ており、好んで人間をでくのぼう扱いしながら、おのれのたくましい批評精神を誇っているのであるが、――しかし、そういうするどい理知が、みずからの肉体を犠牲にして、購われたものであるという事実に気づいていない。したがって、冴えきった批評眼の持主であるため、恋愛などばかばかしくてする気になれぬといえば体裁がいいが、仮にそういう意欲をもったにせよ、できないのだからみじめであり、三島由紀夫がいみじくも喝破した通り、かれらは、ことごとく性的倒錯におちいっているのだ。恋愛のばあいのみではない。政治のばあいにしても同じである。かれらは、いつも批評家であり、永久に批評家としてとどまるらしくみえる。いったい、かくも頭だけ異常に発達した、コクトオのいわゆる最後まで滅茶苦茶に手取早く年をとってしまう種類の物々しい人間の誕生の原因を、どこにわれわれは求むべきであろうか。原因が戦争にあることはいうまでもない。ラディゲの世代は、第一次大戦後に、――三島由紀夫の世代は、第二次大戦後に出現した。

戦後、抵抗《レジスタンス》という言葉が流行し、戦争中の抵抗が、フランスにだけあったかのような観を呈しているのは滑稽というほかはなく、むろん、弾圧のはげしかった日本においても、抵抗は、ひと眼をかすめて絶えずつづけられていたのであるが、そのさい、人民の手によって、意識的にとりあげられたのが、さまざまな表情をした外向型の仮面であり、たとえば、日本の知識人にしても、決して戦争中拱手傍観していたわけではなく、かれらは、かれらなりに、たくみにこの種の仮面を活用しながら、執拗果敢に闘争しており、しばしば、かれらのために、相手は、それと気づかぬうちに、死地に追いつめられたこともあったのだ。猛獣には、暴力はあるが、知性はない。仮面とほんとうの顔をみわけることができない。抵抗というと、もっぱら悲劇的にのみ受けとるひとが多いようであるが、必ずしも暴力に、暴力を対決させ、闘争することだけが、抵抗ではない。知的な抵抗は、窮鼠かえって猫を嚙むようなものでなく、むしろ、猛獣使が猛獣を使うようなものであり、抵抗者側には、とうてい、暴力では相手にかなわないという諦めがあるとはいえ、知性では絶対に相手に負けないという自信があり、したがってまた、いつの日か、相手の知性を支配することによって、相手の暴力をも支配し、やがて自由自在に、相手を操縦する機会がやってこないとはかぎらない、という希望もまた、あるのだ。ハーゲンベック・サーカスのハーゲンベックのいうように、猛獣にたいしては、いっさい、暴力を使用せず、辛抱づよく馴らしてゆくほうが、得策らしい。戦後、肉体の精神にたいする叛逆を主張している連中が、猛獣の代弁をしているとはいささかも思わないが、戦争中、まったく知的な抵抗を放棄していたため、不当に精神を侮蔑しているのでなければ幸いである。いかにも肉体主義者のいうように、戦争は、われわれの若い世代に、肉体の放棄を強要し、かれらは、至極、従順に、その要求をいれたかもしれない。しかし、そういうかれらの素直な態度を、戦争中、支配的であった精神主義の影響とみることは、むろん、あまりにも単純だ。それどころか、若い世代のなかの尖鋭な分子は、肉体の放棄を決意するとともに、肉体にたいする未練からではなく、肉体から解放された気軽さから、ますます、精神主義にたいする知的な抵抗を、強化していかなかったとはいえないのだ。おのれの肉体をまもるためにではなく、抵抗を、ヨリ効果的なものにするために、かれらはすべて慎重な態度をとり、さまざまな表情の外向型の仮面をつけ、悠々と、猛獣共のあいだをぶらつきまわっていたであろう。仮面をとおして、かれらの眼にうつったものは、まさにサーカスの風景だったにちがいない。もしもそうだとすれば、こういう知的な若い世代に、戦争中の精神主義の単なる裏返しにすぎぬ肉体主義を説くことは、およそ無意味であり、かえって、肉体主義者こそ、若い世代から、精神主義にたいする抵抗の仕方を、大いに教えてもらう必要があろう。今日の若い世代の悲劇は、奇妙なことに、精神主義を支持したことによってではなく、それにどこまでも反対したことによって、逆におのれの肉体を喪失してしまった点にあるのだ。仮面を顔だと思いこみ、いつかおのれのほんとうの顔を、忘れはててしまった点にあるのだ。外向型の仮面のうつろな眼からは、外にあるのなら、なんでもみえすぎるほど、よくみえるが、ただ、自分自身だけはみえないのだ。

中野重治の『斎藤茂吉ノート』や坂口安吾の『青春論』のなかに物語られている青春には、エネルギーにみちた、潑剌とした肉体がのさばり返っており、かれらの青春を支配したであろう浪漫的感情のはげしさを思わせるものがあり、わたしにしても、青春というと、なんだかこのほうが、ほんもののような気がするのであるが、肉体を喪失した今日の青春を支配しているものは、いかなる事態に遭遇しても、感動することもなく、陶酔することもない、客観的な、あまりにも客観的な、つめたい理知だけだ。これらの鷗外の亜流たちは、生来、理知的だったのであるが、戦争中の抵抗が、いっそう、かれらを古典派に仕立てあげたのだ。かれらは、みずからの境地に満足し、ひたすらおのれの理知を誇っているようにみえる。かれらは、猛獣と対決しても、猛獣使よりも、はるかに大胆不敵であろう。なぜというのに、猛獣使には、肉体の無力感が伴うが、かれらには、精神の優越感だけがあるからだ。したがって、これらの世代の代表者である三島由紀夫が、外向型の仮面を、内向型のそれととりかえ、おのれの喪失した肉体の探求をくわだてた勇気だけでも、大いに賞讃に値するわけである。外向型の仮面をかぶり、そうして、おのれの肉体など気にかけなければ、――つまり、仲間の古典派と同じように振舞ってさえいれば、まったくかれは危なげのない人物だ。たとえばかれの『孝経』という小説など、古典派の見地からみれば、非のうちどころのない、みごとな出来ばえだ。しかし、かれは、敢えて『仮面の告白』においては、今日の古典派のアキレスの踵である、喪失した肉体を問題にすることによって、おのれの肉体を喪失させたままにしておくことは安易であり、おのれの肉体を発見しようと決意するとき、いかに理知が言語に絶する苦難の道を歩かなければならないかを証明し、期せずして古典派全体の自己批判を行ったのである。それは、かれが、かれの仲間よりも、ヨリ古典的であり、ヨリ理知的であったからであるが、――しかし、懐疑のいかなるものであるかを知らぬ仲間の眼には、おのれの肉体の発見に全力をあげているこの作品が、おそらく浪漫的にみえたはずだ。さらにまた、いつものように浪漫派側からは古典的だという非難、――たとえばさきにあげた、官能的なものの欠如という批評などもその一例であるが、この作品には、真に肉体らしい肉体や、そういう肉体のあいだの火花の散るような関係が無視されており、恋愛といえば、同性愛やプラトニック・ラヴの範囲にとどまり、要するに、すべてが、きれいごとにすぎず、依然として、この作家は、血のかよったようなものを、なに一つつくりだすことができず、おのれのまずしい体験を材料に、さも意味ありげに、理知で、切りきざんだり、みがきあげたりして、得意になっているだけのことだ、といったような非難があらわれてくることはたしかであり、したがって、古典派全体の自己批判というこの作家の敢行した比類のない冒険が、むろん、敵の側からも、いささかも正当には評価されず、かれらは、例によって、かれらの不満の原因を、この作家の若さに、――生理的年齢に帰し、たとえば、座談会のひとりのように、『仮面の告白』を書いたひとが、今度五十歳くらいになって「素面の告白」を書いたらおもしろいだろう、などと放言し、おのれの生活の年輪を誇るのだ。いったい、年齢がなんだというのだ。馬鹿は、いつまでたっても馬鹿である。芸術の世界には年齢などないのだ。われわれにとって若い世代が問題になるのは、かれらのになっている使命のためだけである。

そもそも浪漫派の諸君は忘れている。この作家には肉体がないということを。ただ、仮面だけがあるということを。そうして、その仮面だけをたよりに、おのれのほんとうの顔を求めつつあることを。こういう浪漫派の迂闊さは、元来、かれらが、聡明ではなく、戦争中の知的な抵抗を、ほとんど放棄していたことを遺憾なく暴露している。たぶん、かれらは、ずるずると、官能的なものにばかり、ひきずられていたにちがいない。しかし、もしも「仮面の告白」が「仮面の告白」におわるならば、――「素面の告白」になっていなければ、もちろん、仮面をとりあげたことは無意味であり、三島由紀夫の企ては、みごと失敗におわったというほかはない。はたしてかれは、かれのほんとうの顔を探りあてたであろうか。いうまでもない。浪漫派の諸君に肉体がみえないとすれば、それは諸君が、純潔な肉体というものを、いささかも肉体だとは思っていないからだ。頽廃した、泥まみれになった肉体だけを、真の肉体だと思っているからだ。それはかつての中野重治や坂口安吾の肉体と同様、――いや、官能的なものに毒されていないため、それ以上に、若々しく、強靭だ。そうして、かれのほんとうの顔は、理知的ではあるが、仮面のように、非情冷酷でも、傲慢不遜でもなく、どこか殉教者聖セバスチャンの面影がある。

などというと、どうやらわたしもまた、性的倒錯者のひとりだと思われそうであるから、もうこのくらいで止めておく。要するに、わたしはいいたかったのである。今日の若い世代は、十八世紀風の主知的な古典派でも、十九世紀風の主情的な浪漫派でもあってはならない、と。『仮面の告白』は、浪漫派からも、古典派らかも嫌われるにちがいない。そこがいいのだ。

ナルシシスムの運命

神西　清

一

「女が髭を持つてゐないやうに、彼は年齢を持つてゐなかつた。」――例によって三島由紀夫得意のアフォリズムである。『禁色』に出てくる男色家ジャッキーを指して言っているのだが、いっそそっくりそのまま、当の作者に当てはまりそうである。まったく女に髭がないように、三島由紀夫には年齢がない。もちろん年齢といっても、先天的な――いやつまり、戸籍上のそれじゃない。見た目が小ましゃくれてるとか、変に大人っぽいとか、そんな世間話でもない。ぼくの言うのは、いささか気障っぽい言いまわしだが、まあ「美の年輪」とでも言ったものを指すのだ。つまり彼の文学の胎生に関するわけである。

どういう因縁か知らないが、ぼくは三島由紀夫の作品を、戦争中から知っている。『花ざかりの森』という本がある。彼のごく初期の作品をあつめたものだ。ぼくは偶然それを虎の門へんの小っちゃな本屋で見かけて、灯火管制の黒幕のかげで読んだ。空襲がはじまって、黄色っぽい硝煙が東京の街路にただよいだしていた。終戦の前年の、たしかに暮れ近いころである。この本には短篇小説が五つ載っている。

短篇といっても、百ページ近いのもある。今でもおぼえているが、『世々に残さん』とか『苧菟と瑪耶』などという作品は、なかなかの力作であった。ぼくは読みだして、とたんに芥川龍之介の再来だと思った。

もっともこの印象は、すぐ訂正せざるを得なかった。藍より出でて藍より青いというだけではなく、明らかに異質のものがあったからである。龍之介の王朝物は、どうかすると苦労の跡ばかり目について、しっくりついて行けない場合が多い。擬古文というものは難かしいものだ。江戸中期に出た一代の才女、荒木田麗女の才筆をもってしても、その王朝に取材した歴史物語には、措辞上の狂いが少なくないそうだ。もちろん『花ざかりの森』の諸篇は、擬古文で綴られているわけではない。王朝の文体を現代に生かしたものである。しかしその和文脈はみごとに生きていたのみならず、詩情またそれに伴って香り高かった。ぼくは舌をまいた。この早熟な少年のうちに、わが貴族文芸の正統な伝承者を見る思いがしたからである。

ぼくは何も回想にふけっているのではない。だいいち貴族文学の伝統などと言ったら、今の世で笑いださぬのは恐らくイギリス人ぐらいなものだろう。それは百も承知である。ぼくの言いたいのは、若い三島由紀夫がすでに王朝文学の情念と文辞とを、みごとにマスターしていたことである。つまり彼の出発点は、わが王朝文学にあった。近ごろ（いや、だいぶ前からかもしれない）の文学青年が、せいぜい明治末期の自然主義か、もっとくだって志賀文学か、あるいは葛西善蔵か、ぐっと新しいところでは飜訳工場で大量生産されるアメリカものか、まあそんなところを出発点としているのに比べて、これは恐ろしく特異なことである。三島由紀夫が特異児童と呼ばれる原因の一半は、たしかにそこにも潜んでいる。特異児童とは要するに、年輪が不詳だということである。

とはいえ勿論、その時代の彼が日本古典一辺倒だったと言うのではない。ラディゲやワイルドの影響はすでにはっきりと認められるし、もし仮にそれがないとしたら、現代のわが国の文学ずきな少年として、それこそ不自然きわまることと言わなければならない。それは次第にはっきりと、この青年の文学的思考の骨髄を形成しつつあった。美が美学を得たのである。

太平洋戦争たけなわの頃、彼の好尚はいちじるしく室町時代に傾いた形跡がある。老いたる義政をめぐって美貌の能若衆と美しい巫女《みこ》とが演じる死のドラマ『中世』は、終戦の年に書かれている。暗鬱と瑰麗《かいれい》の綾織り。その能楽趣味はワイルドの美学で昇華されていて、おそらく青年三島の完成を示す一道標である。それに二年ほど先だって、『中世に於ける一殺人常習者の遺せる哲学的日記の抜萃』という恐ろしく長い外題《げだい》の作品がある。これも室町幻想である。そのなかで、殺人者は書いている。

殺人といふことが私の成長なのである。殺すことが私の発見なのである。忘れられてゐた生に近づく手だて。私は夢みる、大きな混沌のなかで殺人はどんなに美しいか。殺人者は造物主の裏、その偉大は共通、その歓喜と憂鬱は共通である。

この語は蔵《しん》をなした。三島由紀夫は終戦とともに、非情な「殺人者」として登場したからである。もっともこの正体を世間が認識するまでには、相当の時日を必要とした。人々ははじめ彼のうちに、季節はずれの蕩児だけを見た。おそろしく気前のいい才能の濫費者を見た。しかもその年齢は不詳であった。

二

だが果して三島由紀夫には年齢がないのだろうか。断じてそうではない。戦争はたしかに、彼の美学の急速な確立をうながした。その意味で彼は明らかに戦争の児であった。のみならず戦争は、それまで樹皮に蔽われて見えなかった彼の年輪を、その幹に一痛打を与えることによって露わにした。その意味で、彼もやはり戦争の「直接被害者」であった。美の信徒は、今やはっきりと美の行動者になったからである。

終戦後二年ほどして、彼は『重症者の兇器』という短い文章を書いている。それがどういう機会に書かれたものかぼくは知らないが、かなり激越な、ほとんど喧嘩腰の文章である。人は怒ると本音が出る。売られて買う言葉は誇張されがちだが、拡大されれば本音がいよいよはっきりするだけだろう。

「われわれ年代の者はいたるところで、珍奇な獣でも見るやうな目つきで眺められてゐる。」――というのが、その文章の書出しである。そして、「私の同時代から強盗諸君の大多数が出てゐることを私は誇りとするが、かういふ一種意地のわるい、それでゐてつつましやかな誇りの感情といふものは、他世代の人には通ぜぬらしい。」それから彼は、若い世代というものは代々、その特有な時代病を看板にして登場して来たが、彼らはしかし一生のうちには必ず癒って行ったこと、ただしそれはカルシウムの摂取で病竈《びょうそう》を固めたにすぎないことを述べ、

「しかしここに、不治の病を持つた一世代が登場したとしたら、事態はおそらく今までの繰り返しではすまないだらう。その不治の病の名は『健康』といふのだ」と開き直っている。

苦悩は人間を殺すのか？　――否。
思想的煩悶は人間を殺すか？　――否。
悲哀は人間を殺すか？　――否。

これを彼は、「健康」の論理だと感じる。だから自分たちの世代を「傷ついた世代」と呼ぶのは誤りだ。虚無のどす黒い膿《うみ》をもらす傷口が精神に与えられるためには、もう少し退屈な時代が入用だ。退屈がなければ、心の傷痍は存在しない。つまり戦争は、決して自分たちの精神に傷を与えはしなかった。かえって自分たちの皮膚を（面の皮もろとも）強靱《きょうじん》にした。傷つかぬ魂が、強靱な皮膚に包まれているのだ。一種の不死身である。ところが些細な傷にも血を流す人々は、自分たちを冷血漢と罵りながら、決して自殺できない不死身者の不幸を考えようともしない。「生の不安」という慰めをもたぬ、この魂の珍奇な不幸を理会しない。……

以上が、その文章のほぼ前半の要旨である。見らるる通り、これは彼自身のぞくしている世代の「釈明」である。いや釈明というより、宣言文であり、さらに的確に言えば、必死の挑戦状である。「必殺の」と言い直してもいいかもしれない。なぜならすぐそのあとで、話は急旋回して、たちまち「兇器」の問題に突入するからである。兇器とは何であるか。

彼はいう、――自分たちが成長期をすごして来た戦争時代から、自分たちは時代に擬すべき自分たちの兇器を作りだしてきた。若い強盗諸君が、今の商売の元手であるピストルを軍隊からかっさらって来

たように、自分たちもやはり自分たち自身の文学を、この不法の兇器に託するほかはない。……（大意）

　こうなると厭でもぼくたちは、前にかかげた外題の長たらしい『殺人常習者の哲学的日記』を思いださずにはいられないだろう。「殺すことが私の発見なのである。忘れられてゐた生に近づく手だて。」――そして今や三島由紀夫は、その必殺の「兇器」が、もはや美学的な或る観念としてではなく、具体的な或る重量と或る鋭さをもった現実の武器として、したがって十分な使用価値と目的性とを以て、自分の掌に握りしめられていることを発見したのだ。その兇器とは、今さら言うまでもないことだが、彼が戦時ちゅう孜々《しし》として研《と》ぎつづけた美という匕首であった。ただしこの切尖のするどい道具が、突如として必殺の兇器に変じようとは、さすがの彼だって意外の思いを禁じえなかったに違いない。現に彼はこう書いている。――「盗人にも三分の理といふことは、盗人が七分の背理を三分の理で覆はうとする切実な努力を、つまりはじめから十分の理をもつてゐる人間の与《あづか》り知らない哀切な努力を意味してゐる。それはまた、秩序への、倫理への、平静への、盗人たけだけしい哀切な憧れを意味する」（『重症者の凶器』後段）。ボオドレールの『旅への誘い』のルフランが、この青年強盗の耳にも、なつかしく響きつづけていたことが察せられる。当人にとっては哀切かも知れないが、ぼくたちから見れば悲痛である。それはぼくらにとって、或る罪障感さえ伴っているのだ。

　ともあれ右に述べたことからして、三島由紀夫が自己のぞくする世代の宿命と使命についてはっきりした自覚を持つに至ったことだけは否定できないと思う。その世代というのは二十代（twentyagers というスラングがあるかどうか知らないが――）である。戦争から最も激甚な打撃を受けた世代、いわゆるロスト・ジェネレーションである。どうにも救済の処置のない重症なので、世間の「良識」から置きざりにされた一世代である。そういう厄介な世代の旗手として、イデオローグとして、いなそれのみならず殺戮《さつりく》の先登者として、生きんがための行動者として、今や三島由紀夫は完全な自覚と決意とをわがものにしたと言っていいだろう。年齢不詳の、あるいは年齢のない彼ではあるが、さすがに世代の所属だけははっきりし過ぎるほどはっきりしているのだ。世間には三島由紀夫について、その政治的ないし社会的な無関心を言う人もあるが、これは些か見当ちがいである。もっと広い観点に立って見れば、彼ほど自己の世代に決然とS'engagerしている作家はいないとさえ言えそうだ。彼の文学はりっぱなアンガジェの文学である。そう考えるほどの視野の広さが、わが読書界にもほしいものだ。

もっとも上に引いた一文は、いかにも彼のアンガジェ宣言文には違いないのだが、それが只の啖呵《たんか》や証文だけだったらつまらない。しかしどうやらその心配は無用のようである。この宣言文の書かれたのは一九四八年のことだが、大体その頃を境にして、彼の短篇作品には著しい変化があらわれている。終戦後しばらくはまだ模索時代で、贅沢な耽美主義的なところや、才能の過剰からくる美しい病気みたいなものが主調を占めていたのが、急速に形式が引緊って、はっきりと挑戦者の面魂をあらわして来たのである。美の殉教者が一変して、美による殺戮者になったのだ。彼は美という兇器をふりかざして、あらゆる敵へ躍りかかって行った。戦後風俗、斜陽族の俗悪、感傷、不安、女性の痴愚、わけても精神というものの不純。一々作品を挙げるにも及ぶまい。『春子』『怪物』『獅子』『親切な機械』『孝経』『頭文字』……挙げだしたら限りがないが、彼の作品には、きらきらしたサタイアと鮮やかな殺人美とが氾濫していると言えよう。その一方に『煙草』とか『殉教』とかいう、少年期の男色の目覚めを扱った作品も糸を引いている。

殺人美などというと、鶴屋南北あたりが連想されてまずいが（もっとも彼にはそういう趣味もないことはない）、主潮は決して頽廃的な怪奇味ではない。明晢な心理主義で処理された一種非情な典雅さ——それが特色である。「フランス十七世紀以来の心理小説の伝統に対する愛着が一方にある。もう一つワイルドなんかのヘレニズムの理想がある。この二つのものがぶつかり合つて止まる瞬間の火花のやうな美の表現」が自分の理想だと、慾ばったことを言う彼である。そればかりではあるまい。彼のなかにはロートレアモンもいれば、リラダンもいる。後者が前者をきびしく制御している形である。ユイスマン的なネオロギスム（新語趣味）やアルシアイスム（古語趣味）までが揃っている。意匠が凝っているもので、世間はなかなか彼のうちの殺戮者に気がつかなかったようだ。ひょっとすると今でもそうかも知れない。だが彼の短篇小説の本質は、みずから二十代の良心として、あくまで復讐者——なんなら復員者といってもいいだろう——の文学たるところにあった。

いや、それどころか、やがて彼は長篇第三作『青の時代』では、ついに自己の世代の一代表者——光クラブの山崎晃嗣の名における——にまで、冷酷むざんな兇器をつきつけるに至る。武田泰淳氏はこの小説の読後感で、光クラブ社長にラスコーリニコフ的重量感のないのに失望しているが、三島由紀夫にそんな親切気を期待するのは無理というものである。

牡の文学。わたしはそう呼びたいとさえ思う。彼にはちょっとフランソワ・ヴィヨンに似たところがある。

三

だが復讐者は、復讐の魔神につけ狙われることを覚悟しなければなるまい。彼が殺戮の冷徹な快感に酔っているうちに、魔神の罠はじりじり彼の身にくいこみつつあった。それがナルシシスムである。思うにナルシシスムは、牡の文学にとって避け得られぬ宿業であろう。彼はむしろ自ら進んで（とわたしには見える）その罠《わな》に身をまかせた。長篇の第一作『仮面の告白』を書いたのである。

女性があんまり鏡を愛用するので、ナルシシスムはどうやら女の専売のような観を呈しつつあるが、女における鏡は要するに化粧の一部にすぎない。裏には錫箔が張られ、表には白粉が塗ってある。美少年ナルシスと水精ニンフの性をとり違えなかったのは、さすがに男色の盛んだった古代ギリシャの智慧ではある。「ナルシスは申分ない美少年であつた。だからこそ彼は純潔であつた。彼はニンフたちを目はしにもかけなかつた。じぶん自身を恋ひ慕つてゐたからである。微風も泉もみださず、彼はそのほとりに身をかがめて、ひねもすわれとわが面影に見入つてゐた。……」。現にジイドの『ナルシス論』もそんな文句ではじまっている。昔ながらの神話である。なんべん繰り返しても、ナルシシスムの本質はこれ以上に変りようはない。永遠の清純と永遠の孤独が、その不可欠の要件である。はっきり言ってしまえば、彼は一茎の水仙に化してしまうほかはないのだ。花は身うごきすることはできない。水面にうつる自分の影に接吻することも許されぬ。影をとらえようとすれば、影は砕けてしまうだけだからである。「では何をしたらいいか？　とジイドは問い且つ答える、――注視することのみ」。

ナルシシスムの純粋形式は、まさにそんなものと思われる。清純と孤独と注視と。――それは現身《うつしみ》の死にこそ似ているだろう。ナルシシスムは無理に日本語に訳せば、自己陶酔とか自惚《うぬぼ》れとかいうことになってしまうらしいが、本来的には畢竟、自己注視に帰する宿命をもっている。死に酷似した清浄で不毛な状態がそこにはあるのだ。

三島由紀夫の場合を考えよう。前にも書いたように殺戮に殺戮をかさねてきたこの不逞な殺人犯人は、よしんば美という兇器のかげに作者たる自己の姿をかくす用意を絶えず忘れなかったにせよ、所詮は彼自身もまた、死（正確に言えば仮死というのかも知れない）の状態に陥る運命を免れなかったのである。天網《てんもう》恢々《かいかい》とはこのことだ。もちろん彼には些かの感傷性の持合せもない。罪障意識などという甘ちょろい前代の遺物もない。彼は不死身なのだ。にもかかわらず、やはり彼は死を免れなかった。死屍累々たる原野のただなかに、彼は膂力《りょりょく》比倫を絶した自分の姿だけを見いだす。彼だけは死をまぬかれたのだ。当り前のことである。彼の兇器はついに彼自身には向けられなかったのだから。彼はもはや自分自身を見つめるほかはない。純潔と孤独と注視と――完全なるナルシシスムの条件が揃ったわけである。そこで彼は仮死状態に陥る。

「この本は私が今までそこに住んでゐた死の領域に遺さうとする遺書だ。この本を書くことは私にとつて裏返しの自殺を映画にとつて逆にまはすと、猛烈な速度で谷底から崖の上へ自殺者が飛び上つて生き返る。この本を書くことによつて私が試みたのは、さういふ生の回復術である。」と、三島由紀夫は『仮面の告白』に自註している。ちょっと見には奇矯《ききょう》に思われないでもないこの言葉も、ナルシシスムの本義をわきまえれば意外でも奇妙でもなくなる。大岡昇平との座談会で、彼は「あれは要するに、わかりやすい告白の小説でね」と、あっさり言い切っている。その通りにちがいない。ただ奇怪なのは、仮面の、という限定詞である。

　それを大岡昇平に聞かれて、彼は、本当と嘘の見分けがつかなくなるのは「セックスの関係もあるけれど、男色家の免れがたい心理」で、そういう先天的に相対的な考え方しかできない男の告白――にいう意味だと言っている。また別の場合では、告白の本質は「告白は不可能だといふことだ」とも書いている。いよいよ得意の男色論が出てきたわけだが、そうなると門外漢のぼくなどには、ますます以て話がわからなくなる。そこで僕は僕なりに、自己流の解釈をして満足することにする。それはこの告白者（それは三島由紀夫自身だと仮にしてもいい）が、もともと否定者であり殺戮者だったということである。ナルシシスムでも、否定に呪われたナルシシスムなのである。いわば自己陶酔を拒絶されたナルシシスムなのである。負数のナルシシスムと言ってもいいだろう。絶対主義のナルシシスムが日本流の私小説だとすれば、これは相対主義のナルシシスムだ。男色的という術語を使わないでも、近代的という一般語で間に合うようにぼくは思う。分裂はナルシシスムにとっても、近代の宿命なのである。

　ぼくは『仮面の告白』を読んだとき、すこぶる奇異の思いを禁じえなかった。前半と後半とが、まるで異質なのである。さながら大理石と木とをつぎ合わしたような工合に見えた。前半、「私」なる主人公のペデラスト的性生活が展開される部分が実に健康で、真に男性的なみずみずしい erectio と ejaculation とに満ちているに反して、後半、「私」が女の世界へ出ていってからは、もちろんその性生活が不能という呪いを受けることは当然だとしても、それでは説明しがたい作品としての無力と衰弱を示しているように思えた。先ほどあげた座談会で、作者自身もそれを認め、非常にくたびれて前半ほどの熱を持てなかったと白状している。だがどうも、疲労とか熱の冷却とかいうせいだけにしてしまえる問題かどうか。やはりこれは男色といふ分裂型ナルシシスムの宿命が、根本にあるのではなかろうか。

勿論それはそれでいいのだ。近代のナルシシスムが、しょせん生と死の対立の形をとることを免れ得ないものなら、作品としての生命は、その対立そのものの浮彫のうちにあるはずである。そこを何かしら作者は計算ちがいをしているようだ。つまり僕の言いたいのは、前半のペデラスティに対するに、後半の妙にストイックなプラトニック・ラヴを対立させたところに、作者の「方法論的」な勘ちがいがあったということだ。そのため折角の野心作が、何か人工流産みたいなことになってしまったことは惜しい。

すこし誇張して言えば、あの作品は自分の手で殺されたみたいなものだ。あんまり人殺しをして来た罰かもしれない。だが三島由紀夫は不死身である。彼はみごとに立ち直って、壮大な「男色」小説の創造に乗りだした。それが『禁色』であることは言うまでもない。

四

『禁色』の特徴は、その非妥協性と、交響曲のような壮大な構成とにある。いわば本格的なロマンの骨格をそなえている。まだ第一部が終ったばかりで、第一主題はすでに十分提示され展開されているけれど、第二主題は提示されただけで、まだほとんど展開されていない。その第二主題とはつまり女に関する部分である。だからこの第一部だけをとって、又しても『仮面の告白』の轍《てつ》を踏みはしまいかと心配するのは、おそらく杞憂というものだろう。

ぼくはこの第一部を読みながら、モンテルランの『若き女たち』四部作を思い浮べた。勿論あれは男色小説ではない。女色小説である。いや、むしろ女性蔑視小説であり、あるいは警世小説でもある。彼はこの小説の附録で、近代西ヨーロッパの重病を五つ挙げている。非現実主義《イレアリスム》、苦悩主義《ドロリスム》、お追従主義《ヴーロアル・プレール》、群居主義《グレガリスム》、それに感傷主義《サンティマンタリスム》。そして、社会の肉体についている以上五つの病傷の中には、女陰の形をした無数のバチルスが見いだされるという。つまりそうした病気はみんな、本質的には、女性のものである——と、モンテルランは言うのである。『若き女たち』四部作は、いわばそれらバチルスの生きた陳列室にほかならない。

『禁色』は、このモンテルランの四部作が終った所に始まっていると言っていいだろう。つまり女色家（だとぼくは信じるが）モンテルランの仕事はすでに終ってそれ以上に進むことはできない。なんといっても彼は、やはり女性の肯定者だからである。バトンはそこで、是非ともペデラストに引き継がれなければならぬ。そこで三島由紀夫がスタートする。目的は、女性的文化からの快癒である。すこぶる建設的な壮大なプランだ。つまり一種のユートピア小説であり、その意味では逆のユートピア小説である『チャタレイ夫人の恋人』に似ている。清潔さや牧歌性の面でもすこぶる似ている。ファロス再誕の理念の面でも似ている。

方々にあらわれた評を見ると、人間が描けていないという評判である。殊に女がそうだという評判だ。相も変らぬ自然主義談義である。もちろんこの小説の意図は、男色主義という雄大な巨像を刻む（ただし出来あがったあとで、作者は爆弾仕掛かなんかで再びそれを粉みじんに壊すかも知れないが——）ことにあるのだが、それでいて作者はちっとも観念的なんかになってはいない。ただそうしたイデーにふさわしく、作者はすこぶる清潔な意識をもって、彫刻的な描法を厳守しているまでの話である。小説造形の一新体だと言っていい。いったい日本の読者は、こうした彫刻的なスタイルに甚だ不慣れである。

彼らは絵画性を貴ぶ。小説とは描くものだと一途に思いこんで、べとべととした絵具に惚れこむのである。彼らは乾燥した、非情な、三次元の、刻まれた小説もあるのだということを知らない。男色主義の小説が、今までの手口で描かれるものとしたら、それこそ背理というものである。ギリシャ彫刻では、好んで少年青年の肉体を取扱った。そしてあくまで女の肉体は蔽いかくした。けだし男性美は彫刻で勝利を占めるに反し、女性の肉体は色彩の配合（つまり絵画）に適する。そんなことはジイドがとうの昔に言っていることだ。女性のいわゆる代用魅力なるものは、何も服飾的なアクセッサリーのみに限らない。緋ぢりめんのようにまといつく情調がふるう力は、よしんばそれが逆に男性の贅沢の発明だったにしても、怖るべきものがある。殊に風上湿潤の日本において然り。いやどうも、日本脱出も容易なわざではない。俊輔という老人が妙にもたもたして、うまく描けていないという評判もある。つまり、ファウストにおけるメフィストの役割を怠けているというのである。これも困った批評だ。

悠一対俊輔の関係は、決してファウスト対メフィストではない。悠一が決して自分で欲望したのでないところを見ても、それは分るはずである。彼らの関係は、むしろリラダンの『未来のイヴ』におけるアダリイとエディソンの関係に似ている。人造の美女アダリイは悠一である。みずからは無能力者である。「精神上の父親」俊輔は、発明家エディソンである。そして第一部に関する限り、そのクライマックスは第一章「日常茶飯」におけるこの二人の問答にある。

悠一は、女性への復讐に燃える俊輔の教唆によって娶《めと》った妻・康子の妊娠におどろく。「欲望がないのに子供が生れる。欲望のみから生れた不義の児には或る反抗の美しさが現はれるものだが、欲望なしに生れる子は、どんな目鼻立ちをしてゐるだらう。人工授精でさへ、その精子は女を欲した男のそれだ」。

そして堕胎を決意して、俊輔に相談をもちかける。俊輔は驚きかつ怒って、堕胎に反対する。

　私は君にかう言つたよ。女を物質と思はなくてはいけない。女に決して精神を認めてはいけないと。君が私と同じ躓《つまづ》き方をするなんて思ひも寄らない。女を愛さない君が！（中略）美は自分の不測の力の影響についていちいち責任を負つてゐる暇がないんだ。美は幸福なんかについて考へてゐる暇はないんだ。……しかしそれだからこそ美は、そのために苦しんで死ぬ人をさへ幸福にする力をもつてゐるんだ。

悠一は、堕胎などという解決法では康子がまだ苦しみ足りないと思っている俊輔の底意を見ぬいて、こう叫ぶ。――

　自由になりたいんです。僕は本当をいふと、どうして自分が先生の仰言るとほりになつてゐるのか自分でもよくわからないんです。僕は意志がない人間かと思ふと淋しいんです。

さらにまた、――「僕はなりたいんです。現実の存在になりたいんです。」

はたして、人造の美青年悠一は、その精神上の父親を裏ぎるだろうか。第二部への発展のためのみごとな伏線は、ここに引かれているように思われる。そしてまた、現在の夫と悠一との男性愛の現場を目撃した鏑木夫人の今後の動き――おそらくそれが第二主題の展開の重要なモメントをなすものと予想される。とにかく楽しみである。

三島由紀夫は、こんど海外旅行に出るにあたって、一ばん楽しみなのは南米のパンパスを思いっきり馬で乗りまわすことだと言った。今頃はもう、彼の素志は果されている頃かも知れぬ。そうだ、存分に乗りまわして来たまえ。そして、わが国の牡の文学をますます豊かにする膂力を蓄えて来たまえ。ナルシシスムの運命は君の肩にかかっているのだ。

（「文学界」昭和二七年三月）

三島由紀夫の家

江藤　淳

一

《わたくしは夕な夕な
窓に立ち椿事を待つた、
凶変のだう悪な砂塵が
夜の虹のやうに町並の
むかふからおしよせてくるのを》

一九四〇年一月の日附がある、この「凶ごと《まが》」という詩には、おそらく三島由紀夫氏の主調音がかくされている。当時氏は、学習院中等科の生徒のはずであるが、自分の基本旋律を聴いてしまった過敏な中学生が、外界との間に超えがたい距離を感じるようになってもいたしかたがない。成長は、彼にとっては、スポーツマンの同級生においてそうであるような、眠っているうちに寝床をぬらすおびただしい夢精のようなものではない。肉体は年齢を逃れられない。十五歳の肉体は、二十歳の肉体とは違うのである。だが三島氏にとっては、以来成長とは、自己の基本旋律と外界との距離を間断なく測量し続けることを意味するにすぎないものとなる。

測量は意識的な行為であるが、成長はその性質上意識を裏切るものであるから、三島氏の「成長」は厳密には成長といえない。氏のなかには恒にひとりの幼児が棲んでいる。氏の外貌は無意識家のあずかり知らない抽象的な仮面に似通っている。要するに三島氏に年齢がないゆえんである。そして年齢がないとは、氏に本来青春がなかったことをも意味する。なぜなら、青春とは肉体が意識を踏みこえてぶよぶよと膨脹する時期、そのために生ずる錯乱を特権とするような季節であるのに、三島氏には決してこういうことはおこりえなかったから。したがって氏のなかでは、恒に幼児が老年と同居しているのである。

二

爾来二十年、三島氏は、「夕な夕な、窓に立つて椿事を待つた」。おそらく今夜もそうであろう、そして、氏の作品に登場する人物たちが唱和するのも同じ歌である。

……映画館を出たときに、めづらしい大停電があつた。町のあらゆる灯は消え、ネオンはまたたきながら消えて行つた。数秒のちに又ともり、ネオンといふネオンはわなわなとふるへながらともり、新聞社の窓々も一せいにともつた。しかしともつたと思ふと、又消えた。残つてゐるのは自家

発電のビルのあかりだけである。（中略）

こんな擾乱の感じは、しかし二人の心によく似合つた。街がこんなに彼らのために、彼らに似合ふやうに変貌したのは、何か思ひ設けぬ幸運とも感じられた。何か起ればいい、何か外的な破滅がふりかかつてくればいい、といふのは節子のこの日頃の願ひであつた。そこかしこの横町では、人々が店から出てざわめいてゐた。暦より一ト月も早い夜の暖かさも、この不安の感じを強めた。（『美徳のよろめき』）

同じような「期待」を、氏の作品のなかにさぐり出せばきりがない。たとえば『橋づくし』という短篇は、この「期待」のヒューモラスなパロディとして読まれるべきである。私は、三島氏自身の作詞になる清元の地で、柳橋の芸者がこの作品を脚色した舞踊劇を演ずるのを見たが、芸者のおさらい会で「破滅の期待」が白粉くさく日常的に演出されるのを見物しているのは珍妙な体験であった。だが、こういう珍妙さを、戦後の気違いじみたジャーナリズムのなかで、この作家はいやというほど経験して来たにちがいなく、それは逆に氏が外界との間に計量している距離をたしかめるという快感を、作家にあたえて来たはずである。

このような三島氏に、『宴のあと』をめぐっての民事訴訟問題という些細な「椿事」がおこったのは、皮肉な話である。もちろん氏の期待する「椿事」とは、こんな辛気臭いものではない。だが、『鏡子の家』一節に倣っていうなら、「習慣を渇望するという社会的習性」と「破滅の思想」とは、「仲好く同居しうるものであるから、この「椿事」はすくなくとも氏の「社会的習性」に打撃をあたえているにちがいない。もともと民事裁判は個人的事件にすぎず、国家権力が訴追する刑事事件とは性質を異にするので、私は別段「言論表現の自由」の危機に対して義憤をもやす気にもなれないが、百万円払うか払わぬかというような個人的問題を、「プライヴァシィの権利」という輸入された民法上の概念を楯にとって、天下の正義に問うというような風潮をつくり出してしまった有田八郎という人物の政治的手腕には反感を覚えている。これは作家にとって愉快なことではないのである。

皮肉な話だというのは、この偶発事の背後に、ひとつの必然がかくされているのが見えるからである。つまりそれは、三島氏が外界と自己とのあいだにおこなって来た決してあやまたぬはずの測量に、狂いが生じたことのあらわれである。無意識家にとっては事件は偶然の責任であるが、意識家にはそうではない。狂いはいつから生じたか。私見によれば、それは大作『鏡子の家』に着手しなければならぬと三島氏が感じはじめた頃から、あるいはこの大作が多くの批評家によって冷淡なあしらいを受けた頃からである。

三

『鏡子の家』は冷淡なあしらいをうけた。三島氏は失望して映画「からっ風野郎」に出演した。私は昨年の春、京都まで本を探しに行って「からっ風野郎」のポスターが風になびいているのを見たが、ポスターの三島氏は、氏が決してあらわにすることのなかった肉体を露出していて、見るに耐えなかった。三島氏は作品の上で好んで肉体を描く作家であり、肉体的な暗喩を多用する作家であるが、それでいて氏が肉体主義者でないのは、氏の描く肉体が恒に観念化、より正確にいえば精神化されているためである。が、これは創作の上でのみ可能なことであって、現実の肉体は舞踏家の修練なしには畢竟只の実在にすぎない。その実在、三島由紀夫の肉体という実在が、氏の意志の跡をすこしもとどめぬままポスターの上で風に揺られて動いているのを見て、私は「ああ間違えてるな」と思ったのである。

だが、実は『鏡子の家』でも同様のことがおこっていたのである。読者は三島氏に華麗な仮面劇を期待したが、氏はここで自己を語ろうとしすぎた。批評家は、なかんずく年長の批評家は、年齢のない三島氏がここでも「現代」という万人にふさわしい一般的な概念を手玉にとってみせることを望んでいたが、氏は「戦後」という特殊な時代の子にふさわしい自己証明を試みようとした。あえていえば、この大作は、熱烈なあしらいをうけるには、個人的世代的でありすぎたのである。さらにいえば、個人的というには世代的でありすぎ、同世代に支持されるためには、「窓に立ち椿事を待つ」という三島氏の主調音が強く響きすぎていたのである。革命的「戦中派」の出現以来、また行動的肉体的な石原慎太郎氏の出現以来、同世代は、「椿事」の期待に生きるというストイシズムを捨てて、「椿事」の主体になろうとする渇望を抑えかねていたからだ。

『宴のあと』の成功が、まさに『鏡子の家』から数歩引きさがって、従来の三島氏の美学に復帰することを代償として獲られたことを思えば、『鏡子の家』の特殊な性格は逆に明瞭である。しかし、この失敗作は、成功作『宴のあと』よりはるかに豊かな問題を含んでいる。このことを私は、失敗作からはすかいに作者の横顔を眺めるという、批評家のあのいまわしい習性にしたがっていうのではない。後世文学史家は、『宴のあと』と「プライヴァシィの権利」について数行をさくであろう。だが、『鏡子の家』については数十行をさかねばならぬであろう。三島氏の評伝作者もまた、この大作を無視して氏を論ずることを不可能と感じるにちがいない。なぜなら、ここで主題とされている「戦後」という時代は、本来青春というものを持ちえなかった三島由紀夫氏が獲得した人工的な青春の時代であり、『鏡子の家』はその青春に対する氏の挽歌だからである。一度挽歌をうたってしまった三島氏が、外界と自己との距離を測りあやまって、階段からおちたり、民事裁判にまきこまれたりするような場所に足をふみいれてしまったのも、当然といわねばならない。

四

『鏡子の家』は長篇小説として書かれた。そして長篇小説として失敗している。小説としてこの作品を読めばこれほどスタティックな、人物間の葛藤を欠いた小説もめずらしいのである。女主人公の鏡子は、名前が示すように、ボクサーの峻吉、新劇青年の收、画家の夏雄、商事会社員の清一郎という四人の現代青年の類型を反射する「鏡」であるが、この「鏡」には裏表がないので、二人の人物が対面しようとしても、自分の顔が見えるだけで相手の存在には気がつかない。あるいは相手の影をみとめても、この冷やかな「鏡」の存在にへだてられて相手に触れ合うことができない。つまり人物たちはすべてナルシスティックであり、ナルシシストからは「他者」も「外界」も飛びすさって行くのが当然である。

ただ一ヵ所の例外は、女高利貸の秋田清美に買われた美貌の新劇青年收が、この醜女にボディビルで造りあげた自分の肉体を傷つけられて、強い存在感を味わう部分であるが、ここに生じかけた劇はすこしも展開されぬままに收の唐突な情死の知らせに転換してしまう。あるいは峻吉が、母にいいつけられて山椒の葉を摘みに小庭に出、にわかに自己嫌悪を感じて街を疾走する場面にも「外界」があらわれかけるが、峻吉は結局鏡子の家にまで行ってしまうのである。作者が小説の小説的要素にあまりに無関心なのにはおどろくほかはない。正統的な小説家なら、おそらく清一郎というシニカルな会社員を主人公にして、この小説のパースペクティヴを再構成しようとするであろう。しかし三島氏は、この魅力的な人物をつまらぬブルジョア娘と結婚させてニューヨークにやってしまう。そこで彼はコキュになり、山川財閥の当主夫人とワイルド・パーティに出かけるのである。

　したがって、結局この長篇小説の実質は、むしろこれらの人物についての作者のかなり饒舌なエッセイの羅列にあり、その構成は前半が上昇し後半が下降するという擬古典劇風の構成であるということになる。しかし、そこでなにがなされたか。果して作者は現代青年の類型などというものに、一片の興味をも示しているであろうか？　いったい作者は何を描こうとしているのか。

　作者は自己をくまなく反省させようとしている。四人の人物たちは、いずれも三島由紀夫氏の分身であって、彼らにとって鏡子が「鏡」であったように、作者にとっては『鏡子の家』がひとつの巨大な「鏡」の役割を果しているのである。作者は、この小説で、時代の壁画を描こうとしたのだというようなことをどこかでいっていたが、これは偏狭な批評家への弱気でなければミスティフィケイションであろう。壁画には色彩もあり、もののかたちも描かれる。しかし、「鏡」に描くということは不可能で、敢えて描けばそれは「鏡」ではなくなってしまい、ここにはなにが映じようが結局恒に空白にとどまるというのが「鏡」の属性だからである。つまり、『鏡子の家』には、巨大な「空白」が描かれている。いかに惨憺たる失敗であろうか。

　だが、実話はここからはじまる。作者は最初から「空白」を描こうと意図していたのではなかったか。

長篇小説などというものが、もともと三島氏にはどうでもいいものであって、小説とはいつも氏にとっては生きるための手段といったものではなかったであろうか。そして、氏が描こうとした時代とは、もののかたちもなければ色彩もないひとつの巨大な「空白」の時代、あたかも「鏡」に映じた碧い夏空のような時代ではなかったか。このような時代の壁画は、「鏡」以外のものではありえない。そこには「空白」以外のものがあってはならないのである。このように考えれば『鏡子の家』はいかに燦然たる成功ではないか。すくなくとも三島氏自身と、氏と趣味を同じくする少数の人間――あの「椿事」の期待に生きる窓辺に立った人間たちにとっては。

五

『鏡子の家』に住んでいるのは、「戦後」という時代の精神である。この精神は通俗思想史家のいう社会改良主義、民主主義、新教育、昭和十年代の革命的知識人の「第二の青春」、その他もろもろの「時代精神」の断片とはまったく異質であって、しかもなおその底に姿をひそめているものである。

もし鏡子の父親が幽霊になつてこの家にあらはれたら、来客名簿を見て肝を潰すことになつたにちがひない。階級観念といふものをまるきり持たない鏡子は魅力だけで人間を判断して、自分の家のお客からあらゆる階級の枠を外してしまつた。どんな社会の人間も鏡子ほど、時代の打破したところのものに忠実であることはできなかつた。ろくすつぽ新聞も読まないのに、鏡子は自分の家を時代思潮の容器《いれもの》にしてしまつた。彼女はいくら待つても自分の心に、どんな種類の偏見も生じないのを、一種の病気のやうに思つてあきらめた。田舎の清浄な空気に育つた人たちが病菌に弱いやうに、鏡子は戦後の時代が培つた有毒なもろもろの観念に手放しで犯され、人が治つたあとも決して治らなかつた。いつまでたつても、アナルヒーを常態だと思つてゐた。人が鏡子を不道徳とそしるのをきき、その誹謗の古めかしさに彼女は笑つたが、今やそれが一等尖端的な誹謗になつてゐることには気づかなかつた。

これはその「精神」の受け身の、したがって女性的な表現であるが、その積極的な、したがって男性的な表現はこうである。いつも「世界崩壊」を予言しているシニカルな会社員清一郎は、鏡子にむかっていう。

「さうだらう。君も本音を吐けば、やつぱり崩壊と破滅が大好きで、さういふものの味方なんだ。あの一面の焼野原の広大なすがすがしい光りをいつまでもおぼえていて、過去の記憶に照らして現在の街を眺めてゐる。きつとさうだ。……君は今すつかり修復された冷たいコンクリートの道を歩きながら、足の下に焼けただれた土地の熾《おき》の火照《ほて》りを感じなくては、どことなく物足らず、新築のモダンな硝子張りのビルの中にも、焼跡に生えてゐたたんぽぽの花を透視しなくては、淋しいにちがひない。でも君の好きなものはもう過去のものとなつた破滅で、君には、その破滅を破滅のままに、手塩にかけて育て、洗ひ上げ、完成したといふ誇りがある筈だ。君の中には、……灰の中から立上つたり、悪徳から立直つたり、建設を謳歌したり、改良したり、より一そう立派なものにならうと思つたり、やたらむしやうに復興したり、人生を第一歩からやり直さうと思つたり、……さういふ一連の行為に対する、どうにもならない趣味的な嫌悪がある筈だからね。君は現代に生きることなんかできやしないよ。」

その「現在」についてさらに彼はいう。


「君は過去の世界崩壊を夢み、俺は未来の世界崩壊を予知してゐる。さうしてその二つの世界崩壊のあひだに、現在がちびりちびりと生き延びてゐる。その生き延び方は、卑怯でしぶとくて、おそろしく無神経で、ひつきりなしにわれわれに、それが永久につづき永久に生き延びるやうな幻影を抱かせるんだ。幻影はだんだんにひろまり、万人を麻痺させて、今では現実と夢との堺目がなくなつたばかりか、この幻影のはうが現実だと、みんな思ひ込んでしまつたんだ」

「あなただけがそれを幻影だと知つてゐるから、だから平気で嚥み込めるわけなのね」

「さうだよ。俺は本当の現実は、『崩壊寸前の世界』だといふことを知つてゐるから」

「どうして知つたの？」

「俺には見えるんだ。一寸目を据ゑて見れば、誰にも自分の行動の根拠が見えるんだよ。ただ誰もそれを見ようとしないだけなんだ。俺にはそれを見る勇気があるし、それより先に、俺の目にありありと見えて来るんだから仕方がない。遠い時計台の時計の針が、はつきり見えてしまふみたいに」

鏡子と清一郎のこの哲学的対話を小説の本質的な軸とすれば、夏雄、收、峻吉の三人の人物たちは、「世界崩壊」——「椿事」の期待を共有する人間が、現代社会でどう生きうるかという現象的可能性の追求の道具である。そして、收と峻吉がそれぞれ滅び、日本画家の夏雄だけが奇妙な神秘主義から再生して、明日から家に戻って来る夫との日常生活に復帰しようとしている鏡子に抱かれるのは、芸術家のなかにだけあの「精神」がひそかに伝えられて行くという寓意であろう。だが、そこまでいっては話が進みすぎる。この「精神」と三島氏の「青春」との関係が問題だからである。

さきほど私は、三島氏が本来青春などを持ち得ない人だといった。これを、氏が極度に早熟な、空想的で孤独な青春を、同時代にはやく先がけてむかえてしまっていたといっても同じことである。あの「凶《まが》ごと」にはじまる一連の詩を書いたとき、三島氏はまだ十五歳である。学習院高等科の師清水文雄氏によって「文芸文化」同人に近づき、日本浪曼派の「間接的影響」をうけるにいたったのは、さらに二年後であるから、あの「椿事」の期待の基本旋律は、日本浪曼派によってあたえられたものではなく、むしろ日本浪曼派に共鳴するひとつの絃を見出したのだといったほうがよい。このことは、三島氏を日本浪曼派に吸収されていった数多くの青年たちからへだてている。浪曼派は氏の文学的青春ですらなかった。「……三島にはなにかもっと『先天的』なものがあり、日本浪曼派からの出発は三島にとって一時のかりの宿りではなかったか。」(「物語戦後文学史」六八回)という本多秋五氏の推測は正しいのである。

相違はこの場合も、「椿事」を期待するかその主体となろうと渇望するかというところにある。本多氏のいう通り、日本浪曼派は、戦後の世界でむしろ堀田善衛氏や橋川文三氏のような、一種の永久革新家に変貌するのが「通常」であるかも知れない。だが、ここに行動家が行動することにおいて傍観者となり、観照家が観照することにおいてかえってあざやかに行動する、という皮肉な逆説が作用する。つまり、堀田氏や橋川氏は、戦後永久革新家となることによって単に「戦時」を生きつづけようとしているが、三島氏は自己を芸術家と規定することによって、かえって確実に「戦後」を生き得たからである。この点において、三島氏は、いわゆる第一次戦後派の作家たちともおもむきを異にする。彼らは、戦後に「昭和十年代」を生きたのである。

……戦後の世界に於て、世界各国人が詩歌をいふとき、古今和歌集の尺度なしには語りえぬ時代がくること、それらを私は評論としてでなく文学として物語つてゆきたい。（『花ざかりの森』跋―昭和十九年皐月《さつき》）

戦争末期に、すでに戦後を予感しているのは、観照家の面目をものがたっている。だが、このとき、「凶変のだう悪な砂塵」をまきあげてあいついでおこる「椿事」に陶酔していた三島氏は、やがて自分がどのような武器をひっさげてその「戦後」に自らの青春を構築するにいたるかを、まだ知らなかったのである。

六

故神西清氏の「ナルシシスムの運命」というエッセイは、数多い三島由紀夫論のなかでももっとも忘れ難い名文である。そこで神西氏はこう書いている。

「……戦争はたしかに、彼の美学の急速な確立をうながした。その意味で彼は明らかに戦争の児であつた。のみならず戦争は、それまで樹皮に蔽はれて見えなかつた彼の年輪を、その幹に一痛打を加へることによつて露はにした。その意味で、彼もやはり戦争の『直接被害者』であつた。美の信徒は、今やはつきりと美の行動者になつたからである。」

「美の信徒」が「美の行動者」に変貌するとは、具体的には三島氏の文体が変化したことである。これは氏の決意のあらわれであって、戦後の氏の作品が『花ざかりの森』の和文体から堅い箴言風の文体に変化したことの裏には、比喩という魔術的な論理がはたらいている。その論理とは、たとえば次のようなものである。

悲しんでゐる筋肉の悲しみを見るがいい。それは感情の悲しみよりもずつと悲壮だ。身悶えしてゐる筋肉の嘆きを見るがいい。それは心の嘆きよりもずつと真率だ。ああ、感情は重要ではない。心理は重要ではない。目に見えない思想なんぞは重要ではない！（『鏡子の家』）

このような文章をとらえて、三島氏がいかに非論理的に書くかを証明しても筋ちがいなことである。われわれの論理は、日常生活のおこなわれる実在の世界への対応を仮定して成立するが、魔術の論理にはこういう前提がないからだ。だが、なぜ三島氏は敗戦を契機としてこのような魔術の論理を行使するにいたったのか。それは神西氏のいうように、戦争が氏に「直接の被害」をあたえたためであろうか？

むしろ戦争は氏に「直接の恩寵」をあたえたのである。そこでは「椿事」は次々と生起し、秩序はまたたくまに無秩序に還元され天空は地上におり立ち、「死」の確実な予想感が「生」に性的なまでの甘美さをあたえていた。立つべき「窓辺」はもはやなかったが、この「凶変」の交響楽のなかでは、三島氏の主調音のごときは、ひとつの装飾音符にもあたいせず、その故に氏は安らかにあの「期待」を無限にふくらませることができた。これはひとつの加速度の世界――そのためにかえって時の進行が停止して感じられる世界である。だが、やがて敗戦がやって来て、日常生活が復活する。規律正しい時計にはかられる時間が流れはじめ、卑俗な配慮が高貴な昂奮にとってかわられる。「直接の被害」は、この敗戦からあたえられたのである。神西氏の「戦争」は、すべて「敗戦」といいかえられるべきであろう。そういえば、「ナルシシスムの運命」が書かれた昭和二十七年頃には、まだ「敗戦」という語彙はよみがえっていなかったが。

一旦日常生活が復活した以上、そこであからさまに「破滅」や「崩壊」の期待を語ることはすでに悪徳である。精神は、日常的なものを恒に否定しようと作用するという意味で「悪」であるが、「破滅」の渇望はもっとも純粋に精神的なものであるから、当然「極悪」に属している。だが、困ったことには、日常生活のなかでは、この「極悪」が恐れられるより嘲笑されるのだ。嘲笑されることなく、すでに「戦争」によって明らかに確証されているあの「椿事」への期待――三島氏にとっての唯一の真実を守りつづけるにはどうしたらよいか。比喩が生れ、魔術の論理が駆使されるのはここにおいてである。それは三島氏の正当防衛であるが、この攻撃的防禦の独創性は、優に氏を時代の子とするに足りた。

氏がここでおこなったことは、精神や感情を肉体の比喩で語り、言語をあたかもものであるかのように外在化し、要するにすべての内面的なものを徹底的に外在させてしまうことである。物質的な飢餓の時代に、闇市の不潔な食物と並べて、かくも精神的な肉体、かくも雄弁な物質をさりげなく売るとは、またなんと悪意に充ちた挑戦ではないか！　このことによって、三島氏は、数かぎりもない復員くずれの物騒な若者たちの旗手となった。ここに三島由紀夫氏のあの基本旋律と、「戦後」という時代との出逢いがある。氏の「青春」は、通常の青春とは逆に、意識の過剰によって構築された人工的な「青春」である。

三島氏はまさに砂糖やタイヤを売るように氏の隠匿物資を売ったのである。このことが物騒な若者たちの気に入った。隠匿物資を売り、敗戦であいまいにされかけた真実を強奪して来ること――それは生きるということである。この国の文学でもっとも高く評価されるのは実行家の文学である。志賀直哉、小林秀雄、中野重治、これらの実行家たちの系譜に当時の三島氏は名を連ねていた。氏こそは、戦後に生きえた唯一人の真の「戦後派」であった。このとき、昭和十年代の革命的青春を再現しようとしていた第一次戦後派はなにをしていたか。彼らは、おおむね反省し、追想し、解釈し、不正確なプログラムをつくっていた。つまり生きていなかったのである。

精神が肉体の比喩で語られ、言語が外在化されたとき、作家の内部にはひとつの明瞭な輪郭を持った「空白」だけがのこる。つまり、彼はあたかも「無思想」であるかのような外観を呈する。三島氏の内部の「空白」の白さは、他の戦後派作家たちの観念・思想の過剰で澱んだ内部の黒さと好対照をかたちづくる。すなわち氏は「純潔」なのであり、そこに映じるものがあるとすれば、それはあの「一面の焼野原の広大なすがすがしい光り」だけである。

ところで、外在化された言語、ものの外貌をあたえられた思想とはなにか。それはもちろん実在ではない。だが人はそこに運動を、記号をイメージのなかに熔解させる想像力の働きを見るであろうか？ここにあるものは、たとえば石原慎太郎氏における肉体の言語化、言語における肉体主義の逆のものであろう。三島氏の作品では、恒に言語は静止し、決して運動を開始しない。言語は「鏡」となるが、この「鏡」はもともと氏の内面を素材にしたものであるから、結局あの「空白」しか映さず、作家に反省を強いたりはしないのである。また、内面を外在化したものが三島氏の作品に描かれる「外界」である以上、これは完全に自己完結的な世界で、実在が作者をおびやかす心配も無用である。無論これは小説的世界ではない。

こういう世界が、三島氏の魔術のつくりあげた世界であった。それが氏にとっての「戦後」という「家」であった。『鏡子の家』は、実はこの家の家霊であり、又鏡子自身でもある。「戦後」の緩慢な崩壊と、それに対する作者の覚悟を主題にした「小説」なのである。

七

しかし四人が四人とも、言はず語らずのうちに感じてゐた。われわれは壁の前に立つてゐる四人なんだと。

それが時代の壁であるか、社会の壁であるかわからない。いづれにしろ、彼らの少年期にはこんな壁はすつかり瓦解して、明るい外光のうちに、どこまでも瓦礫がつづいてゐたのである。日は瓦礫の地平線から昇り、そこへ沈んだ。ガラス瓶のかけらをかがやかせる日毎の日の出は、おちちらばつた無数の断片に美を与へた。この世界が瓦礫と断片から成立つてゐると信じられたあの無限に快活な、無限に自由な少年期は消えてしまつた。今ただ一つたしかなことは、巨きな壁があり、その壁に鼻を突きつけて、四人が立つてゐるといふことなのである。

三島氏自身がこの「壁」を感じはじめたのは、おそらく一九五一、二年頃からであろう。『小説家の休暇』によれば、一九四五年から四七、八年にかけては、氏は「あの時代とまさに『一緒に寝て』いた」。一九五五年には、もうこういう反動期と寝るわけにはいかないと決心していた。

すでに触れたように、『鏡子の家』では、「壁をぶち割らう」とする峻吉と、「壁を鏡に変へてしまふだらう」という収は滅亡し、「とにかくその壁に描かう」とする夏雄と、「俺はその壁になるんだ」という清一郎はまだ滅んでいない。喧嘩で拳を割られ、一夜でチャンピオンの栄光から失墜して右翼団体に加入する峻吉は象徴的である。すべてが日常性の毒によって腐蝕させられ、あらゆる「悪徳」が自由に出入り出来た淫売宿のような鏡子の家のパーティも、会員制度の俗物の集合となる。そして、鏡子の家に、不在だった慣習と日常性の象徴である夫が帰って来るとき、すべてが終る。もっとも取澄ましたポーズで夫をむかえようとする鏡子の矜持すら、実在の象徴である「七匹のシェパアドとグレートデン」の咆哮におびやかされて、脆くも崩壊する。夫の姿は読者には見えない。だが、どうしてそれを見る必要があろうか。

問題は、この崩壊――つまり「椿事」の崩壊であるが――に、三島氏がどう対処するか、というところにある。芸術家である彼は、夏雄のように鏡子の抱擁をうけているのであろう。生活者である氏は、おそらく清一郎のように生きようとするであろう。氏の構築した「青春」が崩れ去った今、氏におとずれるのは「成熟」であろうか？　否、ふたたび幼年と老年がともに戻って来るのである。『宴のあと』の主人公は老年であるが、それが少年劇団に演じられた仮面劇《マスク・プレイ》のような印象をあたえるのは、このことのあらわれである。今後、三島氏は決して世代を書かぬであろう。ことに『鏡子の家』の失敗のあとでは。すべては氏の個人的な問題にあの孤独な基本旋律に復帰したのである。

（江藤淳著作集Ⅱ　昭四二・一〇　講談社）

三島由紀夫小論

高橋　和巳

　戦争中、若者たちが軍事教練に汗くさい臭いを発散させていたとき、三島由紀夫は清冽な処女作『花ざかりの森』をかいており、戦後、平和と民主主義が謳歌されたころ、三島由紀夫はラディゲに仮託しつつ〈夭折の美学〉を説いていた。そして、左派の青年たちが「若者よ、からだを鍛えておけ」とむなしく歌いほうけていたとき、ほんとうに肉体を鍛えていたのは三島由紀夫であった。あるいは、被害者の自己正当化にたいしては強盗の名誉を、怨嗟の真実にたいしては仮面の倨傲を——。同様の皮肉な対照はいくらもあげうるけれども、このわずかな挙例からもじゅうぶんに見てとれるのは、みごとな反撥の経歴であり、それを維持しつづけた硬質の知性である。

　実践という言葉をつぶやけば、二、三の定型的な政治参与のみを思いうかべる偏狭な固定観念の枠をはずせば、私小説の繰りごとや感傷性、戦後の社会の全体もまぬがれなかった被害と罪悪の意識による相互慰藉など、一連の内部悪をもっとも果敢に破壊しようとしてきた実践家は、三島由紀夫であった。

　反撥はその反抗しようとする対象からの反作用をうけるゆえに、多くは迷路にはまりこむ。にもかかわらず座談会における咄嗟の発言から、かならずしも最大限の責任性をもってかかれたのではないだろうちょっとした書物の帯の推薦文にいたるまで、注意ぶかい目で注目していた人は、みごとな一貫性をみとめざるをえないのである。なぜか。それは以下に説く反逆の価値体系が急速に三島由紀夫の内部に形成されたからである。三島由紀夫の反逆は一般におもわれているように気質的なものではなくて、むしろ理論なのである。

すこしく私事にわたるけれども、私たちの学生時代、それぞれ態度を異にしながら世間からみれば総体として左翼と目されたであろう政治青年や文学青年たちのあいだで、もっとも熱っぽく論じられていた作家の一人は三島由紀夫であった。それは薄々ながら三島由紀夫の反逆が、ある体系性をもっていることに気づいていたからだろうと思われる。政治的立場が左である青年たちが、作中の主人公の立場や作者の立場がまったく同様である作品にのみ心ひかれるとおもうのは、通俗的な錯覚にすぎない。一定の時代には政治的・経済的組織者がいるのと平行して、感性や知性として、また態度の組織者がいるのであって、そして感性や態度のがわから形成された価値体系が、語のただしい意味において革命的であれば、青年たちはそれをつよく支持するものなのである。

それはさておき、三島由紀夫の価値体系の特異さは、個別的次元、社会的次元、そして普遍的次元において、同時代の多くの他の文学の内在させている価値基準と対照的に図式化してみれば、いっきょに明らかになる。たとえば、自然主義の文学およびその継承であるリアリズムないしは社会主義リアリズムの文学は、まず弱き個人・弱き階級の立場にたち、現実の醜悪をさけることなく再現して、そこに真実をもとめ、自己の善意と社会的正義を合致させたいという欲望を軸にしている。単純化すれば、弱↓

善↓正↓真という図式が、自然主義から社会主義リアリズムにいたる文学的方法を背後から支える価値基準なのである。

ところが三島由紀夫の文学的出発は周知のように、意識的に仮面をまとうことから始まった。即自的な正義と真実は最初から拒絶されたのである。日常性はいったんきっぱりと作品から分離され、従来、いわば脊椎動物の文学形式であった小説は、甲殻動物の美学へと転化させられた。

「希臘人は外面を信じた。それは偉大な思想である。キリスト教が〈精神〉を発明するまで、人間は〈精神〉などを必要としないで矜らしく生きてゐたのである」（『アポロの杯』）

表現されたものの背後になお別な意味というものが芸術にはあるわけではない。外面信仰は芸術家にとっては単純な約定にすぎないけれども、皮膚は傷つけられていても内部には変化せぬ骨があるという倫理によって、かろうじて自己を支えてきた転向者の世代をとまどわせるにじゅうぶんだった。『仮面の告白』のなかに聖セバスチャンの殉教図に昂奮して ejaclation をする情景がある。それはアンティノウスにも比ぶべき肉体の美しさがそこに具現されていたからであり、他の聖者たちに見るような布教の辛苦や老朽のあとはなかったからである。殉教というものを観念的に理解した人々と、その悲劇的な肉体に欲情する者との相違が、やがて行為と表現における価値観のまったき背反を生む。

三島由紀夫のかわることなき指標である〈美〉は、つねに現前する甲殻の美であるゆえに、弱さとはとうてい結びつきえない性格をもっていた。内部の美とは虚妄にすぎない。そして、悲劇は強者にのみおこりうる。反逆者の硬質の殻におおわれていてのみ、また悲劇は美しい。

東洋におけるこのニイチェの嫡子は、やがて『青の時代』において弱さの一種である男女の愛を、征服・被征服の関係に還元し、愛の真実に利害の虚偽を優先させようとこころみた。

「彼女が物質を求めてゐるあひだ、僕は誠心誠意、精神的に彼女を愛しつづける。そしてつひに彼女が僕を精神的に愛しはじめたら、そのとき僕は彼女を敢然と捨てる。」

いささか青くさいこの主人公の決意は、まごうことなき征服者の論理であり、最後に別な情夫の出世のために主人公の収入高をしらべようとしていたことが明かされる女主人公の存在は虚偽の立場である。だが、女主人公は虚偽の立場をつらぬけずして凡庸の泥沼へと姿を消し、主人公はまた「売りものでないものを欲しがつた」精神性のゆえに破滅する。小説としては作者自身もいうように、この作品はかならずしも成功していない。しかし三島由紀夫の価値体系は『青の時代』から『禁色』への過程でほぼ完成された。さきにあげた図式と対照すれば、それは強↕美↕悪↕邪↕偽（仮面）という連鎖に単純化しうる。『禁色』は作家俊輔に代表される邪悪なる精神と男色家に象徴される強美との葛藤のドラマであるが、その双方にはさまれて苦悩する夫人の自殺を、同著を単行本にするさいに失踪することに書きあらためたとき、三島由紀夫は彼の青春のローマン主義と訣別した。もっとも可逆的にむすびあわされて完成した三島由紀夫の価値体系には、もはや〈夭折の美学〉のいりこむ余地はなかった。

三島由紀夫のすぐれた業績である『林房雄論』には、三島由紀夫が経験した作家的危機の様相がつぎのようにしるされている。

しぶとく生き永らへるものは、私にとつて、俗悪さの象徴をなしてゐた。私は夭折に憧れてゐたが、なほ生きてをり、この上生きつづけなければならぬことも予感してゐた。かくて林氏は当時の私にとつて必須な、二重影像《ダブル・イメージ》をなしてゐた。すなはち時代の挫折の象徴としてのイメージと、私が範とせざるをえぬしぶとく生きつづける俗悪さのイメージと。言ひかへれば、心もうづく自己否定の影像と、不合理な、むりやりの、八方破れの、自己肯定の影像と。

文芸史家が詩人や文人の経歴を便宜上、第一期第二期……とわける安易さはまなびたくないけれども、三島由紀夫にはたしかに大きな転換期があったことはいなめない。それは時代や社会のがわから強制されたものではなく、マイナスの利子として時間とともにつけ加えられていく年齢によって〈夭折の美学〉を捨てねばならなかったときである。

いつのことだったろうか、三島由紀夫は小林秀雄との対談で、「小説は大問題をとりあつかうべきでない」と主張していた。それは私の記憶に誤りがなければ、その転換にさいして自己を保持しつづけるための自己制限であったのではないかと思われる。また、ふてぶてしくその文学を長寿させるための一つの技術でもあったろう。かくて〈夭折の美学〉は死に、それにかわるものとして、美の破壊と世界崩壊のイメージが彼の価値体系に支えられて膨脹する。

『金閣寺』はこれまでかかれた彼の作品中の最高の傑作であると私は考えているが、これは一種の過渡期、のちに『鏡子の家』や『美しい星』で展開される破壊のイメージと、なお遷延して生きのびていた〈夭折の美学〉とが、彼の体系の中心にある美の観念をうばいあうような形で絡みあっていることによって秀れている。時代にとってばかりではなく、個人にとってもまた、過移期はもっとも本質的なものなのである。『金閣寺』の制作が過移期にあったことは、のちの『鏡子の家』の会社員清一郎に託される破壊のイメージが端的に証明している。

「君は過去の世界を夢み、俺は未来の世界崩壊を予知してゐる。さうしてその二つの世界崩壊の間に、現在がちびりちびり生き延びてゐる」と。生き延びることは幻影にすぎないのだが幻想がもつ麻痺力のゆえに人々は幻想のほうを現実だとおもいこむのだ、と。

このとき世間にははしなくも泰平ムードがすでにきざしつつあった。八方破れの自己肯定を敢行した三島由紀夫は、あらたな世界崩壊のイメージを武器として、むりやりに生きのびようとする現実、平和のニヒリズムを糾弾することとなる。ついでに言ってしまえば、同じ観念は『美しい星』の二人物、その二つの宇宙的な立場、フロイト流にいえば生命とその秩序を増成するエロスと、すべての生命を無機物に還元するタナトス（死の情熱）との大討論として敷衍されるのだが——しかし文学作品としての完璧性からいえば、やはり『金閣寺』のほうが傑出している。その文体もまた初期の警句性から、のちの意識的に装飾された美文の中間に位置していて、『金閣寺』の文章がもっとも美しく啓示的である。

かつて三島由紀夫は『仮面の告白』の冒頭にエピグラムとしてドストエフスキーの言葉を引用した。「美——美といふ奴は恐ろしい怕《おつ》かないもんだよ！　つまり、杓子定規に決めることが出来ないから、それで恐ろしいのだ。なぜつて、神さまは人間に謎ばかりかけてゐらつしやるもんなあ」云々。聖母《マドンナ》の理想をいだいて、結局、悪行《ソドム》をもっておわる人間の矛盾を、神がかけた謎である美と人間とのかかわりあいかたの諸相をとおして描きつくすことが彼の初志であった。そして、それが果たされたのも『金閣寺』によってである。

舞鶴にいた少年のころ、『金閣寺』の主人公は僧侶である父の語る金閣によって、幻の、幻であるゆえに現実をこえる美を夢み、はじめて現実に金閣をみて失望し、そのやかたの中におかれた模型の金閣にかえって感動する。やがて戦争がはげしくなり、東京の空襲をつたえきき、金閣もまた京都の町全体とともに確実に灰になるとおもいこむことによって、金閣を愛し、そして戦後ついに焼失することなく残った金閣をみて絶望する。その感情の推移はまた神のかけた謎のきわめがたい変貌のすがたでもある。

これで私と金閣とが同じ（滅びの）世界に住んでゐるといふ夢想は崩れた。またもとの、もとよりもつと望みのない事態がはじまる。美がそこにをり、私はこちらにゐるといふ事態。この世のつづく限り渝らぬ事態……。

敗戦は私にとつては、かうした絶望の体験に他ならなかつた。

主人公はその美への復讐として、いいかえれば美との無理心中によって、金閣を焼くわけだが、この作品はニイチェが権力意志を座標軸において道徳史をかきかえたごとく、美を中軸とする価値体系がひとつの史観としても有効でありうることをしめしている。事実、やがて美のまえにたじろぐ人間の現実は、破壊の予想のまえにたじろぐ現在という破壊のがわからの三島史観が創出されようとする。それはなお未完成であるけれども、やがて三島由紀夫はそれをやりとげるであろう。ただそのためには、大問題を排除するという戒律は、いつかみずからふみ破らねばならないだろうと予想される。

しかし、ただ一つ、「事は沈思に出で、義は翰藻に帰す」美文の理想を、時として彼が裏切り、「文が情を作る」空疎さにおちいることのある理由の一つを指摘しておきたい。それは美一般を抽象することによって一つの芸術に表現される美は、べつな芸術にとって味方であるよりもむしろ敵であることを、ふと忘れることにあると思われる。たとえば『美しい星』の中で、金沢の竹宮なる青年が謡曲の舞いのうちに星の予感をうる部分などは、力のこめられた文章でありながら、整っているゆえにかえって空疎になっている一例だが、それは謡曲の舞いを自然にたいしてそうするごとく敵視することを忘れたためである。そして三島由紀夫の諸作中『金閣寺』の文章がもっともたかい緊張度をもっているのは、旅行記『アポロの杯』ではなおともすれば建築や自然に従属しかけた彼の文章が、永遠なるものの焼失と破壊のがわに荷担することによってその美しさを回復したことにある。美文はみずからの素材を花鳥風月に限定するとき装飾的となって醜く、たとえば梁の庾信《ゆしん》の「哀江南の賦」のごとく、国家の滅亡といった大事件や大問題とあえて角逐したとき啓示的に美しい。三島由紀夫自身が『文章読本』のなかで日本文学史における男性的特質と女性的特質との分離を指摘していたけれども、三島由紀夫はそれを統合する能力があるゆえに、素材的に自己を女性的側面に呪縛することはおかしいといわねばならない。

（「文芸」昭和四二年一二月号）

三島由紀夫小論

——無垢の美学について

松原　新一

清岡卓行に「ある四十歳」という詩がある。それは、次のような詩である。

煙草を吸わなかった少年の頃の
澄んでいた空の青さが恋しくなり
ある日ふと煙草をやめる。

音楽を浴びていたその頃の皮膚感覚が
夏の海の中で　不意によみがえり
ある日ふと　音楽会へ通いはじめる。

すべての職業の滑稽さを知りながら
その頃夢みた仕事への悲しみのため
ある日ふと　職業を変える。

われわれは、だれでもはじめから「四十歳」だったわけではない。みんな、自分がかつて「少年」であった日をもっている。少年だった頃に経験した感覚の状態や精神の状態の記憶を、遠くに忘れすてるようにして、われわれはたとえば三十歳になったり、四十歳になったりする。清岡卓行のこの詩には、すでに「すべての職業の滑稽さを知」ってしまった、いいかえれば人生の現実がどんなものであるかをすでに知ってしまった中年の人間のなかに、ふいに郷愁のようにうずき始める少年の日への憧れの思いがこめられている、といっていい。「煙草を吸わなかった少年の頃」、「澄んでいた空の青さ」、「音楽を浴びていたその頃の皮膚感覚」――これらは、いずれも人間の純潔の状態、この世の汚れに染まらぬ無垢の状態を示しているであろう。そのような状態から、船が岸から離れるようにして遠去かることで、われわれはたぶん大人になる。それがごくふつうに考えられるもっとも当り前の人生コースにちがいない。それがイヤなら、われわれはすすんで自殺でもしてみせるほかはない。純潔の論理、無垢の論理は、現実生活のなかでの長い持続には耐えられない。それは現実と衝突し、しばしば破裂する。少年から青年へと至る時代が人間の生涯にとってひとつの大きな危機のときであるのは、その衝突、破裂の衝撃の大きさにひとが苦痛とともに耐えうるかどうかをためされる時代だからである。とすれば、生きのびるとはどういうことなのか。おそらくそれは、純潔の論理や無垢の論理が現実によって否定される苦痛を、忍耐とともに自分の生の上に引き受けるということになるであろう。すなわち、「少年」は徐々に殺されねばならない。『二十歳のエチュード』をわれわれの前にのこして、二十歳の生涯をみずからの手で閉じてしまった原口統三は、たとえばこういうことを書いている。

〈彼の家からの帰途、彼は頭上を指さして意地悪さうにかう語つた。
――嘗て満天の星くづを眺めて、あれが残らず金貨だつたらなあ、と考へた男がゐるさうだ。
――俗悪なレアリストの夢とは何といやなものだらう！〉

ここで「彼」とあるのは、清岡卓行のことであるが、この引用文にからめていえば、「俗悪なレアリスト」たる部分をいくらかなりとも引き受けることを肯んじないとすれば、われわれには生きのびる道が閉ざされてしまうことになるであろう。

しかし、ここに、ある特別の例外的な存在がある。どこまでも〈少年〉――〈無垢の論理〉を守ろうとして、原口統三のように自殺という主体そのものの破滅の道すじを辿ることなく、現世に生きのびつつ、〈無垢〉を救いだすことに成功した作家である。わたしの目に映る三島由紀夫とは、そのような作家であると、ひとくちにいえばいうことができるように思う。三島由紀夫にとって、小説とは、そういう無垢の論理を救いだすことのできるほとんど唯一の場所という意味をになっていたのではないだろうか。三島由紀夫のなかに「俗悪なレアリストの夢」が住んでいないはずはない。そういう夢を現世的自己にかかわる部分にすぎぬものとして捨象の処理を意識化した地点に、おそらく三島由紀夫の小説は成立しているにちがいない。

「……したい」などという心はみな捨てる。その代りに、「……すべきだ」ということを自分の基本原理にする。そうだ、本当にそうすべきだ。

生活のあらゆるものを剣へ集中する。剣はひとつの、集中した澄んだ力の鋭い結晶だ。精神と肉体が、とぎすまされて、光りの束をなして凝ったときに、それはおのずから剣の形をとるのだ。

……その余はみんな「下らないこと」にすぎなかった。

強く正しい者になることが、少年時代からの彼の一等大切な課題である。


これは、『剣』の主人公、国分次郎という大学生の考えかたである。考えかたであるばかりでなく、それは生き方でもある。『剣』を読めば、三島由紀夫がこの国分次郎という青年を、そういう「……すべきだ」という基本原理によって自己の全体を統一すべく、その余の「下らないこと」を切りすてるのにいっしんに努力している青年として描きあげるために、いかに細心の注意を払っているかは明らかである。喫茶店のトイレのそばのボックスにたむろし、トイレに出入りする女の子に卑猥なことばをかけていたずらしている同じ大学の三人連れの学生をつかまえ、国分次郎が、君らは学校の名誉を傷つけたとして席を立ちのかせ、彼らをトイレのなかに押しこんでしまう場面を作者は書き込んでいる。作者はまた、剣道部の木内というOBが、合宿を指導する者の心得として、「下の者を引張ってゆく場合、もう少しゆるめなくちゃだめだよ。もう少し、レクリエーションの要素を加味するなりしてね」と忠告するのにたいして、国分次郎が「でも、甘やかしてはいけないと思います」ときっぱりと答える姿を書きこんでいる。あるいは、また、作者は国分次郎と一年生の壬生という学生との間に、たとえば次のような会話のおこなわれる部分を書き込んでもいる。


「人間ってくりかえして、生れては死に、死んでは生れると思うと、退屈ですね」

「それは君の考えか。それとも何か本で読んだのか」

「いや、漠然と、一寸そんなことを考えたんです」

「それだったらよせよ。先のことは考えるな。まだ若いんじゃないか」

「若いから希望を持っているんです」

「俺だって希望を持ってるよ。しかし、下らないことを考える暇はないんだ」

次郎はあたかも唾棄するようにそう言った。


すなわち、これらの一つ一つは、いずれも国分次郎という学生が、「強く正しい者になること」という、「少年時代からの彼の一等大切な課題」にたいしてどれほど忠実に生きようとしているかを浮彫りにするための具体的な肉づけにほかならない。このように三島由紀夫は、主人公がそういう課題より他の「下らないこと」に一切関心を注がない青年であるというふうに、その人物像を細心の注意を払って描きあげている。『剣』は、「次郎は稽古着の腕に竹刀を抱え、仰向きに倒れて死んでいた。」というところで終っている。これは自殺と考えられる。この自殺の前に、合宿中、禁を破って部員が海岸で水泳した事実が発覚し、主将たる国分次郎がふかい衝撃をうける場面がおかれていることを思えば、彼の自殺は、あの「強く正しい者になること」というほとんど唯一の彼のモラルの貫徹を、死によってあがなった出来事である、といってもいいであろう。純潔の論理ないし無垢の論理の究極的な救出は、死によってしかなされえないという思想がここには語られている。

清岡卓行の詩にからめていうなら、三島由紀夫のなかには、当然、「煙草を吸わなかった少年の頃の／澄んでいた空の青さが恋しくな」るような瞬間がおとずれることがあるにちがいない。しかし、注意すべきは、そういう「少年の頃」への心のうずきを、現実に「煙草をやめる」ことによって救いあげるという道すじを三島由紀夫は選ぶのではなくて、それを小説という文学表現の世界に解放することによって救いあげようとしている、という一点にほかならない。それは、いわば美的に自己の内なる〈少年〉を救出しようとする方法であろう。三島由紀夫が作中人物のイメージの表出において、『剣』の場合に端的に見出される如く、日常ふだんに「下らないこと」にかかわりあうことなしに、もしくはそれを引き受けることをぬきにしては生きえないとする大人の論理ないしは散文の論理が影さささぬように、周到な配慮を払っているのも、そこにもとづく。

もし、われわれが『剣』という作品に構築された芸術の秩序を、いったん現実の秩序に還元してしまえば、ほとんどそれは空疎な世界になることを免れぬはずである。つまり、現実の問題としていえば、「強く正しい者になること」というような少年時代の課題を、そのまま無傷のままに大学生になってなお心のうちにひきずっているというような青年像は、かならずしもリアリスティックである、とはいいがたいのである。現実の大学生ならば、もう少し精神の世界が世俗に汚れているはずだ、と考えるのがむしろ常識というものであろう。そういうわかり切った話に目をつぶって、あえて三島由紀夫は、『剣』の主人公を〈無垢〉の青年としてのみ描き切ったのである。もしそういうことばを用いるなら、ここに三島由紀夫独得の美学がある。それは、意識的に散文の論理を捨象するところに成立している。ほぼ同様のことが、たとえば『憂国』についても妥当にいわれうるにちがいない。

昭和十一年二月二十八日、（すなわち二・二六事件突発第三日目）、近衛歩兵一聯隊勤務武山信二中尉は、事件発生以来親友が叛乱軍に加入せることに対し懊悩を重ね、皇軍相撃の事態必至となりたる情勢に痛憤して、四谷区青葉町六の自宅八畳の間に於て、軍刀を以て割腹自殺を遂げ、麗子夫人も亦夫君に殉じて自刃を遂げたり。中尉の遺書は只一句のみ「皇軍の万歳を祈る」とあり、夫人の遺書は両親に先立つ不孝を詫び、「軍人の妻として来るべき日が参りました」云々と記せり。烈夫烈婦の最期、洵に鬼神をして哭かしむの概あり。因に中尉は享年三十歳、夫人は二十三歳、華燭の典を挙げしより半歳に充たざりき。

これは、『憂国』の「壱」の部分だが、作品全体の梗概ともいうべきものは、ほぼこれによって説明されている。

この作品において三島由紀夫は、たとえば「麗子は雪の朝ものも言わずに駈け出して行った中尉の顔に、すでに死の決意を読んだのである。良人がこのまま生きて帰らなかった場合は、跡を追う覚悟ができている。彼女はひっそりと身のまわりのものを片づけた。」と書く。あるいは、また、「脳裡にうかぶ死はすこしも怖くはなく、良人の今感じていること、考えていること、その苦悩、その思考のすべてが、留守居の麗子には、彼の肉体と全く同じように、自分を快適な死へ連れ去ってくれるのを固く信じた。

その思想のどんな砕片にも、彼女の体はらくらくと溶け込んで行けると思った。」と書く。このような麗子の感覚の状態、精神の状態が人工的な、もしくは美的な架空のものであることはいうまでもなかろう。「脳裡にうかぶ死はすこしも怖くはなく……」というようなことが、現実の局面においておそらくありえるはずもないのだからである。三島由紀夫が『憂国』において、武山信二、麗子という新婚の夫婦にいかに人工的な美を与えようとして骨折っているかは、次のような部分にも、はっきりとあらわれているであろう。そこでは、人間存在の現実的な契機はことごとく排除されるのである。

「いいな」と中尉は重なる不眠にも澄んだ雄々しい目をあけて、はじめて妻の目をまともに見た。「俺は今夜腹を切る」

麗子の目はすこしもたじろがなかった。

そのつぶらな目は強い鈴の音のような張りを示していた。そしてこう言った。

「覚悟はしておりました。お供をさせていただきとうございます」

中尉はほとんどその目の力に圧せられるような気がした。言葉は譫言のようにすらすらと出て、どうしてこんな重大な許諾が、かるがるしい表現をとるのかわからなかった。

「よし。一緒に行こう。但し、俺の切腹を見届けてもらいたいんだ。いいな」

こう言いおわると、二人の心には、俄かに解き放たれたような油然たる喜びが湧いた。

麗子は良人のこの信頼の大きさに胸を搏たれた。中尉としては、どんなことがあっても死に損ってはならない。そのためには見届けてくれる人がなくてはならぬ。それに妻を選んだというのが第一の信頼である。共に死ぬことを約束しながら、妻を先に殺さず、妻の死を、もう自分には確かめられない未来に置いたということは、第二のさらに大きな信頼である。もし中尉が疑り深い良人であったら、並の心中のように、妻を先に殺すことを選んだであろう。

ここでも、作者は、中尉が「重なる不眠」にもかかわらず、あくまで「澄んだ雄々しい目」を失っていないこと、また麗子が「そのつぶらな目は強い鈴の音のような張りを示していた」ことを、格別に強調することを忘れていない。これは「目」という肉体を媒介とした、この二人の無垢性の表現である。同時に注意すべきは、ここで三島由紀夫が中尉と麗子との間に「信頼の大きさ」という精神の無垢性を通わせている、という事実であろう。

この作品において、心中を決意し約束しあったときに、中尉が妻を先に殺さず、自分が先に死ぬ、というところが一つの大事なポイントであって、もし自分が先に死んだあと、妻が死を怖れて裏切りはしないか、というような猜疑心が一点なりとも中尉のなかに影さすことがあれば、『憂国』の芸術的な秩序は、たちまちぶちこわしになってしまうのである。あるいは、『憂国』には、夫の切腹という凄惨な現場を見届けたあと、なお死を怖れることなくそのあとを麗子が追うことができるのは、それだけ女の神経の方が図太いからではないか、というような視点を導入することも、芸術的にとうてい許されるところではない。そして、『憂国』において、『剣』においては「強く正しい者になること」であった基本原理が、「良人が体現している太陽のような大義」というふうに変奏される。「人間はいよいよ組み合わせにおいてのみ存在しなければならなくなり、孤独と逃避はゆるされない。

人間は他者とふれ合って平安を持たねばならぬ」（「近代日本における『愛』の虚偽」）と書いたのは伊藤整だが、げんに、われわれは、夫婦というもっとも原初的な人間の「組合せ」の現実の様相が、いったいどのようなものであるかを描いた典型的な作品を、たとえば夏目漱石の小説のなかに見出すことができる。『行人』であってもよく、『道草』であってもよく、『明暗』であってもよい。しかし、そこに見出されるのは、相手への疑いであり、もしくは自己保全の欲求である。エゴイズムとエゴイズムとの衝突である。そこに人間と人間の組合せの否みがたい現実性があるのだとすれば、『憂国』における夫婦の間に成立している絶対的な「信頼」は、結局、小説という架空の美的秩序のなかでのみ成り立ちうる極めて人工的なものである、ということになるであろう。

小説というものが、それを創造する作家主体にとってどのような意味をもつものであるかについては、むろん一般的なかたちで確定することはむずかしい。それは、個々の作家主体に応じて多様であるということになるだろうか。ただ、それを三島由紀夫に即していえば、おそらく三島由紀夫にとっての小説とは、なにかを守る世界としての意味を大きくもっているのではないか、と私には思われてならない。そのなにかとは、ひとくちにいえば、少年の論理であり、無垢の論理にほかならない。それを美的秩序の世界に封じこめることで守りつづけるという一点において、三島由紀夫の作家道程は、ほぼ終始一貫していると私には思われる。

『詩を書く少年』のなかに、詩を書いている主人公の少年が、先輩のRから恋の打ち明け話をきかされるところがある。

「彼女が僕の額をとっても美しいって言ってくれるんだ」

少年はかき上げられた髪の下にあらわれているRの額を見た。秀でた額は、わずかな戸外の光りのために、うすく皮膚の表面をかがやかせ、二つの大きな見えない拳をつき合わせたような形をはっきりと描いていた。

『ずいぶんおでこだな』と少年は思った。少しも美しいという感想はなかった。『僕だってとてもおでこだ。おでこは美しいというのとはちがう』

――そのとき少年は何かに目ざめたのである。恋愛とか人生とかの認識のうちに必ず入ってくる滑稽な夾雑物、それなしには人生や恋のさなかを生きられないような滑稽な夾雑物を見たのである。

そのときの少年の覚醒について、つづけて三島由紀夫は、「ひょっとすると、僕も生きているのかもしれない。この考えにはぞっとするものがあった。」と書くのである。自分も生きているのかもしれないと考えて、思わずぞっとしたということのなかに、現実にたいするこの少年の深い侮蔑の念が端的にあらわれている。

ここにとらえられているのは、少年の住んでいた詩という夢の世界が、突如侵入してきた現実の匂いによってつきくずされそうになる瞬間である。生きるということが、「滑稽な夾雑物」を引き受けることをぬきにしてはほとんど不可能であることに目ざめて、一瞬少年の夢はやぶられずにはいない。

このことに即せば、三島由紀夫の内面の歴史のなかに、「僕も生きているのかもしれない」と考えて、思わずぞっとするというような夢の崩壊の瞬間が、きっとあったにちがいない。この場合、もっとも普通に考えられるコースは、夢の国から「滑稽な夾雑物」の世界へと移行し、そのまま夾雑物にみちた散文的な世界にすっかりまみれきってしまうという道すじである。そして、現実の、生ま身の三島由紀夫もまた、生きのびている以上、当然、「滑稽な夾雑物」を自分の生の上に引き受けることを余儀なくされているにちがいないのである。

しかし、にもかかわらず、夢は救われねばならない。三島由紀夫において、小説を書くという創造行為が内的必然としてうかびあがってくるのは、おそらくここにおいてである。その小説世界のなかに、現実の匂いがしみこんできてはならない。それは削除され、捨象されねばならない。作品は、完璧な無垢性の造型としての美的秩序をひたすらめざさなければならない。

小説を他の芸術と区別して、小説のすぐ隣りには人生が位置している、といったのは、いうまでもなく広津和郎であるが、この散文芸術論は、少くとも三島由紀夫の小説には妥当するところが乏しい。むしろ、三島由紀夫の小説世界は、現実の人生から可能な限り遠く離れた地点に、いわば童話の世界のように自立することをめざしているのであろう。

三島由紀夫論

――終焉の美学への疑義について

馬渡憲三郎

〈有象無象が死んだからとて、誰が気に病むものか。おこないはうるわしい！〉
―ローラン・タイヤード―

近代の作家論においてその核心となったものは、作家像であるよりも、むしろその多くは作家の人間像であったように思われる。もちろんそれにはそれなりの理由もあったし、またそのことが文学研究のうえからいって、必ずしも全面的に軽視されねばならないという類のものではない。たしかに作家といえども、作家である以前になによりも人間であったという発想は認めねばならないからである。しかしながら作家にとって作家を決定する最終的な資料は、作家の私生活的な、伝記的な資料ではなく、作品でなければならないはずである。じっさい作家自身にしても作品以外のもので決定された作家論――それがいかなる根拠からであったにせよ――などは否定するであろうと思われる。

わたしがこの論考の冒頭を、いわば作家論における基本的な原理とでもいうようなことがらから書き出したのは、作家論における人間像を否定しようという意図からではなく、ただ作品を通して作家に、さらに作家を通してその人となりに通ずるという公式的過程のみを全的に承認するわけにはいかないということからである。

もちろん作家論に対するわたしのこうした危惧の念は、さすがに今日ではじゃっかんの修正が必要になってきていることはたしかだが、しかし完全に払拭されるまでにはいたっていないように思われる。おそらくそれは、作家を研究する過程での資料選択の不備であるよりも、むしろ根本的には本格的な文学研究の方法が確立されていないことにより多く帰因されるべき性質の問題であるようだ。いまそのことの詳細な検討はさておくとして、そうしたことに加えてさらに留意すべき問題があるように考えられる。むしろこのことが、三島由紀夫を論及するうえでは注意せねばならないことであろう。

それは本質的にいえば文学研究においては無視しても差しつかえないことである。しかし論じられる作家がいまなお旺盛な創作力を示し、かつ社会的にも文壇的にも、地位、名声を確立し博している場合に見られるものである。

たとえば三島由紀夫の場合はこうだ。十六歳で『花ざかりの森』を発表していらい近作『春の雪』『奔馬』と続くその間の三島由紀夫の作家活動は、じつに世間を瞠目させるに十分なものがあった。そして三島は天才、鬼才の称号を欲しいままにした。じっさい三島の活動範囲はこれまでの作家に較べて桁外れに広く、ボディビル、剣道、あるいは自衛隊での鍛錬によってつくられた肉体美を誇示するかと思えば、一方では映画に出演したり舞台にも立ったりして、素人ばなれのした舞台度胸を披露している。そうした三島の多面的な行動は、文学愛好者以外の多くのファンを生むことになったし、古本屋では彼の初版本が驚くべき高値で売買されるという現象すら呈している。そして否応なく彼は〈美の行動者〉として現代の英雄になっている。

はたしてそういうことが作家三島由紀夫にとって喜ぶべきことであるのかどうか――わたしは知らない。ただそうした面に一言ふれるとすれば、マスコミの異常な発達からくる人気が、ある場合は作品論や作家論の成立過程にも微妙な投影力をもつことがありうるのではなかろうかということである。しかしながらいかなる場合でも、ある文学に人気が沸騰するとすれば、それは作品以外の力ではなく作品そのものによるものでなければならないものであろう。

だがそうしたことの責は作家の側の問題ではなく、論じる方に、あるいは読者の方に求められなければならないことはいうまでもない。ただわたしがいいたいことは、そうした作家に対する作品論や作家論にはなにか控え目なものがその批評に参入していくおそれがあるのではないかということである。かりにそうだとすれば、そのとき批評者のいかなる賞賛もまた非難もそのまま肯定するのは危険なことであろう。賞賛にせよ非難にせよ、それがその作家の文学に対して文学批評としての正鵠をえているか否かということからではなく、その批評の発想においてすでに躊躇したものがあるという意味からである。もちろんそういう発想をとらねばならぬ要因――たとえばその作家の文学が完結した総体ではなくあくまである過程にすぎないとか――があるにせよ、作家に対して一つの問を投げかけた瞬間から、提示者はすでに一つの決断を強要されているものではなかろうか。

ところがじっさいにはそうではないようだ。おおむね控え目になったところから持ちだされる批評は、作家の人間像にはならないまでも、一種の解説的な作家論や作品論に陥っていく傾向が見られるようである。解説的になっていくことで、本来的には作家と論者との拮抗状態から晶化されるべき文学そのものが著しく回避され後退させられることになっていく。いうまでもなく、こうした案内的な文学批評と文学研究としての批評とは厳格に一線を劃しておかねばならない。

それゆえいまそのことはふれないが、これまで三島由紀夫論として提示された数かずの賞賛と非難—―非難の方はあまりなかったように見うけられる——が、作家三島由紀夫のどのような恥部を白昼に剔出したかを新ためて検討してみることは、研究史のうえからいって無駄なことではないだろう。

もともと作家論など、作家にとってはこれほど不合理でしかも不都合きわまるものはないであろうし、また最も好ましくないものの一つであろうと思われる。それでいて作家論は読者のためなどではなく、作家その人に向って書かなければならないものだが、三島由紀夫自身、作家にとって批評家なるものがどういう存在であるかを、『小説家の休暇』のなかでいみじくもいっている。「小説作品に対する批評家の態度ならびにその心理——。」は、「何か佳い一行にぶつかつて作品全体を買ひたくなる気にもなれば、悪い一行にぶつかつて作品全体を抹殺したい気にもなる。要はその作品に対する自分の態度決定の問題なのだ」といい、結局、批評家というものは「何も買ふ気がなくて、百貨店へ入る客にも似てゐる」ものだというのである。しかもそうした「客」は「トイレット」にしか用はなく、そうした「常習犯の目」には「九階建てのデパート」も「一つの大きなトイレット」にしか見えないと断言している。

さて、わたしが三島由紀夫に対してもっとも興味をいだくのは彼の文学における〈美学〉の問題についてである。それがいかなる方法と経路を通ってどのような〈美学〉として形成されるものであろうかということである。じっさい三島由紀夫ぐらい作品において〈美〉ということばをふんだんに使う作家もめずらしいのではなかろうか。ひとはあらゆる作品の中でそれを見いだすことができるはずである。『金閣寺』などはまさに恰好な作品であろう。わたしは『金閣寺』を中心としてそのことを考えてみたい。

　私が人生で最初にぶつかった難問は、美ということだったと言っても過言ではない。父は田舎の素朴な僧侶で、語彙も乏しく、ただ「金閣ほど美しいものはこの世にない」と私に教えた。私には自分の未知のところに、すでに美というものが存在しているという考えに、不満と焦躁を覚えずにはいられなかった。美がたしかにそこに存在しているならば、私という存在は、美から疎外されたものなのだ。（傍点引用者）

　これはいうまでもなく『金閣寺』の「第一章」からの引用である。ここには『金閣寺』で三島が意図しようとした〈美学〉に対する動機が的確に暗示されている。「私」とは作中の主人公である吃りの「溝口」である。作品の筋は、「私」と「金閣寺」という対自関係を主軸として展開されていくのだが、問題はわたしが傍点をつけた部分にある。つまり「美がたしかにそこに存在しているならば」という条件法仮定で提示されることによって、「私という存在は、美から疎外されたものなのだ」という存在に決定づけられることにある。

　しかしこの条件法仮定の問題から直にナルシシズムの美学として考えるのはあまり賢明ではないだろう。かつて神西清は「ナルシシズムの運命」として三島由紀夫を論じたことがあった。たしかに神西のように「ナルシシスム」の問題として考えれば解決は早い。だがナルシシスムであるためには、美少年ナルシスのように、先天的に水精ニンフたちを歯牙にもかけないだけの完璧な、そして絶対的な自己注視がなければならない。そこでは「私」が「美」であるのかどうかという懐疑などはいりこむ余地はないはずである。

だがここでは「私」の存在は「美」の存在条件のいかんにかかわる可変性として考えられている。したがって「美」とは対自存在か即自存在かといったような命題での考察はたいして有効なものとならないはずである。むしろ「私」と「金閣」という関係の図式が絶対性のそれではなく条件付のものであることは、『金閣寺』の展開のための動機にすぎないと考えたほうがいいだろう。もちろんこの場合の動機とは、小林秀雄のいう「動機小説」（「美のかたち」）ということではない。小林は『金閣寺』を「動機小説」とみることで、小説ではなく「抒情詩」であると解している。つまり小林の言によれば『金閣寺』が小説であるためには、「溝口」が「金閣」を放火したのちのところから書かれるべきだといっている。『金閣寺』が小林のいうように「動機小説」であるかどうかということになると、そこには自ずと〈小説〉に対する定義づけの問題が絡んでくるのだが、わたしはまず「私」と「金閣」というこの条件法仮定図式から三島がどのような〈美学〉を形成するかに注目したいと思う。

さて主人公「溝口」が生来の吃りであるということは、対世界に向っての負性の存在者として設定されたことを意味し、そのことは「この世のどこかに、まだ私自身の知らない使命が私を待っているような気がした」という予感と相まって、終章の金閣寺を放火するにいたる行為をみごとに暗示させている（その過程における「溝口」の心理的分析はじつに理路整然とすすめられて明解である）。その「私」が負性の存在者であることは自らに拒まれた者の意識をより強固にさせていく、たとえば対「金閣」に対して、対「有為子」に対して――。この拒まれた者の意識は条件法仮定の問題に関してはじつに有効なものである。つまり仕かけられたその発条《バネ》は必然的に拒まれた世界へかかわっていこうとするからである。そのとき、かかわろうとする方法は、対象としての世界を力関係で同質化しようとするか、あるいはまた拒まれたことを逆手にとる選良的な意識で自己の内部に対象を凌駕する世界を表象させようとするかであろう。それは行為という具体性か、あるいは意識化という観念性かという相違のように見えながら、そのじつそれはマイナスをプラスに転換させようとする情念においては同次元の発想にたつものである。「私」が「有為子」や、そして「金閣」に対する情念もその埒外ではない。

たとえば「有為子」に対してはこうである。

人に理解されないということが唯一の矜りになっていたから、ものごとを理解させようとする、表現の衝動に見舞われなかった。人の目に見えるようなものは、自分には宿命的に与えられないのだと思った。孤独はどんどん肥った、まるで豚のように。

「豚のように」肥っていく「孤独」をもつ「私」――それはまさに自発的に拒まれようとする者の独白である。その「私」は、

有為子の体を思ったのは、その晩がはじめてではない。折にふれて考えていたことが、だんだん

に固著して、あたかもそういう思念の塊のように、有為子の体は、白い、弾力のある、ほの暗い影にひたされた、匂いのある一つの肉の形で凝結して来たのである。私はそれに触れるときの自分の指の熱さを思った。またその指にさからってくる弾力や、花粉のような匂いを思った。

と、「暗鬱な空想」に耽った結果、「私」は、病院に勤めに行く「有為子」を部落のはずれで暁闇のなかに待ちぶせするのである。結果はどうであったか。「有為子」の口からもれたものは、「『何よ。へんな真似をして。吃りのくせに』」という決定的なことばで拒否の世界へ追いかえされただけであった。そして「私」は確実な一つの願望をひめたのである。

私は有為子のおもかげ、暁闇のなかで水のように光って、私の口をじっと見つめていた彼女の目の背後に、他人の世界——つまり、われわれを決して一人にしておかず、進んでわれわれの共犯となり証人となる他人の世界——を見たのである。他人がみんな滅びなければならぬ。私が本当に太陽へ顔を向けられるためには、世界が滅びなければならぬ。……

ここでは明らかに「私」を拒む世界が、「私」を世界の外に弾き出すだけではなく、さらに「私」を呪縛する力を内有しているものであることを「私」に認識させたことを示している。

だがこのことは別段めずらしいことではない。おうおうにして、肉体的であれ、精神的であれ、そこになんらかの欠陥の意識をもつ者は、いわば並みの世界に参入し同化しようと試みるものである。この

「私」の様相は、たとえば『ノートル・ダム・ド・パリ』の傴僂男「カシモド」が「エスメラダ」に寄せた行為を想いおこさせる。ただ「私」が自身において「美」であろうとするいわばナルシスト的な希求から「有為子」の世界を支配しようとする傾向をもつのに対し、むしろ「カシモド」は「美」の守護者として「エスメラダ」の死と自らの死を同化させようとする。そこに吃りと傴僂との違いはあるが、その欠陥の部分を補塡させようとした情念においては同質のものなのである。

もちろんこうしたことは別に目あたらしいものではないことは、文学史的にみても、〈美的行為〉の動機として、文学が〈俗物性〉や〈効用性〉から解きはなたれて、審美の観念を導入したとき、そこに登場したものは、一種のアウトローであり、たとえば盗賊や魔女や悪党のもつ悪の魅力であったことからも理解できる。いうまでもなくそれらは〈美学〉の一つの体現者でもあったのである。

さて、「私」が「有為子」から拒否されたということは、自虐的な拒否の意識から加虐的な否定への志向を内有することになるのだが、「私」の内部においてその否定は未だ論理化されず、「他人の世界」は「滅びなければならぬ」という〈滅び〉への願望でしかありえなかった。この願望は、「私」と「金閣」との関係においても持続する。しかも作品展開の発条《バネ》としての願望は、また三島由紀夫自身の戦争体験の文学的な象化でもあったようだ。

ところで「私」と「金閣」との関係はどうなのか。そこにみられるものは、対「有為子」との関係の重複であるように思われる。ただ〈滅び〉への願望を投入させたことで、「私」と「金閣」との関係が、「八月十五日」を境としてその前後では明らかに異なっていることに気づく。つまり「私」をして「敗戦は私にとっては、こうした絶望の体験にほかならなかった」と述懐させたとき、それは必然的に起る問題でもあり、また三島自身の〈美学〉形成のうえからも重要なことであったろうと思われる。

まず「敗戦」以前の「私」と「金閣」との関係はどうであったか。それはつぎのようなものである。「父」の話から「私」が「金閣というその字面、その音韻」で描き出した「金閣」を、初めて自分の目で確かめたとき、それは「何の感動も起らなかった。それは古い黒ずんだ小っぽけな三階建にすぎなかった」のである。それは「美しさを予期したものから裏切られた苦痛」でしかなかった。しかし一度現実の金閣寺を見たことにおいて、それは「夢想に育まれたものが、一旦現実の修正を経て、かえって夢想を刺激するようになった」ものとして、「金閣」は「私」の内部に定着する。そして「金閣寺の徒弟」となったとき、すでに「私」には「心象の金閣」ができあがっていたのである。

この「心象の金閣」の完成によって、現実の金閣寺は、もはや不在のものとなったのであろうか。いやそうではない。「現実の修正を経て」つくられた「心象の金閣」であることによって、さらに現実の金閣寺への執着はつのってくるのである。だから「私」は「金閣」に問うのである。

『あなたの美しさは、もう少しのところではっきり見えそうでいて、まだ見えぬ。私の心象の金閣よりも、本物のほうがはっきり美しく見えるようにしてくれ。またもし、あなたが地上で比べるものがないほど美しいなら、なぜそれほど美しいのか、なぜ美しくあらねばならないのかを語ってくれ。』

この願望のなかには、「心象の金閣」のもつ「美」をうわまわる「美」の発見がひめられている。このことは、「美」の存在が条件法仮定の問題として提示された道行からはじつに妥当なことなのだが、ただ願望の対象は、実在の「金閣」に対してであるよりむしろ「私」自身の内部ではなかったろうか。なぜなら「心象の金閣」と「本物の金閣」とを一度は同質化させねばならぬ必要性があるように思われるからである。それは〈滅び〉への願望を正当化させようとすることである。したがって「心象の金閣」に劣らず「本物の金閣」が美しいものとなるのは、つぎのようなときであった。

　この美しいものが遠からず灰になるのだ、と私は思った。それによって、心象の金閣と現実の金閣とは、絵絹を透かしてなぞって描いた絵を、元の絵の上に重ね合せるように、徐々にその細部が重なり合い、屋根は屋根に、池に突き出た漱清《そうせい》は漱清に、潮音洞の勾欄は勾欄に、究竟頂の華頭窓は華頭窓に重なって来た。金閣はもはや不動の建築ではなかった。それはいわば現象界のはかなさの象徴に化した。現実の金閣は、こう思うことによって、心象の金閣に劣らず美しいものになったのである。

この「現象界のはかなさ」は、「本土空襲」が免がれえないものとなりはじめていた時代の中で、「私」が、

　……しかし、やがて金閣は、空襲の火に焼き亡ぼされるかもしれぬ。このまま行けば、金閣が灰になることは確実なのだ。（傍点ママ）

と、いう予感にたつことによって、「金閣」は「心象の金閣」まで止揚されていくのである。つまり「金閣が灰になる」という〈滅び〉への期待において、「本物の金閣」は「心象の金閣」と同質の美しさ、すなわち滅びの可能性をひめた「悲劇的な美しさ」となったわけである。この「悲劇的な美しさ」は、世界の滅びを確実に予感し期待するという「私」の自己投影によってのみ可能な、拒まれた者と拒んだ世界との唯一の架橋であった。すなわち「私」の自己投影による「本物の金閣」の「心象の金閣」までの止揚は、「私」自身の滅びを前提としていたのではなかろうか。条件法仮定としての「金閣」と「私」の関係は、まず「私」に滅びの条件を課したように思われる。

この世界の滅びへの予感と期待について、ひとは三島由紀夫が太平洋戦争時下という特殊な時代と逢着したというところから説くかもしれない。そして、そこから三島文学の特色を見ようとするかもしれないが、そのことについては後述したいと思う。

さて、負性の存在者としての「私」と不動の「金閣」とが、滅びという終末感の条件下で「美」に形象化されようとしたとき、戦争は「私」の予感と期待を裏切って、世界は滅亡しないまま「絶望の体験」だけを残して終戦となるのである。すなわち、「私」は「金閣」が滅亡するという予感と期待とを戦争から先取りすることで、「美」を形象化させようと試みたわけである。そのことは先取りされた予感と、「金閣」のもつ歴史――「戦乱と不安、多くの屍とおびただしい血が、金閣の美を富ますのは自然であった」――との可能的な結合でもあった。しかし戦争は「私」にも「金閣」にも傷ひとつ与えることなく通過し、結局は、

『これで私と金閣とが同じ世界に住んでいるという夢想は崩れた。またもとの、もとよりもっと望みのない事態がはじまる。美がそこにおり、私はここにいるという事態。この世のつづく限り渝らぬ事態……。』

という状態に陥ちこんでしまうのである。ここに再び「金閣」は、「私の心象」からも「現実世界」からも超脱し、かつ「あらゆる意味」を拒絶して、「私」と屹立していく。だが、戦争から滅亡という終末感を先取りすることでえた「美」はさらに持続させねばならない。もはや時代や社会が終末感を与えてくれない現実では、かつて「有為子」からの拒否によって志向されはじめたあの加虐的な否定——つまり「私」が「『金閣を焼かなければならぬ』」という行為の決定にいたりつく以外にはないのである。だがこのことは、野口武彦がいうように「金閣」の美しさが「被虐の美」（『三島由紀夫の世界』）である、とするところからくるものではない。

「八月十五日」以降からその決定にいたる過程での「金閣」と「私」の関係は、「金閣」があらゆる意味で「私」を疎外するものとして存在する。そのことはたとえば、「生花の女師匠」と、あるいは「下宿の娘」と「私」がいかに遂情できなかったかを想起すればいい。こうした疎外のなかで、あの加虐の否定は、徐々に論理化されていく。そして「私」は、「夏菊の花」にたわむれる「蜜蜂」の情景からつぎのような認識にいたるのである。

形こそは、形のない流動する生の鋳型であり、同時に、形のない生の飛翔は、このあらゆる形態の鋳型なのだ。……（中略）それはこうである。私が蜂の目であることをやめて私の目に還ったように、生が私に迫ってくる刹那、私は私の目であることをやめて、金閣の目をわがものにしてしまう。そのときまさに、私と生との間に金閣が現われるのだ、と。

そして、それはさらにつぎのように続く。

永遠の、絶対的な金閣が出現し、私の目がその金閣の目に成り変るとき、世界はこのように変貌することを、そしてその変貌した世界では、金閣だけが形態を保持し、美を占有し、その余のものを砂塵に帰してしまうことを、これ以上冗くは言うまい。

ここにおいて、「私」は「金閣」を全面的に所有せねばならないことに気づくのである。そして「『それにしても、悪は可能であろうか？』」というためらいも、「永遠の、絶対的な金閣の出現」、いいかえれば美への絶対的な「生の飛翔」において、徐々に正当化され、ついに「『金閣を焼かなければならぬ』」ところまでいきつくのである。そして「金閣」に火を放ったのち「生きようと私は思った」のである。だがこの「生きよう」とする意志は、ここにいたってはなにほどの意味ももっていなかったはずである。ひとは、このことを三島が戦後を、「しぶとく生き永らへるもの」として歩いたことの一つの証左としていくかもしれないが、しかしながら、「金閣」の存在しない「世界」は、もはや「世界」ではないという誤算を犯してしまったあとでは、「生きよう」と思うことなどは修辞にすぎないではないか。

さて三島由紀夫が『金閣寺』において、「私」と「金閣」という対自関係を設定し、そこに〈滅び〉の命題を投入したことで、彼はどのような〈美学〉を意図し、また形成したのであろうか。「私」と「金閣」とが、条件法仮定で提示されたとき、三島にとっての〈美学〉はすでに存在論的なものとして思考され、その存在論的な〈美学〉の様式化として『金閣寺』は書かれたように思われる。なぜならば周知のごとく『金閣寺』の素材は、昭和二十五年に起った「金閣寺炎上事件」にヒントをえたものであるが、『金閣寺』はその事件の追体験ではないからである。『金閣寺』に限らず『青の時代』『宴のあと』、あるいは『親切な機械』なども事件の追体験としての作品ではない。つまり主人公の「私」が「金閣」を放火するまでの心理的な分析は、三島の存在論的な〈美学〉、すなわち形而上学的世界の実践者として描かれたものである。したがって、〈滅び〉への志向者、あるいは行為者として設定されている限り、終局のところ、三島の〈美学〉の様式の完成者として収斂されるべき性格を賦与されていた。たしかに「私」は「金閣」を滅ぼしたのであるが、三島の思惑どおりの任務を完遂しえたのであろうか。

もともと三島由紀夫が文学的出発の当初から、「終末感」「末世の意識」「絶望感」などを所有した作家であることはすでに多くのひとが明らかにしている通りである。じっさいわれわれは『花ざかりの森』『苧菟《おっとう》と瑪耶《まや》』などの初期の短編において、あるいは『中世』『岬にて』『真夏の死』などに、それを顕著に読みとることができる。それは橋川文三流にいえば「死の恩寵《カリスマ》」とよばれるものにふさわしいものかもしれない。また戦後を「凶々しい挫折の時代」と規定したこともよく語られることである。しかしそれらが太平洋戦争時下というあの時代に色濃く彩どられたものであったにせよ、それを敷衍することで三島文学における〈美学〉を論じることはあまり妥当だとはいいきれない。むしろ「終末感」といい、その「挫折」による「世界の滅亡」への願望といい、それらがどのようにして表現行為に転起されたかということこそ、論じるべきではなかろうか。

　なぜなら、三島のもった「一種の末世思想」は、三島自ら『私の遍歴時代』で述べるように「自分一個の終末観と、時代と社会全部の終末観とが、完全に適合一致した、まれに見る時代」の結果であったとすれば、それは優れた感受性によるものとして認める以外にないからである。そのことを信用するかどうかということよりも、むしろ優れた感受性とは、つねに優れた負い目であり、優れた劣等感であることを認めるべきであろう。いわばそうした被害意識をもって、その不当な力に全身をもって抗する防禦的な攻撃法が作品にほかならないからである。少くともそれがなにに、どのように傷ついたものかということは、社会学や病理学の問題ではなかろうか。したがって、三島由紀夫がその〈滅び〉への願望によって、いかなる〈美学〉を『金閣寺』において様式化していったかは、小説構造を明らかにすることで考えねばならないのではなかろうか。

『金閣寺』における作品の構図が「私」と「金閣」との対自関係であり、それが条件法仮定の問題であることについてはすでに述べてきた通りである。だが問題は、三島が意図した〈美学〉の様式化のために、あの対自関係という設定が妥当であったかということである。三島が確実に「一種の末世思想」を内持していたとすれば、あの対自関係はすでに矛盾をはらんでいたのではなかったか。

　なぜならば「終末観」によってものを認識するということは、時間的にも、空間的にもそこには〈滅び〉へ向うゆえの秩序の崩壊と崩壊による混乱が把握されていなければならない。したがって、表出されてくる世界は、当然のことながら不可解な未知の世界である。しかし『金閣寺』に見られる対自関係を軸とする世界は、それが作品の動機であるにせよ、もっとも調和的、合理的なバランスを保有する秩序の世界であったように思われる。

こうしたことは三島文学においてめずらしいことではなく、むしろ基本的な構図でもあるようだ。そしておよそすべてのことが理路整然とすすめられていく。『仮面の告白』や『禁色』などもそうである。それゆえひとは、三島の作品を読むときほとんど混迷や混乱に陥いるということはないのではなかろうか。それほど三島の作品の世界は明快で秩序だっている。かりにとまどうとすれば、あの三島特有のアフォリズムやイロニイー的な表現、あるいは比喩の豊富さからくる詩的表現などからくるのであろう。

たとえば、三島文学の特殊詩語とでも名づけたいような、はなはだ頻出度のたかい「海」「夏」「血」「死」「太陽」などによって形象されるイメージなどもそうである。『金閣寺』においてさえ、南禅寺で恋人の陸軍士官に自分の乳を飲ませる女、姙娠した娼婦の腹を踏みつける雪の日の光景、あるいは舞鶴湾の風景など、それらは作品の随所で伏流水のようにして流れながら作品の主和音となっている。また『仮面の告白』では、聖セバスチャンの絵、あるいは地下室における「秘密の宴会」の部分において、それらはひとを魅了するものをもっている。それはほとんど詩といってもさしつかえないほどである。そうした一連の表現は、三島が読者に対して投げつける一種の目つぶしかもしれない。これも三島の小説方法の一つであり、わたくし流にいうなら〈目耀ふ〉方法論である。

もともと〈目耀ふ〉ということばの意味には異説があって、一つには〈事態が明らかであること〉、他の一つは〈ものごとがあまりはっきりしないさま〉という意味をもっている。その出典例は『大鏡』や『とはずがたり』にみることができる。こうしたところからみていくと、三島文学のあのさまざまなイメージ、とりわけ「夏」と「太陽」のイメージなどは、さしずめこの二つの意味を合体させた〈眩惑〉と〈不安定〉との同時的投射としての〈目耀ふ〉ではなかろうか。

しかしながらこうした〈目耀ふ〉方法論でありながら、基本的な構図においては、やはり調和の構図を乱すものではないことはいうまでもない。「終末観」によって認識された〈滅び〉への願望が、対自関係という調和的な世界で行われる限りにおいては、あの矛盾は解決しないままなのである。

この矛盾の問題には、三島由紀夫が〈近代〉といかにかかわったかということが含有されている。たとえば、『金閣寺』において、すでに見てきたように、太平洋戦争時下という時代と社会から先取りされた〈終末感〉は、戦争が「私」と「金閣」とを滅亡させないまま終戦となり、同時に恒常的な時間が流れていくという現実と「私」が逢着せねばならなかったように、三島自身においても、戦中から戦後という歴史的体験において、あの先取りされた「終末観」は、終戦と同時に本来的には大きく変更するかあるいは後退されるべき性質のものであった。しかし三島はそれを既得権――さきに優れた感受性、あるいは優れた被害意識とよんだものである――を行使して出発しようとすることにおいて、否応なく時代〈戦後〉と対応せねばならなかったはずである。

しかしながら、三島を論じようとするとき、戦後の社会的混乱と自我とを対比せしめることによって、つまり時代と社会の混乱がそのまま自我の覚醒であったということから、三島の文学を時代に対する捨身の体あたりによって形成されたものだという〈戦後〉への見解もあるようだが、それはあまり公式的な感じがしないでもない。なぜならば、時代と社会の混乱が自我の覚醒とはならないで、むしろ自我の歪曲と破壊をもたらすこともありうるからである。したがって、三島が時代に対応する方法は、他の戦後の作家たち――野間宏、椎名麟三、武田泰淳などのように、戦前と戦中とをもつことによって獲得した戦後派作家とは自ずから異った独自の領域と方法で完遂しようと試みたのは当然であろう。少くとも三島にとって、戦前、戦中は〈失なわれた地平線〉ではなかったからである。

三島の〈戦後〉に対するマニフェストともみられる『重症者の兇器』ではこういっている。「われわれの年代の者はいたるところで珍奇な獣でも見るやうな目つきで眺められてゐる」というように、いわば戦争によって傷つかなかった世代の精神の不幸という逆説、つまり「健康」という「不治の病」を楯として〈戦後〉に対し「美」の「兇器」をもってたちむかうというのである。こうしたマニフェストが、たとえば『荒地詩集』にかかげられたマニフェスト、「Xへの献辞」と比べてみるとき、そこにあるものがなんであったかは想いおこすまでもないだろう。

ところで近代と対応するということは、理論的には二つの方法しかないのでなかろうか。つまり近代に対して自らを前進性として把えていくか、あるいは後退性として把えていくかである。いずれにせよ、そのためには近代から一度は離脱してみなくてはならない。だが離脱するということは、あくまで近代を本籍地として、意識的に現住所を他に設けることにおいてのみ可能なことである。したがって設けられた現住所がどこにおかれるかで決定される。すなわち近代を否定することにおいて前進性を獲得するか、あるいは反動することにおいて後退性を獲得するかである。三島は『十八歳と三十四歳の肖像画』でつぎのように記している。

作家の思想は哲学者の思想とちがつて、皮膚の下、肉の裡、血液の流れの中に流れなければならない。だが一度肉体の中に埋没すれば、そこには気質といふ厄介なものがゐるのである。気質は永遠に非発展的なもので、思想の本質がもし発展性にあるとすれば、気質の擒になつた思想はもはや思想ではない。

ここで語られた「気質」と「思想」は、『林房雄論』では、つぎのように述べられる。

借物の思想を得々と語るくらいなら、思想は永久に外部にあって、その外部の思想へ向って人をしゃにむに推し進める抽象的情熱だけを、語り得るもの告白しうるものと考えたほうがずっといい。又、外部の思想と内部の縛られた信念との同一化に、自尊心のすべてを賭けるくらいなら、自分の内部にはたえざる行動の原理だけを保有して、思想は外部へ隔離しておけばいい。しかしこの隔離はあくまで動的な様態で、抽象的情熱はたえず彼を推し進めるから、その極限においては、ひょっとすると彼自身が、考えられるかぎり自由な存在、つまり思想そのものに成り変わるかも知れないのだ。

三島のいわんとする「気質」とは、いうまでもなく〈滅び〉への願望であろう。そして「思想」とは、「抽象的情熱」の推進力である限りにおいて、それは無定型で変容可能なものである。また「抽象的情熱」とは、あらゆるものに対する渇望的な心情であろうと思われる。ここでとくに注目すべきことは、「外部の思想と内部の縛られた信念との同一化に、自尊心のすべてを賭けるくらいなら、自分の内部にはたえざる行動の原理だけを保有して、思想は外部に隔離しておけばいい」ということの決断である。この決断のなかには、思想や倫理からの自由を手に入れようとする試みがみられるのである。この思想や倫理がいわゆる近代に属するものであることはいうまでもない。この場合、おそらくその思想や倫理を近代のヒューマニズムとおきかえることも可能であろう。その近代のヒューマニズムから自由であろうとする離脱の方法は、三島にあっては否定ではなく、むしろ反動という後退性においてであったように思われる。三島は『終末感からの出発』で「年齢的にも最も潑剌としてゐる筈の、昭和二十一年から二・三年の間といふもの、私は最も死の近くにゐた。未来の希望もなく、過去の喚起はすべて醜かつた。私は何とかして、自分、及び、自分の人生を、まるごと肯定してしまはなければならぬと思つた。しかし敗戦後の否定と破壊の風潮の中で、こんな自己肯定は、一見、時代に逆行するものとしか思はれなかつた」と述懐しているのである。

つまり三島の近代との逢着が反動であったということは、「気質」としての〈滅び〉への願望を変更も後退もさせることなく、十分に持続させる道を残すことにおいて特色づけられるものである。だから『十八歳と三十四歳の肖像画』で『金閣寺』にふれてこう説明した。

　ついで、やつと私は、自分の気質を完全に利用して、それを思想的に晶化させようとする試みに安心して立戻り、それは曲りなりにも成功して、私の思想は作品の完成と同時に完成して、さうして死んでしまふ。

また『自己改造の試み』では、

作家にとつての文体は、作家のザインを現はすものではなく、常にゾルレンを現はすものだといふ考へが、終始一貫私の頭を離れない。つまり一つの作品において、作家が採用してゐる文体が、ただ彼のザインの表示であるならば、それは彼の感性と肉体を表現するだけであつて、いかに個性的に見えようともそれは文体とはいへない。文体の特徴は、精神や知性のめざす特徴とひとしく、個性的であるよりも普遍的であらうとすることである。ある作品で採用されてゐる文体は、彼のゾルレンの表現であり、未到達なものへの知的努力の表現であるが故に、その作品の主題と関はりを持つことができるのだ。何故なら文学作品の主題とは、常に未到達なものだからだ。

と、書いている。つまり三島にとって〈美〉とは追求するものではなく、〈美〉そのものとしての存在になることを意味している。たしかに「作家の文体」が「ゾルレンを現はすもの」である以上、三島がいうように「私の思想は作品の完成と同時に完成して、さうして死んでしまふ」ものでなければならない。

だがこのことは、あくまで三島の〈美学〉形成の理念、すなわち形而上学的命題として止まるものであったようだ。比喩的にいえば『金閣寺』において三島が意図したものは、条件法仮定の操作によりながら、三島自身が「心象の金閣」や「本物の金閣」でもない、「美を占有し」「形態を保持」する「絶対的な金閣」そのものに転位する野望があったのではなかろうかということである。だが、作品が完了したとき、三島の野望は消え、吃音者の「私」が「生きよう」とする奇妙な印象だけが残ってしまったのではなかろうか。

つまり〈美〉ではなかった「私」の一撃で、〈美〉であるとされた「金閣」がもののみごとに瓦解されていくという光景がそれである。と同時に現実に存在していた「金閣」の喪失によって見ごとに彫刻された〈美学〉もまたそのとき自壊的に滅亡せねばならなかったのである。

こうしてみると、三島はいわゆるテーマの作家ではないようである。意図されたテーマは作品完成後には消滅してしまい、いわば別種のテーマが抽出されてくる。そのことは『潮騒』において自然描写をふんだんに用いながらも終局的には全く人工的な自然になってしまったということを、三島自身が述懐していることからも察知されよう。

おそらく『金閣寺』において企図された〈美学〉は、〈美〉は「私」や「金閣」に所有されるのではなく、ただ〈無〉に占有されるのだということであろう。だがそうだとすれば『金閣寺』自体の説得力はやや弱すぎるように思われるのである。本来的には、そのことにおいてのみ、三島文学の〈美学〉は形而上学的な〈美学〉の様式化となりうるものである。

したがって、三島の文学を、〈終焉の美学〉としてうけとるためには、〈美学〉そのものを発生せしめる基盤として特定の美学史的な時期の上に立って考えてはならない。発生的な基盤に必要なものは、むしろ非歴史的な終焉の時間にすぎないのであり、換言すれば、終焉の時間において〈美〉が成立するのであって、〈美〉が終焉的な歴史的な時間を必要としているのではないのである。そうであってこそ、三島の〈美学〉は〈終焉の美学〉とよぶにふさわしいものとなる。反対に終焉をたんに歴史的な時間で捉えた発生的な社会的基盤としてうけとることは、いささか足踏みせざるをえないのではなかろうか。なぜならば、作品に現われる道徳や倫理にいかなる近代がとり入れられてあろうとも、その作品構成に採用した美学的な範疇がそのまま古典のもつ規縄に通じている限り、それを近代と呼ぶことには躊躇せざるをえないからである。

三島由紀夫は今後、形而上学的な命題として所有する〈終焉の美学〉を、どのように作品として様式化するか、わたしは先に述べた理由によって、なお不安な思いを拭いさることができないが、にもかかわらず、わたしに大きな期待と興味をいだかせるのは、彼も充分に自覚しているであろう、彼の芸能的〈気質〉にかかっていることを附記しておきたい。

三島由紀夫の文体

原　子　朗

一

三島由紀夫氏の文章や「文体」を論じたものは多い。というより、三島由紀夫の文学を論じたものは、まず何らかのかたちで、その文章や、いわゆる「文体」に触れている、触れないではすまされないでいる、といったふうである。これはしかし〝あたりまえ〟のことであって、文章や文体といったものをぬきにして、文学が論じられるはずはないのだから、三島氏の文章や文体をふまえた三島論はオーソドクスな評論といえる。ところが、（不思議なことに、ことに日本では）文章や文体の特質をぬきにして、その作家の文学が論じられていることも多いのだから、三島由紀夫氏は論者に、まずはオーソドクスな方法を採らせる作家である、ということになる。また、氏じしんがオーソドクスな作家なのである。「小説を藝術として成立せしめるのは、一にかかつて、この言葉、すなはち文體である」（「私の小説の方法」）という、これまたごくあたりまえなことを、果敢に、きわめて意識的に実践しているという点で、氏ほどオーソドクスな作家はいないだろう。そして、文学と生活をはっきり区別してかかる態度、いわゆる芸術と実生活の二元論にしても、陰湿で精神主義的な日本の文学風土では、ことさらめいて見えたりするが、これもごくあたりまえの、正統で健康な考えであって、文学・生活一如の、伝統的といってよい他の日本の近代作家たちの生きかたのほうが、かえって異常な、日本独特の現象なのである。

　そのことは、しかし三島氏が日本人離れのした作家だということではない。氏は最も日本的な作家であり、氏の文章は古風なほど日本語の格式をふまえている。

「私はブルジョア的嗜好と言はれるかもしれませんが、文章の最高の目標を格調と氣品に置いてゐます。例へば、正確な文章でなくても、格調と氣品がある文章を私は尊敬します。」「文章の格調と氣品とは、あくまで古典的教養から生れるものであります。さうして古典時代の美の單純と簡素は、いつの時代にも心をうつもので、現代の複雑さを表現した複雑無類の文章ですら、粗雑な現代現象に曲げられてゐないかぎり、どこかでこの古典的特質によつて現代の現象を克服してゐるのであります。文體による現象の克服といふことが文章の最後の理想であるかぎり、氣品と格調はやはり文章の最後の理想となるでありませう。」（『文章讀本』）

　三島氏の文脈の古典的な装い、柔軟で古風な措辞、その豊饒な正確さは、氏の美的嗜好や、氏のいう古典的教養のあらわれというより、この引用文からもうかがえるように、氏の芸術的意図の結果であり、意識的な方法であり、「最後の理想」にむかっての過程であるというべきだろう。氏が頑固に（氏の世代にふさわしからず）旧仮名遣い、正漢字の正書法を採用しているのも、その一例であろう。――ついでにいっておくと、たぶんに視覚的効果をもつ正漢字・旧仮名遣い等の形式は、それが形式であるかぎりにおいては、こだわるほど重要な本質的問題ではないのかもしれない。たとえば外国語に移すとき、それは痕跡をとどめないし、流布本の三島作品で、編集者が当用漢字・新仮名遣いになおしたものもあるが、私たちは馴らされてきたせいか、それほど気にならないほどだ。しかし、そうした形式的意味あいをこえて、氏の頑固な形式は発想や内容と切り離せない本質的作用を果しているはずで、その場合、形式は消えても、その作用は生きて、内容を決定しているともいえるのである。つまり正漢字・旧仮名遣いも内容それ自体なのである。このことは、ひとり三島作品にかぎらないことだが。

文学論（たとえば〝伝統と現代文学〟の問題）にかぎらず、日本語の運命といった厄介な問題を考える場合も三島氏の小説や戯曲の表現は好箇の拠りどころを与えてくれるだろう。その意味では氏は実験的な作家ともいえる。ことばの実験者、開拓者とは、しばしば詩人に与えられる苦悩と栄誉のようだが、しかし詩人にかぎらず、これもほんらいあらゆる文学者が背負うべきはずのものである。だから、これまた氏にとっては、あたりまえのことにすぎないのかもしれない。だが、ことばの実験者といっても、氏は急進的な詩人や反小説的な小説家のように、ことさら日本語の曲りなりの体系や秩序に反逆したり、混乱をあえてくわだてたりはしない。反逆し甲斐のある、あるいは反逆を受けて立つ、日本語の様式が確立されてなどいないことは周知のことだ。そんな反逆や実験など徒労であり、元も子もなくす詩人の浪漫的自慰におわりかねないことを、三島氏はとっくに了解している。そこに氏の賢明な妥協がある。通達度の高い散文という形式によって、さらには文学ジャンルの中ではまだしも一番古典的な様式を残存している劇という形式によって、あとくされのない実験を試みることになる。氏の小説が意識的に〈劇〉

的構成や要素を多くとるのは、そうした事情によるといえるだろう。感受性の様式に依存することは一種の妥協であり、賢明な方法である。第一、無駄が省ける。野暮な徒労に費やすエネルギーがあれば、そのぶん残存する美的感受性の様式の残闕を集中させ（妥協と交換に）、自己の世界の再構成に用いるほうが合理的である。氏のことばの美的生産（ないし実験）には、そうしたエコノミーが期せずしてはたらいているといえないだろうか。

氏は最も合理的な実験家、古典的な実験家、あるいは実験的なクラシークなのかもしれない。氏の駆使する日本語の表現にかぎっていえば、もはや厳密な意味での実験者ともいえず、修正者、再洗練者であるのかもしれない。破壊をあえてせず（氏は異端者・破壊者のポーズをしばしば見せるが）、混乱を起さず、批判はするが、既存の意味と価値を研ぎ出し、蒐集し、積みかさねる。むしろ修飾し、装飾する。そして陶酔させる。絢爛たる非現実の織物が、かくしてつむがれる。

三島氏ほど作品の細部において、ぜんたいの筋の展開、主題の論理ぬきで、読者を楽しませる作家はまれかもしれない。細部は主題や筋と切り離しては考えられないのだが、つまり文章が美しく楽しいということである。したがってそれは上質の陶酔、最も文学的な楽しみというべきだろう。任意に作品のどこをめくってみても、大まかな、ダルな文脈などない。しなやかな、張りつめた意識（神経）が隅々までゆきわたっている。短編ならいざ知らず、長編小説では退屈するような大まかな部分があるものだ。それが長編の条件みたいにさえいわれる。ところが三島氏のは長編にもそれがない。氏が本質的に短編作家だといわれるのは、そうしたところによっても指摘できそうだ。（これは日本の作家に共通する傾向であり、古来日本の長編作品は短編の連鎖と、これもよくいわれるのは、弛緩した細部を見せない小説作法と、そうした実作によって実証できる。）

ともかく、三島由紀夫氏を現代の文章家、文章のうまい小説家とすることは、大方の一致する意見であろう。私とても異論のあろうはずはない。では、三島由紀夫氏は現代稀なる文体の所有者、とそのままいえるかどうか。氏は前にも引いた「私の小説の方法」というエッセイの中で、つぎのようにいう。

私は私の使用法に従つて、文章といふ言葉と文體といふ言葉をわけて考へてゐる。たとへば、「志賀直哉氏はいい文章を書く」と言ふのはいい。私は肯定する。しかし「志賀直哉氏は立派な文體を持つてゐる」と言ふなら、私は少し異論がある。これに反して、私の考へでは、「森鷗外はいい文章を書き、かつ立派な文體をもつた作家」であり、「バルザックは、悪文家、かつ模範的文體の持ち主」なのである。

氏の文脈をまるごと真似ていえば、実は「三島由紀夫氏はいい文章を書く」というのに、先ず異論のない私も、しかし「三島由紀夫氏は立派な文体を持っている」というのには、「少し異論がある」。

二

「三島由紀夫のライフ・ワーク」と、これはたぶん本屋がうたう『豊饒の海』の第一部『春の雪』は、主人公松枝清顕少年の成長ぶりと織りまぜて、宏壮な松枝侯爵邸の描写ではじまっている。たとえば、紅葉山の頂きに瀧口があり、瀧は幾重にも落ちて山腹をめぐり、石橋の下をくぐり、佐渡の赤石のかげの瀧壺に落ちて、池水に加はり、季節には美しい花々をつける菖蒲の根を涵《ひた》した。池では鯉も釣れ、寒鮒も釣れた。侯爵は年に二度、小學生たちの遠足がここへ來るのを許してゐた。

といったふうである。最後の一句にむかって、流れるように修飾句が積みかさねられ、あざやかに舞台は縫いとられてゆく。まるで淀みない歌を聞くようだ。そうして暫く先にはつぎのようなパラグラフがある。

祖父の命日は五月の末だつたから、そのお祭に一家がここに集まるときには、藤はいつも花ざかりで、女たちは日ざしを避けて、藤棚の下に集《つど》うた。すると、いつもよりひとしほ念入りにお化粧をした女たちの白い顔には、花の藤いろの影が、優雅な死の影のやうに落ちた。

ここでも重要なのは最後の一句であろう。女たちの白い顔に藤の花影が「優雅な死の影のやうに落ちた」。ここに来て三島ファンの読者なら、いつもながらの（こうした箇所はあらゆる三島作品の随所にある）斉荘の美しさ、ここではむしろ悽愴の美に酔うであろうし、また作者にとっても、ここは作品の主題にかかわる象徴的な一句として、なくてはならない部分であるだろう。

氏の作品から、こうした段落の末尾の一句、作品の最後の一行を拾ってゆくことは興味ぶかい。氏はその最後の一行が先ず頭に決まって、それに合わせてリズムをととのえ、途中の表現をつないでいっているようである。「最後の一行がピシーッと決まらなければ、書き出さない。芝居は、ことにそうですね。」と氏じしん語っている（「国文学」昭和四五・五月増刊号、三好行雄氏との対談「三島文学の背景」参照）。氏の才能への評価を決定づけた、しかし氏の作品の中では、まだ初々しさの残るなつかしい『仮面の告白』にも、そうした最後の一行を利かした段落はいくらも見出すことができる。たとえば、

私の心がふと幸福に酔ひかけるのはかうした瞬間だつた。すでに久しいあひだ、私は幸福といふ禁斷の果實に近づかずにゐた。だがそれが今私を物悲しい執拗さで誘惑してゐた。私は園子を深淵のやうに感じた。（傍点・筆者）

これらの最後の一行で最も目立つのは、よく指摘される氏の断言的命題、警句的な知的裁断の表現である。そうしてその切れ味がさわやかで、冴えた時ほど、三島ファンは氏の才能に感嘆し、酩酊しているようである。作者はまさかそうした効果や反応にみずから陶酔しているはずはなく、むしろ自己の方法として、一句一句が、積み上げられてゆく主題への、いわば論理的前提として不可欠のものというであろうが、実はこうした一見きらびやかな修辞は、氏の作品に一歩踏みこんでいえば、作品の実在感（むろん自然主義的な意味でではなく）を弱めているといえないだろうか。歌を聞きおわった解放感よりも、むしろうそうそとした疲労を、空虚感をいだかせる。それはおそらく三島氏の作品の、あるいは才能の、強引にその個人的才能で読者をからめとり、ねじ伏せようとしているかのような、きらびやかな脆さに由るのであろう。

つぎからつぎへと繰出される語彙の豊かさ、剴切な措辞、非凡なメチエと古典的な教養に裏打ちされた文脈を、私たちは楽しむことはできる。前述のように、それはたしかに一種の酩酊、良質の陶酔といってよい場合もある。だが、さらに突っ込んでいえば、その場合、作者の想像力に立向う読者の主体性、想像力の主体性は必要としない。喚起されもしない。その両者の主体性の衝撃によって味わわされる疲労や解放感とは異質の空虚感が、いうなればその良質の陶酔の後に訪れるのである。つまり三島ファンならずとも、楽しみ、幻惑されているのは、氏の「修辞」に対してであって、「文体」に対してではないといえないだろうか。なぜなら、文体とは、単に作者が工夫し、作り出すものではなく、私のいう作者と読者の想像力の主体性の衝撃によって生み出されるものだからである。

修辞は古びやすい。横光利一の作品を読み返してみて、私たちに色あせた感じを与えるのは、平凡な細部よりも、むしろかつて私たちを幻惑した感覚的な、凝縮された比喩であったり、あの決断的な最後の一行であったりするのに、なつかしくおどろかされる。

　私は、母の顔までが一本の石碑のやうに見えて來た。（『青い大尉』結末）

　光りが面に冠つて來た。街は火の點いた扇のやうに廻轉した。屋根が果物が、ウインドウが居並ぶ人波の中を、二人は搖れながら、朦朧とした風のやうに行衛も定めず疾走した。（『朦朧とした風』結末）

　が、眼の大きな蠅は、今や完全に休まつたその羽根に力を籠め、ただひとり、悠々と青空の中を飛んでいつた。（『蠅』結末）

三島氏の場合は、もっと知的に醞醸されたしなやかさがあるだろう。だが、両者に共通する類似点がありはしないか。あるとすれば、それはことばの存在感の凝縮ではなく、工《たく》まれたレトリックの凝縮という一点においてだろう。「ことばの存在感」とはいかにも粗いいいかただが、これは後に触れたい。
　さて、『春の雪』の文章を、も少し見てみよう。

　妃殿下のお髪《ぐし》は漆黒で、濡羽いろに光つてゐたが、結び上げたお髪《ぐし》のうしろからは、次第にその髪の名残が、ゆたかな白いおん項《うなじ》に融け入つてゆき、ローブ・デコルテのつややかなお肩につらなるのが窺はれた。姿勢を正して、まつすぐに果斷にお歩きになるから、御身の搖れがお裾に傳はつてくるやうなことはないのだが、清顯の目には、その末廣がりの匂ひやかな白さが、奏樂の音《ね》につれて、あたかも頂きの根雪が定めない雲に見えかくれするやうに、浮いつ沈みつして感じられ、そのとき、生れてはじめて、そこに女人の美の目のくらむやうな優雅の核心を發見してゐた。（一）

　主人公清顕の幼時の回想だが、それは清顕自身の立場からというよりも、いわば〝神の立場〟にいる作者の立場からなされている。三島氏はこの作品にかぎらず、常に人物たちを見おろし、その内面まで自由に見すかし、どうにでも操作できる絶対者の立場に立つ。詩人のように、おそろしく主観的な美の意識によって作品はつらぬかれ、塗り上げられる。ここのくだりも完全にそうした人工的な文章の「優雅の核心」といえるだろう。この最後の一行が、上述のとおり注目に値いすることはいうまでもないが、ここの部分で文の切れ目は二箇所、あたかも擬古文を読むような、なめらかなリズムと、絢爛たる古典的なイメジャリーは、シンボリックな完璧な修辞によってつむがれている。ここでも類似をもとめるならば、誰しも谷崎潤一郎の擬古的な文章をあげるだろう。ただ、谷崎には贅をこらす美への耽溺が行間にはたらくとすれば、ここにはもっと覚めた「優雅」への意志がある。この『春の雪』に頻出する「優雅（な）」「みやび（やかな）」の名詞（形容動詞）。（これはこの『豊饒の海』のテーマと呼応するかたちのエッセイ『文化防衛論』の中で、氏が「みやび」「一筋のみやび」を、氏の抱懐する日本文化の精髄として強調するのと軌を一にするわけだが、興味あることゆえ、ついでにここに書きそえておく。）

それにもかかわらず谷崎の文章（ここで引用を省略するが）よりも、三島氏の、より知的で均斉のとれた文章が私たちを酔わせることが少いのはなぜだろうか。これも重要な問題なので後にまとめて答えたいが、ここでいっておきたいのは、前に私が横光と比較して、ともに「ことばの存在感の凝縮というより、工《たく》まれたレトリックの凝縮」と指摘したことと、それはおそらくなんらかの関連がありそうだ、ということである。

はや露しげく、蟲のすだきに充ちた芝生のまんなかに、水を張つた新らしい盥が置かれ、綴附袴で彼は父母の間に立つてゐた。盥の圍む丸い水面が、わざと灯を消した庭の周圍の木立やその彼方の屋根の甍や紅葉山などの凹凸に富んだ景色を、引き絞り、統括してゐるやうだつた。その明るい檜の板の盥の緣《ふち》、そこのところでこの世界が終り、そこから別の世界の入口がはじまつてゐた。自分の十五の祝ひの吉凶がかかつてゐるだけに、清顯には、それが露芝の上に裸で置かれた自分の魂の形のやうに思はれた。その盥の緣のうちらから彼の内面がひらけ、緣の外側からは外面が……。（同、五）

妃殿下の姿の「末廣がりの匂ひやかな白さ」が「優雅の核心」であるように、ここでも盥の水が清顕という主人公の「魂の形」になる。一つ一つの事物が作者の美の意識や観念的な命題に強引に結びつけられる。その誇張（誇示）や強引さを、読者にさまで突飛に感じさせないのは、やはり鎧われたレトリックの見事さ、幻惑的な装飾の技倆《メチエ》によるというほかはないのだが、しかし、こうした部分が典型的に示しているように、ここで作者の表現したいのは、その作者の美の意識（主観）や観念的な命題のほうであって、事物それじたいの存在ではないことを見落してはならない。名状しがたいもののかたちは、単純明快に作者の観念によって裁断され、塗りこめられ、模様化されてしまっている。

具体的な文章事実としては、形容詞や形容動詞の夥多、したがって連用・連体修飾節の並列、重畳、放恣な比喩（ことに目立つ直喩法）、対句（対偶）的表現の愛用等が、その現われとして指摘できる。一々これらの文章事実を指摘することはここでは省略するが、こうした表現技巧の目立つ（したがって氏の文章としてはあまり良質の部分とはいえない）くだりを、やはり『春の雪』から引用しておこう。

> 拒みながら彼の腕のなかで目を閉ぢる聰子の美しさは喩《たと》へん方もなかつた。微妙な線ばかりで形づくられたその顔は、端正でゐながら何かしら放恣なものに充ちてゐた。その唇の片端が、こころもち持ち上つたのが、歔欷のためか微笑のためか、彼は夕明りの中にたしかめようと焦つたが、今は彼女の鼻翼のかげりまでが、夕闇のすばやい兆のやうに思はれた。清顕は髪に半ば隠れてゐる聰子の耳を見た。耳朶にはほのかな紅《べに》があつたが、耳は實に精緻な形をしてゐて、一つの夢のなかの、ごく小さな佛像を奥に納めた小さな珊瑚の龕《がん》のやうだつた。すでに夕闇が深く領してゐるその耳の

　奥底には、何か神秘なものがあつた。その奥にあるのは聰子の心だらうか？　心はそれとも、彼女のうすくあいた唇の、潤んできらめく齒の奥にあるのだらうか？（同・十九）

（ここの部分などは技巧が浮き出て、そのために印象は不透明になっている。それは決して「喩へん方もなかった。」「何かしら放恣なもの」「歔欷のためか微笑のためか」「兆のやうに思はれた」「何か神秘なもの」「聰子の心だろうか？」「齒の奥にあるのだらうか？」等々の、わざとぼかした曖昧表現のためばかりではない。）

　要するに、三島氏にとっては、徹頭徹尾鎧いつづけること。美の観念（たとえば「優雅」）にむかって姿勢を崩さず武装しつづけることが、至上のいさおしであり、そのためには事物それじたいの意味も、客観的な認識も、現実すらも、どうでもよいことなのである。そこに、よくいわれる〝虚無の上に建立される架空の美的世界〟であるところの氏の文学の存在理由もあるのであろうが、それを可能にしている文章体《エクリチュール》、すなわちレトリックのちからを、そのまま「文体」と規定してしまうことは、はばかられなければならない。

　かれらを取り圍むもののすべて、その月の空、その海のきらめき、その砂の上を渡る風、かなたの松林のざわめき……、すべてが滅亡を約束してゐた。時の薄片のすぐ向う側に、巨大な「否《いな》」がひしめいてゐた。松林のざわめきはその音ではなかつたらうか。聰子は自分たちが、決して自分たちを許さないものによつて取圍まれ、見守られ、守護されてゐるのを感じてゐた。水盤の水の上に落された油の一滴が、他ならぬその水によつて衛《まも》られてゐるやうに。が、水は黒く、ひろく、無言で、一滴の香油は孤絶の堺に泛んでゐた。

何といふ抱擁的な「否《いな》」！　かれらにはその否《いな》が、夜そのものなのか、それとも近づいてくる夜明けの光りなのか、辨《わきま》へがつかなかつた。ただそれは自分たちのすぐ近くまで犇《ひし》めいてゐて、まだ自分たちを犯しはじめてはゐなかつた。（同、三十四）

鎌倉の夜の海辺で悲恋の二人がひそかに交渉をもつクライマクスの場面だが、この見事に自己完結的な、パセチックで〈劇的〉なレトリックの楼閣を、人は最も三島氏らしい、構築的な、昂揚した明晰な「文体」というかもしれない。外界の「すべてが滅亡」の約束であり、「巨大な『否』」の中の二人の肉欲は「一滴の香油」であり、それは「孤絶の堺に泛んでゐる」。こうした大袈裟な誇示的な観念の連合によって、外界の事物が稀薄化され、単なる道具立て、絵空事になっていることは上述のとおりだが、それはそれでよいとして、ではその観念じたいが一つの強固な存在として、〈もの〉となっているかどうか。「文体」の問題はそこにかかっているといえないだろうか。

涯しない自己誇示のレトリックを、そのまま「文体《スタイル》」と呼んでしまう軽薄、雑駁で単直な思考を、私は読者ばかりでなく、三島論者や、いや、むしろ三島氏自身にむかって、卒直にいましめたいと思う。

三

三島氏はたえず「文体」を口にする。最初にもいったように、氏にとって文学を論じることは、即「文体」

を論じることにほかならず、私はそこに氏の正統な、作家としての誠実さを読みとるものである。最近編まれた『三島由紀夫文学論集』を見ても、氏がいかに「文体」を問題にしているか、瞭然である。前にあげた『文化防衛論』をふくめて、最近の氏のエッセイにみられるいささか性急で危険な、かつての皇国史観的な武士道と天皇制讃美の意見などには、まったく目をつむるとして（実は文体論にとっては目をつむってはならないのだが）、ここでは簡直に氏の「文体」についての発言のみについてふれると、氏はたとえばみずからの文体を語って、次のようにしるす。

……さて、そのあひだ、私は言葉とどのやうにして付合つてきたであらうか。

すでに私は私の文体を私の筋肉にふさはしいものにしてゐたが、それによつて文体は撓《しな》やかに自在になり、脂肪に類する装飾は剝ぎ取られ、筋肉的な装飾、すなはち現代文明の裡では無用であつても、威信と美観のためには依然として必要な、さういふ装飾は、丹念に維持されてゐた。私は単に機能的な文体といふものを、単に感覚的な文体と同様に愛さなかつた。

（中略）受容する文体ではなく、ひたすら拒否する文体。私は何よりも格式を重んじ、（私自身の文体が必ずしもさうだといふのではないが）、冬の日の武家屋敷の玄関の式台のやうな文体を好んだのである。

もちろんそれは日に日に時代の好尚から背いて行つた。私の文体は対句《つゐく》に富み、古風な堂々たる重味を備へ、気品にも欠けてゐなかつたが、どこまで行つても式典風な壮重な歩行を保ち、他人の寝室をもその同じ歩調で通り抜けた。私の文体はつねに軍人のやうに胸を張つてゐた。そして、背をかがめたり、身を斜めにしたり、膝を曲げたり、甚だしいのは腰を振つたりしてゐる他人の文体を軽蔑した。（『太陽と鉄』）（当用漢字使用は引用書のまま。）

自己の文章を語って、こんなにも猛々しい、堂々とした語りくちはめずらしいが、いうところの内容は、やはり前に引用した「文章の格調と気品を重んじる」といった氏のことばや、また私が「徹頭徹尾、鎧いつづけ、武装しつづけるレトリック」と指摘したことなどと重なるだろう。

そこで直ちに氏の「文体」観の批判に移りたいが、氏の文章が「撓やか」で「自在」であることは、これは誰しもが認める。また「脂肪に類する装飾」よりも「威信と美観」のために必要な「筋肉的な装飾」を氏の文章が維持しようとしていることも、先ず認められるところである。いや、こうして氏が過去形で語る氏の「文体」についての願望のすべてが、それが氏の願望であるというかぎりにおいて、何人も容喙できない氏の自由であり、そのまま素直に私たちは認めるほかはないであろう。

ただ、私が氏の「文体」観の錯誤を、あるいは匆卒な認識を、一言で指摘するとすれば、せっかく正統な作家の実践の上に立って、絶えず文体について思考し発言しているにかかわらず、氏は「文体」を作家が（それが努力と精進の結果であれ）作れるものと信じているところにある。

これは三島氏にかぎらず、一般に瀰漫《びまん》している考えだが、ことに三島氏の場合は、かつて虚弱だった体質を、鍛錬と意志で、すっかり作りかえ、今や自信にみちに男性的・行動的な思想を宿すにいたった強健な筋肉質に改造しえたという「肉体」に対する自信が、あるいは「文体」に対しても、よりそうした考えを積極的に押し出すに至ったのかもしれない。

「文体」は改造でき、作家が意図的に獲得できるものという考え。「小説の文体は理論的に作り出されるものではない。」と氏はいいながら、すぐ語をついで「言葉の使用法に関する技倆《メチエ》は、不断の訓練からしか生れない」という（「私の小説の方法」）、昭和二十九年に書かれたこのエッセイ（河出書房『文章講座』4「創作方法」㈠所収）中の「小説家は、自分の書く小説のそれぞれに文體を變えうるように誤解されるかもしれないが、われわれが自分の肉體を脱け出せないように、文體も個性から完全に離脱することは不可能である。」といったくだりだけを読むと、私の批判も不当なものに思えるかもしれない。が、なによりもさきに引用した『太陽と鉄』の「すでに私は私の文体を私の筋肉にふさはしいものにしてゐたが、それによつて文体は撓やかに自在になり……」以下の文によって、氏が「文体」を自己の好尚と意志によって作りかえ、獲得できたと自得していることは明らかであろう。

　作家が自己の資質と好尚に応じて、意図的に、書こうとすると主題に応じて、そしてなによりも不断の鍛錬によって得たメチエにものをいわせて、選び、作ることのできるのは「表現法」であり、「文章」であって、けっして「文体」ではない。「文体」は、そうした作家の意図的な「文章」を契機としながらも、作品の後に生れるものである。いうなれば「文体」は作者でなく読者が作る。作者にとってそれは無意識の要素である。より正確にいうならば、「文体」は作者にとって超意識の領域に属する。

　ヴァレリーを持出すまでもなく、「作家とは作品の結果」であるように、文体も作品の結果である。三島氏自身、「文章」と「文体」を分けて考えていることは本稿の最初のほうでも引用したとおりだが（私は氏の考えを作家の卓見として別の論文でも引用したことがある。氏はやはり「私の小説の方法」の中で、文章を個性的、文体を理念的なものと規定し、「文体こそ個性的体質的なものが、普遍的理念的なものに揚棄される媒立をする」といっている）、せっかくのこうした明晰な考えも、その後、氏にあっては単なるニュアンスのちがいとして、性急にぼかされてしまっている感がある。私がそのことにこだわり、はっきり両者を区別してかかりたいのは、しかし私なりの以上の見地に立ってのことである。

　これはしかし私だけの偏狭な考えとはいえないだろう。いくら「文体」についての曖昧な考えがはびこっているからといつて、私は依怙地になって潔癖がるつもりはない。

　三島氏の好む「冬の日の武家屋敷の玄関の式台のやうな文体」とは、具体的にはどういう文体かというと、氏が氏の傾倒している、たとえば鷗外の文体を頭においていっていることは、ほぼ間違いのないことであろうと思われる。氏が鷗外に多くを学んでいることは、氏自身これまで方々で明らかにしていることだが、つい最近の、前記三好行雄氏との対談でも、「明晰」ということについて、「日本語を明晰にしたいという要求は、ぼくの場合は西欧の影響より、鷗外の影響ですね。あんな明晰で、美しい日本語が書きたいと思って。」といっている。では、その鷗外自身についていうと、彼はおのれをむなしくして、ひたすら史実に即《つ》いて、たとえば『澀江抽齋』を書いたわけだが、それを「明晰な文体」と感じるのは、いうまでもなく読者自身であろう。こだわっていえば、鷗外自身は「明晰な文体」をと心掛け、意図したかもしれないが、果してそれが明晰であるかどうか、それはあくまで作品の結果であり、その判定は作者の意図を超える。かくして、普遍的な読者の参加によって（私は前に「読者の主体的な想像力と作者の意図との衝撃によって」といったが）、ようやく「鷗外の文体」が生れるのである。

　また、謡曲にかえって明晰な文体を見るというのも、三島氏の興味ある創見（前記対談参照）だが、その謡曲にしても、作者が「明晰な文体」を作ろうと意図したかどうか、それを明晰と感じるのは、あくまで、普遍をこころざす三島由紀夫という読者であって、謡曲作者の意図や意識を超えた領域でのこととといわねばならない。

表現技法としての「文章」(あるいは「レトリック」といってもよい)は誰しも持つことができる。だが「文体」は誰しも最初から持つことはできない。作品が、作者をすっかり離れて、一つの強固な存在となったときに、はじめてそれは「文体」をもったといえる。「文は人なり」とはビュッフォンの唱えた有名なマキシムだが、「文章は書き手その人に似る」というのであれば、たいして意味はない。「文章が一個の人間の如く、文体を具える」というとき、はじめてこの金言は偉大な意味をもつ。あるいは「すぐれた文体とは、作者とは別の一個の存在である」といいかえられたとき——。

四

結びのかたちで、私は三島氏自身の文章について、さらに語らねばならない。私は氏の文脈をそっくり真似て、「三島由紀夫氏は立派な文章を書く」というのに異論はないが、「三島由紀夫氏は立派な文体を持っている」というのには少し異論がある、といっておいた。またそのあたりから私の意見は急に批判的になり、氏のしばしば幻惑的な見事な「最後の一行」が、かつて横光などにも見られたように、ことばの存在感の凝縮ではなく、レトリックの凝縮といえるものではないか、ともいった。また、谷崎の初期の文章を思わせる絢爛たる文章においても、それが谷崎より私たちを酔わせることが少いのはなぜか、ともいった。以下に述べることは、これらの、いわばいくつかの私の設問に、まとめて答えることになるかどうか。

三島氏が鷗外の強い影響下にあることは先ほどもふれたが、氏の『文章読本』中の、堀辰雄の作品を論じた箇所（「小説の文章」）で、「鷗外のやうに『もの自體』がぬつと顔を突き出すやうな、おそろしい強さ」が堀辰雄の明晰さにはないことを氏は述べている。

また、その「おそろしさ」ということでは、前記三好氏との対談中、原体験としてヘルダーリンの詩について語っている（「源泉について」）。「ヘルダーリンの『帰郷《ハイムクンフト》』のいう、一種の恐ろしさですね。最もなつかしいもので、最も恐ろしいものです。」といったぐあいである。かねて「古風な堂々たる重味を備へた「式典風な壮重な歩行を保」つ文体に憧れる三島氏が、ヘルダーリンの詩を引合いに出すことは首肯できる。明晰さにおいて鷗外が氏の胸中にあるように、ヘルダーリンもまた、その浪漫的荘重において氏の心中にあるようだ。ついでながら、三島氏が親近を示す浪曼派の詩人伊東静雄もまたヘルダーリンの決定的な影響下にあったことを、ここで付け加えておこう。

「『帰郷』のいうおそろしさ」とは、「帰郷」という詩自身にただようエレーギッシュな「おそろしさ」を氏は思い泛べていっているのかもしれないが、たとえば、内容的には「帰郷」と関連づけられるヘルダーリンの詩「追想」中の詩句「Mancher Tragt Scheue, an die Quelle zu gehn;」（多くの人は源泉へ帰ることを畏怖する）あたりが、三島氏のいわんとしていることには、ぴったりあてはまる。

いずれにせよ、『帰郷《ハイムクンフト》』が出てきたのを幸いに、この詩についてのハイデッガーのすぐれた「解明」（「ヘルダーリンの詩の解明」）のことばを引合いに出して、私は私の結論をさし出すきっかけにしたい。

悲歌「帰郷」は帰郷についての一つの詩ではない。この悲歌は帰郷そのものである。その帰郷は、この詩の言葉がドイツ人の言語の中に鐘として鳴りひびくかぎり、いまなお繰返される帰郷なのである。

（手塚富雄氏訳、傍点・筆者）

とハイデッガーはいう。私事にわたるが、私もヘルダーリンの詩を介して、ハイデッガーのこの書をかなりのあいだ〝座右の書〟にしていた。そのためか、この二行を私は本を見ないでも引用できるのだが、ヘルダーリンの詩の本質をするどく言いあてた、すばらしいことばだと私は思っている。

つまり、ヘルダーリンは「源泉（根源）」へ帰るおそろしさについて歌っているのではなく、彼の詩じたいが畏怖そのものなのだ。エレーギッシュなAnmut（優雅）を歌うのではなく、ことば自体が優雅として存在する。そこにほんとうの「おそろしさ」があるのではあるまいか。レトリックをこえたおそろしさ。そして『澀江抽齋』のおそろしさもまた、鷗外が史実について書いたのでなく、彼のことばが史実そのものであり、しかも史実をこえた「存在」になっているところに発する、といえるだろう。「ぬっと顔を突き出した『もの自体』」。

私が前に「ことばの存在感」と抽象的にいったのも、このことを指してに外ならない。

三島氏の文章ないしレトリックは、既に氏の目ざす格調と気品をそなえ、じゅうぶん優雅に、私たちをしばしばたん能させてくれるが、まだ私たちをおそろしさに誘うことはない。氏はまた優雅について、死について、転生について、エレーギッシュに美しく、荘重に、エクリチュール（文章体・書法）を造るが、まだ氏の作品自体が、ことばじたいが、それらの存在自体になってはいない。綾なす観念自体が、氏の想像力から解放された存在それ自体にはなっていない。

そして、しばしば氏の諧調にみちた音楽が、たとえば谷崎の文章におけるよりも私たちを陶酔させることが少いのは、氏の明晰さへの意志、あるいは覚めた、「優雅」や「一筋のみやび」への意識が、かえってそれを阻んでいるためといえないだろうか。氏のあざやかな文脈が、氏の美学の核心である「優雅」や「一筋のみやび」のための功利的なレトリックの文脈であるとすれば、その一種の功利性が、氏に己れをむなしくさせないのである。その意味では、氏はみずからの美学に裏切られている。

谷崎もだが、たとえば深沢七郎氏のあのプリミチブとも見える（その実、抑制のきいた、どうして仲々のくせものの文章なのだが、）文章のほうが、より奇妙に私たちを陶酔させる。『笛吹川』から少し引いてみる。

　半平が死んだ夕方、土手続きの川しもの「近津《ちかつ》の土手のまがり家」の馬がボコをもった。笛吹橋から石和までの土手道を「近津の土手」といっていた。まがり家《や》は近津の土手の曲っているところにある家で、道も曲っていたが家中の者の根性も曲っていた。ふだん半平の家を嫉んでいて、半平のことまでを作りごとを言って悪く言いふらしているのである。半平でさえも「あのまがり家」と言って嫌がっていた。ミツが

「まさか、まがり家の馬に生れ代ったじゃねえらか」

と冗談に言った。定平が怒って、

「馬鹿なことを言うと承知せんぞ」

と言いながら、火箸を二本摑んでミツに振り上げた。

三島氏のが、みずからいうように「私の文体はつねに軍人のやうに胸を張つてゐ」るとすれば、こちらの文章は、はなはだ非芸術的（？）な平談俗語の文脈から成る。半平が死ねば馬が生れる、誰かの子

が生れると同時に誰かが死ぬ、というふうに、人間あるいは生者の生き死にが、ロンドふうに繰返されるこの物語は、モチーフにおいて三島氏の『豊饒の海』とある意味で似通う一種の転生譚である。だが、私たちは、おのずからなるユーモアを随所にもつ（鎧われた軍人のような三島氏の文章からユーモアなど生れるはずはない、たかだか脱俗のためのシニシズム）平談俗語の深沢氏の作品に、はるかにおそろしさを、不思議に原初的なこわさを感じるのはなぜか。それはけっして土俗的なはなし（題材）のこわさからくるのではない。作者をまるで空しくしている、これこそまさに深沢氏の文体からくる。はなしの中へ、無修辞とさえいえるレトリックの中へ、己れを解体させ、作品の結果としては、もはや作者の美学も、意図も、宗教的無常も、へったくれもない「もの自体」「はなし自体」が日本人の普遍的な感受性のただ中に「ぬっと顔を突き出している」おそろしさ。

深沢氏の作品にかかずらうより、私は三島氏への結論を急がねばならない。総じて三島氏の文章は、ひとつの意志につらぬかれている。大きくいえば、氏の文学活動は、氏の『文化防衛論』的な意志に立って、己れの想像力を支配し、こまやかにレトリックを選択しているといえる。

だが、そのことを批判し、否定するつもりは毛頭私にはない。なぜなら、（大雑把ないいかただが）自己にたえてゆく意志の持続は、そこに誠実さが約束されるかぎり、「文体」への大きな契機となり得るのだから。

結語的にいえば、私たちは、三島氏が、偉大な才能にみちた修辞家ではあっても、今のところ、氏をすぐれた文体の所有者というのには、私たちの態度を保留せざるをえない。やがて書かれる氏の作品が、氏を離れて、すぐれた文体を所有するにいたるかどうか、しかし未来のことは誰にもわからない。氏が、あるいは氏自身評していう堀辰雄のように、（堀辰雄よりはるかに膂力大きい）「明晰さに仮装された感覚の詩を書く」「本質的には短篇作家」、あるいは詩的散文しか書かない個人的才能の詩人におわらないという保証は、なにもないのである。

〈付記〉三島氏の代表的な各作品にわたって、もっとひろく言及したかったが、ここでは具体的には『春の雪』を主に取上げた。それは枚数を食うおそれもあったからだが、本書には各代表作品を中心にした作品論もあるようだし、その各論で文体論的な言及も多くなされているにちがいないと推察してのことであった。

ついでにここで一言させてもらうと、近頃「文体」という語が、やたらと無造作に、安易に、いくらも思考の手間をかけないままで使われすぎると私は思っている。作家や評論家、研究者の間でさえも、「文章」ですむところを、いささかのニュアンスのちがいだけをこめて、実に気楽に使っているという気がする。そういう文章の筆者にかぎって、開きなおって「文体という語をどういう意味でお使いですか?」と聞くと、まずはしどろもどろ。いや、そう簡単明快に答えられないのが「文体」なのだから、それならば、あまり手軽に「文体」という語を頻発乱用しないのが良心的というものだろう……と私は考えている。

三島文学の女性

田中美代子

一

『鍵のかかる部屋』は、醒めがてに襲う夢魔のような、気味の悪い小説である。この物語の恐怖は、いわば夢の墜落の恐怖だ。自然の魔力と人間性との極地的な出会い。人工の部屋と世界の混沌とのおそろしい照応——それは長ずるにおよんで、童話の世界、その囲いこまれた夢の世界が、この現実に符節を合しており、私たちがその登場人物にほかならぬことを知ったときの恐怖である。

この小説は、昭和二十九年・雑誌「新潮」に発表されている。焼跡と廃墟の戦後は、このころを境として、ようやく安定と繁栄と腐敗の戦後に入ってゆく。この、のっぺらぼうの平和な時代もまた、時の経過がもたらす生と死との、残酷な暴力をまぬかれるわけにはいかないのだ。「鍵のかかる部屋」の安息とは、いわば静止のままの墜落なのである。

彼の外界は、その鍵の音で、命令され、强壓され、料理されてしまつた。途方もなく連續してゐたもの、たとへば、よく清涼飲料の商標にある、若い女が罎の口から呑んでゐるその罎のレッテルに、また若い女が罎の口から呑んでゐる繪があり、その繪の中の罎のレッテルにまた若い女が罎の口から呑んでゐる繪のある、（一雄の住んでゐる現實はさういふ構造をもつてゐた、）無限につながつた現實の連鎖が小氣味よく絶たれてしまつた。罎のレッテルの中の罎の、そのレッテルの中の罎の、そのレッテルの中の罎の、最後のレッテルは空白になつた。彼は息がつけた。（『鍵のかかる部屋』）

無限の繰り返し、これはいわば謎の無限に向っての墜落だ。その謎の連鎖を断たれたとき、一雄はほっと息をつく。それはしばしの至福の時だ。しかし放置されたその空白は、やがてすべてを呑みこむだろう。

二

児玉一雄は、大学を卒業して財務省の役人として就職したばかりである。まだ闇屋たちの天下が続き、「アメリカの兵士たちがいたるところの街角で口笛を吹いて」いる、生き生きとした無秩序と混乱の時代。彼はある日、ダンス・ホールで桐子という和服の女と知り合いになる。彼女が誘い、それから彼はその「鍵のかかる部屋」の訪問者になったのだった。が、彼女は間もなくその応接間での情事の最中に、衝心をおこしてあっけなく死んでしまう。あとには九歳の娘と、「肥つた、まつ白な、毛の薄い、蛆のやうな」女中とが残され、一雄はいつかこの九歳の女の子の遊び相手として、再びこの「鍵のかかる部屋」の家を訪問することになるのである。

こうして、この部屋をめぐって三人の女が登場する（そしてここには女しか登場しない。この家の主人は午前一時になるまでは決して帰って来ないのである)。

彼をそこに導くためにあらわれ、中途で死んでしまう東畑桐子は、しかし永遠の不在の女主人として、この部屋に君臨する。彼女はいわば死によって定着された「永遠の女性」の象徴《シンボル》である。彼はこの年上の女によって誘惑され、閉じこめられ、与えられる。「そのとき女のはうが鍵をかけたといふことはたしかに重要だつた。これでなくてはいけない」と彼は考える。

次に桐子の娘として育てられている九歳の房子。彼女は「孤獨で、人なつこくて、見知らぬ人にまで、可愛らしく見せたいために、微笑の齒を見せる子供」である。初対面の一雄に対して彼女は、「片手でスカートをまくりあげて、そのはうへ體を曲げて赤い靴下留をその片手の指先でピチッピチッと言はせながら、しきりに一雄を見て笑」う。外国映画のレビュー・ガールの仕草をまねしているこの女の子は一雄を迎えて、ダンスをねだり、「キッスごつこ」をし、つまり夜な夜な部屋に男を迎える桐子の情事を模倣しようとする。この小さな女主人によって、「鍵のかかる部屋」は現実から二重に遮断された部屋の部屋、箱の中の箱となる(彼女はやがて桐子になるだろう)。

もう一人の女は、女中のしげやである。彼女はいわば「鍵のかかる部屋」を主宰する、陰の女主人公《ホステス》というべきだ。彼女は舞台うらで部屋の情事のために、すべての首尾をととのえ、桐子の死んだ後は、更に積極的に房子にかしずき、その情事の遊戯が続行されるように取りはからうのである。

外の世界では、社会党内閣が瓦解し、友人が自殺し、しかも一雄は相変わらず満員電車で役所に通勤している。部屋の外では、彼は日常生活を統轄する官僚機構の一員なのだ。

一雄は一人ぼつちだつた。外界の秩序にさからつて、内心の無秩序を純粋化して、ほとんどそいつに化身してしまはうとさへ企ててゐた。彼の内心の小さな結晶した無秩序は、小さな「鍵のかかる部屋」の中で保たれてゐたのである。

だがそれはかりそめの自由の幻影であり、無秩序との束の間の蜜月だ。みかけの無秩序はたちまちのうちに収拾され、やがて女たちの肉体に、見えざる秩序の影がさすのである。わずかの間に、女たちは急速に変貌する。桐子は死に、九歳の房子には初潮がやってくる。即ち彼女は、自然の手によって、「引裂かれる」のだ。それまで一雄を悩ませた、房子を「引裂く」という脅迫観念は、そのとき、自然の暴力的な秩序の手によって、見事に先を越されてしまうのである。

一雄はその前に、しばしば「誓約の酒場」という夢をみている。大人しそうなサーディストの男たちが、毎晩午前一時に開店するこの酒場に集まって、おたがいの空想の物語を公開しあうのである。

「何でも、遠慮なく話して下さい。體驗を話せといふのぢやありません。悲しいことに、われわれには體驗がないのです。そこで空想してゐることを、あたかも體驗のやうに話すのが、われわれの流儀になつてゐます。」

そして彼らは、華麗な空想のサーディズムを楽しみあっているが、話が一雄の番にまわってきたとき、彼はただこういうことしかできない。

「僕ですか、僕は少女を凌辱しました。少女を『引裂いた』のです。少女は血を流して死にました。九つの子ですよ。」

これを聞いて、サーディストたちはいっせいに一雄の想像力の貧弱さを憫笑するが、しかし彼にとって最も切実な危機は、そんな「體驗」を欠いたサーディストたちの空疎な残酷のつくり話ではなくて、女たちの世界を支配する、生々しい自然の残酷なのだ。このサーディストたちの描く仮構の世界の絢爛豪華は、おそらく「鍵のかかる部屋」の世界、即ち女性の世界に対置された男性の世界の人工性の象徴であって、それがハリボテである以上、彼には何の恐怖も与えない。

一雄の世界は瓦壊し、意味は四散してゐた。肉だけが殘つた。この意味のない分泌物を包んだ肉だけが。それは見事に管理され、完全に運營され、遲滯なく動いてゐた。

このとき外界の秩序と内界の無秩序とは見事に逆転してしまう。即ち「観念はみんな死に絶えて」いるにも拘らず、肉体の営みの世界だけが厳然として存在し、「世界が寸斷されて」いるにもかかわらず、「それを縫ひ合はせようとする不氣味な、科學的な、冷靜な手」が見え、彼はそれをおそれるのである。それこそ実は「鍵のかかる部屋」を宰領する自然の秩序の手なのである。

『俺は今では無秩序なんか信じてやしない』と彼は考えるに到る。そして自然の法曹は彼の目前でたちまち九歳の房子の肉体を「引裂き」、「女にして」しまう。

「一雄はその部屋が血潮で眞赤に染つてゐるやうな氣がした」。そのとき彼は女たちの世界から決定的にしめだされた、男としての自分を見出すのである。

『鍵のかかる部屋』は、かつて作者がそこで養育され、成長し、男となることによって出てゆかねばならぬ母の部屋であり、母胎のアナロジーとしての自然だ、ということができよう。彼は房子について、「この子と俺はどこかへんに似てゐるところがある」と考える。つまりこの早熟な小娘は、作者の分身である一雄の影と重なりあい、母胎の中にのこされる彼自身の幼年時代の形代となるのである（幼年時代が女性と同一視されていることに注意しよう）。


トオマス・マンの分類に従へば、老年は男性的であり、若さは女性的であり、精神は男性的であり、肉體は女性的である。（『自己改造の試み』）

そうであるなら、成長とは、作者にとって自らの内なる女性を他者化する過程だったといってもよい。作者は、この立ち去ってゆく「部屋」への愛惜をこめて、映画演出家の手法で、流れゆく「生」のフィルムにストップ・モーションをかけるのである。ここに自然の容認と自然への反逆のテーマが成立する。「われわれが生を運命として感じ歌ひ描き夢みること、その行爲の象徴として女が存在しはじめたのかもしれない」（『川端康成』）と作者が考えるとき、作品に登場する女たちは、いわば移りゆく生の総体の凍結なのである。

しかし、房子によって内側から閉ざされた部屋を後にして、帰りかける一雄の前に立ちふさがり、「もうおかへりになるんですか。それはいけません。」と高圧的に迫ってくる醜い女中は何ものなのであろうか。彼女はこの世のものならぬ陰惨なドラマの続行を促すのであろうか。

自然はその支配の法則から何一つのがすまいとする。なぜなら自然にとって「ドラマの完結」ということはありえず、それは、第二次、第三次、第四次……と無限に続いていくことだけが問題であるからだ。その前にはいかなる禁忌も存在することなく……。

「鍵のかかる部屋」はまさしく娼婦と処女と母性によって運営される秘密の部屋であり、男は毎夜そこを訪問しつづけなければならぬ。房子の母親は、桐子ではなくて、実はこの醜い女中であったことが判明する。

川端文学の処女崇拝について、三島由紀夫は次のようにいっている。

処女性を不可知論の彼方にとつておくためには、こちら側の到達不可能の前提が要るのである。その到達不可能とは、永久にエロティシズムと死とを同じ彼方の場所に置くことではなからうか。

（「『眠れる美女』論」）

或はそれはこうも云えるのではないだろうか。芸術における女性の創造とは、両性具有者《アントロギヌス》が自らの内なる女性を剝奪し、自己における永遠の謎を他者化して、書き手の自己と書かれる自己とを峻別することである。従って身もふたもない言い方をすれば、作品にあらわれる女性とは、すべて作者の不可知な自己自身の探求なのである、と。

三

夢が私たちを訪ねるとき、それはすでに私たちの良心とか社会的顧慮とかの検問所を通ってやってくるのだ、とフロイトはいっているが、問題は、つねにその夢の不在の支配者である検察官のアリバイである。検察官とは、私たちの最も秘密な欲望の敵として、たとえ無意識にであろうと私たち自身の本性が選んだものであり、人それぞれに一様ではありえない。

文学作品が、作者の本性にとって快い眠りの番人であるとすると、それは彼が自ら雇った検察官の目をごまかすために仕立てた、もっともらしい偽の証言とみなしてよい理由があるだろう。

『仮面の告白』は、三島文学の索引のような小説であり、後年展開されるテーマのすべてのメニューであるといってもよいが、ここに私たちは、三島文学の聖母崇拝とでもいうべきものを摘出することができる。聖なる母こそこの複雑にいり組んだ倒錯小説の検察官なのではないだろうか?

幼年期から青年期にいたる一人の青年の、極めて個性的な精神解剖学白書であるこの小説は、或は単純平明な恋愛小説として読むことも可能である。だが、その恋愛を不首尾に終らせる張本人が、この影の検察官なのだ。戦争が終り、平和な日常生活が開始されて、恋愛の外的障害はすべて取り除かれたかにみえる。しかし、そういう時だ、人が内心ひそかにその障害物を築きはじめるのは。主人公は、自己の資性に対する異常なほどの誠実によって、自分を一個の怪物と化すに到るが、こうしてでっちあげられた彼の性倒錯は、隠れた検察官の示唆によるものだといえるのではなかろうか。

『カラマーゾフの兄弟』から引用されたエピグラフが、人は「往々聖母《マドンナ》の理想を懐いて踏み出しながら、結局悪行《ソドム》の理想をもって終る」と予告し、作者は「悪行《ソドム》」のクローズ・アップをもって全体を覆うので、ここに実現される「聖母《マドンナ》の理想」は、うっかりすると見逃されてしまう。

主人公は *Ephebe* への愛のために、恋人を性欲の対象と感じることのできないのを思い悩むのであるが、これは実に巧妙に仕組まれた愛の観念と性欲との合理化だ。おそらくこの原因と結果とは逆さまなのであって、彼は「聖母の理想」に掣肘されて、性欲の発動の対象を、*Ephebe* に限定するのである。禁忌は聖母からやってくる。一人前の男となり、恋人の義務によって母を凌辱すること、「鍵のかかる部屋」の至福を引裂き、女の加害者となること、を彼はおそれる。しかし、それはここでは意識されない。

「私の不安、私の不確定が、誰よりも早く意識の規制を要求したにすぎなかった。」

そして彼は、大いそぎで性倒錯の中に逃避する。それは、いわば男性の義務に対する拒絶反応であり、無意識の自己処罰であり、母への贖罪である。こうして女性からしめだされた性欲は、男性（というよりむしろ、彼の男性になりたいという欲望、かくあるべき男性像）に向ってゆくほかはない。そしてそれは同時にまた母への反逆でもあるのだ。いずれにせよ、この段階で彼は、聖なる母を守り、純潔の観念を他者としての女性に付与するために、肉欲と官能とをすべて男性に帰属させなければならない。とすれば、悪行《ソドム》とは彼にとって、性欲の異名にすぎなかったとさえいえるだろう。

私は靈肉相剋といふ中世風な圖式を簡單に信じるわけにはゆかないが、說明の便宜のためにかう言ふのである。私にあつてはこの二つのものの分裂は單純で直截だつた。園子は私の正常さへの愛、靈的なものへの愛、永遠なものへの愛の化身のやうに思はれた。

そして一方で作者は、近江という不良少年の中に、あらあらしい自然の生命力を、対象化してとらえる。

> 生命力、ただ生命力の無益な夥しさが少年たちを壓服したのだつた。生命のなかにある過度な感じ、暴力的な、全く生命それ自身のためとしか説明のつかない無目的な感じ、この一種不快なよそよそしい充溢がかれらを壓倒した。一つの生命が、彼自身の知らぬ間に近江の肉體へしのび入り、彼を占領し、彼を突き破り、彼から溢れ出て、間《ま》がな隙《すき》がな彼を凌駕しようとたくらんでゐた。生命といふものはこの點で病氣に似てゐた。荒々しい生命に蝕まれた彼の肉體は、傳染をおそれぬ狂ほしい獻身のためにだけ、この世に置かれてあるものだつた。傳染をおそれぬ人々の目には、その肉體は一つの非難として映る筈だった。

純潔と淫蕩、精神と肉体との、この極端な二律背反は、殆どそのままカトリシズムのものであるが、これこそ日本文学の情念と感情の一元論に対する批評を構成する筈であった。

『仮面の告白』の〈あとがき〉において作者は、「作品の『私』は、かくていつも官能的生活に止まるやうに命ぜられるが、この抽象化された官能的生活は、私が自ら、(單なる模倣の本能によつて)、精神生活と呼んでゐたものの戲畫なのであつた。」といっているが、抽象化された官能的生活を精神生活の代替として提出せねばならず、しかもそれはただ戯画にとどまるほかはない、という自嘲は、そのまま、日本の文学的風土への皮肉な批評でなくて何であろうか。

「いったん恋愛の見地に立つと、男性にとっては別の場所に肉欲の満足の犠牲がなければならない。それなしには真の恋愛はつくり出せないというのが、男の悲劇的な生理構造である。」（『第一の性』）と三島由紀夫は別のところで述懐しているが、その異常なほどのプラトニズムの志向が、女性を肉の快楽の代名詞と考える、日本男子たちとその一般通念の理解を越えたものであろうことは容易に首肯される。そこには官能と情事の文学はあっても、恋愛文学は存在しなかった。そこでは観念は肉欲と未分化の状態の中で汚染され、不透明なもやもやした情緒になってしまうほかはない。

日本文学の特質について、三島由紀夫は次のように説明している。

> 日本の根生の文學は、抽象的概念の欠如からはじまつたと言つてもいいのであります。そこで日本文學には抽象概念の有効な作用である構成力だとか、登場人物の精神的な形成とか、さういふものに對する配慮が長らく見失はれてゐました。男性的な世界、つまり男性獨特の理知と論理と抽象概念との精神的世界は、長らく見捨てられて來たのであります。（『文章読本』）

そうであるとすれば、彼がその伝統の感性と情念の世界、「女性的世界」から一歩を踏みだそうとしたときに、足場のない墜落が待っていたのだといえる。そこで彼は、自らその足場づくり、「男性的世界」の創造に身を挺さなければならなかった。こうして彼は、かつてないほどの独創的な図式をあみだして、肉欲から観念を救出しようとする。

そもそも肉の欲望にまつたく根ざさぬ戀などといふものがありえようか？　それは明々白々な背理ではなからうか？

しかしまた思ふのである。人間の情熱があらゆる背理の上に立つ力をもつとすれば、情熱それ自身の背理の上にだつて、立つ力がないとは言ひ切れまい、と。（『仮面の告白』）

そのために彼は、女性を観念として遠ざけ、みずからは不毛な性倒錯の中にとじこもる、という操作を行なわねばならない。それは混濁した色情に溺れている正常な男女の頭上をよぎる、何という孤独なメッセージであろう。しかしそのイロニイには、作者の青春が賭けられているのだ。

三島文学の「人工性」「反自然性」は、世のいわゆる「三島嫌い」の主たる理由であるが、それが生身の自然と競争するサーディストの世界であり、男の想像力の世界の確立である以上、必然的な帰結であるといえよう。そして、ここに、日本文学の逆説的継承という、三島文学の独創性が成立するのである。

私が今まで精魂こめて積み重ねて來た建築物がいたましく崩れ落ちる音を私は聽いた。私といふ存在が何か一種のおそろしい「不在」に入れかはる刹那を見たやうな氣がした。（『仮面の告白』）

このとき肉体は、観念と入れ替る。肉体は不在の領域に移植され、「人工の肉体」「負の肉体」の永遠性を確保する。彼は自然の母胎から追放されようとしたとき、人工の母胎の中に引越してしまったのである。そうであるとすれば、彼は自然からの離反による失墜の悲劇、肉体の殺戮によって照明される精神の悲劇、あの西欧のカトリシズムと合理主義の悲劇を知らないだろう。なぜなら彼の守護霊は、依然として、日本のパン・エロティシズムを司る女神なのであり、「もうおかへりになるんですか。それはいけません」といい続けるであろうから。

母性崇拝の表現は、鏡花、あるいは谷崎文学などを例外として日本文学には数少ないものであるが、しかしこの母権支配的風土が、いかにこの表向きの男性優位の社会に浸潤していたかを考えれば、これはむしろ日本文学の新たな正統の確立であるとさえいえるかもしれない。

☆

三島文学の理想の女性像が、「美しく、懔としてをり、男性に対して永遠の精神的庇護者」(『永遠の女性』)であることは重要だ。月のように冷たい不感症の女性、その「永遠の女性」とは、現身のもやもやした肉感と官能の女性に対するアンチ・テーゼとしての仮構である。彼女は男の想像力によって鋳直された、不可侵の水晶の世界の住人であり、そうして自然の侵犯から守られているのである。

二　作家論

Ⅱ　三島由紀夫の周辺

古今の季節

――学習院時代の三島由紀夫

清水文雄

　ここに掲げた表題のうち、副題の方は右文書院の編集部から与えられたものであるが、本題の方は三島君が昔書いたエッセイの題目をそのまま借りたものである。

　三島由紀夫の平岡公威君が学習院に在学したのは、初等科六年、中等科五年、高等科三年、計十四年間である。私は、昭和十三年四月、平岡君が中等科二年に進学したばかりの所へ、国語教師として就任した。彼との交渉はそれ以来今日までつづいているのであるから、数えてみると、もう三十二年にもなる。その間にあったことで、彼がまだ学習院に在学していたころに限っても、書きたいことはいろいろあり、そのいくつかはすでに書いたことがあるが、ここでは今まで書かなかったことを一つだけ書きとめておくことにする。

　三島由紀夫のペンネームがはじめて用いられたのは、昭和十六年九月号の『文芸文化』に、「花ざかりの森」が掲載されはじめたときである。初回が載った雑誌の後記に、同人の一人故蓮田善明は、平岡公威という本名をわざと明かさないで、ただ「われわれ自身の年少者」という言い方でこれを推称した。この「花ざかりの森」掲載が縁で、『文芸文化』同人の会合にも顔を出すようになった。そのうち、古今和歌集輪読会が、同人の蓮田善明・池田勉・栗山理一・私のほか、松尾聰・本位田重美の諸氏も加わって、月々開かれることになり、それにも三島君はほとんど毎回出席したように記憶する。私の住んでいた目白の学習院官舎が概ねその会場となった。そのころは、実作・理論ともに、いわゆる万葉派全盛時代で、古今集はほとんど顧みられなかったが、そういう時潮に抵抗する気持を、われわれは期せずして持ち合っていた。

春の歌から順次取り上げていったが、一回に一首ぐらいで終わることもあった。一世を風靡していたアララギ派の与生論の用語では、到底捉えられそうにない古今集の本質を遠巻きにして、もどかしく口ごもりながら論議を交したことを、今も思い返している。そういう論議の輪の中で、終始目を輝やかしながら、一人一人の発言に聴き入っていた三島少年の顔も鮮やかに浮かんでくる。

三島君が、表題に借用した〈古今の季節〉という題のエッセイを『文芸文化』に発表したのは、昭和十七年七月であった。その春、三島君はすでに高等科文科乙類へ進んでいた。この文章は、輪読会では言葉少なであった三島君が、はじめて公表した古今集論で、今読んでも胸のすくような新しさを保っており、三島君の文学論の原型をここに見る思いがする。

この文章は、古今歌人の季節を待つ姿勢のなみなみならぬことを論じたもので、例えば、夏の部の冒頭の歌、

わがやどのいけの藤なみさきにけり
　山ほとゝぎすいつかきなかむ

について、三島君はこのように述べている。

　上の句には「とゝのひ」の流れがある。朗々と大河のやうにながれつゝ一つのとゝのひをつくり出してゆく。かうした「とゝのひ」は破られるべく用意されたとゝのひである。手花火の玉があまたの光りの華になつてくだけるまへに、じゆうじゆうと煮えてゆくやうなあんなとゝのひである。それが「けり」で切れるとしづかに息をひそめてかなたをうかゞふやうな空間がほんの一寸はさまれる。ここの空間は優雅な「待つおもひ」にあふれてゐるといつてよいだらう。そこへ「山ほとゝぎす」の四、五句が嚠喨とひゞきわたるのである。古今集夏歌の巻はこのやうにしてひらかれる。

もう一箇所、この文章の結びの部分をあげてみよう。たまたま夏の終わりの歌について述べたものである。

　……夏は来たときのやうな清朗さを以てゆきすぎる。
なつと秋とゆきかふそらのかよひぢに
かたへすゞしき風や吹覧《ふくらん》

もう襟もとをなでる風のすゞしきにおどろきながら、古今の人たちは雲の去来をじつとながめやつたのであらう。季節と季節とが、上下にゆきかふおほきなかゞやいた雲のやうに、おほどかにいれかはるのを見たであらう。雲のゆきちがつたあとの穹は、掃かれたやうに虚しかつた。その底びかりのしたうるはしい青をおびた往還に、人々は自分たちをいざなふすみきつたはかなさを感じたにちがひない。さうして秋風に目ざめた眼《まな》ざしは、もう次の季節にむかつて、果敢《かかん》なまたこのうへもなく高貴な「待つ姿勢」を、とりはじめてゐたのである。

一、二の箇所の、アット・ランダムな引用であるが、すでにこれだけからも、読者は、三島君が古今集から何を感得しているかにお気づきであろうと思う。故友は、「花ざかりの森」の掲載にあたり、「われわれ自身の年少者」といったが、私は、十七歳の少年三島由紀夫が、われわれを乗超えて、すでに遙か高い所にまで至っているように、〈古今の季節〉という文章を読んだとき思ったことである。

作家志望者

野田宇太郎

「文藝」第七号の小説欄には一人だけ全くの新人の名が加った。「エスガイの狩」を書いた三島由紀夫である。これは二月二十二日（昭和二十年）の大雪の日に日本橋にあった河出書房に私を訪ねて、原稿を置いていった東大の学生だった。

三島君を知ったのは私が「文藝」を創刊して間もなくの頃で、世田谷大蔵に住む国文学者の栗山理一氏をたずねたとき、平岡という作家志望の学生がいるが、その原稿を読んで、出来れば、いろいろと指導してもらえまいか、と相談をうけた。間もなく平岡公威というその学生は、自費出版したばかりの『花盛りの森』という小説集をもって私を訪ねて来た。それから私は彼の「中世」という原稿を預って暇をみては読みはじめた。まだ大学の一年だという男の小説にしては、当時の日本浪曼派の堅苦しい形式主義の影響などもみえて、妙に才走った青年だと思った。栗山氏が、才走って内容がともなわない未熟な男だけにどうもやり切れぬところもあるが、そこを何とかよく導いてもらいたいと云ったことも、しばしば来訪を受けると共に、なるほどと判った。しかし、その才能の豊かさは十分認めたいし、何とか力になってみる気持になった。そして新らしい作品を書くことをすすめた。その作品をはじめて持って来たのが大雪の日だったのである。

二つの短篇で、一つは「サーカス」、一つは「エスガイの狩」、どちらも才気のみえるロマンチックな空想的な作品だが、それだけに足が地についていない。そのうち「サーカス」は童話風の散文詩のようなものだった。単純で未熟なところもあるが、いかにもまだ青年らしい空想性が強く、これが三島の身上のようにも思った。出来ればこれを「文藝」に発表してやろうかと考えた。もちろん文壇とかジャーナリズムの上の、新人のデビュー作としてはおとなしすぎよう。だがこれを出発点として清新な若い文学が築かれてゆくのはよいことだった。そのなかに一個所キッス場面があって、そのキッスを出すことは当時は全く不可能である。そんなことで、もう一つの「エスガイの狩」の方を発表候補として私はひそかに選んでみた。それがとうとう「文藝」で活字になったわけである。

もう新聞の文芸時評なんかも消えてしまっていた時代で、それをとりあげるジャーナリズムの機関もなかった。ただ唯一の文学雑誌となった「文藝」に発表されたということがすべてであった。後記にも私はことさらにそれをうたわなかった。

「エスガイの狩」を発表する前に三島君から、志賀さんのところにも原稿を見てもらいにいったことがあることを聞いていた。三島君が私の家を訪ねるようになって、私はそのことを志賀さんに話した。「あの平岡という学生だね、知ってるよ、娘の学友だったから」と志賀さんは云い、「あの小説は夢とか嘘ばかり書いていて面白くなかった。僕はあんなのを認めない」と云うことで、志賀さんは自分がかつて夢の話を書いた思い出などを私に話した。

志賀さんの文学と、三島君のまだ海のものとも山のものとも判らぬながらふわふわと若くロマンチックな作風は全く相反していた。志賀さんがそれを認められないのは当然だし、志賀さんの文学も私は十分認めているが、その志賀さんにちっとも認められないところにかえって三島君の未来もあるのだと私は思った。間もなく三島君が訪ねて来たとき、私は志賀さんのことを話し、大いに書きたいものを書いてみるようにすすめた。「エスガイの狩」はそうした結果の作品でもあったと思う。

その後もしばしば三島君は私を訪ねてくれた。他にも四五人の詩人、評論、作家志望の青年がやはり私のところに来ていたが、三島君はもっとも熱心な一人だった。次に持って来たのは「岬にての物語」という小説である。それを読むと、作風はがらりと違っていた。実に当時の芥川賞向き、文壇向きの作風で、なかなか器用な書き振りである。この器用さが逆に、ちょっと私の心につかえはじめた。

三島君はその頃よく、作品集を出したいがよい出版社はないかとか、用紙はこちらで持つが、出すところはないでしょうかなどという相談を持ち込んでは、私を戸惑わせるようになった。まだ作品もろくろく書いてはいないのに、本ばかり出したがるという奇妙な傾向である。もちろん私は反対した。三島君の父はある製紙会社の重役とかで、用紙は何とかなるという。一度私に、紙はいりませんかと云ってくれた。私は編集はしているが出版屋でないから紙をもらっても仕方がないと断った。要するに何とかして早くこの学生は文壇に出たい下心なんだな、と感じた。

「岬にての物語」について私に読後の意見を求めた。器用で、文壇にはすぐに通用する作品かもしれないが、そんな手先の器用さよりも、もっと本質的なものの方が僕には大切だと思うと答えると、三島君はかなり不服らしかった。私はむしろ前の「サーカス」のような何気なく未熟な若さのにじんだ作風から三島君の未来を求めたいのだと云った。これも三島君にしてみれば納得出来ないことで、いや私は「岬にての物語」がよいと思うという。本人がそう主張する気持もわかるが、一体君は文壇のエピゴーネンになるために小説を書くのか、それとも本当に文学がやりたいためなのかと、私は問いつめた。批評をしてくれというので私が批評すると、いや、そうではないと云い張ろうとするのも、少々生意気な態度である。この学生は、私を文壇に出るために利用しに来ているのだと、そういうことに鈍い私はやっとのことで思い当った。そう思うと、もう私は小賢しい三島という男がいやになった。小説の職人になろうと、大統領になろうとそれは勝手だ。商業主義文壇というものは大きな桝型のような枠をもっていて、その枠の中にはやはりボスが住む。香具師の縄張りと少しも変ったところはない。これは文学とはむしろ別問題である。何とかして早く有名になろうとするのは、この枠にはまろうとすることである。つまり、新人という衣裳で文壇の形をふまえたエピゴーネンになることである。この男は文学のよろこびよりもそっちの方がいそがしいようだ……。

私は三島という学生に何の興味も感じなくなった。やがて終戦になろうとする頃、それでも三島君は私のところにやって来ていた。来る者はこばまない。三島君は或日私に、川端先生に紹介して下さいと云った。よしと引きうけた私は、鎌倉に川端氏を訪ねたとき、私の名刺を持たせるから会って下さいとたのんだ。川端氏は新人発掘の名人というにふさわしく、すでに三島君の名は知っていた。川端氏を訪ねた三島君は、貸本屋鎌倉文庫が終戦後東京に出て出版業に変り、「人間」という雑誌を出しはじめると、川端氏によってその「人間」誌上に、あらためて新人という名で登場したのである。

それ以来三島由紀夫の名は終戦の混沌の中で何の苦もなく文壇の中央にあらわれるようになった。三島君の文壇的野心がそのままに叶えられたわけである。そして器用なエピゴーネンの才能を十分に発揮して現在に至っている。今の世間が殆ど戦時中の「文藝」のことを忘れたように、三島君もやはり大切な自分の出発点ともなった「文藝」第七号を忘れているようである。いや忘れてはいないが、そんな一《いち》文《もん》の利もない戦争中の「文藝」など無視する方がよいと思っているのかも知れない。

もちろんそれでよい。だが私には三島君がまだ純粋に文学をみつめようとしていた時代の「エスガイの狩」（それはもちろん彼の誇るべき処女作というわけではない）を発表してやった気持を、三島君の新らしい作に接するたびに思い出すし、三島君も必ずいつかはあの初心をたずねて、あらためて自己の正体を確かめる時が来るだろうと思う。（『灰の季節』より）

伊東静雄と三島由紀夫

小高根二郎

伊東静雄の心裡に、学習院の制服を着た三島由紀夫（平岡公威）がくっきりと影を落としたのは、まさに太平洋戦争のさ中であった。いや、さ中というより、太平洋戦争を含むグローバルな第二次世界大戦が、先制による勝利の陶酔から、もしかしたら……という危惧で覚めだした昭和十八年であった。

二月にはドイツ軍がスターリングラードで降伏した。又、ガダルカナルからは日本軍が退却を開始した。五月にはアッツ島の日本守備隊が全滅した。九月にはイタリーのバドリオ政府が無条件降伏をした。学徒動員の準備は着々と進められつゝあった。こんな斜陽の季に、伊東静雄は若い友の一人である富士正晴を伴って、静かな落日を眺めている。

「九月三十日　放課ごろ富士君来校、帝塚山に二時間位話し、神の木で別る。こんなところに坐つて、ゆつくり話すなどいふことは近来なかつたこと、松林を眺め、太陽のくだりゆくのを見、日の下の家々の様子、散策の人などを見る。林、平岡、蓮田、安田君らの文学のこと、戦争のこと、わが心の状態など話題にする」（伊東静雄日記—昭和十八年）

こゝで三島由紀夫が二人の間でとりあげられている。話題は「文学のこと」とあるから、その年の三月号から「文芸文化」に連載中の小説『世々に残さん』であることは間違いない。この作品は十月号で完結しているから、二人が会っている九月三十日には、もう発行されていただろう。二人はすでに全作品を通読していたと想像していい。

この作品は処女作『みのもの月』に次ぐ第二作である。平家の滅亡を背景にした、武将の子春家と公家の子秋経との、一人の女性―山吹をめぐる果されぬ恋の物語である。鷹狩りにいった帰り、春家の鷹が野鳩をみつけてこれを追い、追い詰められた野鳩が女車の軒格子に避難するところから恋は芽生える。この騒ぎに驚ろいて、女車から十ばかりの女童が降り立つが、詫びを入れつゝ春家は彼女の美しさにはッ！　としたからだ。彼の心緒を見てとった友秋経は不快を感じる。後年、春の雪が融ける宵に催された或る歌合せで、三人はまた顔を合わす。鷹狩りの帰りに出会った人かと、春家は訊ねてみたが、さあ？　といったまま、彼女は確答を与えぬ。彼女は身を守るきびしさで、すでに定評があったほどだからだ。結局、秋経は悲恋に病んで出家をする。春家はとげられぬ恋の悲しさを、武の家柄を回想してやっと耐える。秋経の遁世を知って山吹は念仏三昧の生活で明け暮れる。彼女を女菩薩のように春家はあこがれながら、「今様の光君」と噂された彼は、いつか幾人かの女性と関係をもつにいたる。しかし、その寝覚めの枕に浮かんでくるのは、やはり山吹の面影である。春家の父信家が死ぬ。その頃から不吉の予感は予兆となって次々に現れる。火の玉が内裏へ向って飛ぶ。珍らしい白鴉が墜死している。鬼を乗せた白馬を見た……という噂に、都は騒然となる。叛乱が起って春家は出陣する。帰ってきた使者の鎧の破損は苦戦を物語る。いつか山吹は仏を祈りながら、春家の安泰を祈っている。彼女の傍から使用人が一人去り、二人去り、婢一人となる。都には敗れた武者たちが乱入してきて、山吹は琵琶湖を過ぎ鄙の奥へと避難する。敗戦で取り残された春家は、主力へ合隊するために播磨へ急ぐ。が、やがて平家とゆかりのある部落に落ちつくと、主力からの連絡を待つ。他方行脚している秋経は、炎の都から故郷に帰ろうとする遊女珊瑚と道づれになる。縁というものだろう、秋経は仏を忘れると一夜彼女を抱くことになる。そのうち山吹の所在を知ると、珊瑚と共に尋ねていく。が、山吹は庵に籠ったまゝ会おうとしないので、秋経は珊瑚を伴って再び流転の旅に出る。又、春家は、待機をするつれづれから、夜毎に砧を聞かす女に興味を抱く。賤女ではあるが彼女の純情に、つい契りを交す結果となる。やがて知盛卿から使者がきて、最後の一戦に参加せよとお召しがある。部落の老人はおいでなさるなと制止する。が、春家は志願の者も加えて参戦する。彼は、屋島を落ち壇の浦へ急ぐ平家の殿軍をうけたまわる。群る源氏の舟群の中に斬り込んで、春の雪が海面に消える瀬戸内の海へ入水する。

こんな梗概である。この経緯に、平安期の物語風なたおやかで華麗な花鳥風月が縫いとられている。しかも、その結尾は、謡曲が特質とする超時間的な浪漫性・荒唐性が結構されている。というのは、山吹はその後還俗して後鳥羽に宮仕えし、たまたま北野天神に参ったところ、入水してあの世にいったはずの春家が、仕丁として帚を使っているのを発見する。翁と姥が走せ寄り、手と手を取りあったことは勿論である。

この由紀夫の第二作について、夕陽を浴びつつ静雄と正晴がどんな会話を交したのか、その内容は不明である。が、静雄の心裡に、三島少年が或る親近さをもって浮び上っていることは否めない。と、いうのは、こゝぞと思われる重要な章に、静雄の「春の雪」が降るからである。

静雄が「文芸文化」に「春の雪」（昭和一七年三月号）を発表したのは、由紀夫が『世々に残さん』を発表しだす丁度一年前であった。この「春の雪」の翌月に、由紀夫は「春の雪」の詩句に相似性のある「大詔」を発表している。

春の雪

伊東静雄

みささぎにふるはるの雪
枝透《す》きてあかるき木々に
つもるともえせぬけはひは
なく声のけさはきこえず
まなこ閉ぢ百《もも》ゐむ鳥の
しづかなるはねにかつ消え

ながめゐしわれが想ひに
下草のしめりもかすか
春来むとゆきふるあした

静雄が歌っているこの御陵は、彼が住んでいる堺北三国ヵ丘の家とつい眼と鼻の先の、反正天皇の耳原陵である。この御陵は知るよしもないが、翌月由紀夫は次の詩を発表している。

大詔

三島由紀夫

やすみししわが大皇《おほきみ》の
おほみことのり宣《のたま》へりし日
もろ鳥は啼きの音《ね》をやめ
もろ草はそよぐすべなみ
あめつちは涙せきあへず
寂としてこゑだにもなし
朗々とみことのりはも
葦はらのみづほ国原
みなぎれり　げにみちみてり
時しもや南《みんなみ》の海　言挙《ことあげ》の国の首《かうべ》に
高照らす日の御子の国　流涕の劒《つるぎ》は落ちぬ
時しもや声放たれぬ　敵共《あだどち》の瀆《けが》しし海ゆ

海神《わたつみ》ら怒りきそひて　撃たれてし敵《あだ》の船人《ふなびと》
玉藻刈る沖にしづめぬ、
かちどきは今しとよめど
吉事《よごと》はもいよゝ重《し》けども
むらぎものわれのこころは　いかにせむ
よろこびの声もえあげずたゞ涙すも。
　右之一首者三島由紀夫作之

この由紀夫の三行目から六行目、〈もろ鳥は啼きの音をやめ、もろ草はそよぐすべなみ　あめつちは涙せきあへず　寂としてこゑだにもなし〉は、静雄の「春の雪」の第二行から三行、〈なく鳥のけさはきこえず、まなこ閉ぢ百ゐむ鳥の　しづかなるはねにかつ消え……下草のしめりもかすか〉、という沈黙不動の雰囲気にどこか似ている。その上、由紀夫の結句、〈よろこびの声もえあげすたゞ涙すも〉は、左に掲げる静雄の「大詔」の結句、〈誰か涙をとどめ得たらう〉に酷似している。

大詔

伊東静雄

昭和十六年十二月八日

何といふ日であつたらう
清しさのおもひ極まり
宮城を遙拝すれば
われら尽《ことごと》く
——誰か涙をとどめ得たらう

この静雄の「大詔」を、「文芸文化」の主宰者・蓮田善明は、「あの日のうたとして冠絶であらう。私はこの詩を誦して又涙をとどめ得なかつた。この詩の言葉ことごとく日に吸ひこまれるやうに覚えた。」と、昭和十七年「文芸文化」二月号の後記で激賞していた。この善明の激賞が少年由紀夫に影響を与えぬはずはなかった。由紀夫は静雄の「大詔」と同月号に、詩の処女作「わたくしの希ひは熾る」を発表していたからである。この静雄・由紀夫の相関関係を整理すれば、次のようになる。

年　月	コ　ギ　ト	文　芸　文　化
昭和17年1月号	静雄「大詔」	由紀夫「わたくしの希ひは熾る」
昭和17年2月号		善明は静雄の「大詔」を激賞
昭和17年3月号		静雄「春の雪」
昭和17年4月号		由紀夫「大詔」

つまり、由紀夫は静雄の「大詔」「春の雪」からなにらかの影響を受けて、「大詔」をものしているのである。これは後輩からする先輩への挑みであった。この「大詔」に先んずる「わたくしの希ひは熾《おこ》る」は、静雄よりはむしろ立原道造に影響されているような形跡があった。特にその第二聯、

わたくしはやがて邂《あ》ふだらう　悔いとこよない悼ましさに
わたくしは知るであらう　耐へることはすべての内にはじまると
それはいつの日か　季節がゆるやかに回《めぐ》るとき
夏のうしろに燿やかしく聳える秋のやうに

この詩の結句は、〈悔いそのもののごとくわたくしは裸かであらう〉である。どこか立原流のナルシシズムの濃厚な匂いがプンプンする。この匂いを払拭して、春家流の若武者の凛として息づかいを感じさせる「大詔」は、既述したようにまさしく静雄の影響である。静雄は由紀夫に対するこの感化を意識せぬはずはない。彼は林富士馬や富士正晴、或いは庄野潤三や島尾敏雄等に対して示したセンシブルな友情と関心を、つねに「若い友」に対して抱いたからである。これは日常、生徒に対している教師の職業意識の一つの現れであったかもしれなかった。言いつけをよくきく……という感化だけでも、一応は好意をもつのは当然である。しかし、教師の言葉づかいや身振りをそっくりに真似てみせる芸当に対しては、怒りを感じる。「乞食」というニック・ネームをつけられていた静雄は、その酷似に対する反撥は特に激しかった。ところで、さいぜんの由紀夫の詩に感応される「静雄」は程よく適当である。静雄

が由紀夫を好感していることは間違いない。従って、正晴と対話している彼の由紀夫観は、充分に好意に満ち満ちたものであったと想っていい。

その証拠は、その日より一ヵ月にもならぬ十月二十六日の伊東静雄日記が示している。即ち、静雄は庄野潤三を伴って京都の弘文堂に行くと、できあがったばかりの第三詩集『春のいそぎ』に寄贈分の署名をしているが、四十五冊の中の一冊は平岡公威少年宛である。いかに静雄が由紀夫に対して期待と好意とを抱いていたかゞわかる。

ところが翌昭和十九年になると、静雄のこの感情が微妙に変形していく経過が日記によってわかる。

一月十九日。由紀夫から来信があった由をしるしている。「平岡は著書のこと目下何の音沙汰もないことを心細がって来たのである」とある。この著書とは、七丈書院に勤めていた富士正晴に託された『花ざかりの森』の原稿のことで、一向に組版に進行する気配がないことを心配しているのである。ところがその後、正晴に召集令状がきて、三月三日に徳島の歩兵連隊に入営するという困難な事情が起った。

四月三十日。「平岡（序文断リ）、発信」とある。正晴は入営に際して、なにがなんでも『花ざかりの森』を出版する由を由紀夫に伝えたので、由紀夫は静雄に序文を求めたのだろう。ところが静雄は、正晴の応召で『花ざかりの森』の刊行も頓挫すると判断したものかもしれない、由紀夫の申し出を断っている。

五月十七日。徴兵検査のために西下した由紀夫は住吉中学校に静雄を訪問した。この日たまたま渡支前の一時帰郷の休暇がでて正晴も帰阪し、先に住吉中学校に静雄を尋ねていた。出版はどうなるのか、斡旋の意図からだろう、静雄は由紀夫を伴うと正晴を訪れたのである。「平岡と一緒に富士を訪問、晩めしの馳走になる。富士の妻君来る。朝早くついたのに奥さんが来たのが七時頃、家の者が（妻君の。

妻君は目下別居中とのこと）知らせてくれるのがおくれたのだと云って何とも云へぬ悲しい、弁解の余地がないと云つたやうな哀れな表情で挨拶する。富士は『おれは戦争に行くんやで』と大きな声で云つただけで千代紙を切つてゐた。平岡の本の装幀の図案である。座にゐた妹は何とも口をきかぬ。妻君も何とも云はず下に行つた。やがて母が、乾物を取入れに二階に上がると、自分も上つて来て、竿の端を持つてゐた。下ではどんな表情をしてゐたのであらうと思ふ。富士君の家に行った時先づ最初に『奥さんは』と自分がきいたら『別れるんです』『何故』『僕が大切にしてゐたハッピや筆（だつたと思ふ）（紙だつたかも知れん）を勝手に里に持つてかへつてゐるんですからね』とただそれだけ言つた」。こんな非常な時、異常な心境の下でも、正晴は『花ざかりの森』の装幀をしている。まさに憑かれたような情熱ということができよう。しかし静雄は正晴より遙かに冷静だ。「十時頃平岡と北畠で別れる。夜ねぐるしい、二時頃までねむれぬ」とその日の日記を結んでいる。静雄をねぐるしくしているのは、正晴が執心している由紀夫の小説集のことなぞではなく、渡支に際し正晴が離縁しようとしている哀れな嫁のことであろう。

徴兵検査をすませた由紀夫は、五日して再た静雄を尋ねている。

五月二十二日。「学校に三時頃平岡来る。夕食を出す。俗人。神堀来る。りんごを呉れる。九時半ごろまでゐる。駅に送る」。こゝで「俗人」ときめつけているのは、自分の生徒である神堀忍（現帝塚山短大助教授）でなく、由紀夫の方である。神堀は林檎の土産まで持ってきているのに、由紀夫は手ぶらでやってくると夕食の馳走にまでなっている。しかも、来訪の意図は、一度手紙で断った『花ざかりの森』の序文を書かせるためである。神堀は中学上級生であるし、由紀夫は学習院高等科の生徒である。年格好もほゞ同じだといっていい。しかるに一は恭順、一は軒昂たるものがある。上下大変な相違といわねばなるまい。静雄の心底に、「小癪な……」という感慨が湧いたことが、容易に想像される。その感慨の底には、さらに階級的な反撥も加味されたと見ていい。というのは、彼の父の惣吉は若い日には魚屋の丁稚であり、後に豚の仲買を業として、あまりいい育ちではなかったが、由紀夫は幕府最後の若年寄永井玄蕃頭を先祖とする名門で、父梓は農林省の高級官僚だったのだから、その懸隔に対する生理的ないまいましさも手伝ったろう。そこらの静雄の微妙な心情が、『花ざかりの森』の後記から、想像されぬこともない。

「わがひとに与ふる哀歌の伊東静雄氏は私が少年時代から、稀有なロマンティストとして懐しみうやまつてきた詩人であつた。古き世の陵に程近い堺の御宅で、氏が萩原朔太郎を語り、国学における考証の用を語り、詩人の本質的な教養について語られる時、氏の眼差が涼しくもえさかるさまは美しかつた。暗い甃道を駅まで送つて下さりながら『僕はちよつといぢけたのが好きですね、物を言ってフッと人の顔を見るやうな』と云はれたのがふしぎにありありと思ひ起される」

つまり静雄は、ご馳走になった上で序文をぬけぬけと求める野放図な少年より、林檎の土産を持参しておどおどしているいじけた少年の方が好きだと、アイロニカルに語ったのである。この静雄の感情は、月末の日記にさらに露骨に現れている。

五月二十八日。「平岡から手紙、面白くない。背のびした無理な文章」とある。この反撥は「大詔」における由紀夫の挑みや、前述したいきさつの飛ばっちりである。

静雄が真に平岡を見直し、三島由紀夫を正当に認識したのは、やっと戦後になってからであった。即ち、昭和二十一年九月十六日付の酒井百合子宛の手紙、「三島といふのは、僕が云つてゐたその人です。

このごろ小説方々に書いてゐます」が、その事実を物語っている。

三　作品論　Ⅰ　作品研究

唯美と詩精神
――「初期詩篇」「花ざかりの森」の位相

小川　和佑

一　作家の詩的体験

ああ、果しない闇がひろがり
銀色の波につゝまれて
寶瓶宮の下の死の海の魚たちは、
朝の訪れを待つてゐ《（ママ）》。

わたしは草床のなかゝら、
露にぬれて、身を起すのだが、
…………………………

……………………「第五の喇叭」（「輔仁会雑誌」第161号　昭13・3）

右は作家三島由紀夫の十四歳の詩の一節である。作家の処女作に、後年に開花すべき全ての要素が含まれているという、陳腐な評語からこの論を展開することを、先ず最初に拒否したい。昭和十年代に生きた一人の少年がその文学の開眼期に、どれ程のものを人生に見、どれ程のものを人生に感じたか。そして、それはまた、彼の精神の形成の上に、どのような意味を有するかを見ればいい。平岡公威という年少の詩人の作品から言語へ、言語から作品へという形でこの稿を起していこうと思う。そのためには、冒頭に、筆者はその戯曲『癩王のテラス』（中央公論社　昭44・6刊、昭44・7初演）の dialogue の一節を引用することにする。

死ぬがいい。滅びるがいい。朝毎のさわやかな息吹、ひろい胸に思ひ切り吸ひ込む朝風、その肉體の一日のはじまりは水浴、戰ひ、疾走、戀、世界のありとあらゆる美酒に醉ひ、形の美しさを競ひ合ひ、ほめ合つて、肌を接して眠る一日のをはりへつづく。その一日を肉體の帆は、いつぱいにかぐはしい潮風（註一）を孕んで走るのだ。何かを企てる。それがおまへの病氣だつた。何かを作る。それがおまへの病氣だつた。俺の舳《みよし》のやうな胸は日にかがやき、水は青春の無慈悲な櫂でかきわけられ、どこへも到達せず、どこをも目ざさず、空中にとまる蜂雀のやうに、五彩の羽根をそよがせて、現在に羽搏いてゐる。俺は見習はなかつたのが、おまへの病氣だつた。

この dialogue は飽くまでも『癩王のテラス』のものでありながら、そこに作家三島由紀夫の青春への回想と重なる声を聞く思いがする。ここでは言語は言語そのものとして、なによりも音楽的な律動の中に、情感を次第に盛り上げながら、詩的映像による言語空間を構築していることに気がつく。この現実と作家の内的世界の緊張は詩的なそれである故に、それは画然と日常の世界から裁断された彼方にある。それはもはや、散文の世界のものではない。韻文の世界のみが示し得るものなのである。この戯曲の第三幕第二場の終章で、読者は三島由紀夫という芸術家の思想を論ずる前に、この作家の中にある詩人的要素が、創造した言語空間に魅せられることを知るであろう。右の長い dialogue の直後に、空から呼びかける切迫した短い言語が続く。

精神　バイヨン……私の、……私の、バイヨン。
肉體　精神は滅ぶ、一つの王國のやうに。
精神　滅ぶのは肉體だ。……精神は、……不死だ。
肉體　おまへは死んでゆく。
精神　……バイヨン。
肉體　おまへは死んでゆく。
精神　おお……バイ……ヨ……ン。
肉體　どうした？
精神　………。

肉體　どうした？　答がない。死んだのか？
精神　…………。
肉體　死んだのだな。
　　　　（鳥いつせいにさわぐ）
肉體　（ほこらしげに片手をあげる）見ろ。精神は死んだ。めくるめく青空よ。孔雀椰子よ。檳榔樹よ。
　美しい翼の鳥たちよ。これらに守られたバイヨンよ。俺はふたたびこの國をしろしめす。青春
　こそ不滅、肉體こそ不死なのだ。……俺は勝つた。なぜなら俺こそがバイヨンだからだ。

ここでは、言語はすべての説明を拒絶する。彼の思想は音楽的な律動と詩的映像の中で高らかに歌い終る。その余韻の中で、かつて北村透谷が意図しながら遂に果し得なかった劇詩の世界を思い浮かべてもよい。
これは非常に唐突で、文学史的にはまた恣意的なことなのだが、透谷に於いて試みられ、明治以降のどの詩人も果せなかったあの劇詩の世界は形を変えて、三島由紀夫の手において、読者の前に提示されたとも考えられ得るのであった。それは何よりも三島由紀夫の誌精神の所為なのであろう。
いま、彼の最も早い時期に発表された詩一篇を挙げて、その詩精神の所在について考えて見たい。

　しろがねの濱邊から、
ピーチ・パラソルが消えるとき、

月夜の窓邊に、
蟋蟀がなくとき、
綠色の單重を着てゐた野山が、
こがねのあはせに着更へるとき、
秋の跫音が近づく。
寒がりの小鳥は、オレンヂの實る國へ、
暑がりは早や、火鉢戀しき帝都へ、
空は限りなき洋を想はせ、
赤い櫂を有つ小舟が行き交ふ、
熟柿は、
惡漢《わるもの》の鴉に啄ばまれ、
百舌は、
其の下手なソプラノを張り上げる。
――秋たけなは。

十二年九月　「あき」

右は「秋二題」(註二)中の第一章に当る「あき」の全文である。平岡公威、後の三島由紀夫はこの時十二歳、学習院中等部の一年に在学していた。十二歳という年齢に於ける詩の出発は早熟の詩人と称された三木露風よりなお早い年齢である。少年はここで稚拙だが象徴的手法を用いて、外界を歌って見せた。注意しなくてはならないのは、その外界が即物的日常性の次元で歌われていないことである。この少年詩人はこれに続く諸篇に於ても、自己の体験を等身大で詩化しようとは試みていない。つまり、これは詩に於ける自然主義文学の担い手であった、彼の師川路柳虹のように、平岡公威は歌おうとはしないということである。口語自由詩的な発想によるあの日常性というものが、最初から欠落していることは記憶していてよいことである。

二　「初期詩篇」をめぐって

三島由紀夫――正確には平岡公威であろう。――はこの十二歳の「秋二題」その他から、十八歳の「夜の蝉」（「輔仁会雑誌」第169号　昭18・12初出）までの六年間に五十一篇の詩を残している。(註三) 寡作な詩人ならば半生に書き得た詩の分量にも匹敵する。しかし、彼はこの期の創作活動に於いて敢えて詩集を残さず、短篇集『花ざかりの森』（七丈書院　昭20・10）を遺した。この「初期詩篇」に関する作家自身の最も重要な発言として、この作家にとっては殆ど例外的な私小説的発想を持つ『詩を書く少年』(註四)を挙げねばなるまい。

「『僕もいつか詩を書かないやうになるかも知れない』と少年は生まれてはじめて思った。しかし自分が詩人でなかつたことに彼が氣が附くまでにはまだ距離があった。」……

とは、作家自身の回想である。

詩を書くことの幸福。その幸福(註五)は、作家をその小世界で天才的な詩人(註六)にしていた。しかし、この作家の十二歳より、十八歳に渉る五十一篇の詩篇は昭和詩史に何程のものも残してはいない。詩誌に発表されなかった彼の詩に対して、詩壇はその存在を知ろうとしなかったし、また知ったところで、詩誌でない雑誌に発表された作品に詩壇は常に冷淡である。しかし、詩人たちが、この少年詩人を無視していたことは単に右に述べた状況ばかりではなかったようだ。詩人たちの眼に映ったこれら「初期詩篇」の決定的な欠陥は、それが、「詩と詩論」以前の、彼らが葬った旧時代の詩法を継承したものと見做されたからであろう。当時の三島由紀夫の詩の認識はなによりも文壇の、というよりも読者一般の抱いていた詩の認識であり、詩壇の詩の認識と隔絶していた。――これは今日でも、文芸誌と詩誌との間の詩の認識の隔絶にそのまま見られる。――が、それは作家三島由紀夫にとって決して不名誉な事象ではない。むしろ、そういう形での詩的体験が、かえって、実は作家三島由紀夫の出現を必然たらしめたものとして考えられねばなるまい。この十代の少年詩人の最初の詩は昭和十五年前後の現代詩と全く接点のない位置で創造された。そのことをもって、彼が初めから伝統的唯美主義者として出現した、などと論ずる意志は毛頭ない。少年の感性はその柔軟性に於て、彼自身が摂取し得る詩的要素をその感性に於て把握し、詩化したままでのことである。その五十一篇の詩を通読する時、その作品は師川路柳虹的であるよりも、竹内勝太郎、富永太郎、立原道造、伊東静雄といった詩人たちの影響がより多いといえる。それは少年が読書を通じて把握した感性による時々刻々の所産なのであろう。

例えば、

光は普く漲り、

白き雲は、高き白楊の梢に群がり、
樹陰に憩ふ羊飼ひは、
夢によひ我を忘れぬ。
雛罌粟の赤い花は、
しなやかなる、その莖を、
危ふく支へて開きぬるらん。

光は普く漲り、
羊共は柔かき四肢を運びて、
低き柵のりこえ、
長き、角笛の如き、啼き聲出だして去りぬ。
後に殘れるは、
たゞ、綠の海に遊べる風と、
夢に生くる少年のみ。

光は普く漲り、
羊の群は遠く山中へ急ぎぬるなり。

「光は普く漲り」（註七）

この十三歳の文語詩は当時の日本への回帰の思潮とまったく関わりない。『珊瑚集』的でありながら、また、作家が常に詩人として畏敬をもって眺めて来た伊東静雄的な要素も含んでいる。しかし、ここに於て、詩人平岡公威は己れの歌うべき姿勢について朧気ながらある種の自覚に達している。その姿勢は、明確に日常性、日常的要素を排除して歌われた。当時の詩壇一般が、ようやく「詩と詩論」以後の文学に於ける知的実験を放棄して、日常身辺的存在を抒情的心情に托して歌うという傾向にあった時、この少年詩人はそれらに背を向けて反時代的な詩精神を見せている。この姿勢に今日に係絡する作家三島由紀夫の原点がある。次いで、十五歳の平岡公威は、詩稿ノート「十五歳詩集」（『三島由紀夫選集』第一巻所収、新潮社　昭32・11）と、十篇からなる連作詩集「小曲集」（註八）を書いている。六年間中に、最も量的に多い詩作の時期である。この昭和十五年、十六年の詩作の最盛期に於て、その背景的な詩壇の状況としては、昭和十四年三月二十九日「四季」の詩人立原道造が夭折したことを挙げねばなるまい。「四季」は七月号でこの詩人のため追悼号の一冊を刊行した。

「詩を書く少年」の中で三島は次のようにいっている（「詩を書く少年」七頁参照）。

　　彼は詩人の薄命に興味を抱いた。詩人は早く死ななくてはならない。

この意味では少年詩人平岡公威の詩的論理に立原道造はかなう詩人であった。この期に彼が立原の詩と生涯に対して興味を寄せなかったということはない。少なくとも立原道造という夭折の詩人の存在を彼が識っていたという文献（註九）はある。「十五歳詩集」「小曲集」には明確とは云い難いが立原道造の詩によって惹起されたと思われる痕跡は指摘できる。連作の十篇より成る構成は明らかに立原の「風信子《ヒヤシンス》叢書《そうしょ》」

（註一〇）の構成に倣うものである。――もっとも、この「小曲集」はその詩句に即して云えば、道造的であるよりも『月下の一群』的ではあるが、――ともあれ、昭和十五年を境にこの少年詩人が「四季」的「日本浪曼派」的なものに眼を向けはじめた事実に注意したい。後年の作家三島由紀夫の堀辰雄的なものへの厳しい拒否（『新選日本文学全集』第三十一巻所収、「現代小説は古典たり得るか」参照）、そして、それは『癩王のテラス』のライト・モチーフとなった思想は、この詩的原体験の否定の上に成立している。――と同時にその詩的体験が作家三島由紀夫の等身大の分身である華麗な劇作家三島由紀夫をも形成しているのであった。

三　「抒情詩抄」の周辺

五十一篇のこれら初期詩篇に対して、多くの研究家によって引用される、「十五歳詩集」をもってこの期の代表作品というふうに筆者は考えていない。六年間の短い詩作の期間にその詩風は極めて自在にその都度新しい展開を見せてはいるが、詩人平岡公威の詩風の確立は「抒情詩抄」以後であろう。その作品はここで初めて詩的心象風景より脱して、詩を確立している。「抒情詩抄」は〈高樫が枝にふきおろす風の如して／むらぎもの心恋ぞとよもす〉というサッフォの詩句を詞書きとした恋愛詩抄である。ここでは右の表題のもとに「小曲集抜萃」五篇、「風の抑揚」「馬とその序曲」の八篇の詩をもって構成されている。この中「小曲集抜萃」にはそれぞれ作品番号が付されており、その最後のものは（第十二番）とあるので、この「小曲集」と名付ける十二篇以上からなる一冊の未発表詩稿ノートがあったことを推察させる。恐らく、彼はこのノートから五篇を自選して発表したものと思われる。この「小曲集」という表題の連作はその前年にも発表されているが、詩としての完成度は一年間に長足の進歩を遂げている。

羊が山査子の茂みでなくと
遠雷は仄かに焦がした、
空のはづれを。あの森に圍まれた湖《うみ》のあたり。
おまへは絹の着物をきて
――襞《ひだ》は冷たく、レエスと扇に閉ざされて――
わななく手で僕の手を握つてゐた、
失なはれた愛を確信するかのやうに。
むなしい朝。いくたびかゆめみた忘却。
風が吹きつのる百合の原。
その頃からひとつの憧れが
おまへと僕との
やさしい懐ひのなかに水脈《みを》をひいた。

「小曲集抜萃その三」

この詩には明らかに立原道造の濃い影響がある。〈……仄かに焦がした、／空のはづれを。〉や、〈おまへと僕との／やさしい懐ひのなかに……〉という詩句は如何にも立原的である。(註二)この詩を解くために再び、「詩を書く少年」の一節を引用しよう。

> 少年の書く詩には、だんだん戀愛の素材がふえた。戀をしたことはない。しかし詩が自然物の變貌にばかり托して作られることは彼を飽かせ、心の刻々の變貌を歌ふことに、氣が移つて行つたのである。

少年はその pattern を立原の詩に見出したのであった。ここでは立原の詩は詩そのものとして摂取される以前に、心情として摂取されている。この恋愛をモチーフとした心象風景は決して、川路柳虹のそれではない。それは立原道造の世界の平岡公威的な転用、若しくはその触発による抒情詩なのである。――ということは、平岡公威が立原道造の亜流者だという消極的な意味でなく、立原道造の十四行詩を通じて、彼の詩の認識が、ここに至って初めて現代詩との接点を持ち得たと解すべきである。それは戦後文学に於ける両極に立つ二人の文学者、三島由紀夫、吉本隆明を考える場合、彼らの少年期に於ける詩的原体験(註二)の一つにともに立原道造の投影を見出すことができるということは非常に興味深いことである。対照的な思想の両極に立つ二人の文学者に共通の詩的原体験を与え得たというところに、立原道造の詩の本質には、前衛性と反時代性に触れるものが含まれているとも云えようか。

そして、この「抒情詩抄」以後は「わたくしの希ひは熾る」（「文芸文化」第五巻第一号　昭17・1）、「かの花野の露けき」（「文芸文化」第五巻第一〇号　昭17・10）「恋供養」(註三)、（「赤絵」第二号　昭18・6）などを経て、伊東静雄の詩集『夏花』（子文書房　昭15・3）的な次の「夜の蟬」の一篇をもって、その詩的時代を終るのである。

夜の蟬かしこに啼きすぎ候ひけむ
そは夏の夜半《よは》　おもたく熟れまさる時間をとよもし
耳そばだて候《そろ》　するどく笙のごとく
啼きすぎ候《そろ》「千々《ちち》」とつかのまに　わが夢のあはひをば

蟬だにもうたひえぬかのそこばくの歌ごゑ哉
そのもどかしく陶《うれ》たくてわれさしぐみ候ひし
いかにとぼしき歌なりとも
強ひ來《く》るものにめでたさは何か如かむを

如かむとおもひかへせどしかすがに
匂やかの木《こ》の間《ま》がくれにうつろひつ、……
夜の蟬のなきすぎ候《そろ》
するどく　笙のごと　わが夢のあはひをば

「文芸文化」に連載された「花ざかりの森」はこの「小曲集」の制作期にほぼ重なる時期より書き起

されているのであった。

四　「花ざかりの森」の世界

小説『花ざかりの森』は「輔仁会雑誌」に平岡公威の名で発表された習作を含めれば、三島由紀夫の五篇目の小説である。しかし、この昭和十六年の初夏に完成し、「文芸文化」（第四巻第九号～第一二号昭16・9～12初出）に連載された短編をもって、三島由紀夫の処女作とされている。この作品に於て初めて〈三島由紀夫〉なる筆名を用いたことは衆知のとおりである。この作品が詩稿ノート「小曲集」と殆ど同じ時期に制作されたことは既に前章で述べた。それは立原道造に代表される「四季」的なものの中で、特に浪漫的心情の詩的共感を通じて「コギト」「文芸文化」的な世界への推移を見せる時点で書かれたと思われる。ここで作家の眼は立原的抒情の世界から、古典的な均衡の世界に眼を転じている。

わたしはわたしの憧れの在處を知つてゐる。憧れはちやうど川のやうなものだ。川のどの部分が川なのではない。なぜなら川はながれるから。きのふ川であつたものがけふ川ではない。だが川は永遠に在る。ひとはそれを指呼することができる。それについて語ることはできない。わたしの憧れもちやうどこのやうなものだ。……ああ、あの川。わたしにはそれが解る。祖先たちからわたしにつづいたこのひとつの默契。その憧れはあるところでひそみ或るところで隠れてゐる、だが死んでゐるのではない。古い籬《まがき》の薔薇が、けふ尚生きてゐるやうに、祖母と母において、川は地下をながれた。父において、それはせせらぎになつた。わたしにおいて、——ああそれは滔々とした大川

にならないでなににならう。綾織るもののやうに、神の祝唄《ほぎうた》のやうに。（「花ざかりの森」その一・冒頭）

　ここで言語はもう既に、あの作家三島由紀夫の独自な個性を持ち初めている。「花ざかりの森」の魅惑の一つは実はこうした言語の美意識になったといえる。この詩的律動に支えられた文体は、そのまま数年の戯曲に世界に自己完成を遂げることで、現代の戯曲に新しい領域をもたらすこととなる。それはレアリスムの手法の濃い真船豊、森本薫、宮本研等の戯曲にない詩的空間を読者、観客の前に展開させて見せることになるのである。

　ところで、この小説に於ては野口武彦氏も『三島由紀夫の世界』（新潮社　昭43・11）で指摘した如く、――彼の作品に於ては常にそうなのだが、――しばしば海の詩的imageが繰り返される。「花ざかりの森」に於ける海の詩的 image は集約的に繰り返されることによって、この小説は展開する。それは作家三島由紀夫の意識化に深く沈んでいた心情が小説の語り手である彼の意識の間隙から湧出するにも似ている。いったい、「花ざかりの森」の小説の主人公は登場人物の誰でもなく、ほかならぬ〈海〉そのものではなかったのではないだろうか。ここでは〈海〉は時間と歴史を一元的に於て把え、そこに古典的な均衡の世界を心象の中に定着させている。それは十六歳の凡百の少年にはとうてい不可能な形而上的空間なのだ。作家三島由紀夫の資質の最初の華麗な開花である。「文芸文化」の蓮田善明はこの短編を同誌に掲載する際に、

　「……此の作者を知つてこの一篇を載せることになつたのはほんの偶然であつた。併し全く我々の中から生まれたものである。……」（傍点筆者）

と、その後記（「文芸文化」第4巻第9号所載）で紹介した。この時十六歳の三島由紀夫は明らかに伝統主義者として、読者の前に立ち現れてくる。彼は時代や時流を超絶した位置に自己の作品を置いた。初めからその文学に日常は不在なのである。彼は同時代の作家志望の青年たちのように小市民的な日常性を抒情的に描こうとしなかった。日常を拒否し、日常の外に外光溢れる人工的〈午前〉（註九参照）の世界を志向したとき、それは時代や時流の外に醇乎たる世界を築いて見せた。そこに時代、時流は消滅して永遠の時間――「花ざかりの森」に於てはそれは〈海〉であり、〈海〉は輝かしい〈午前〉と等質のものである。――だけが存在した。このことは同時代の文学者志望の青年たちが、その小市民的日常性を肯定、それに密着することによって、その身辺的な抒情が時流に隷属的な愛国詩、辻詩的な、また国策文学と称する非文学的世界に傾斜していった時期に、その時代の新しい精神的核心の渦中にあって、かえって、時代超絶することが結果的に可能だったのである。

三島由紀夫が、この「花ざかりの森」を書き、『世々に残さん』（「文芸文化」第6巻第3号〜第10号　昭18・12初出）を書き継いだとき、戦後に発表された『中世』（「人間」昭18・12月号初出）は、もうその直前にあった。七丈書院より短篇集「花ざかりの森」が刊行されたのは一つの時代が終焉し、次の時代が折から初まろうとする混沌の昭和二十年であった。それは作家の少年期の遺書（註一四）として編まれたものであった。しかし、この一冊は刊行の遅延という時間的破綻のために、絶望の緊張の時点に刊行されず、虚脱の弛緩の時点で刊行された。従って、この一冊に対する文壇の反響は当時皆無に近かったが、四千部のその短篇集は新しい認識への模索を求めていた同世代の一部の読者たちに静かな深い共感を呼んだということは確かである。彼等はこの一冊の中に同世代の旗手を見たといってよい。昭和十九年より二十年前半にかけて作家は『中世』を書くことによって、既に結果的には所謂、戦後を用意した。――『中世』は決して時代の転換への予測に於て書かれたものではない。しかし、そのことは戦中と戦後という二つのそれぞれ異る時代に渉りながら、その精神は全き形で見事に持続されている。従って、この作家にとっては他の同時代の既成の作家、詩人のように精神の上での転向はあり得ない。戦中の『花ざかりの森』と戦後の『中世』とその社会風潮に何程も左右されることなく直結しているのである。それは戦中の〈日本への回帰〉という呼称によって行われた文学的日本主義への迎合と、戦後に於て民主主義文学の提唱に追随した多くの文学的転向者たちとは峻別されるべきものでなくてはならない。伊東静雄はこの時代の転換に当って、自らの手で過去の抒情の扼殺する自己贖罪の悲劇を選んだ。蓮田善明は彼の浪漫的理念の破綻を自らの死と引き替えに完成して生命を絶った（小高根二郎『詩人、その生涯と運命』新潮社　昭40・5）。そして、三島由紀夫はその精神を全き形で持続することで新しい時代を生きたのである。それは作家たる三島由紀夫の出現のため、彼が詩人の幸福を敢えて放棄して完成したものであった。しかし、果して作家はその後の作家的成長の過程に於て、〈感情の元素とはそれは言葉である。〉（「詩を書く少年」一四頁参照）という、彼自らが独断的定義と呼んだそれまで放棄してしまったろうか。作家は確かにその内的世界を感性的に抒情するということ、その少年らしい世界は放棄した。にもかかわらず、彼がこの少年期に得た詩的原体験によって自覚した〈感情の元素としての言語〉観は今日の彼の作品の中にも持続されているかに見える。あの「小曲集」の世界を吸収し、否定することによって『花ざかりの森』は作品として定着を見た。それから既に、文学史的には一世代を経ている。しかし、三島由紀夫はいったん放棄した右の定義をもう一度、『近代能楽集』『鹿鳴館』などの作品の中で再生させたのではないだろうか。『喜びの琴』『わが友ヒットラー』『癩王のテラス』などは、その詩的体験を無視して語ることは不可能である。これらの壮麗な戯曲は、もう一度、全く別の角度で、詩史的に再検討されるべきものである。

……いとしいナーガよ。私のいつも若い花嫁よ。ここへ上って來い。……美しい、滑らかな、かがやく綠の、大海《たいかい》の潮《うしほ》から生まれたおまへ。その潮《うしほ》で私を卷いてくれ。……おまへこそは慰めだ。この世でただ一人の女、私と共にゐることだけで喜びに打ち慄へる女だ。……ナーガよ。そんなに焰の舌で私の身を灼くな。おお、ナーガよ。そんなに喜びで咽喉を鳴らすな。……いとしい、淸らかな、やさしいナーガよ。冷たい綠の鱗の波で私を卷き、今夜もあの無限の沖へ、悲しみも怒りも、苦しみも憂ひもない、大海原《おほうなばら》の果ての國へまで連れて行つてくれ。……おまへは同情も知らぬ。嫉妬もしらぬ。ただ愛、ただやはらかな海の無量の愛で、私を癒やす。……ナーガよ。

（「癩王のテラス」の第二幕第三場冒頭）

右の一節はある種の今日の詩よりも詩的である。読者はここに言語が、この作家にとってどのような意味をもつかをもう一度、その文学の出発期に立ちもどって考えねばなるまい。

（註一）　三島由紀夫の〈海〉についての image については、三好郁男氏の「『海』は、なにか豊で強い憧れをさそうが、同時に重圧感をたたえ、不安で危険でもあり、主人公の生活を強く支配している強大な存在として現れているといえよう。……いわば『海』は『私』の心の深い所にある幼年期生活史に対応するイメージなのである。」という説（精神分析からみた三島文学「解釈と鑑賞」昭43・8）がある。

（註二）「秋二題」（「輔仁会雑誌」第160号　昭12・12初出）。同号にはこの他に「斜陽」「昼寝」「谺」が発表されている。質的にいえば右五篇の中では冒頭の「あき」が最も整っている。越次倶子氏は「学習院時代の作品」（「解釈と鑑賞」昭43・8）の中でその初期詩篇を川路柳虹に師事し、その後期の主知的期の影響を受けたと述べている。

（註三）初期詩篇については越次倶子氏編の「学習院時代の作品」目録（「解釈と鑑賞」昭43・8）があるので、それを参照されたい。

（註四）「詩を書く少年」（「文学界」昭29・8初出）後に同題名による短篇集（角川書店　昭31・6）の巻頭に収められた。

（註五）〈詩といふものが、彼の時折の幸福を保証するために現はれるのか、それとも、詩が生れるから、彼が幸福になれるのか、そのへんははつきりわからなかつた。〉（『詩を書く少年』P.7）

（註六）〈少年はしかし自分のことを天才だと確信してゐた。〉（『詩を書く少年』P.5）

（註七）「光は普く漲り」（「輔仁会雑誌」）第161号　昭13・3初出）。この詩は6篇から構成される「金鈴」なる詩篇の第一番である。

（註八）「小曲集」という題名の連作は二篇あり、これは、短詩をIよりXまでで構成したもの。

（註九）「Marchen vou Mandala」（「輔仁会雑誌」第169号　昭18・12初出）に〈かつて、立原道造氏が「風立ちぬ」で「午前」と云ふことをいはれたが、立原氏なきあとは、神韻の詩人、伊東静雄氏を除けば、その神火の伝承者たる詩人、林氏（林富士馬氏を指す）のほかには、思ふに多くあるまい。〉という「奥書」がある。この文から、三島由紀夫が立原の詩、及びエッセイを「四季」、または山本版『立原道造全集』によって読んでいた事実を知ることができる。

（註一〇）『風信叢書』は立原道造が自己の十四行詩集に名付けたもので、彼はこの名のもとに楽譜装本の小詩集を次々に刊行することを考えていた。

（註一一）〈……仄かに焦がした、／空のはづれを……〉という次行に捗る倒置法や〈おまへと僕との……〉の詩句は、例えば前者には立原の「はじめてのものに」その用例があり、後者は同じく「夏の弔ひ」に〈昨日と明日との間には／ふかい紺青の溝がひかれて過ぎてゐる〉という類似の詩句がある。

（註一二）　吉本隆明に於ける立原道造の投影は『吉本隆明詩集』（書肆ユリイカ　昭33・1）所収の「緑の聖餐」（「聖家族」第3号　昭24・5）などに指摘できようか。

（註一三）　「夜の蟬」（「輔仁会雑誌」第169号　昭18・2）。この署名は平岡公威である。つまり「文芸文化」に於ては三島、「輔仁会雑誌」では平岡の署名を用いていたのである。

（註一四）　〈少年時と青年期の境のナルシシズムは、自分のために何をでも利用する。世界の滅亡でも利用する。鏡は大きければ大きいほどいい。二十歳の私は、自分を何とでも夢想することができた。薄命の天才とも。日本の美の伝統の最後の若者とも。デカダンの中のデカダン、頽唐期の最後の皇帝とも。それから美の特攻隊とも。……〉（『私の遍歴時代』③）

（註一五）　〈こんなきちがいじみた考えが昂じて、ついに私は、自分を室町の足利義尚将軍と同一化し、いつ赤紙で中断されるかも知れぬ「最後」の小説、『中世』を書きはじめた。〉

『仮面の告白』論

森安　理文

ことばはときに全く意味や思想と無縁である場合がある。特に文学の中で果たすことばの芸術的な効用は、それが芸術的であればあるほど、ことばはもう意味や思想と無縁なところに飛び上がっている。それは芸術が思想と無縁であるというようなことを言っているのではなく、また思想を離れた場所で芸術が成立するか、どうかというようなことを詮議だてているのでもない。ただ思想を論じている筈のことばが、いつの間にか論じている筈の思想を飛び超えてしまったり、またある思想によって造りあげられていた筈の芸術までが、ことばの力によって遠くに押し退けられてしまっていることを、文学のことばの中ではしばしば見せつけられる。

そのときことばの力をわれわれは何とよべばよいのか。ことばの思想性とも、ことばの芸術性とも言えなくなったことばの力を、われわれは最早呪力としかよび得るほかはないではないか。かつてことばは神々に依拠することによって、換言すれば神のことばたることにおいてその呪詞性が信じられていたが、いま、ことばは神々を切り捨てることによって、以前の呪力とは異った、そして一層強力な呪力をことば自体が所有するに至った。

これが現代のことばの当為に対する蓋然的な評価でなければならぬ。

三島の文学は長くその評価が定まらなかった。「面妖」と感じたり、「マイナス百五十点」という評価が出たり、「畏怖と敬愛をするが、さりとて心服はできない。」というような各人各様な感想もあったが、おちつく先は「何か問題がある」ようで「気になる」というように、結局三島の特異な才能に対して払わねばならなかった共通のものは、評者の狼狽であった。

三島はことばの現代的な呪力を用いて縦横に暴れ廻った。そしてわれわれは三島の縦横に暴れ廻る恣意を認めることにおいて、その特異な才能を認めようとした。反対に、作者三島は多くの知職人を知的に韜晦し眩惑することにおいて着々と己れの美学の舞台を設計することに成功した。

難しく考えてはならぬ。難しく考えることの中に、難解という素敵な美酒が蔵せられているものである。粉飾と欺瞞と、呪詛と巧緻とを取り除いた後に曝れるその骨格と主和音は、至って単純で素朴なものである場合が多い。才覚者のもってする欺瞞の綱には、先ず才覚者が捕縛される。

三島の文学は先ずことばの現代的呪力において捉えなければならないのであって、『仮面の告白』だけが例外であろう筈がない。

『仮面の告白』については、この小説の執筆動機にふれた『私の遍歴時代』や、或は大岡昇平との対談でなされた三島のことばなどをあわせ考えて、「三島としては異例に属する自叙伝」であるとか、またナルシシズムの観点から「牡の文学にとって避けられぬ宿業」として、三島が「進んでその罠に身をまかせた」ものであるとか、果ては「その特殊事情の大胆赤裸々な告白」を、明治期における田山花袋の『蒲団』出現時のように、たいへんな勇気として賞讃する評者もいる。

　だが作者にとって、その全生涯の作品の中で異例に属するようなものは滅多にあるものではないのであって、『仮面の告白』などは、むしろ三島の作品群の中にあっては極めて常套的なものであるといえよう。にもかかわらずこの作品が特に異例な扱いをうける理由は、勿論三島のその後の文学作品の在りかたに原因があって、三島の文学方法が他の作家と較べ、特に作者と作品世界とを厳密に分離させている作家だと思われているからである。

　しかし作者と作品世界における両者の関係が、分離しているとか、合致しているとかいうことは、殆んど問題とするに足りないことであって、かりに問題とするにしても、それは作品の内容となった「ことがら」から考えるべきではあるまい。作者と作品の距離は、私的体験の記述を通じて測定するものではないからである。

　作品論は法廷における検事の立場でする真実の追究ではないから、『仮面の告白』が、三島の私的体験に基づいた真実の告白であるかどうかという詮議は全く無要である。

　われわれはそんな無要な臆測である、「ここまであからさまに書いてよいものか」とか、また「三島の伝記の材料として使うことさえ許されそうである」とかいうような詮議だてをやめ、三島は何故この作品に限って「作品群の中でも異例」のものと判断されるような方法を用いたのかということを考えてみるほうがより重要である。つまりこの作品の内容になった事柄の検討ではなく、三島が作戦として採用した自叙伝形式の方法の意義についてである。

　だがそのことについては、ここでは極めて一般的な次の論理をファクトとしてあげておきたい。

一般に自叙伝的なものは、これまで多くの作家達が、その文芸的な主張や立場を超えて、生涯のうち一度は書いてみたい誘惑にかられる好材料であるように思える。いちいち例をあげるまでもなく、多くの作家は大なり小なりにいずれの時期にか、それらしい作品を書いている。だが自叙伝的なものが、作者のある時期における私的体験であるためには、ある時期は充分に過去に所属していなければならない。つまり四十、五十という年齢に達したときに書かれた青春の自叙伝は、それが完全な私的体験の告白とはならないまでも、告白すべき対象と作者の現在との間に横たわっている長い時間は、それを充分に過去のものたらしめる力をもっているものだが、それだけの時間を持たないものにとっては、前者が過去を過去たらしめることに対して、後者は過去を未来たらしめやすいものである。

二十四歳で書いた三島の『仮面の告白』は、従って、こういう論法からすれば過去の体験というよりは、これからそうでありたいとする形成的な未来に対する願望が多く潜入する筈である。勿論ここでいう未来図の形成は三島の私的生涯におけるものではなく、その文学的生涯における願望であることは当然である。ただ三島の場合、その未来図の想定が、想定というより、やや演出的なものに印象づけられるということは、三島の性格的なものにもよるものであろうが、それ以上に作品の構成が脆弱だということにほかならない。

作家がその文学的出発に当って、その未来図を想定するということは、その作家における文学的方法を定めるということであって、方法は太宰のような『晩年』であっても、三島のように『仮面の告白』であっても構わない。ただ三島のように終生形而上学的な方法で美学を志向する作家にあっては、その出発点が形而上学的な仮構の上にあることは当然といえよう。

従って意味はともあれ、『仮面の告白』という題名の中で重要なものは「仮面」の方であって「告白」ではない。だから、殊更『仮面の告白』から、矛盾的同一とか双頭神というほどの意味をひきだす必要もなく、仮面の「仮」は仮設・仮構の仮という程度のことであって、首をかしげる程の撞着やイロニーを含んだものではない。

出発点をそこに設定した三島の次の作戦が『禁色』を書かねばならなくなったことは、極めて必然的なものといえよう。

『仮面の告白』がそういう意味において重要な位置を占めるものであって、世に言うようにその自叙伝性において重要な位置にあるのではない。

しかしこの作品がいかに形而上学的な仮構の上にあるとしても、『仮面の告白』は三島によって書かれたものであって、三島以外の人では書けないものであるから、三島自身の青春形成とは不離な関係にある。つまり三島がどんなすぐれた芸術的な詐欺師であっても、自身の青春形成を離れた処において見事な詐欺を演ずるわけにはいかない。してみるとこの作品の内容となった「特殊事情」に属することがらから離れて、作品はどこで三島と繋っているのであろうか。そのためには作品成立の動機を知る必要がある。勿論成立の動機を作品以外の、私的体験や事実から明らかにしようというのではさらさらなく、作品の中で作者がこの作品を書くにあたって、作者の肉体を占拠していた観念や欲望が何であったかということを探ってみることである。凡そ小説というものは、作家がある観念にとりつかれて、もの狂いのような状態の中でしかできあがらないものであるから、三島がこの作品を書くとき、どういう観念によってもの狂いの状態にさせられていたかということが作品成立の重要な動機となる。簡単に言えば三島がこれを書いた二十四、五のとき、三島は一青年としてどういう観念にとりつかれ、どういう欲望にさいなまれていたのかということである。特に青春時代の観念とか欲望ということは生活的な事実とは関係なく、むしろ異様と思われるような空想と臆測によって培われるものである。つまり「お伽噺の文句を通して王子が滝に噛み砕かれて死ぬ」という考えに取り憑かれたり、或は「肥桶を天秤の前後に下げて行く汚穢屋の姿」が忘れられなかったりする。

誰もが体験した青春時代に、

「白馬にまたがつて剣をかざしてゐるジャンヌ・ダルク」の「彼の美しい顔」や、「豊かな肢体を、黙示録の大淫婦めいた衣装に包んで、舞台の上をのびやかに散歩する」松旭斎天勝に、また「袖口に長いレエスをひるがへした宮廷服」に身をまとったディアポロや、また「大ぜいの奴隷に担がれた古怪な輦台に乗つて羅馬に乗りこむ埃及の女王」クレオパトラに、更に「チシアン風の憂鬱な森と夕空との仄暗い遠景を背に、やゝ傾いた黒い樹木の幹に刑架」されている聖セバスチャンに、いろいろな観念をかきたてられることは、別にとりたてるほど異常なことでも奇怪なことでもあるまい。むしろ多くの人びとが持った青春期におけるあり得る豊饒と混乱さではないか。それを異常だと思ったりすることは、青春期を忘れた大人たちが、そこで観念と生活的体験とを混同してしまうからである。

また聖セバスチャンの像にかきたてられた欲望とそれから起きる ejaclatio を、何故「性的倒錯的衝動」とか、「サディステックな衝動」というような大仰なことばで呼ばねばならないのか。もしこういうことと対照的に、ある卑猥なヰタ・セクスアリスが、「入浴中の少女の裸身」を見て、或は「女中部屋で見た女中の寝乱れた肢体」に ejaclatio したと書いてあったとすると、これは「通常的、健康的な性的衝動」

ということばで対比されるのであろうか。

観念というのは、聖セバスチャンや女中という対象別によって引き起された ejaclatio に対して名づけられるものではなく、対象の如何にかかわらず、おのれが ejaclatio したことに対し、どんな恐怖感や罪悪感を、そして稀には神聖感をもつかということであって、特に青春時代のように、未知な世界に対する発見の連鎖は観念を著しく不安定なものにするのである。従って、その性的観念が異常かどうかということは、対象が聖セバスチャンであったか、女中の下股であったかによって決まるのでなく、そうした衝動を作者はどう受けとったかによって決められるものである。

『仮面の告白』では、主人公が男性にひかれていく傾慕の情に対し、「これが恋であらうか、一見純粋な形を保ち、その後幾度となく繰り返されたこの種の恋にも、それ独特の堕落や頽廃がそなはつてゐた。それは世にある愛の堕落よりももつと邪悪な堕落であり、頽廃した純潔は、世の凡ゆる頽廃のうちでも、いちばん悪質の頽廃だ」と言っている。つまり男性が異性に対してではなく、同性にひかれていく性的衝動に対し、それは「邪悪な堕落であり」、「いちばん悪質の頽廃だ」ときめつけているのであるから、これほど通常的で健康的な観念がほかにあるであろうか。もっともこれには作者の制作的な伏線があると思われる。つまり小説中の「私」は自らを悪質頽廃ときめつけることによって、「私」を時代の重症者にしたてようという魂胆が見られる。

われわれは、ここでいやでも『重症者の兇器』という戦後二年目の短い論文を思い出さずにはいられない。この論文の要旨をここであげるわけにはいかないが、この論文は三島が三島自身の属している世代を代表して、三島以上の年齢に属している世代に対して出された一種の挑戦状のようなものであった。

この論文を見ると、三島が自分の属さない世代に対し、どういう兇器をもって挑もうとしたか、どういう方法で復讐を遂げようとしたかがよくわかる。つまり三島の論法は、邪悪な堕落や悪質の頽廃を、どうしても「健康」と呼ばねばならなかったのである。三島が堕落や頽廃の名を借りて時代に復讐せねばならない理由がそこにあった。三島は少女よりも同性の少年を選んだ。それは「世にある愛の堕落よりももつと邪悪な堕落であり、頽廃した純潔は世の凡ゆる頽廃のうちでも、いちばん悪質な頽廃だ」からである。三島が挑戦するための楯とプロパガンダはこうして成立した。

このことについて、もう少し三島のことばを聞こう。「私は無益で精巧な一個の逆説だ。この小説はその生理学的証明である。私は詩人だと自分を考へるが、もしかすると私は詩そのものなのかもしれない。詩そのものは人類の恥部《セックス》に他ならないかもしれないから」。

これは河出書房版の「月報ノート」にあることばである。ここで一応断っておきたいことは、作者が作品のあとでする釈明とか自註のような類は、概ね作品成立の意図を演技的に助長することはあっても、作品内容にまで立ち入って考慮してはならないということである。

また自註としては、

　この本は私が今までそこに住んでゐた死の領域に遺さうとする遺書だ。この本を書くことは私にとつて裏返しの自殺だ。飛込自殺を映画にとつて逆にまはすと、猛烈な速度で谷底から崖の上へ自殺者が飛び上つて生き返る。この本を書くことによつて私が試みたのは、さういふ生の回復術である。

また『私の遍歴時代』では、

どんな人間にもおのおのドラマがあり、人に言へぬ秘密があり、それぞれの特殊事情がある、と大人は考へるが、青年は自分の特殊事情を世界における唯一例のやうに考へる。ふつう、かういふ考へは詩を書くのにはふさはしいが、小説を書くのには適しない。「仮面の告白」は、それを強引に、小説といふ形でやらうとしたのである。

と、説明している。

この三つのことばの言い方はそれぞれにニュアンスの違いはあるが、言わんとしていることはこの作品が充分に生《ナマ》の告白だとする読者への誘いであって、これらのことばは作品とあいまって、巧緻に組み立てられた補助的な演技の役割を果たしている。

一つは恥部で、一つは死で、そして最後は詩になぞって書かれている。われわれは誰でもが、ほかに知らせぬ秘密をもち、ほかに知られたくない恥部をもっていることを知っている。そしてとまれこれまでの多くの作家が己れの恥部を書いてきたことは確かである。作家にとって自己と恥部との関係は、それが憎悪であるか陶酔であるかの違いはあっても、自己に対する最も確かな敵対関係であることには間違いはない。だから素材たり得るのである。

だが作家が己れの恥部を書くということを、恥部を曝すということと同一視してはならない。逆説的な言い方をすれば、恥部を曝したくないために恥部は書かれるのである。従って曝したくない恥部とは、恥部そのもののことではなく、恥部に関する観念であることを知るべきである。観念は空想や幻想と同じように、自由奔放な天馬のように空を馳けゆくものである。だが、やがて観念で過大に修飾されたものは、更に思っても見なかった新しい別の恥部を造りあげてしまうものである。そのときわれわれは、そこから逃げ出すよりほかはなくなってくる。その逃げ出す一歩手前で、詩は生れるものだ。

だからこの『仮面の告白』という詩も、作者が観念によって、新しい恥部が生れようとした一歩前で制作されていることは先ず間違いない。

してみると、三島が自らを時代の「重症者」として、既製の文壇に挑戦した「兇器」が「仮面」であるという、表向きのスタイルは別として、内面的にはやはり仮面を装着した恥部に目を向けねばならなくなってくる。ただくどいようだが、恥部とは作家の私的な体験的な事実としての恥部ではなく、あくまで恥部に対する観念のことであるから、三島の私的な性癖がどうあろうと問題ではない。例えば、主人公の「私」は女を愛することのできない青年であるが、この青年が作者自身であるかどうかは本論と関係はない。ただ三島が学んだ戦前の学習院のように多くの特権階級の子弟を集めた寮のような処では、少年たちの間での同性愛行為など全く日常茶飯事であったに違いないから、「私」が三島でないにせよ「私」のような存在は三島の周辺にはいくらもころがっていて少しも珍しい存在ではなかった筈だ。従って作品の中でくりかえして強調するほど「異常」な「性倒錯」とか、「呪われた」「特殊事情」というほど作者はそれを異常な恥部と感じていたとは思われない。してみると、曝したくないために書かれた恥部とは何を指すのか。換言すればどういう恥部を秘密にしておきたいために、さほど異常でもないものを、とりたてて異常だ、特殊事情だと書きたてたのかという事が重要な問題となってくる。さきほど言った恥部にまつわる観念である。まつわるというよりも、恥部から無限に発展していく観念である。

『仮面の告白』は大別して序章と前段及び後段の三つの舞台に別れている。序章というのは、第一章から、第二章の聖セバスチャン（散文詩）までで、作中の「私」の生い立ちと「私」の周囲に点在するものを通じて性にめばえていく過程を、洒落たムードの中で描いている。前段はそのあとから第三章の約中間あたりまでで、以下後段ということになる。作者の意図に従えば全体を第一章から第四章までに分けてあるが、それは三つの舞台を三幕にしきるのではなく、連鎖劇風に展開させたかったのであろう。

前段では、性にめばえた「私」の具体的な性行動として近江という少年を登場させ、同性の肉体に魅せられていく過程を配し、後段では園子という異性を対象として、女の肉体では性的に満足が得られないことを描き、前段における「私」の性的偏向が事実であることを証明している。確かにそれは証明となるのだが、その証明の方法について充分に注目せねばならないものがありそうである。

つまり「私」は自身の性的偏向を異常だと思っていながら、そのことについて少しも煩悶する風が見えないのである。それどころか「私」は普通の男性だという仮面を被って、女を欺瞞することに、むしろ得意な喜びを感じているのである。これはどういうことなのか。普通の感覚でいえば、自分が常人と違った異常な性的偏向者であると気づいたとき、少年であればもっとそのことについて悩んだり苦しんだりするものではないのか。なるほど理論的には、「倒錯現象を全く単なる生物学的現象として説明するヒルシュフェルトの学説は私の蒙をひらいた」とし、更に「あの決定的な一夜も当然の帰結であり、何ら恥づべき帰結ではなかつたのである」という教養に救われてはいるが、それにしてももう少しその事にわるびれた様子を見せるのが本当であろう。そしてそのことに恥じいったり、わるびれたりする事の方が、理論的な証明よりはるかに真実味があるものである。

だが「私」には、いささかもそうした煩悶らしい煩悶もないらしく、ひたすら女を欺瞞することに専念している。「私」が女を欺瞞することにこれほど積極的であるということは、実は欺瞞するものが当の女であるばかりでなく、自らをも欺瞞せねばならないものが有ったからではないのか。人間にとって恥部とは、恥部自身として存在する絶対的なものではなく、対象によって自覚される存在であるから、この場合の恥部も当然対象の園子という一般的な女性の存在によってひき起された「何々からの…恥部」でなければならない。またおよそ人間が感ずる人間的な真情というものは、すべてコンプレックスと抱き合わされているものであるから、もし「私」が女性に対して性的な満足が得られないということが真実であるならば、そこにはもっと女性に対する肉体的、精神的なコンプレックスが介在していなくてはならない筈である。にもかかわらず「私」にそうしたインフェリオリティ・コンプレックスが見えないということは、「私」の恥部が単に異性の肉体に対して、ejaclatio しないという表向きのものでなく、反対に異性の側にも起きた「私」に対する性的不首尾の体験が潜在しているのではないか。恥部とか秘密とかいうものの多くは、こうした潜在にあるものである。勿論これは推定にすぎなく、現実的には意味を持たない揣摩臆測に類するものであろう。

だがそう考えてみると、「私」が後段で示した積極的な「仮面」の理由もうなずけてくる。つまり「仮面」を被ったのは相手の女性を欺瞞することでなく、本当は自身のもつ秘密に対する積極的なカムフラージと保持のためであるということになる。先に、作家が恥部を書くということは、恥部を曝わすことでなく曝わさないためにこそ書くといった理由もそこにあるわけで、文学はそこでできあがるものである。

多くの評者も指摘しているように、後段に入ると作者の文体はにわかにその生彩さを減じ、前段で見せた緊張と迫力は急激に衰弱している。なかでも後段の主要部をなす「私」が普通の男性をよそおい、園子に近づき、やがて園子の方から、「私」に対してしめし始める愛情の表現に関するところが最も悪く、ここでは前段で見せた絢爛な筆致はあとかたもなく消え、同じ作者だとは思えぬほど通俗小説まがいのものに堕している。軽快なリズムで心理主義をあざやかに形而上学に転身させる、あの得意なアフォリズムもここではさっぱり生きてこない。

これは作者が「私」に仮託しながら、遂に「私」ではかくしおおせなかった作者の恥部そのものの働きからきているのではないのか。

従って後段における園子とのいきさつを、前段における同性嗜好の証明とみるのは当らない。証明にならないからである。もし『仮面の告白』が自己の異常な性的偏向だけをとりあげるのならば、全篇を近江に対する執着だけで押し通すべきであって、園子のくだりは、全くなくもがなの感が強い。だがそれだけではあまりにも拵え物になりすぎるきらいもあろう。

誰のためでもない自分に見せるための「仮面」と、その「仮面」を自己の「肉にまで喰ひ入らせる」ための偽装的な告白が、やがて嘘から出た真《マコト》のように、もとからの真よりも更に強固な真を造りあげてくれることを作者は期待している。その苦しい放れ業が、園子を無理に舞台に引きずりこんだものであろう。

後段には園子のこととは別に、敗戦間近な状況下における作者の偽らない心境の披瀝が見られる。

それにもかかはらず、私の中で何ものかが燃え出すのだつた。ここに居並んでゐる「不幸」の行列が私を勇気づけ私に力を与へた。私は革命がもたらす昂奮を理解した。彼らは自分たちの存在を規定してゐたもろもろのものが火に包まれるのを見たのだつた。人間関係が、愛憎が、理性が、財産が、目のあたり火に包まれたのを見たのである。そのとき彼らは火と戦つたのではなかつた。彼らは人間関係と戦ひ、愛憎と戦ひ、理性と戦ひ、財産と戦つたのである。そのとき彼らは難破船の乗組員同様に、一人が生きるためには一人を殺してよい条件が与へられてゐたのである。恋人を救はうとして死んだ男は、火に殺されたのではなく、恋人に殺されたのであり、子供を救はうとして死んだ母親は、他ならぬ子供に殺されたのである。そこで戦ひ合つたのはおそらく人間のかつてないほど普遍的な、また根本的な諸条件であつた。

作者の見た戦時下の人間像がここにある。作者はそうした背景の中で、文壇に出ていかねばならなかった。そのためには作中の「私」を、三島由紀夫自身として、つまり平岡公威としてでなく、作家三島由紀夫の「私」として仮構した。つまり「書く人」として完全に平岡公威を捨象しようとしたのである。それは自己欺瞞にせよ、自己韜晦にせよ、なんとも苦しい出発点の仮設であった。だが、作者が作家として出発するに当って「仮面」を必要とすることは、三島だけに限ったことではない。多くの作家たちも自己のもつ個性廃棄の象徴化として装着している。そして確かに仮面を装着することによって、作家はもはや自己同一的なものではなくなり、「仮面」を通じて現実の外側にある別の機能を獲得するに至るからである。そこでは演出が単に演出で終ることなく、更に行為となって血肉化する。

　そのことについて、ハンス・ホーフシュテッターは、ピエロという仮面を批判し、ピエロは、「ブルジョア的秩序からの逃亡の象徴であり、同時に芸術家はその手中において、ブルジョア的秩序にたいする批判の具たらしめたものである」とし、更にアーサー・シモンズの言葉をかりて、「ピエロは、ほんの一息の自然の呼息にも、仮面をはがされて、無防備になってしまうのではなかろうかという危懼にたえずさらされながらも、贋物であることに磨きをかけるのである。天真さというものは彼には世にも滑稽きわまるものなので、彼は衒学的になり、倒錯を好み、肉欲を精神化し、精神に獣性をあたえる。ものごとを暗黒にながめる彼の見方は一種のグロテスクな歓びとなり、彼はそれをおのれの意のままになるかけがえのない表現手段において再現するのである。彼はそのピルエットの優雅さによってジョットオの円を描くのだ」

と述べている。長々と引用したのは、むろん三島の装着した仮面がピエロというのでなく、現代作家が作家として装着せねばならない、仮面の意義と、その機能について知ってもらいたかったからである。仮面を装着する以外に、現実とかかわりあういかなる方法も見出し得ないのが現況であるからである。

　そういう点からいって、三島の装着した仮面は別に、ことあたらしいものでもなく、彼が現代の作家として登場するためには、当然用意されねばならない必然的な方法にすぎなかったのである。

　だが、われわれにとって重要なのは、三島が装着した仮面が、単に現代文学の発想的な必然性においてなされたということではなく、三島の設定した「書く人」としての出発点は、同時にこれまでの日本に長く喪われていた小説作法としての美の復活であったということである。

　かつて神々のことばであることによって、「ことば」の美学をもっていた日本文学の伝統は、近代という半端な合理主義と現実主義によって、ことばは素朴な生活的実感の符号にすりかえられてしまっている。そこでは生活的な実感だけが尊重され、ことばは実感に隷属され、ただ、卑俗な心理主義だけが文学の中を長く横行した。

ことばの復活は、具体的にいってことばの呪力の復活を意味する。してみると先に述べた自己欺瞞とか自己韜晦ということばも、実は実感尊重の側に立っていわれることばであって、もともとことばの前には、欺瞞され、韜晦される実体としての自己などあり得ないのであるから、三島文学は「書く人」としての三島自身の仮面をそのまま素面と感じとればそれでよいのであって、そういうこととかかわりなく文学は存在するのであって、ただそういう日本の美学が暫く中断されていたまでのことである。

『潮　騒』
――三島文学の素顔

嶋岡　晨

善意の神話

『潮騒』が、ロンゴスの「ダフニスとクロエー」に共通する性格をかかえこんだ、〈小説〉というより〈物語〉と呼ぶべき作品であることは、すでに何人かの批評家の指摘するところである。

たしかに、健康で純潔でたくましい美しさに燦めいている、この三島由紀夫の唯一の〈ジュニア小説〉、といってもきわめて高度の創作技術によって鍛えられた、よくしなう金属の弓にも似た、みごとな青春文学は、あの、ギリシア語を用いて書かれた〈牧人風のレスボス島の物語四巻〉にヘソの緒をつないでいる。

むろん、時代を現代におく三島作品には、貴種伝説的（身分高い血族の捨て子という）人物設定や、事件の神話的メタモルフォゼはおこなわれるはずもないが、今日的社会状況から隔離された舞台、歌島という架空の小島の選定、そしてそこに置く無垢な肉体とたましいの所有者としての少年と少女、かれらの間に徐々にみのっていく大らかな naïveté を核とする愛、その愛を妨害するさまざまの人物と困難な出来事――そうした創作上の大きな骨組みと、そこに描写の肉付けをほどこす作家の、素朴な愛への讃美の精神とは、ほとんどおなじシルエットで「ダフニスとクロエー」の世界にかさなるのである。

「ヴェルレエヌたら何や」とフランスの偉大な詩人さえ嘲笑される粗野ぶりと、賽銭箱に十円玉を投げこんで海神にいのるといった原始的な信仰が、まだ滅びていない若者たちのいる舞台は、羊の群れを追い、ニンフの洞穴で沐浴するダフニスたちの舞台から、けっして遠くはない。ダフニスたちの稚い愛に割って入り三角関係を作ろうとするドルコオンは、「村の名門の生れ」川本安夫の役どころに一致する。泉のほとりで、水を汲みにきた初江を、暴力でわがものにしようとした安夫は、蜂にさされて失敗するが、ドルコオンもまた、クロエーに近づいたとき、見張役の犬たちに吠えたてられ噛みつかれて失敗している。新治と初江が、たき火を中に、裸で向きあうあの有名な場面は、ニンフの洞穴でのダフニスとクロエーの沐浴に比べることができよう。

島を襲う海賊やメテュムナの兵士たちによるダフニスたちの受難は、『潮騒』では、新治と初江に対する第三者の心理的あるいは道徳的な妨害のかたちをとる。自分を醜い娘と思いこんでいる燈台長の娘千代子、初江の入婿《いりむこ》になろうとする安夫、村にひろがるいまわしい噂（たとえば、新治の弟宏に対する遊び仲間宗やんのきわめて率直な発言――「おまえの兄の新治が、宮田の娘の初江と交接《おめこ》した」である。かれら悪童が、海べの洞穴であそんだり、海の荒れるのを神の怒りと考えているあたり、これまたロンゴスの世界である）、娘と新治との交際を禁じる頑固な父親照吉、新治の母のいかり、嵐の夜、歌島丸の命綱を泳いで結びにいく新治への試練……それら、純粋な愛が実をむすぶための、作家による加虐嗜好的な悪条件の継起は、ロンゴスの物語における牛飼いランピス（傲慢で無法な男）、少年好き（男色）のグナトオンらの登場にも照応するだろう。

ダフニスに〈性教育〉の実技をおしえる既婚女リュカイオンや愛神《エロオス》の存在について語ってきかせた老人フィレータースは、どうだろうか。『潮騒』にリュカイオンのような女が登場しないのは、三島の日本的ストイシズムの性格を暗示するかのようだ。新治の肉体は（初江と裸体で抱きあいながらも）けっして汚れることがない。ところが「ダフニス……」にはリュカイオンがいる、グナトオンもいる。その意味では、むしろ三島作品のほうが、より健康的で、神話的つまり非現実的といえるかもしれない。だが、リュカイオンのかわりに、三島は、島の人びとに比べればずっと知性的な（近代的な屈折した心理の持ち主である）千代子を登場させた。もとをただせば、新治と初江の不幸は、かれらのデートを目撃した千代子の登場にはじまり、新治から「美しいがな！」といわれた千代子の感情の変化と、彼女の退場によって、徐々に消えていく。

「私は何て悪いことをしたんだろう……償いをしなくては……」と良心の呵責《かしゃく》をおぼえた千代子の、燈台長夫人（母親）あての手紙によって、幸福な結末がみちびかれる。とすれば、近代的な衣装をまとっているはずの千代子は、かえって愛神《エロオス》のようなはたらきをしているではないか。これは、悪意をこえる善意の神話なのだ。老人フィレータースにあたるのは、親方の十吉や燈台長夫婦かもしれない。かれらも善意の人だが、結末にむかって、あらゆる悪意が、かれらの協力を得て善意の極点にひきしぼられていく。頑固者の照吉も、

「男は気力や。気力があればええのや……」

と、新治を受けいれる。

悪役の安夫は、新治とともに歌島丸に乗りこんだばかりに、嵐の夜の試練にやぶれ去り、これまたおとなしく退場している。

もちろん、主人公新治は〈善意〉で勝ったのではない。体力と気力と、純潔無垢の愛によって勝ったのだが、そのストイックな神話を成り立たせているのは、作者の筆が周囲に描きこんだ傍役たちの善意にちがいない。

いいかえれば、これは離島歌島以外の場所では、成り立たない現代のささやかな英雄伝説なのだ。だから、善意を欠いた苛酷な都会の現実に生きる人間、たとえば『剣』の主人公の場合は、剣術のなかにのみ自分ひとりの絶対的正義をまもりぬくほかない。そのヒロイズムは、新治とちがってつねに破滅に面とむかっている。

反現代の実験

たとえば『鍵のかかる部屋』のサディスティックでグロテスクな夢想が、もっとも率直にその特質を露出した三島の作品群を、ひとつの糸でつらぬく悪意の美学とも呼ぶべき創造のわざは、『潮騒』ではほとんどまったく影をひそめた。わずかに、千代子のいささか都会の毒におかされたいびつな心理に見られるていどで、それさえ、故意に物語の舞台の奥に（しっかりとストーリーの要《かなめ》をにぎってはいるが）遠ざけられている。おもてにあらわれるのは、ことごとく、スポーツ競技にも似ていくつかの障害物をとび越えつづける少年と少女の美しく汗ばんだ顔なのだ。

中村真一郎が「小説形式の先祖返りの実験」（新潮文庫「解説」）と呼んだ意味でも、また三島文学としても、現代の日本文学のなかにパノラミックに置いてみるとき、きわめて異質な、異端的な、この〈物語〉の存在を、とまどいなく受けいれることは困難であろう。それはたしかに、あえて「実験」とでも呼ぶしか呼びようのないものなのだが、ではその実験はなんのためのものだったか。

三島は、彼の流儀で、彼の『伊豆の踊子』を書きたかったのではないか、とふと思う。『煙草』でデビュウして以来、文壇の師は、川端康成である（それは三島の場合、あくまでも文壇的な意味での師であって、創作上の師とはいいがたい）。その川端の作品のなかで、いつまでもひろく若い層に読みつがれ、唯一の、大衆にむかえられた純文学作品が『伊豆の踊子』である。この清潔でほとんど夢のような、美しい哀傷にひたされた青春の記（小説的結構をほとんど捨てたところで成り立っている、記録と呼んでいいほどの現実的感動に裏打ちされた短篇）の文学的成功は、『仮面の告白』『愛の渇き』『禁色』など、もっぱら知的想像力のモザイクによって（体験の多少は別として）華麗な凝った文体を駆使し、「現実を否定する美の意識」（ドナルド・キーン）のままに、ほとんど人工的（反自然的）な世界を構築してきた三島にとって、正反対の驚異の実例、羨望の的であったのではないか。

どんな〈告白〉も、三島の文学理念のもとでは〈仮面の〉告白とならざるをえない。しかるに、川端の、素裸ともいえる、感覚情緒の自然な文学的表出が、どんなフィクションの技巧にもまさって文学であるなら、これは三島にとって一つの屈辱ではないか。中村光夫は、川端文学の特質を「青年期の無垢の『詩情』」であると指摘し、その抒情性を「最も現実的な生命観」「個性の裸形」への信頼だという（『一九三七年の評論』）。たしかに、「十六歳の日記」に対する川端自身のとりあつかいかたを見ても、そこには「裸形」を大肯定する文学意識があり、〈仮面〉をつけ、文体の鎧をまとう三島の行きかたを、ひそかに嘲笑しているのである。

三島の才能は、これへの挑戦を避けて前進する盲者ではない。それは三島自身の文学精神の内部のたたかいへの、一つの解答の要請でもあった。つまり、日本の王朝文学にひかれ日本的感性の非現実的造型を試みつつ（『花ざかりの森』や『綾の鼓』にみられる傾向）、伝統の美がもつ自然な力にからみつかれている三島と、ラディゲの心理小説やワイルドの背徳の美学にひかれ、そのじつに微妙に複雑な文学の知的操作、西欧的（つまり非伝統的）な反自然的な頽廃の精神にからみつかれている三島との、矛盾撞着への問いつめでなければならなかった。

しかも、彼の誇りは、けっして師川端に膝を屈することを許しはしない。彼は、彼の流儀で、『伊豆の踊子』に対抗しうる青春文学を創らねばならない。同時にそれは、『伊豆の踊子』をもたらした日本近代文学の流れへの、がむしゃらな挑戦として成立すべきである。あくまでも知的人工的な三島美学の一結実として、情的自然的な結実である伝統的文学の〈自然〉にせまること、それを決意したとき、三島のなかに浮き上がるのが、古代ギリシアのレスボス島の物語であっただろう。実験——それは、あくまでも〈文学とは何か〉を問うものでなければならず、そのためには、近代小説のリアリズムの慣習からもっとも遠いスタイルを選ぶべきであった。彼自身のなかでしばしばあいまいに排除される〈物語性〉の意義を問いなおすためにも……。

〈物語性〉の問題は、日本近代文学においては、大衆性・非大衆性の問題に直結していた。いわゆる「波乱万丈の物語」こそ巾広い読者層をつかむものであり、その物語性の強いものほど、エンターテェィンメントに奉仕する〈大衆文学〉として堕ちていく――それが今日の通念なのだ。ところが、三島は彼の『伊豆の踊子』を書くために、わざとこの危険な要素を〈形式〉として選んだ。しかも、その手のうちは、初めから読者にあかされている。伊勢海の湾口にくらいし、北に知多半島、東から北へ渥美半島がのびている、人口千四百、周囲一里に充たない島――歌島、それは物語の冒頭で詳しく説明されればされるほど、地図にない架空の島だという印象が強められ、さあ、いよいよこれから〈嘘〉のおもしろいお話が始まるぞ、と予告していることになる。そのうえ、登場する人物たちから、現代的な心理の動きは可能なかぎり大胆にカットされ、行動の一つ一つがつみ上げられる。十九世紀後半から今日にいたる、あの〈個人主義的要求〉、精緻な心理分析、内部の解剖は、わざと二義的なところに押しやられている。あきらかに、三島自身をふくむ〈現代〉の文学への挑戦なのだ。

三島的「肉体」の思想

『潮騒』は、昭和二十九年（作者二十九歳のとき）、書下ろし長篇として新潮社から刊行された。依頼されて雑誌に連載するというかたちをとっていないことも、作者にかねてから実験的な抱負があったものと推測されよう。

写実主義の流れにどっぷりひたされた近代文学の私小説的発想から切り離されたところから仕事を始めた三島は、小説創作とほとんど並行して、戯曲を手がけ、その方面でも成功したが、このことは、無類の自意識家である彼が、文学者としての自分をその前にさし出す〈観客〉とその反応を、ぬかりなく計算する才能にもめぐまれていた一例証といえるだろう。いうまでもなく戯曲は、舞台にのり、観客である大衆の支持をえなければ、ナンセンスである。冷徹に人物と行動の効果を計出し、作者の客観的な〈支配〉の技術によって、俳優の肉体をとおして〈観客〉の反応をみちびく——そのような創造の意識は、三島の作品のうらにたえず目を光らせている。彼は「個性の裸形」など信じてはいない。徹底的に装われた個性に賭けるのである。でなくて、どうして『近代能楽集』の成功がありえよう。

いいたいのは、彼が、純文学作家でありながら、めずらしく大衆を意識する才能の持ち主だということだ。それは、現実的次元では、ボディビルをしたり剣道をしたり、映画に出たり写真家のモデルになったりして、自己を誇示する日常的演技者としてあらわれ、文学的次元では、豊富な比喩を駆使した華麗で堅固な古典的文体と化した狂いのない自己を読者のまえにさし出す。「知識人の顔というのは何と醜いのだろう！　知的な人間というのは、何と見た目に醜悪だろう！」（『私の遍歴時代』）。この感想はするどい自意識から発したより鋭い他者意識である。この意識は、当然、創作活動の背後にあって読者大衆という〈観客〉の目にうつる自分への叱咤となり、〈大衆性〉〈物語性〉という文学的演技の要請となる。

『潮騒』以前、昭和二十六年に、「夏子の冒険」（「週刊朝日」連載）、あるいは「にっぽん製」（「朝日新聞」夕刊連載）といった〈大衆文学〉への志向、波乱万丈風の〈物語性〉への柔軟な接近がうかがえるのは、興味ぶかい。それらの作品は、いってみれば健康的なあかるさ、したしみやすい娯楽的要素をもって、〈観客〉の顔いろをうかがった、というおもむきがある。この二つの模造品（文学的価値の低いもの）を実験台にして、三島はより高度の実験にとりかかった。それは、目のこえた〈観客〉をも、またそうでない多数の常識的な〈観客〉をも、同時にうならせる名舞台でなければならない。

そして、ロンゴスを下敷きとする『潮騒』が誕生する。自分流儀の『伊豆の踊子』によって大多数の

〈観客〉を魅了したいという三島のたくらみは、成功した。川端の場合と同様、版をかさね、映画化され、大衆化された。そのスタイルの冒険によって「くろうとすじ」の拍手を受け、その内容の純愛ぶりによって「しろうとすじ」の喝采をあびたのである。

　だが、それだけのことならば、それは、スター気取りでスクリーンの上に胸毛を見せびらかしてみたり、おみこしをかついでみせる道化者の軽薄な演技にすぎなかろう。それを〈文学的実験〉と呼び重視するのは、三島の文学精神のありようが、彼の他の作品群とはまるで異質な顔つきをしながら、この『潮騒』のなかでもっとも理解しやすく、実はもっとも三島くさい顔つきでうかがえるからなのだ。

『潮騒』第十三章に、海女の潜水競技のことが出てくる。海女たちは裸体を見せあい、乳房をくらべあう。そのとき、新治の母親は、初江の乳房を一目見て、「悪い噂」の消えた理由を承知する。年老いた行商人の登場。そして、彼のさし出す「賞品」をしとめるために、はじまる潜水競技。数えあげる鮑の数。

　「二十疋、初江さんが一番」

　「十八疋、久保さんの奥さんが二番」

　一番と二番、初江と新治の母親は疲れて充血した目を見交わした。島でもっとも老練な海女がよその土地の海女に仕込まれた練達な少女に敗れたのである。

　この肉体の讃美。肉体の勝利者、技能の勝利者の、うごかしがたく確かな存在価値。そして、初江のゆずる賞品を、母親はすなおに受けとめ、初江の存在のすべてを受け入れている。

第十四章。これは、新治を勝利者にするための章である。おなじ機帆船に乗りくんだ新治と、ライバルの安夫。沖縄でスクラップを積みおわったとたんの、颱風襲来。命綱を浮標につながねばならない。危険な作業だ。

「誰もおらんのか。意気地なしめ!」と船長がいったとき、安夫は首をすくめ、新治が、「俺がやります」とひきうける。荒ら海との戦い。いのちがけの作業。その成功。新治の勇気と体力の勝利。――その成功へのむくいは、第十五章における照吉（初江の父）の「男は気力や」という結婚の承認である。

いずれも、それは一つの思想なのだ。女のやさしさの、肉体の美しさの、肉体のつよさの勝利。男のけなげさの、肉体のつよさの、いちずさの、勝利。――どこにも、狡知の入りこむすきはない。単純明快な、力と美の関係における優者の幸福がそこにある。狡知あるいは巧知の世界を、中年あるいは老人の（すなわち近代の）ものと考えるなら、『潮騒』には、それらをはじきとばすたくましい青春――原始的な若者の理論（肉体の論理）がある。田中英光の『オリンポスの果実』なども連想させる、あの青春の、しかしはるかに純化された、悩める魂などはすっぱりと切り捨てた、美しいいのちそのものだ。

つまり、この作品は、作品にみる三島より実生活にみる三島の信条を具現したものともいえる。

三島のギリシア的な美しの嗜好は、いちはやく『仮面の告白』のころからあらわれていて（それは日本古典文学にみる美的秩序への共鳴とも奇妙に一致する感覚なのだが）みごとなギリシア彫刻にも似た男性の裸像（聖セバスチャン殉教図）への官能的讃仰、あるいは、短篇『獅子』にみるギリシア悲劇を思わせる劇的構造の美、あるいは優雅にはりつめた古典的文体などにも、その嗜好をうかがうことができるが、昭和二十七年の外遊（ギリシアへも行った）を機として、それはますます鮮明なものとなったようだ。いま、つぶさにそれについて記す必要をおぼえないが、『アポロの杯』（昭和二十七年）や『私の遍歴時代』（昭和三十九年）をひもとけば、三島がどのような〈生活信条〉を古代ギリシアからつかみとったか理解しやすくなるだろう。

「私の中の化物のような巨大な感受性への嫌悪」であるところの「知的なものへの嫌悪」――さらに、そこからすすんで「『精神』などはなく、肉体と知性の均衡だけ」の古代ギリシアへの傾倒。

「……この均衡はすぐ破れかかるが、破れまいとする緊張に美しさがあり、人間意思の傲慢がいつも罰せられることになるギリシアの悲劇は、かかる均衡への教訓だったと思われる。」

そうした三島の感想のつづれは、なんと『潮騒』の人物たちにまとわせるにふさわしいことだろう。

「神様、どうか海が平穏で、漁獲はゆたかに、村はますます栄えてゆきますように！」

「二百段（の石段）を一気に昇っても、すこしも波立たない」厚い胸を、神社の前に謙虚に傾けて祈る、すこやかな肉体をもつ若者、新治。それは、三島の筆に描かれるとき、ほとんどオリンポス競技に参加するギリシアの若者のような体臭を発散しているではないか。

それはまた、『剣』の若者、あの「強く正しい者になること」を一等大切な課題とする国分次郎のすこやかな肉体にかさなるだろう。

すくなくとも、おなじ潮風の匂いに包まれてはいても、『午後の曳航』に登場する竜二のような精神の頽廃は、三島の望むところではなかった。竜二――これは、『潮騒』の中に、新治の親友として登場する善良な人物と同じ名なのだが――この二等航海士は、主人公の少年登の母と恋愛し、うまく家庭にはまりこんで、なまぬるい地上の生活をすることによって、その狡知を登少年から罰せられる運命にあった。

　頑健なきたえられた肉体をもち、あらゆる困難をたたかい抜き、意志の限界をきわめ、決して醜悪な知識人づらでおさまりかえらぬこと――これこそ、三島の願望であり、彼自身、実生活においてこころがけたことだった。三十代のはじめから、彼はボディビルや剣道によって、ひよわな肉体をきたえなおし、「自己改造の試み」（昭和三十一年「文学界」発表の一文）を実行する。すなわち、ギリシア的美的存在への接近――文学と、それを生む肉体の接近。その三島の精神の核のようなものが、『潮騒』の底に、真珠のようにきらめいて見えないだろうか。

　あるエッセーの中で、三島は、太宰治へのしたたかな嫌悪の情を述べていた。「小説家が苦悩の代表者のような顔をする」のはオカシイというのである。その情は、おそらく三島自身のなかにある、太宰にまさるとも劣らぬ日本的感受性への自戒（自己嫌悪）から発している。太宰への嫌悪は、三島のうちにある文学的〈自然〉への反射的抵抗なのだ。彼は、酒や薬で肉体をしいたげながら脂汗のような作品をしぼり出すのとは反対に、自己の肉体をきたえることから再出発した。――それが、じつはきわめて知的（精神的）で現代的な生きかたなのだが。――ギリシア的世界への接近も、『潮騒』の誕生も、いずれもそんな三島のきびしい自己規整をぬきには考えられまい。

『潮騒』が実験的文学なら、三島の文学的な生きかたもまた実験といえる。

　若者と老人の区別さえつかない混濁した現代においては、そのようなきわめて意識的な方法をくぐりぬけないかぎり、純粋なプリミティヴな〈青春〉は、文学としてとらえようもなかったにちがいない。

　その〈青春〉を追いかけた三島のストイックな手つきは（新治がいくつかの受難をくぐり抜けるのに

も似て）、ヘミングウェイの『老人と海』の、あの〈自然〉とのたたかいを連想させる。しかも、銛は――致命傷をおわせる武器は、やはりロンゴスの物語の技法だった。今日ではもっとも作為品な――。

きらびやかな悪徳の衣装をまとった他の三島作品のなかに『潮騒』を置いてみるとき、ここにもっとも素直な、試験場にのぞんだ中学生のような、三島のキマジメな素顔が浮かぶのである。

『近代能楽集』論

石附　陽子

三島由紀夫の作品のうちで『近代能楽集』を最傑作だと評価したのは山本健吉で、その評価の理由として氏は、

「詩と対話とは敵対関係にあるものではなく、詩の声は対話のなかに現れうるものだし、それを実現した」

と、述べている。

この、氏の指摘は、従来ややもすれば、詩と対話とが相互に否定的な敵対関係にあるかのように見られがちであったが、実は「対話」の中にも十分に「詩」の声が充足され得るということであって、それが三島の手によって見事になされたということであろうと思われる。

『近代能楽集』に集録された八篇の戯曲は、そのいずれもが、十分に洗練された美しい対話によって構成され、その対話は一言一句に至るまで三島の緻密精巧な彫刻ののみあとが感じられ、ときには必要以上とも思われるほどの「詩の声」に堪能させられる。かつて私どもは日本の近代小説史上に、「会話」

を霊妙な芸術にまで昇華させた人として、『多情仏心』の作家里見弴の名をあげることができるが、同様な意味において戯曲の「対話」を華麗な詩に結晶せしめた人として、三島由紀夫の名をあげることは、山本健吉とともにけっしてやぶさかではない。

　だがここでわざわざ里見の「会話」と、三島の「対話」を対象せしめたことは、単に双方が芸術化に見事な成果を収めたという事例的なことがらではなく、会話にせよ、対話にせよ、作品中にあらわれるはなしことばについて「ことば」の本質を考えてみたかったからである。山本が指摘するまでもなく、「詩と対話とが敵対関係にある」ように思われていたのは、詩に対して「対話」が散文的な範疇にあるものと思われていたからに外ならない。「対話」が散文であるためには、対話は小説の筋を進行させるための説明であったり、また登場人物の個性的な性格の心理を説明するための描写手段だと解されていたからである。確かに里見や志賀直哉の会話の妙は、それが長い対話体である場合も、またときには短い独自体である場合も、そのときに使用された「ことば」は本篇の筋を、また筋をひきたてるための背景、風俗を、そして登場する人物たちの、時に応じて見せる細かい心理描写を通じて、人物の個性を決定する重要なモーメントになっていた。極言すれば小説の面白さは、そうした会話、独自の部分に最も活きた部分があったのである。しかし、そうした「ことば」もそれが散文の範疇にあるという意味において、会話はある目的を表現するための次善的な手段にすぎなかった。ある目的といったのは、会話がそれ自身としての芸術ではなく、ある芸術を達成するための資材的、構築的な方法となっていることを明らかにしたかったからである。散文としての「会話」がそういう領域をふまえた上で芸術的な結晶を遂げるとすれば、詩の範疇に属する「対話」とは、おのずから違ったものでなければならない。してみると里見の「会話」の成功と、三島の「対話」の成功とは、単に二人とも「話しことば」が巧いというだけの評価ではすまされなくなってくる。従って山本の指摘は勿論三島の成功を里見的な説明体としてうけとっているのではなく、あくまで詩体として実現したことに高い評価を与えたものと解さねばならない。

詩体としての対話が成功するためには、対話の中のことばが、作品の筋や登場人物の個性からその所属をはずされて、作者自身の意志に所属せねばならないのは当然であろう。そのときことばは、登場人物の口から発せられながらも作者の幻想的な行為となる。

三島戯曲における対話の詩化は、こういう分析をふまえた上で理解されねばならない。『近代能楽集』が傑作かどうかという評価は別として、こういう観点からして、近代戯曲に新しい分野を開拓した功績は認めなくてはならないだろう。だが山本の理由は更に続き、

「能における劇的要素としては、シテという存在の内部に、死と生、神性と人間性、狂人と正気、夢と現実、過去（まれには未来）と現在等々の対立をつくり出すことによって成立する。それがもっと端的に表現され一つの形式にまで純化されたのが、前ジテと後ジテとの対立を含む複式能だ。このような劇としての形式的純化をもたらしたのは、天才世阿弥の人間的洞察であろう。そして、この幽玄な能美学は三島氏の『近代能楽集』においても、そのまま守られているのだ。」

と、『近代能楽集』が能美学の近代化に成功したことも重ねて指摘している。

確かに三島は、能楽のもつ劇構成の条件を近代戯曲に再成させることに成功している。だが成功して

いるということは必ずしも能楽の幽玄な美学の近代化に成功したということにはならない。古典における能楽の幽玄が単に図式的に再構成された複式能的形式によって、そのまま近代化されるということぐらい美学の大きなすりかえはないであろう。

三島自身は『近代能楽集』を書いた動機について、次のように説明している。

> 能楽の自由な空間と時間の処理や、露はな形而上学的主題などを、そのまま現代に生かすために、シテュエーションのほうを現代化したのである。

> 劇は躍動の表現であると同時に、凍結の表現である。焔の表現であると共に、氷の表現である。内心の焔と外面の氷、内の私的なものと外の公的なものとが、凝つて一体化して、モニュメンタルな表出を要求されるやうな瞬間、われわれはどうしても、人形劇や仮面劇（能楽）の優位を思はずにはゐられないのである。

これによると三島は、能楽のもつ形而上学的な主題や、そのシテュエーションの現代化を意図していたことがわかると同時に、その為には日本に古くからある人形劇や仮面劇が最も都合よかったのであろうと思われる。人形劇や能楽が同じ演劇でありながら、いわゆる新劇と違うのは、新劇のようにテーマが散文化されないことにあって、場所や時間からの制限を受けないことは勿論、登場人物でさえ個性を必要としないことは、三島の美学が形而上学的なものであるだけに、おあつらえむきのものであるといえよう。三島はそこで自由奔放に形而上学的な主題を駆使することに成功した。

凡そ美学的な理念というようなものは、いきおい形而上学的なものにならざるを得ないものだが、それにしても三島が殊更「形而上学」を口にするのは、その美学が特に形而上学的にしか表現することのできない性質のもので、もし形而下において表現しようとすれば、とてつもないナンセンスな喜劇となるおそれがあるからである。形而下的に表現できない美学は、詩かそれに属する旧劇に仮託する以外にはない。従って三島の『近代能楽集』は、能楽の近代化もしくは能美学を近代に輸入するというよりも、逆に能楽のシテュエーションを借用し、その構成方法に依存することによって、近代演劇にユニークな領域を開拓したというにとどまるものである。

能楽に限らず、凡そ古典というものは、その古典が成立した時点において燦然とした輝きをもっているものであって、その美しさは、近代に移植し得ない筈のものである。もし移植の可能な美しさがあるとすれば、それは既に古典としての価値を喪失しているものといわねばならない。明治以来、万葉の近代化、源氏の近代化が幾回となく企てられ、その都度失敗している歴史は、私たちに古典に挑まんとする才能の不遜と、その非違を十分に知らされてきたはずではないだろうか。

三島の意図にそうした不遜さはないにしても、氏のいう能楽の形而上学的な主題や、そのシテュエーションとは具象的にどういうものを指しているのか。能楽における『邯鄲』や『熊野』や『葵上』のテーマは何であったのか。いまその一つ一つについて詳しく述べる余裕はなく、また特に論議だてる必要もないようである。なんとなれば能楽におけるテーマは能楽美とはさしてかかわりあいがないからである。幾百年経ても色あせぬ美しいテーマというものはない。従って古典の美しさは、テーマより多く「様式美」であるからだ。謡曲『綾の鼓』は、人間のもつすさまじい執念がテーマの中心にある。だが三島の『綾の鼓』は執念というよりも、「待つこと」によって造型されていく美の心象にあって、必ずしも謡曲『綾の鼓』のそれではない。しかし、テーマの現代化というのはテーマの直輸入でないことは勿論であって、室町時代のテーマは自由に現代風な思想と感覚によって解釈されてしかるべきであろう。そういう点で、太宰治の『お伽草子』や、堀辰雄、室生犀星の『かげろふ日記』現代版と同じに扱えばよい。『綾の鼓』で追及された「待つ」という姿勢に宿る美の心象は『卒塔婆小町』にも同様に使用されているし、また『班女』では更に具象的に追求されているが、これらのテーマは原題からいくら離れても別に意とするにはあたらないと思われる。それどころか八篇の中で最も成功しているのがこの三篇であるということは、三島が能に堪能し能楽と絡みあいながらも、最終的には能楽から離脱したところで、自らの世界を樹立したからにほかならない。

　だが、この三篇がたまたま能楽から十分に離脱することによって成功したからといって、他の作品の失敗がことごとく能楽に準拠しすぎたからだというのではない。三島はそういう点で事前においても極めて慎重であったはずである。昭和三十一年（一九五六）『近代能楽集』を発表した直後、「この五篇（筆者注―このときはまだ『道成寺』『熊野』『弱法師』は入っていなかった）がわづかに現代化に適するもので、五篇で以て種子は盡きたと考えざるをえなくなった」と述べている。数多い謡曲全集の中から、何が「現代化」に適するかということは、むろん三島自身のもつ美学に被せる衣裳として、何を「借用し得るか」ということの裏返しの表現にすぎないのであって、三島は慎重に自分の美学に適する衣装を探したことはほぼ間違いない。だがその後三島は一度は不適格として嫌って捨てた『源氏供養』や『熊野』

のような能にまで手をのばしている。そしてその『源氏供養』や『熊野』が失敗したのは、むろん翻案すべき能の選択にも原因の一部があったのかも知れないし、そういう点からいうと、能楽にややこだわりすぎたことなどを失敗の理由にあげられるのであろうが、私はそれ以上に例えば『熊野』などのシテュエーションは、たとえ能楽という最も優位な演劇様式を採用しても、やはり無理であったように思われる。つまり能楽であろうとなかろうと演劇という様式にふさわしいテーマであったかどうかということである。先にも述べたように、戯曲は小説と違って眼前に最も具体的な行動として表現される。従って観客の幻想は眼前に演じている人の具体的な肉体や衣裳によって著しく制限を加えられるものである。つまり、舞台上のリアリズムとは異っていても、それが極めて形而下的な表現をもつ芸術形態であることにはかわりない。そういう点で能楽の多くが仮面を装着するのは、すばらしい芸術的な英知であって、観客は仮面に接することによって、舞台で演ずる特定の人のもっている特定のイメージを封殺することができるし、ともすれば直截的になろうとするリアリズムを抑止することに成功している。極言すれば能楽や人形劇の美学は、その仮面と人形だけにあるといってもさしつかえないくらいである。三島はその「仮面」と「人形」の優位を認めている。だが近代戯曲においてはその最も重要な条件であった「仮面」と「人形」を使用できないのであるから、その「仮面」と「人形」に代わるべきものの発見が、最も重要な「近代化」でなければならなかった。三島が「人形」と「仮面」に代わるものとして、登場人物を著しく概念化し類型化することに努めたのもそういう意味からいって当然のことである。また、「劇は躍動の表現であると同時に、凍結の表現である。焔の表現であると共に、氷の表現である」とする三島のことばからも、最も形而上学的な美学を所有する三島が、最も形而下的な演劇に魅せられていく理由もうなずける。だが問題は、「仮面」や「人形」に相当する効果として、登場する人物の概念化、類型化がどこまで形而上的なリアリズムを止揚することに成功したかどうかであろう。それは能楽の翻案というような野心的な態度とは別に、演劇化にふさわしいテーマかどうかという適不適の問題ともかかわってくるであろう。

八篇の作品の内、最も成功したものとして認められたのは『卒塔婆小町』『綾の鼓』と『班女』だが、それについては既に多くの人が論じているので、私は反対に失敗作と思われる『熊野』について若干の私見を述べてみたい。

『熊野』は、昭和三十四年（一九五九）の作品で、三島の近代能楽作品としては『弱法師』の次に新しい。勿論能における『熊野』が室町時代のある政治的な情勢や、その情勢の中で培われた時代の思想をもった産物であることは当然だが、三島はそういうものと関係なく、むしろそれから離れたところで任意のテーマを定めた。従って能楽からみて、それが近代能というよりも近代狂言に近いものだということもこの際あまり関係ない。戯曲の梗概は割愛させていただくが、一幕はだいたい三つのシテュエーションから構成されている。第一景は宗盛という実業家が、母の病気を口実にしてなかなか花見に行こうとしないユヤを前にして、享楽の美学を説く場面であって、

「さうだ、君の感情とは一切関係がない。君はきれいな顔をしてゐる。きれいな体をしてゐる。その君を連れて俺が花見にゆく。……それだけで十分だ。この世の楽しみといふものは。……」

「俺に大切なのは今といふ時間、今日といふこの日だよ。その点では遺憾ながら、人のいのちも花のいのちも同《おんな》じだ。同じなら悲しむより楽しむことだよ、ユヤ。俺だって明日《あした》死ぬかもしれん。」

等ということばは、享楽に対する美学の見事な宴を見せてくれるが、第二景になると、病気である筈のユヤの母が上京することによってユヤの仕組んだ芝居は暴露されてしまう。

山田に手を引かれて、ユヤの母マサが入つてくる。五十恰好の小肥りした元気さうな和服の女。これを見て、ユヤ、朝子、甚だしく愕いて、声も出ない……

この母親の舞台登場は失敗であろう。むろん作者の意図は狂言的な喜劇の挿入にあったのであろうが、それにしてもあまりに形而下的なリアリズムでありすぎたように思われる。狂言に登場する例えば冠者的なものでも、能楽からいえばやはり没個性的なもの、類型的なものでなければおかしい。だがそれよりももっと腑におちないのは、第一景で宗盛がユヤに向って享楽の美学を披瀝しているときに、宗盛は既にユヤの嘘を知っていたという伏線が明らかになることである。なぜ宗盛がその事を知っていなければならなかったのか。宗盛がユヤの嘘を承知した上で説くとすれば、それは最早享楽という至上的なものではなく、単に女を籠絡させるためのくどき文句に堕してしまう。その上、折角「仮面」「人形」の代役を果していた宗盛は突如、概念から抜け出し、性格もあらわな一人の男性になってしまう。知っていながらしゃべっているという条件が、宗盛のある心理描写につながるからである。しかし、さすがに第三景は、ユヤの背信と虚偽を知っても、ユヤをそのまま帰すようなことはせず、「さつきのやうに、そこのベッドに掛けておいで。さうだ。そして、さつきのやうに、悲しさうにしてゐるんだ。」と、宗盛の享楽が、ユヤの人間的な精神や感情とは関係なく成立していることを示して落ちつかせてくれる。第三景までできて、第二景にあった形而下的なリアリズムは払拭されるのだが、幕のおりるラストのシーンで宗盛の、「自分の首に捲かれたユヤの腕を軽く解きほぐし、その手を握ったまま、女の顔をやや遠くから見つめて、いや、俺はすばらしい花見をしたよ。……実にいい花見をした。」という最後の「すばらしい花見」という抒情が、再び第二景で示した個性的なある心理的なことばのようにとられやすいのは、「軽く解きほぐし」「やや遠くから見つめて」という、どちらにでもとれるしぐさの説明に難があるからであろう。

以上は『熊野』についての所感にすぎないが、『葵上』になるともっと失敗は明らかになる。『葵上』は三島自身、能楽集の中で一番好きなものとしてあげているが、失敗作に対する作者の愛着という以外のなにものでもないであろう。『葵上』のテーマは最も整理されている。観客としてもまごつく事もなく、六条御息所の嫉妬怨念を素直にうけ入れることができる。だがそれにしても最後の海とヨットを背景に葵が悶絶してゆくシーンは、怨念をややきれいごととして描きすぎている。夏とか海とかいうのは三島の文学の全てに通じている基本的な主和音の一つであるが、この場面に投入するにしては、劇的な展開からみて少しの必然性も認められない。こういうのは単なる作者の嗜好にすぎないもので、その情景の奇怪と迫真にたとえ成功しているとしても、思いつきは免れないであろうと思われる。その他の作品の個々について触れる余裕はすでにないが、総じて言えることは、『近代能楽集』がその原意と構成の上から、能楽に負った力は大きいが、能楽そのものの近代化というには当らないのであるから、「近代」と「能楽」の関係は、あたかも三島のいう「仮面」と「告白」や「美徳」と「よろめき」の関係と同じく、双方の矛盾撞着の上に成立したものと解するのが至当であろうと思われる。

『金閣寺』について——其の構造

三好 行雄

『金閣寺』(「新潮」昭和三一年一月〜一〇月)という長篇小説はおそらく作者にとって、作家道程のひとつの記念碑となる作品だろう。三島由紀夫を論じるにはこの小説を避けてとおるわけにはいかぬ。すくなくともそれくらいの重さはもった小説である。

旧臘二六日付の「読売新聞」は十人の作家・批評家にたくして、恒例の五六年度ベストスリーをえらんでいる。『金閣寺』は満票をえて第一位に推された。『流れる』『楢山節考』等の問題作が各三票をえて後につづいている。

勿論、こういう結果だけに評価の全部をゆだねるのは滑稽だが、それにしても「十人のそれぞれ傾向を異にした批評家が一致しておす」という事実は、中村光夫氏の解説もいうごとくやはり稀有の事例にはちがいない。目下、一部で論議されつつあるかに仄聞する「批評の基準」論に照らしても、いささか皮肉な結果だった。その場合、批評の基準は批評家のがわに確立されていたわけでは決してあるまい。むしろ作品自体に評価の統一をうながす何かが内在していたと見るべきなのであって、それを一言にしていえば、平野謙氏がいみじくも喝破したごとく「まことに文学作品らしい文学」というに尽きる。『金閣寺』は、初めから終りまで丹念に計算しぬかれた小説である。たえず一定の速度を持続する文体の効果もふくめて。作者の配慮は作品の隅々までいきとどいている。綿密な計量と操作に托してえがかれた心理のアラベスクである。いや、心理的な構築物に近い。

勿論この小説の背後（あるいは、前景）には、昭和二十五年七月の金閣寺焼亡の放火事件があった。この小説は犯人のモノローグという形式で書かれているわけだが、作品は現実の事件とは全く無縁な場所に成立している。作者にとって必要だったのは、おそらく、劫火につつまれて燃えおちる壮麗な金閣の幻想であり、美を自らの手で滅ぼすという行為の意味だったにちがいない。氏が実在の事件からうけとったものは、不壊を信じられた美もまた崩壊するという感動であり、美をほろぼした行為への羨望（羨望という言葉に語弊があるとすれば、芸術家としての嫉妬）にちがいものだったのではないか。

作者自身のいうところによれば、小説の成立以前に、事件の詳細や犯人の経歴などがかなり綿密に調査されている。わたしは放火事件の細部について何事も知悉しないので（犯人の名前さえ記憶がない）、その調査がどれほど作品のなかに活かされたかを審かにできぬ。しかしそれを明らかにすることは、作品の理解にあたって実は無用のことだろう。

やや勝手な憶測にちがいが、事実のながい克明な調査の時間は逆に犯人の生身から現実の属性をはぎとって、かれを作者の観念の世界に領略し、いわば観念の胎児にまで変貌させる過程にほかならなかったようである。ここに『金閣寺』という小説の独自な構造がある。作者の意図は事実の再現でも事件の忠実なルポタージュでもなく、しかも事実の克明な調査と検討が必要だった。それはたとえば放火の動機が「現実には詰ンない動機だったらしい」などということを探るのがもとより目的ではあるまい。事実の調査は作品の内部にではなく、作品の成立以前により多くの意味をもって働いている。

　事件と犯人を知悉することで現実への興味がまず遮断される。作者はいわば知るという所有の形式を通して、現実にあったこと＝実在からの自由を確保する。しかし、もっと重要なことは、そうして知悉され所有されおわった実在の犯人は、現実の属性を欠落しながら観念の場によみがえることで、完璧に、作者の匿名もしくは仮面と化すことができた。右のような手続きをまってはじめて、金閣の放火・焼亡という事実はひとりの芸術家がそこに見いだした意味を、そしてその意味だけを純粋にになうことになったのである。金閣を焼く「私」の行為は、こうして作者そのひとの美意識への挑戦にほかならなかった。中村光夫氏がこの小説を「観念的小説」であるといい、「私」の行為に作者の「芸術家の野望」を指摘したのはやはり卓見というべきである。

　「自分を客観して、一人の芸術家の固定観念となつた美意識が行動の場でどうつきぬけられて行くか、それを書きたかつた。」

　三島自身も自作の意図について、ジェイムス・ジョイスの『若き芸術家の肖像』を引例しながらこう語っている。

　だからまた、次のようにいうことも許されるだろう。——言葉の文字どおりの意味で一種のロマン・イデオロジック（観念小説）であるこの小説は、それが現実の事件を前景としていることで『青の時代』ほか一連の「新聞ダネに取材した」作品と比較されうるが、しかし、もっと本質的には、「仮面」を被ることで匿名の自由をえつつ告白しようとしたあの『仮面の告白』という小説に酷似している。勿論、両者の酷似は三島由紀夫というレンズをはさんで、いわば実像と虚像の関係にあるというべきなのだが。……『金閣寺』を理解するために私たちに必要なのは、金閣寺放火事件に関する詳細な知識ではなくて、小説の構想と時をおなじくして書かれた『小説家の休暇』を読みあわせることかもしれない。この日記体のモノローグを鍵として『金閣寺』の秘密を解いてみたい誘惑を感じるし、それはたぶん可能なはずである。

＊

たとえば、『小説家の休暇』に、次のような一節がある。

一つの事件がある。それが小説の中に、小説世界の内的法則に包まれて存在してゐることは、まことらしさを失ふ所以だと考へられる。そこで事件は裸の形で、無秩序な形で投げ出されてゐなければならぬ。さうすれば、小説を読むことの緩慢な時間によつて、読者が自分の内的体験のうちにその事件をとり入れて再構成し、読者自らが、それにまことらしさを与へることができる。……かういふ確信を私は写実主義的偏見とよぶのである。日本の小説に構成力がないと云はれる理由の大半はここに在る。

しかし、この一節を引用することは、同時に、『金閣寺』という小説を外からの光で照らそうとする試みの断念を私に強いる。何故なら、三島由紀夫氏は『金閣寺』を書くことで、自己の構成力を誇示しながら、いうところの「写実主義的偏見」に挑んでいる。現代多産の小説群のなかにあって、『金閣寺』はうたがいもなく、小説自体の内的法則にしたがって、その構造を解くことの可能な数少ない例外のひとつである。外からの光で照らす前に、作品の構造自身に自らを語らせるべきであろう。

わたしの試みは、だから、作品世界の展開に即して、二、三の心おぼえを書きとめることからはじまる。

＊

小説は金閣寺を焼いた青年のモノローグの形をとっている。美を自らの手で滅ぼす精神の秘密に作者は外部から迫ろうとするのではなく、内部から、彼の眼と彼の心を通してのみ語ろうとする。溝口というその青年以外の登場人物は、つねに青年の心象に影をおとした姿でしか語られていない。作者はかれらの内面にあえて足をふみ入れようとしないのである。これはことわるまでもなく、さきにのべたような小説の性格が要求する必然の形式だった。

「私」は北陸の僻村に生まれた。父は小さな寺の住職だったが、幼い頃からよく金閣のうつくしさを語りきかせてくれた。少年はやがて途方もなく美しい金閣の幻影を心の中に育てあげるようになった。幻影は実在の金閣とはかかわりなく、いたるところで彼の目の前に現れてくる。冒頭の短い一節で「私」の奇体な性癖がすでに一端を露呈する。まことに印象的な書きだしである。

書きだしが印象ぶかいだけでなく、少年時代の追憶にあてられた第一章は全体として非常に重要な意味をもっているようだ。小説の主題はほとんどこの章に集約されていたかに見える。

まず、主人公に吃りという条件があたえられている。この場合、「吃りは、いうまでもなく、私と外界とのあいだにひとつの障碍を置いた」ものとされる。いうまでもなく、という但しがきがついているが、吃りのこうした意味づけは、かならずしも自明のこととはいいがたいかもしれぬ。しかし、小説を正当に理解するためには、この設定を素直に承認しておく必要がある。それをうたがえば、おそらく『金閣寺』の緻密な世界は崩れさってしまうだろう。何故なら、吃りが少年の内界と外界の通路をとざし、内界から外界への瞬時の飛躍を妨げるものとして意味づけられることによって、吃音という生理現象、そこにあらわれる意志（観念）と言葉の決定的な落差はそのまま決意と実行、観念と行為の関係にうつしうえることができるからである。彼は言葉を見うしなうことで同時に行為を見うしなっていった。見うしなった、というよりもたえず何ものかによって（ほとんど彼自身によって、といいかえてもよいのであるが）拒絶される。

かくして、「私」と外界とは決定的な、永遠の対立関係におかれねばならない。行為がつねに内界で夢みられるにとどまって、外界へかかわる通路がとざされている以上、外界はそれがそこに存在するかぎり石のような沈黙をまもって彼を脅かす。彼と外界とのあいだに、「疎外」もしくは「被疎外」という関係しか成りたちえないのは当然であろう。事の意味は、有為子という美しい少女をめぐるエピソードに、きわめて象徴的に描かれている。

有為子は「私」が少年時代にはじめて愛した少女である。ある夏の夜明けに、彼は暁闇の道で彼女を犯そうとした。少年は有為子の自転車の前へ勢よく飛びだし、自転車は危うく急停車した。しかし――

「その時、私は自分が石に化してしまつたのを感じた。」外界は彼の内面とはかかわりなく、再び彼のまわりに確乎として存在していた。有為子を犯そうとして暁闇の道を走ってきたのも、「ただ自分の内面を、ひた走りに走つて来たにすぎなかつた」と感じる。事態の収拾を言葉に賭けようとして、「私特有の誤解」という。出にくい言葉に「気をとられて、行動を忘れてしまふのだ」。有為子はあざやかな嘲笑をのこして去っていった。

だから、正確にいえば、少年は有為子によって拒絶されたのではない。彼は彼自身の存在のために有為子からへだてられているというべきなのだ。しかし、ことの性質がどうであろうと、不幸な少年はここで確実にひとつの人生から拒絶された。こういう少年の内面が夢想に憑かれていよいよ豊かになってゆけばゆくほど、彼の外面は反比例して貧しくやせほそり、果ては自身を外界から疎外された存在と思い込むにいたるのも決して不思議ではない。不幸な倒錯心理である。「私」のこの奇妙な心理がやがて破局を予想させる悲劇への意志として、小説の重要な主題を形成してゆく。

「私」は幼い頃金閣の美しさを父に教えられて、「自分の未知のところに、すでに美といふものが存在してゐるといふ考へに、不満と焦燥」を感じている。そして「美がたしかにそこに存在してゐるならば、私といふ存在は、美から疎外されたものなのだ」と彼がいうとき、金閣がいつか焼かれねばならぬ必然はもはや動きはじめていたといってよい。

そしてまた、彼は同じところで「私が人生で最初にぶつかつた難問は、美といふことだつた」ともいっている。美が人生の最初の謎であったとするならば、彼がはじめて愛した美しい有為子は、まさしく、少年にとって最初の人生と呼ぶにふさわしい重さをもつ存在だったはずである。

吃りの生理にまつわる劣等感は、こうして外界からの、人生からの「疎外」という固定観念とたくみに結びつけられている。野心的なこの試みにもし失敗したならば、小説全体がたちまち無残な失敗作と化す惧れがあった。作者は小説の成否を第一章に賭けていたはずであり、それがどれほど重要な意味をもっていたかは、最後の章の次のような場面を読みあわしてみるだけで充分に理解できよう。

金閣焼亡の準備を終った「私」は、沈澱する夜のふかさをはかりながら「口のなかで吃つてみる」。このとき、彼をとらえている想念は奇怪だ。彼は「もうぢきだ。もう少しの辛抱だ」と思い、「私の内界と外界との間のこの錆びついた鍵がみごとにあくのだ」と考えるのである。この奇怪な想念にある種の論理的な必然をあたえないかぎり、『金閣寺』という小説の意図は無稽の夢と消えるはずだった。そして、その論理的必然性を支えるものこそ「疎外」の固定観念であることは、小説の展開につれて明らかになってくる。つまり、第一章でみごとに成功した「吃り」と「疎外」の等式化、つまり、吃音者の劣等感に「人生からの疎外」を（それだけを）ひきだしてくる手際のあざやかさに、この小説のすべては始まるのである。

しかし、この試みの成功は、同時に主人公から一切の人間らしさをはぎとることを代償にした。彼が小説の成立以前に、作者の完璧な観念の胎児に変型していた以上、あるいは自明のことかもしれないが、青年の思考からも、感情からも、行為からも、すべての偶然が注意ぶかく排除されなければならない。なぜなら、最初の試みが成功したとき必然の歯車はすでに廻りはじめている。歯車の最初の噛みあいを準備した当の主人公が、あらかじめ設定された条件と論理的必然の軌道をそれて、いわば偶然を生きることをゆるされていないのは自明である。それを許せばこの厖大な小説の崩壊をまねくのは必至だったが、同時に、偶然を生きる人間をわれわれが人間的と呼びえないのも事実である。人間の成長が、多く偶然の堆積によって培われるものだとしたら、「私」は完全に、自然な人間的成長から見はなされていた。もし、この小説に背をむける読者がいるとすれば、かれらは作品のこの種の金属的な無機質性に、理由の大半を見出すにちがいない。

確かに、われわれの主人公は偶然を生きる権利を奪われている。しかしその代償に、驚くべき早熟さで、生の不変の形式を確立していた。

第一章だけにくどくかかずらわるようだが、ここにはもうひとつ重要なエピソードも語られている。海軍機関学校の生徒と、かれの短剣をめぐるささやかな挿話である。海軍の「若い英雄」に海機入学をすすめられた時、

「私はどうしてだか、咄嗟に明瞭な返事をした」。

言葉はすらすらと流れ、意志とかかはりなく、あつという間《ま》に出た。

「入りません。僕は坊主になるんです」

どうしてだか――そう、少年はどうして吃らなかったのか。逆説的ないいかたがゆるされるならば、『金閣寺』という小説はこの疑問に答えるために書かれたのだ、といってもよいだろう。そのとき、彼に生じた暗い自覚を見るがいい。「暗い世界に大手をひろげて待つてゐること」、すべてをほろぼす者の倨傲な自覚である。また「私の誇りとなるもの」を所有するために、美しい短剣を傷つける彼を見るがいい。

滅びと悪を鍵とすることでしか、青年の内界と外界の通路は開かないのである。ここで注意ぶかく暗示されている生の形式が狂わないかぎり、のちに、空襲による焼亡の予感を通じて金閣の疎外をはじめて断絶しえたのも、あるいは放火の夜に「内界と外界の通路」がひらく想念にとらえられているのも、ほとんど自然の成りゆきというべきだった。

＊

父の死をもって第一章はおわる。

平野氏はこの章を『暗夜行路』のプロローグに比較していたが、『金閣寺』における最初の章は第一章であると同時に全体でもある。小説の全構造をひとつの予想の形であきらかにしていた。たとえば、さきにあげたふたつのエピソードから、われわれはやがてふたつの重要な問題が、この青年の生のために重々しく問われねばならぬことを予想する。有為子を犯そうとして挫折し、外界へ閉ざされて内界の夢想に憑かれた青年がいつか、〈世界を変革するのは行為か認識か〉を問うてみるのは自然だし、しかも行為の可能を実現するためには、彼はその前に〈悪は可能か〉という必至の問に答えることが必要だった。

金閣放火の準備をおわった最後の瞬間に「私」はふたたび激甚な疲労におそわれる。かつて幾度となく彼を襲った無力感にとらえられたのである。

彼は考える。

私は行為の一歩手前まで準備したんだ、行為そのものは完全に夢みられ、私がその夢を完全に生きた以上、この上行為する必要があるんだらうか。

最後の時点でふたたび行為を奪い去ろうとする不思議な虚脱も、思えば、有為子を犯そうとした少年が石のような無力感におしつけられたあの瞬間から、すでに予想された事態ではなかったか。ことほど左様に、われわれの主人公は、小説内部での自然な成長を阻げられてきている。見るがいい、少年は有為子の前でたちすくみながら、事態を収拾するのは言葉だけだと思いこんでいた。そして金閣の前でも、彼は「私を呼び、おそらく私を鼓舞するために、私に近づかうとしてゐる」言葉を、記憶の中にまさぐっていた。「裏《うら》に向ひ外に向つて逢着せば便ち殺せ」――臨済録示衆章の有名な一節が思い泛んだとき、青年は「陥つてゐた無力から弾き出」され、全身に力が溢れた。金閣は絢爛の焔につつまれて炎上するのである。（中村光夫氏は第十章を不用だと考えていたようであるが、この種の照応にてらしても、つまり作品の内的法則がそれ自体の首尾を完結し、作品の構造が完璧を自負しうるために、それは必須の章だった。）

「仏に逢ふては仏を殺し、祖に逢ふては祖を殺し」云々の難解なドグマはここではドグマ自体の哲学にかさなって、柏木という奇型な人間のいわば存在の意味と重さを背負っている。この孤独な毒舌家は物語のなかほどで、不具な肉体と青ざめた美貌をそなえて登場し、たちまち「私」に恥の在処《ありか》を教え、彼を「人生へ促した」。同時にその柏木こそ、「私」が雪の庭で娼婦を踏んで以来、また鶴川の死このかた、たえず、問いつづけてきた《悪の可能》に、明晰な答えを準備する人間であることにも、読者はすぐに気づくはずであった。

しかし、柏木の登場は『金閣寺』にとって第二の危険な賭けだったようである。何故なら、彼はたしかにわれわれの主人公を「人生へ促し」、つまり金閣焼亡という予定の結末へむかって促した。作品世界の内的法則の必然として現れたわけだが、同時に彼の出現は、金閣を焼く必然性を「私」から奪い去る危険もあった。

柏木が女を誘惑するさまを目撃して、「私」はただならぬ恐怖におそわれる。それはいいとして、しかし、彼はなぜ金閣にむかって次のように祈ったのか。

「私の人生が柏木のやうなものだつたら、どうかお護り下さい。」

彼がこのとき、ほとんど倫理的、ということはつまり生の醜い裸体をひたすら恐れているかに見えるのは、作者の言葉ぐせを借りていえば、大そう奇体なことであった。

事態は明白である。ことの成りゆきにまかせれば、柏木が自身の存在をあげて演じてみせた生の演技や悪の可能にみちびかれて、「私」は金閣とかかわりなく、まさしく金閣を「疎外」した場所で彼なりの人生への通路、すなわち外界への通路を発見できたかもしれない。金閣は自身を焼かれるためにそれを妨げねばならず、「私」は柏木によって促される人生からの「保護」を、金閣に求めなければならなかったのだ。小説の歯車は、金閣の幻影による人生からの疎外という非凡な着想に、自転してゆく。

金閣はこうして――概知の解答にむかって一筋に多元方程式を解いてゆくような小説の内的法則にしたがって、まさにその論理的必然性のみにしたがって――「私」と人生との間に威厳に満ちた幻影を出現させる。幻影は二度にわたって、青年と女との間にあらわれ、彼を女から、つまり人生から遠ざけた。柏木の「どもれ、どもれ」という言葉を思い出しながら「私」は女を犯そうとする。女との交りに人生への参与を夢みていたのだ。勿論、そうでなければ小説自体が無意味に終るわけだが、とりわけ二度目の女には、少年時代の遠い記憶がかさなっていた。有為子のよみがえりとさえ信じていただけに、ことはいっそう決定的だった。

「又もや私は人生から隔てられた」、女の魅力が金閣の幻影に色あせて、小さくとびさってしまったとき、青年がこう思うのは当然だろう。「金閣はどうして私を護らうとする？　頼みもしないのに、どうして私を人生から隔てようとする？」彼は、金閣にむかってついに荒々しく呼びかける。

　いつかきつとお前を支配してやる、二度と私の邪魔をしに来ないやうに……。

言葉尻をとらえるわけでは決してないが、頼みもしないのに、と「私」はいう。だが――彼も一度は、それを金閣に祈ったはずではなかったか。詮索好きな読者ならば、あるいはここで多少のつまずきや疑問を感じるかもしれぬ。

勿論、青年の決意を唐突とも矛盾とも感じさせるほど作者は無能ではなかった。小説の運びはもっと滑らかである。周到な計算と配慮にみちびかれて、読者はきわめて自然に金閣炎上の破局にさそわれてゆく、というのが恐らく事実だろう。

（金閣寺住職の後継者たる望みがついえたとき、「私」は放浪の旅にのぼり、その旅の途中で、突然、

〈金閣は焼かれねばならぬ〉という想念に辿りつく。そのとき、住職の後をおそう野心がすでに第三章で、最初の小さな悪の試みとして説明されていた事実を、われわれは思いだす必要がある。作者は金閣の炎上から、野望の挫折による絶望・憤怒・呪詛・復讐などのまがまがしい現実性を慎重にとりのぞいている。それは小さな悪の挫折をなかだちとして、より大きな、最大の悪の可能を試みる捨身の賭にちかかった。小説の構造におけるほとんど論理的といってもよい法則性が、ここにもはたらいている。）

しかし、作品構造の強引な飛躍を強いて指摘すれば、金閣の幻影が出現し、放火の決意が獲得されるまでの過程に、いささかの説得力不足があらわれる。いや、説得力の不足というより、事態の移りゆきが心理の言葉を借りずに論理の言葉で、心理的にではなく論理的に辿られてゆくところに、ある種のあやうさが感じられるのだ。

たとえば、柏木は夢想を否定していた。「南泉斬猫」の公案で猫を斬る南泉に自らを比較していた。そして、やがて「世界を変革するのは認識に他ならぬ」と説く彼は、夢想に憑かれて世界の変革を《行為》に賭けようとする「私」と対照的である。その《行為》と《認識》が同一目的にむかってせめぎあう一点に、劫火に包まれた金閣の破局が現われるわけだったが、その間の鮮やかな図式の隈取りにも、心理的必然性がなお不足していたようだ。それは作者の計算ちがいというより、小説の構造自体が結果したものかもしれぬが、ある批評家の言葉を借りれば、「泳いで渡れそうもない川を強引に渡ってすませ」たような飛躍を指摘することもできよう。

さて、金閣とは美の象徴であり、少女は人生の象徴だった。だから金閣の幻影によって下宿の娘から遠ざけられたとき、「私」は次のようにいう。

隈なく美に包まれながら、人生へ手を延ばすことがどうしてできよう。

また、二度目の拒否を体験したあとでは、「私」と生との間に金閣が現れるとき、「私は私の目であることをやめて、金閣の目をわがものにして」いるのだ、と考える。

永遠の絶対的な金閣が出現し、私の目がその金閣の目に成り変るとき――世界は相対性の中へ打ち捨てられ、時間だけが動いてゐた――そしてその変貌した世界では、金閣だけが形態を保持し、美を占有し、その余のものを砂塵に帰してしまふ。

金閣の幻影が「私」と人生の間に出現するという、非凡な、だがそれだけに危険な独創に、あえて論理性を附与するための冒険である。しかし、この冒険を試み（そして成功する）ことで、同時に、『金閣寺』の意図にまつわるひそかな主題が、ようやく明らかになってきたようだ。

くりかえしになるが、「私」は血みどろな、生きることがそのまま破滅につながるような、痙攣のような柏木の「人生」を、いちどは拒否した。彼は金閣とともに、つまり永遠に賭けることで柏木を否定したのである。金閣の目に成りかわる可能を始めてつかんだのは、まさしくその瞬間だったはずだ。

一方で疎外・被疎外の関係がたえずはたらきながら、同時に「私」は金閣によって所有され、すべての人生から遮断される。生の決定的瞬間において、彼の目は金閣の目を通してしか見ることができない。

永遠と化した美の幻影におびえねばならぬのだ。

性急に結論にとびつく。

金閣の象徴するものを、かりに芸術だとか、美意識だとかいうありふれた言葉におきかえてみるがいい。「私」と金閣の間にたもたれつつある不思議な緊張、疎外と偏在、憧憬と憎悪の二律背反に透けて、芸術至上主義的・唯美主義的な（いや、こういう但しがきは取除いてもよい）芸術家の宿命が二重に浮彫りされるのではないか。

芸術もまた、すべての美意識がそうであるように、永遠に化身する危険を内在する。ふたたび、永遠に触れつつ人生に手を延すことはできないのだ。三島氏自身も「すべて文学的に料理されたに過ぎぬ」自分の青春について書いたことがある。

『金閣寺』の堅固な構造の底流に、芸術と人生の悲劇的な関係がひそかに息づいていた。――そう考えるのは果して無用な類推だろうか。かりにそうだとすれば、三島由紀夫氏は『金閣寺』を書くことで、自分の金閣を焼こうとしたのかもしれない。

（「日本文学」昭和三二年二月）

『鹿鳴館』論

本田創己

戯曲『鹿鳴館』は昭和三十一年、三島由紀夫三十一歳の作品である。同年十一月文学座創立二十周年記念公演に初演され、翌十二月「文学界」に掲載された。古典劇の手法を取り入れた新しいタイプの戯曲であるという一般的評価とともに、三島の戯曲作家としての位置を不動のものにした画期的作品といえる。文学座上演にあたっては、当時の「読売、毎日、内外タイムス」それに「週刊朝日」などがその文芸欄で評し、いずれも好評であった。「三島由紀夫年譜」を見ると『鹿鳴館』は、処女作戯曲『火宅』(昭和二十三年十一月「人間」発表　二十三歳)から八年を経ての作品であるが、その間古典劇の集大成『近代能楽集』の完成などもあって、三島のこうした古典劇への傾斜は彼の戯曲作製上の一つの方法を決定ずけたといえるようにも思われる。

戯曲作家としての三島の評価は、『鹿鳴館』の前年昭和三十年九月「文芸」に発表された『白蟻の巣』の頃からほぼ安定した位置を占めるようになったが、その裏にはやはりこれまでの現代劇にみられなかったこういう特異な新鮮さが注目されていたことは否めない。

『鹿鳴館』が三島の野心作であるということは勿論のこと、それがこれまでの現代劇にみられなかった新しいスタイルの作品だということは、たとえば「これほど古典主義的原理によって、形式的な完璧さを実現した戯曲は、日本ではこれまで書かれていないだろう。」とか、「その試みが、みせびらかしの新しがりでなくて、古典劇からくみとった劇の本筋という風なものを、現代の舞台に再現してみようという野心を潜めている」（傍点ママ）といった山本健吉や遠藤慎吾の批評を待つまでもなく、実際に作品を読めば、あるいは、舞台上演を観れば、容易に理解できることであるが、三島の夥しい作品群の中にあって、この『鹿鳴館』の占める位置はそういったことだけでは決定づけられないものがあるように思われる。すなわちそれはイロニイの問題である。三島がイロニイの作家であるということは一般的によくいわれることであって、彼の素材の切り取り方、またはその組織化へ当っての形而上的な投影はまさにイロニイであるが、そのイロニイが最も自然にかつ効果的に作品の中に結晶したのがこの戯曲であったということをわたしはここで指摘しておきたいのである。

この作品は悲劇と銘打った四幕物である。場所は一、二幕と三、四幕が同じで、時は明治十九年の天長節の日の午前から夜半までである。筋は影山伯爵とその夫人朝子を中心に展開する。いっぽう、影山の政敵清原とその息子久雄の存在は、展開に強い陰影をつける役割を果している。このほかにも多数の人物が登場するが、主な人物はこの四人である。さて、この作品の鍵は、影山と朝子の人物設定にあると考えられるので、まずこの二人を中心に見てゆくことにしたい。その手懸りとして当時の評価をもう一度ふり返ってみると、前述したこの戯曲上演が好評であったということの中に実際はその全ての評に一致したことが一つだけあったのであって、たとえば「読売新聞」で評した尾崎宏次のことばは次のようなものであった。

「華やかな鹿鳴館時代を切りとった作者の意欲は、なかなか野心的で、セリフのかげをのぞかせる新味があるが、どうも美しく滑るかわりに切込んでこない。それが後半の起伏に影響しているのである。」（傍点引用者）

これは観客席で観たままの印象記であろう。客席での印象は、演出家やそれを演じる俳優によっても大いに左右されるから作者の意図したものと多少の違いが出てくることは否めない。しかしこの「切込んでこない」という尾崎の指摘が当時評された多くの者の一致した意見で、人物設定の問題とも関連してこの作品の鍵を握っている重要なことばのように思われる。それではまず最初に影山から考えてみたい。

遠藤慎吾は彼のエッセー「鹿鳴館と婦系図」の中で、人物の性格には近代的解釈を行っているところが随分あると指摘しながら、影山については、

「その第一は、影山伯爵である。影山伯爵には、ステファン・ツヴァイク流のフーシェ的性格が盛りこまれている。この男の陰謀には、政治的野心を満足さすための手段という影は大変薄い。むしろ陰謀は、社会（そして政治）を動かして行く、一つの必然的善である、という信念に生きている。あくなき陰謀を行いつつも、悔恨や罪の意識を全然抹殺し得る人物というものは、精神分析の出現が生み出した一つの人間の新しいタイプだと言っていい。」（傍点引用者）

といい、さらに「悪を意識しない」生来の悪人のタイプは昔からあったが、悪を意識しつつも、「その悪を必然的善に転化」させて完全に罪の意識を抹殺し得るという解釈は、精神分析の出現以後に出て来たもので、シェクスピアのマクベスやイヤゴオ（オセロ）にしても、シラーのフランツ（群盗）にして

も、ギラギラした野心と罪の影があるが、この影山は残忍酷薄で知的ではあっても、自分自身には罪の影を宿さない男であると述べている。確かに、遠藤のいうように影山には従来までなかった新しい人間の一面があることをわたしも認めたいが、むしろ作者の意図した影山の人物設定の根底には、日本古来の伝統的な仮面によって象徴される「像」が横たわっていると考えるべきではあるまいか。一見、政治家特有のいわゆる悪人として、形而下の世界からそのモデルを引き出してきた人物のように見える影山は、実は抽出され法則化された観念の「悪人」として悪の仮面を被って登場しているのである。すなわち形而上的観念の悪があって、その悪的法則に則った思考や行為の全てがなされねばならないという大前提が、そこには置かれている。従って当然のこととして、遠藤慎吾の指摘のように、かつて西欧古典劇の主人公たちが、所有した野心や罪などの内部的必然性の一切を拒否することはもちろんのこと、「あくなき陰謀を行いつつも、悔恨や罪の意識を全然抹殺」し、その悪の陰謀は己れの悪的法則の範疇の中で即座に必然的善に転化させ、蜘蛛の糸で編まれた投網のような陰謀の世界に熱情の炎を燃やして行くことになるのであるが、こういった影山であってみれば、当為《ゾルレン》としての行為や思考だけになって、肉体および体臭といったような内部的なものの存在《ザイン》は、彼のどこにも存在しなくなることはいうまでもない。この影山の性格は、昭和三十五年「中央公論」に連載された『宴のあと』の山崎素一をわたしに思い出させる。あの革新政党の選挙参謀である山崎素一の性格を作者はこう描写している。「彼は政治の周辺にむらがる人間の、利害のからんだ激しい喜怒哀楽が好きだった。否応なしに人間を誇張した激情へ持ってゆくあの不測の勢いが好きだった。どんなからくりをうしろに控えていても、選挙のあの本物の灼熱、あの政治特有の熱さが好きだった。」と勿論この作品では山崎は主人公ではない。むしろ陰の主人公的存在として描かれている。この山崎が愛するものは政治に付随する情熱、激情のようなものであってそのために彼はのろわれたごとく政治の中に身を投じていくのであるが、影山をも含めてこういった人間の描写には、そういうような性格にせずにおれない作者の一種の偏執性のようなものがあって、そのための類型化された人間像が感じられる。しかしこの「激情を愛する」という山崎素一の性格は、あくまで愛するということに止まっていて、彼自身が激情を所有しているということではない。その点影山とは多少違っている。影山が朝子に対して「ばかばかしいことだ。人間はあなたと清原のやうに、無条件で誓ひ合つたり信じ合つたりしてはならんのだ。ありうべからざることだ。人間の世界には本来あつてはならんことだ。」というとき彼の頭にあるのは、朝子と清原に対する単なる嫉妬ということよりも、自分の世界に「ありうべからざること」が朝子と清原の世界にあったということに対する怒りであったと考えられる。それは、仮面の支配する小宇宙の力で朝子と清原の世界を征服しようとするもので、「人間の世界には本来あってはならん」ということばも、そういった世界を影山が所有していて、その己れの世界を全てとするところの強力な個性の吐露にほかならない。そしてこの小宇宙とはいうまでもなく「悪」の世界であって、性格としては多少サディスティックな色彩を帯びている。「たとへ私の命令で清原を殺すにしても、その間には別の感情の屈折が欲しいのだよ。久雄の悩み、久雄のためらひ、さういふものが十分あつて、その上であいつが父親を殺すのでなくては物足りんのだ」というような影山には、その政治的陰謀にまつわる人間の感情の屈折を愛するというサディスティックな心理が働いていて、影山を一層無気味な存在に仕立てあげている。この心理は、『宴のあと』の山崎の心理と一見同一視しかねない錯覚を生じさせがちであるが山崎の場合とでは根本的な相違がある。すなわち山崎の「激情を愛する」という心理はあくまで傍観者としての立場であり、いっぽうの「あってはならぬ」という影山の世界は、自分自身の内部に一つの小宇宙を所有していることであって、その影山の中には山崎が愛するという段階に止った激情のような強いものがある。それはいわゆる悪のことであるが、悪人としての影山の行為から出る力でもあるのである。このことをもっと別の例を上げていうと、『鹿鳴館』の直前に書かれた『金閣寺』の主人公溝口の所有する世界がそうであって、この溝口が金閣に対して「金閣を焼かねばならぬ」というとき、溝口の観念は立体化を呈する。そしてその「金閣を焼く」という観念は「ねばならぬ」という行為を伴って現実への通路を切り開く。ということは「金閣を焼く」という観念が溝口を支配するに至り、その観念がこんどは逆に溝口に「ねばならぬ」という行為を強いることになり、その結果金閣を焼くという観念の現実が生じてわれわれは生きた溝口によって作られた現実を見ることになるのである。これがいわば観念の立体化ということであって、『鹿鳴館』の舞台上にもこういった影山の現実が現われてくる。このことはさらにドストエフスキーの『罪と罰』の主人公ラスコリーニコフの「老婆を殺さねばならぬ」という観念の世界とも共通したものがある。実際に彼が現実を作り出してみせるところから、またその行為の後の心理的経過においてその行為が彼自身にのしかかってくるということからいって溝口と同質のものである。行為のあと溝口は精神の虚脱感を味わったし、ラスコリーニコフの場合は、その行為によって生じた悲劇がそのまま直接的に彼自身に跳ね返ってきて彼の内部に悲劇が宿りはじめ、最後には悲劇の全てが彼自身の問題に転化された。結局ラスコリーニコフの行為はキリストによる救済が可能な世界の行為であったのであって、その行為を通じて人間性を追求するというテーマに結びついていたのであったが、しかし影山の場合は違っている。勿論彼の存在は「悪」であって悲劇の原因になっていることには変りないが、彼が生じさせた悲劇は決して彼自身の内部には跳ね返ってこないのである。影山はただ悲劇を媒介するものとして存在している。また溝口の場合も同じく「金閣を焼く」という美の媒介者（ラスコリーニコフの場合は彼自身が悲劇に転化された）として存在するが、影山と違うところは、その美が彼自身の内部に宿りはじめるという点である。従って影山にしても溝口にしても、またラスコリーニコフにしてもそうした観念の仮託者であることにおいては現実的反省の必要がないことはいうまでもないが、その後において影山のみ時間的超越が可能なのは、彼が最初の時点で悪の仮面を被って登場してくるからにほかならないのである。いっぽう、ヒロインの朝子もやはり仮面を被って登場してくるのであるが彼女はこの仮面の中に三つの顔を用意している。すなわち、芸妓時代の朝子、影山伯爵夫人の朝子（久雄出現前まで）、久雄出現後の朝子というようにである。最初の芸妓としての朝子は、実際には登場しないが、そういう人物設定が伯爵夫人としての朝子の中に生かされていて、それは朝子の中にある女としての護身術が、みごとな偽善に転化された形で隠されているのが芸妓時代の所産だとわかる。そういった朝子の瞳が自ら企てた陰謀にギラギラ輝きはじめるのは第二幕の、それも第一幕と同じ茶室潺湲亭で二十年ぶりに会った恋人清原と対面している最中である。その時の会話はこうである。

清原　もう止《や》めるわけには行きません。あなたは決して夜会へ出られぬ方だし、御主人には迷惑をかけても、あなたには迷惑をかけんつもりだ。

朝子　（何事か思ひついた如く）鹿鳴館の夜会に……私が？　……

清原　あなたは金輪際公式の席へは出られぬ方だ。私はその噂に、我が意を得た思ひをしてをつた。やはり他《ほか》の人とはちがふ、と思つてゐた。
朝子　私が夜会に？　……清原様、もしでございますよ。もし私が生れてはじめて、自分で立てた掟をやぶつて、夜会へ出たとしたらどうなさいます。
清原　あなたが夜会に？　そんなことはありえないことだ。（傍点引用者）

この時点から朝子は影山に戦いを挑み、大団円へ悲劇の直線コースを辿るのであるが、この会話からもわかるように、それまで女らしい女として、清原でさえも「あなたは金輪際公式の席へは出られぬ方」と信じていたほど公式の席上へは決して姿を現さなかった、そしてそれが逆に衆目の羨望の的になっていた朝子の態度は、ここで一変することになる。そしてこの会話をさらに良くみていくと、衆目の羨望の的になっていたこれまでの彼女の態度は、彼女の内面的必然性としてあったのではなく、掟として自らに枷したいわば彼女の護身術としてのいわゆる偽善であったことがわかる。そしてその出発は彼女がかつて芸妓時代に身につけた女としての武器にほかならなかった。この偽善は久雄に対しては、

朝子　永いこと半病人のやうになつて暮しました。
久雄　それからあとは？
朝子　だんだんに諦めました。……私は芸妓だつたんですよ。
久雄　それからあとは？

朝子　ああ酷いお尋ね！　でもいいの、何でもきいて下さいましね。それからあとは……（顔をそむけて）だんだんに忘れました。
久雄　ああ、あなたは正直です。それだけはわかりました。さうしてずつとあとになつて、この家に嫁がれたわけなんですね。
朝子　……。（無言でうなづく）

というようにその真実を吐露するという形で現れ、久雄をして「ああ、あなたは正直です」とまでいわせ、彼の母であることを納得させたばかりでなく、「あの方は自分の好きなやうに生きて来られた。しかも誰もそれを非難することなんてできない。あの方が小鳥だとすると、突然きれいな羽根をひらめかせて、窓から食卓の上へとび込んで来て、スープ皿のへりにとまつて歌ひ出しても、みんなその歌に聞き惚れてしまつて、無作法を咎めやうもないんです。（中略）その小鳥がたとへば、……たとへば卵を生むとします。卵はよその巣へ生みつ放し。かへつた雛はいぢめられて育つでせう。それでもあの方には責任はないんです。なぜつて雛鳥も、森をせましと歌ふあの方の歌を、心の慰めにするやうになるからです。さうしてその歌に悲しみの調子が入つて来ないやうに、歌がいつまでも年をとらない明るい恋唄であるやうに、自分もしらずしらず祈つてしまふんです。」というように完全に彼女の範疇に引き入れてしまう力を持っている。しかしこれが影山に対しては少しばかり様子が違ってくる。

〈略〉つひに朝子は木かげを出て、細流の上の橋を渡つて、堂々と良人の前に姿を現はす。そし

て飛田のセリフが終ると同時に）

朝子　殿様、その情報はまちがつてをります。今夜は決して壮士の乱入はございません。

飛田　やや、奥方様。

影山　（愕きを見事に隠して、冷静に礼をなす）おやおやこれは珍客の御入来だ。

朝子　はい、立ち聞きをいたしてをりました。

これは、朝子が影山の妻としての立場も考慮に入れた上で凜として自己を示した場面である。彼女のこういった態度には、やはり久雄のときと同質の心理が働いていて、彼女の全存在を賭けた武器になっているのであるが、それは久雄には勝利者であり得ても影山に対しては結局、〈**影山**　（激怒を抑へて）ふむ。……あいつは良人の私を利用して、自分の過去をのこらず救つてのけようと謀つたんだな。〉というようにもろくも破見されてしまうのである。

『鹿鳴館』の構成が、ヒロイン朝子を中心の悲劇的展開であることはいうまでもないが、その展開の契機的挿入として清原と久雄が登場する。しかしその清原と久雄、いや朝子もひっくるめて舞台上の全ての展開の根源は悪としての影山にあることはこれまで述べてきたことからも容易に察せられることであって、ここでその関わり方をみてみると、影山の悪的陰謀によって、すなわち影山の存在がそのまま悪の効力を発揮して朝子、清原、久雄はその触発を受けて悲劇へ猛進していくという形をとっている。この場合、この三者の悲劇が悲劇であるひとにおいて逆に影山にその悲劇が反映し、そのために影山の人間的苦悩が始まるということは、すでに前述したように影山には先天的に罪の意識を内在させない人物設定が試みてあることからいってあり得ないことである。

影山の悪は、悪は善に対する悪であるというモラルの範疇に止まらざるを得なかったラスコリーニコフのように、自己の内部に於て己れの悪の所業に対する理性的な葛藤からくる悲劇の陰湿性はなく、むしろ、からりとした悪の一方通行であって、いわゆる根源的エネルギーとしてのあるいは破壊力としての悪であって、これはモラルを超越した抽象的な仮面に譬えてさしつかえないものと思われる。それは日本の古典芸術の能や人形劇のもつ仮面のあの抽象性とこの場合同質のものが感じられるからである。影山が悲劇の強靭な反撃を受ければ受けるほど益々サディスティックな微笑をもって自信を強めていくのもこういったところに起因していて、三島が『鹿鳴館』でとり入れた古典的手法はここに於てはっきりと、その効力を発揮出来たといえる。

さらに朝子の性格は、そのストーリイの進行につけて徐々に影山の悪に吸収されていくという性格的弱点を露呈している。それを性格の弱さと呼んでよいわるいの立証は審らかにする必要もないと思うのでここでは省くが、この朝子のもつ偽善的性格が悪の前には受身にならざるを得ない力学的前提があるということは、作品を一読すれば直ちに納得できることである。この両者の力関係が同じであった場合には、当然影山と朝子の相殺状態が考えられて、その相殺の後に待っているのは多分無ということになるであろうし、さらにその場合の無はナッシングではなく等質化ということが考えられるのであるが、しかしここではそういったことではなく、朝子の偽善が影山という強力な悪の個性の前に破壊され包囲されていくという設定がなされていて、そのことからくる大団円の悲劇にはまた別のモチーフが提出されている。

受動的弱性としての朝子は、偽善であるということでより一層美しく磨かれていなければならなかったことはいうまでもないが、この美しく着飾った偽善が、悪の前に翻弄されながら散っていくという大団円の設定はわれわれに何を示唆しているのであろうか。そしてそれは果して成功しているのであろうか。たとえば尾崎は「美しく滑るかわりに切込んでこない」といい、遠藤は「女主人公の影山伯爵夫人朝子とその恋人清原永之輔には、新しいタイプの影は殆んど見られない。」というが、こういった印象記の原因はどこにあるのであろうか。

ヒロイン朝子に新鮮さがないというのはこの戯曲の致命傷にもなりかねないことであって、そのまま見過ごせない問題であろう。そして「切込んでこない」という尾崎のことばもこのことと関連して考えられることのように思われるが、その前にそういったことの総括的見解を述べたものとして、吉田健一の言葉を考えてみたい。吉田は『作者と肖像』の中で次のようにいっている。

「この悲劇（筆者註―『鹿鳴館』を指す）に至って氏の劇作品はそれを見る方、或は読む方で何かと注釈を付けて不満な点を補わなければならないものでなくなっているからである。（中略）殊に今日流の考え方に従えば、我々がこの芝居から大時代とか、古風とか、或は政治問題が中心になったその種の作品とかの印象を受ける筈であるのに我々は少しもそういうものに煩されずにこの芝居の進行とともに築かれて行くその世界に導き入れられ、その世界が一つの観念に支配されていることがその現実をなしているのを感じる。」（傍点引用者）

これは、前述した観念の立体化が完全になされたことをいっているのであるが、吉田の決論として、この支配している観念は優雅の観念であり、その優雅とは節度のことで、その節度が悲劇の発生を許し、悲劇は再び優雅に救われる、というのである。吉田が『鹿鳴館』の悲劇から優雅の観念が漂い出るのをいちはやく感じ取った鑑賞眼にはおそれいるが、それは作者自身ある程度意図したことであって、古典的手法をとり入れたテクニックの産物であるともとれないことはない。しかしわれわれは作者が意図したしないにかかわらず確かにこの戯曲にはそういった優雅が漂っていてそれがモチーフの一つになっているのを観ることができるのであって、そこには作者の意図など考える余地は介入しない。ではその優雅と尾崎が指摘した「切込み」とはどう関係してくるであろうか。また吉田の「節度が悲劇の発生を許し、悲劇は再び優雅に救われる」ということばの中に「切込み」はどういう形で入ってくるのか。そしてそれには朝子の性格がどう関係していくのか、これから考えていかなければならない問題である。

　吉田がいうように悲劇と優雅とが互いに許し救け合うということは、別のことばでいえば互いに個性を強調し合うということであって決して片方がもう一方に吸収され同化するということではない。このことを『鹿鳴館』でいえば、影山に匹敵する強固な個性を朝子が所有していなければならないということであって、この作品の悲劇がより悲劇的であるためにはそういった両者の強力な個性による相殺からくる悲劇であることが理想的である。もちろん朝子にも彼女なりの個性はあって、美しい朝子、久雄が一度会っただけで全てを許してしまわずにはおれなくなるような朝子であることも彼女の個性には違いないが、それが影山の前に立たされたとき果してどれだけの力を発揮できたであろうか。それでも大団円での二人は互いに相殺し合ってきた結果、朝子の心情としては、不本意ながらも影山の前に崩れ去り彼の悪の中に同化していくという悲劇の形をとっていて、そしてそれが単なる悲劇で終ってしまわないところは、久雄の悲劇に打ち砕けそうになった朝子がかろうじて気を取りなおして大団円に向うということで、清原、久雄の悲劇を彼女一人の悲劇にみごと転化させ得ていることである。しかしこういった大団円の設定にもかかわらず、この朝子の悲劇の裏側に喜劇が隠されているような、あるいはこの戯曲が悲劇である反面喜劇的要素を内蔵しているように感じられるのは、影山と朝子という相対する二つの個性の間にはりつめた緊張のバランスが欠けていて、完全な相殺と等質化を伴った悲劇になり得ていないからではないだろうか。ここに尾崎あるいは遠藤の問題もあったと考えられる。そして、さらにわたしが最初にのべておいたイロニイの問題もそうであった。このイロニイは、作者が意識するしないにかかわらず、作者自身の発想においてあるのであって、その秘密は、吉田がいうように「節度が悲劇の発生を許し、悲劇は再び優雅に救われる」ということばの中に隠されていて、そのことばがまさにイロニイの産物だといえるのである。大団円は次のように展開する。

朝子　息子の喪中に母親がワルツを踊るのでございますね。

影山　さうだ。微笑んで。

朝子　いつはりの微笑みも、今日限りと思ふと楽にできますわ。（泣きながら）楽にできますわ。どんな嘘いつはりも、もうすぐそこでおしまひだと思ふと。

影山　もうぢき王妃殿下がお見えになる。

朝子　気持ちよくお迎へいたしませうね。

影山　ごらん。好い歳をした連中が、腹の中では莫迦々々しさを噛みしめながら、だんだん踊つてこちらへやつて来る。鹿鳴館。かういふ欺瞞が日本人をだんだん賢くして行くんだからな。

朝子　一寸の我慢でございますね。いつはりの微笑みも、いつはりの夜会も、そんなに永つづきはいたしません。
影山　隠すのだ。たぶらかすのだ。外国人たちを、世界中を。
朝子　世界にもこんないつはりの、恥知らずのワルツはありますまい。
影山　だが私は一生こいつを踊りつづけるつもりだよ。
朝子　それでこそ殿様ですわ。それでこそあなたですわ。

（中略）

朝子　おや、ピストルの音が。
影山　耳のせゐだよ。それとも花火だ。さうだ。打ち上げそこねたお祝ひの花火だ。

ここには、影山に敗れた朝子の悲劇と清原、久雄の悲劇が集中していて、それが最後には朝子一人の悲劇に転化され、彼女はそういった悲しみの中で「いつはり」の微笑を浮べて大団円を、吉田健一のことばを借りれば優雅にし、そういった抒情で鹿鳴館の招宴を飾ろうとしている。この抒情性は、大団円いっぱいに広がった悲劇と優雅のモチーフを鮮明に浮き彫りにするのにより効果的ではあるが、大団円の示唆するものはそれだけではない。確かに、大団円に漂う優雅と悲劇は、一種の抒情性をおびてさらに一段と高くなったワルツのメカニックな形而上的構成の効果をも伴って、そのモチーフまでが抒情性によって支えられているような錯覚にわれわれを陥れる。油然と起きたワルツの曲で「一同踊り狂ふうちに」幕が下りてきて、それまでの清原や久雄の悲劇は朝子一人のものに転化され、そしてその彼女も次には優雅によってみごとに救われていて、鹿鳴館全体が一つの美の形に昇華するのはまさにこの瞬間であるが、しかしながらその美を構成するメカニズムの一つ一つには、謀叛と反逆と陰謀とそして赤い血が染みわたっていたのであって、大団円の醸し出す美がそういったものの上に成り立っていることを見逃してはならない。作者は影山の口を借りてこういっている。

「政治家ならこの菊の花をこんなふうに理解する。こいつは庭師の憎悪が花ひらいたものなんだ。乏しい給金に対する庭師の不満、ひいては主人の私に対する憎悪、さういふ御本人にも気づかれない憎悪が、一念凝《こ》つてこの見事な菊に移されて咲いたわけさ。花作りといふものにはみんな復讐《ふくしう》の匂ひがする。絵描きとか文士とか、芸術といふものはみんなさうだ。ごく力の弱いものの憎悪が育てた大輪の菊なのさ。」

こういう作者三島の美的形成方法からすれば、まさに影山の存在は、この作品における美の発場体であったということができる。「ねばならぬ」という悪の破壊力によって引き起こされた悲劇を、美しい様々な意匠によって救うという設定も、この影山という仮設がなければできないことであったし、作者のそういった観念の志向を影山という一人の人間を借りて美を形成していこうとするとき、そこに「その世界が一つの観念に支配されていることがその現実をなす」という吉田健一のことば通りのなまなましい悲劇が展開されながら美が形成されていくということは、美へ志向するその美が形成された時点においてはじめて観念の立体化が成功したことになるのである。そこにイロニイが内在しようとそれはいっこうにかまわなくて、そういう個性をもった美の志向であるというだけにすぎない。われわれはその作品における作者の志向性の中にどういう性格の美が見られるかということや、その美的形成が成功したかどうかを見ればよいのであって、そのことからこの作品についていえば、吉田健一がすでに観念の立体化が完璧といっていいほど成功していたことを指摘している。大団円が華やかなように見えて暗い陰鬱が漂っていたり、血なまぐささがあるのはすでに述べたように作者の美の性格によるもので、鹿鳴館時代という歴史的事実がそうであったこととは関係のないことである。

『青の時代』『宴のあと』『絹と明察』
――三島文学における時事的諸相

有山大五

一

『青の時代』＝昭和二十五年（一九五〇）七月～十二月号まで「新潮」に連載発表。
『宴のあと』＝昭和三十五年（一九六〇）一月～十月号まで「中央公論」に連載発表。
『絹と明察』＝昭和三十九年（一九六四）一月～十月号まで「群像」に連載発表。

いずれも、社会的な話題とマスコミを賑わした「事件」を素材に、その当時行われたニュース報道記事などに密着したストーリーが構成されている。

これらのほか、昭和三十一年（一九五六）に発表された『金閣寺』も、やはり当時世上に高かった社会的事件に材を得たことは著名だが、これについては他の論にゆずる。

『青の時代』は、高利金融会社「光クラブ」を経営していた東大法学部三年生の山崎晃嗣が、物価統制令、銀行法違反に問われ、三百九十人の債権者と三千万円の債務を残して挫折、整理の結果、最後の三百万円が工面できずに、二十七歳の身に青酸カリをあおって自殺したいわゆる「光クラブ事件」（昭和二十四年〈一九四九〉十一月）（『青の時代』序文および新潮社版『三島由紀夫集2』あとがき参照）。

『宴のあと』は、元外相の有田八郎が社会党から立候補して大接戦の末に対立候補の東竜太郎に敗れた昭和三十四年（一九五九）四月の「東京都知事選挙をめぐる有田夫妻」（註一）。

『絹と明察』は、昭和二十九年（一九五四）六月に端を発したいわゆる戦後版女工哀史として喧伝された「近江絹糸の労働争議」。

が素材となっていることもよく知られているとおりである。

しかしながら、これらの人間的社会的事件およびそのニュース記事などの具体的事実が、作者三島によって、どのようにして取捨選択されどのようにして虚構化されていき、文学にと昇華していったのかの過程を、それぞれの作品のストーリーに引き合わせて比較検討していく余裕はここにはない。というよりもむしろその作業から得られる結果が、いかほどの資料となり得るのかの考察は、すでに作品研究以外の範疇に属するものと思われるから、作品論としての本稿とはいささか質を異にすると考えられるのである。

ただここで指摘しておかなければならないのは、「光クラブ」「三十四年の都知事選挙」「近江絹糸労働争議」の三事件は、ともに、それぞれの時代の社会事情と社会情勢をシンボライズしていたことであるが、これはしかし、それらの作品が構成された時代の社会的背景としてながめる「事件」ではもちろんなく、同時代に発生した事件を素材とし得る作家もまた、その事件を発生せしめたその社会の反映の中で彼の創作をつづけていたのであることの確かめの一種としてという意味においてなのである。

なかでも「光クラブ事件」と「都知事選」の場合には、それが三島の文学素材として使用された時点においても、なお事件そのものがニュース的事象としてのなまなましさで社会に記憶されていたということからしても、三島が、その事件の中に、自己の文学に定着せしめ得るテーマを、きわめて直截的に感じ取ったに違いないことの証明となることが考えられるであろう。このことは、逆にいってみれば、作者は、たまたま起きた「事件」から、文学の素材をさぐりあて掘り出したというものではなく、それまで模索しあたためられ、思考され、練られていた作者の文学主題に、たまたま起きた事件の方がすっぽりとはまり込んでしまったということができよう。

事実、三島は、『宴のあと』が、プライバシーを侵害したとして法廷に持ち込まれたときに行なった抗弁で、これを創作した動機にふれて、「人間社会に一般的な制度である政治と人間に普遍的な恋愛とが政治の流れの中でどのように展開し、変貌し、曲げられ、あるいは蝕まれるかという問題いわば政治と恋愛という主題をかねてから胸中に温めてきた。それは政治と人間的真実との相矛盾する局面が恋愛においてもっともよくあらわれるものと考え、その衝突にもっとも劇的なものが高揚されるところに注目した」と述べている。(註二)

また『青の時代』については、「光クラブの社長には小説家として甚だ関心があったし、同時代人としての興味もあった」と自身でも語っている(新潮社版『三島由紀夫全集2』あとがき)。

さらに、「社会的な事件というものは、古代の童謡のように、次に来るべき時代を寓意的に象徴することがままある」(『文化防衛論』)と認識する三島が、「未来を先取りする」べき芸術家の視野によって、現実社会では無数に起きている多種多様な事件の中からあえて彼の文学の素材にと選びとっていったという過程を考えたとき、その選ばれた「事件」は、作品の後にちらちらちらする社会的背景などという私小説的発想の枠を飛び越えて、すくいとられた作家の掌中から、すでに三島の肉体へともぐり込み、その体内で、創作されようとしている三島文学の背骨《バックボーン》にと変容した時点において、もはや「素材」であることの意味は「内容」という名にとってかわっておのれの存在理由《レーゾンデートル》を主張しはじめるのだとさえいえるであろう。三島文学において、しばしば素材にとして登場する社会的事実が重要な役割をはたしていると考えられる所以でもあるわけである。

しかしながら、文学作品の素材となった人間的社会的事実もしくは事件は、あくまでもそれが創作される過程にあっての作者の私的体験という「小説の外形」にすぎないこともまたここで確認されなければならないだろう。なぜならば、ひとたび作品が完成されたとき、素材として使われた、これらの事実や事件は作品の背後にと姿を消してしまう性格をもっているのであって、いいかえれば、社会的事件や事実が、作者によって選択され、作品の内容として再構成されるということは、その素材はすでに素材であることから脱出して、作者の血となり肉となって昇華してしまったものと解釈できるのである。このことは、したがって素材と作品結晶との時間的近似性において並列に並べてみた『青の時代』や『宴のあと』の場合にも決して例外ではないし、「事件」発生から十年間の時間が経過してから書かれた『絹と明察』にあってもまた同様のことがいえるのである。

これらのことから導き出されてくることは、われわれの前にと摘出されるべき考察の主題はあくまでも作品に対象が置かれていなくてはならないということの指摘であって、それは、たとえば『青の時代』に関して三島が自分で述べた「作者が文学的青春の最初の数年を送つた忘れがたい異様な時代、『戦後』

の混乱と不安といさぎよさと未来に対するはげしい翹望と孤独と若々しい鼓動とのあの時代、正にさういふ時代の抒情詩」（『青の時代』あとがき）の、その抒情の在処とその様相をさぐりあてることの作業からはじめられるべき性質をもっているだろうというわけである。

二

三島は、『青の時代』の「あとがき」で「資料の醱酵を待たずに、集めるそばから小説に使つた軽率さは、いまさら誰のせゐにもできないが残念なことである。文体も亦粗雑であり、時には俗悪に堕してゐる。構成は乱雑で尻すぼまりである。それにもかかはらず、この失敗作に、今日なほ作者は不可思議な愛着の念を禁ずることができない」と、作品としての結構を否定しながらも作品の世界については心情的な肯定を与えようとしている。この心情的肯定の「心情」のありかは、作者の私的体験が生《なま》のかたちで作品中に投影されていたことの証明にほかならないのであって、小説の主人公川崎誠は、当然「戦後」の混乱と不安の時代の中に生きる若者として登場し、その性格は、まさに生い立ちから青春のプロセスを作者のそれとないあわさりなぞられながら、「混乱と不安といさぎよさと未来に対するはげしい翹望と孤独と若々しい鼓動」をふんだんにくりひろげていってくれるのである。その意味においては、この小説の舞台は、時代の青春と風俗をシンボライズしてあまりある存在といえるであろうし、主人公に配して登場する人物と舞台設定も、旧制高校の寮生活と友情、秩序の崩壊した社会と喪失した価値観――こうした中で思考し行動していくいくつかのパターンを配置し、その中で、主人公川崎誠が大上段にふりかざす理想主義は、「人間が自分の幸福のためにした行為によつて決して後悔しないといふ道徳律を至上のものとする。幸福の観念は、経済学へではなく、刑法学へ導入される。一方、物質面に関する限り、財貨の不平等は黙殺され、それが一対一の関係で、相対的に幸福の問題にまで高まってくれば、財貨の争奪といふ犯罪によって各人がこれを解決すればよろしい。この犯罪が合理的な正義に叶へば肯定される。」という〈モラル〉によって支えられ、その行動は「合理的に！合理的に！」をモットーとして展開されるのである。

その理想主義から導き出された具体的行動とは、五十万円を自分で自由に出来る男と結婚すると宣言する大学教授令嬢を対象に「これこそは本当に精神的な女の言葉だ」と感激し、「あのお嬢さんを愛して、さうして捨ててやらう。何といふ勝利だらう。彼女が物質を求めてゐるあひだ、僕は誠心誠意、精神的に彼女を愛しつづける。そしてつひに彼女が僕を精神的に愛しはじめたら、そのとき僕は彼女を敢然と捨てる。この至上命令を忘れてはならないぞ。僕が彼女を捨てる自信を得るまでは、どんなに苦しくても、指一本彼女の体に触れてはならないぞ。」という〈美学〉の実践なのであった。

精神的に愛することに不能を感じたとき、物質的に男を愛すると広言した大学令嬢の精神は「生活の時代」に「生活を夢みていた」時代の抒情として理解できるのであって、その抒情を逆手に飜弄しようと志向する川崎誠の行為は、まさに「詩」として定着し得る反社会的企図でなくしてなんであろう。さらに「元教授」という旧秩序、旧価値観を巧みに利用した「荻窪財務協会」に、虎の子の十万円を捲きあげられた川崎誠が、そのへまを逆手に利用することによってつくりあげた高利貸し会社「光クラブ」の成功は、これもまた「生活を夢みた」時代の抒情を「詩」として定着し得る反社会的企図として彼の〈美学〉を構築せしめていくのであった。反社会的理想主義をかかげて行為するこの青年の抒情を「作者と同じ世代にとって貴重な同世代の証言であり記念碑」として受けとめる評価（日野啓三　筑摩書房版『新選現代日本文学全集』解説）があるのは、三島自身が感じている「不可思議な愛着の念」と同様の感覚から、この小説に盛り込まれた「時代の抒情」を心情的に肯定するところによってきたったものであるのだろう。そしてこの評価は、それが心情であるところにおいて、否定することのできない「共感」もしくは「共鳴」として理解していかなければならない性質をもっているものといえよう。

しかし一方では、「この小説のモデルである光クラブの社長は、あるいは同世代の知的英雄たちの一象徴と眺めうる青年であったかも知れないが、小説『青の時代』そのものは中途半端な作品である」と批評する立場（本多秋五『物語戦後文学史』参照）がある。本多は、これを「作者は、おれにはこのアプレ青年の心理がよくわかるという気持ちと、あまりにもモノレール的なこの主人公の唯理的唯物思想に追随するにはおれには余裕がありすぎるという批判意識と、この二つのものの間に居心地悪く坐しているように見える」という。そして、三島自身が白状している資料の持ち込み方と小説の構成の方法に難点が見出されることをなぞりながら、作品としての中途半端さを指摘し、さらに「三島は『青の時代』において、アプレ青年の生活の形を描いて、その心を描かなかったといわねばならない」と斬り捨てている。

しかし、この本多の論断にはいくつかの問題があることが見つけ出される。なぜならば、三島は、この作品において「青春の定着」を試みようとしているのであって、それであるとすれば、本多が要求するような「その心」を描くことはほとんど不可能なことであったろうし、またその必要さも認められないと考えられるからである。というのは、二十五歳の三島が、その青春の定着を手がけようとするところにあっては、とりもなおさず「生活の形」として表白される以外にその方法はあり得ないからなのである。概論風にいえば、青春とは本来「生活の形」としてのみ摘出が可能なのであると考えられるから、創作の前面にその標識は大きくたちはだかっていたはずであり、したがって、ここで「心を描かなかった」という批評でもって作品そのものの中途半端さを指摘することは、照準を合わせる段階ですでに的をはずしたものであるといわざるを得なくなってくる。しかし、この作品が「中途半端」であるという指摘には十分うなずけるのであって、その一つの要因として、この『青の時代』は、三島文学の特徴であるといわれている「アイロニー」がきわめて稀薄であったことがとりあげられるであろう。

具体的にいえば、現実には自殺してしまった「光クラブ」の社長を、作品の上で、三島は、その用意があることを暗示する程度にとどめていることもそのひとつであって、彼にとって、その主人公を自殺させてしまうことはどうしても出来なかったもののようである。このことは、彼が表白し定着しようとする青春そのものが、「あった」ものとしての青春ではなく「あるもの」としての現在進行形においてしか捉えることができなかった絶対条件において理解できるであろう。であるとすれば、彼が定着を試みようとする青春は、必然的に時代の抒情でしかあり得ないことになるし、したがってその表白は、「現代的過去」としてしか存在し得ないからである。論理によって構築された主人公の理想主義が破綻しはじめたときこそ、そこに〈夭折の美学〉が開華し得る絶好の場があったにもかかわらず、彼は「青春の定着」をこの作品に意図したが故に、主人公を〈夭折〉させることだけはどうしても避けねばならない窮地に追いこまれていかざるを得なかったのであろう。なぜならば、そこで主人公を自殺させることは自らの青春そのものを、抹殺する以外の何ものでもないことをいちばんよく知っていたのは作者にほかならなかったと思われるからである。いわゆるモラル・センスの問題としても指摘しておかねばならないと思われる。

三

『青の時代』においてすでにみてきたように、こうした社会的事件に素材を得て組みたてられていく主人公の行為は、すでに現実に起きた「事件」のストーリーがまえもってかたちづくられているために作品として再構成されていく過程においては、作者によって虚構化された部分から作品のテーマをさぐり出していこうとする危険にさらされる場合が往々にして出てくる。なぜならば、主人公の行為それ自体がすでに「時代の証言」の様相を示すであろうことは避けられないのだし、だからといって、その主人公をきわめて没時代的性格にと設定してみたところで、それは結局とりまく環境の説明によって裏がえしにされただけのものとなることはいうまでもあるまい。したがって、作者が描こうとする文学の主題は、ストーリーが描く軌跡の中に埋没してしまって、提出された作品は、多分に風俗の描写とその批判が前面に強く押し出されやすくなってくるのである。『青の時代』の失敗も、実はそのところにあったもののように思われる。

とすれば、やはり同じく社会的事件に密着して、しかも同時代において提出された『宴のあと』は如何であったのだろうか。さらに『絹と明察』にあっては……。

『宴のあと』の主人公野口雄賢は、知事選挙戦出馬から落選、政界から引退していくというストーリーの中で、彼が抱く政治と人生への理想をエキセントリックなまでに主張してゆずらない。しばしばそれは、ドン・キホーテの表情でもって登場する。これに配する敵役《かたき》として、福沢かづが設定されるのである。

この作品の展開は、野口とかづの対立を描くことによって行なわれていく。この対立は何をシンボライズしたものであるのか、たとえば野口の理想主義に対するかづの現実主義もそのひとつといえるであろう。この『宴のあと』の文学的主題が「政治と恋愛」にあったことはすでにふれておいたが、「田舎の料理屋の猥雑《わいざつ》な宴会や、いたいけな少女の胸もとへのびる酔客の手や、出奔する少女が身をちぢめて乗り込む夜汽車や、都会の裏小路や、金で買われた愛撫《あいぶ》や、身を護るためのくさぐさの策略や、薄情な男たちの威丈高《いだけだか》な接吻や、親しみにまさる侮蔑《ぶべつ》や、わけのわからぬものに対する執拗な復讐心や、……」というがごとき貧乏のどん底から身を起こした女性の経るべきあらゆる苦労を伴侶に生き続けてきた初老の女性かづが、酸いも甘いも知り尽くした目でひと目惚れしてしまったもの――それは、彼女自身にとってはないものねだりの気品と格調にあったというくだりにいたっては、いかにも通俗的にすぎるし、そのかづが、選挙戦を通じて徹底して金権の利益を信じてこれを遂行したあたりも、野口のそれに対する潔癖さがドン・キホーテ風に高まれば高まるほどそのかづの行為は都知事選という檜舞台を持続させるための小道具としての必然性程度にと対立は稀薄化されていく。つまりここでも『青の時代』がおちこんだ風俗への傾斜がやはり待ちかまえていたのであった。選挙における現ナマや策略や裏切りや脅しのくさぐさは、政治そのものの日常茶飯の描写にしか役立たない。通俗へのすべり止めをかけなければならなかったのは当然のことであろう。

三島がとった方法は、主人公（時代の抒情あるいは裏がえしにされた時代の抒情）が演じる舞台（風俗）に、きわめて強烈な個性を持った演出家を登場させる手法であったようである。すなわち、かづが演じた「政治の日常茶飯」を演出した男―山崎素一がニヒルな表情をことさらに押し殺して登場する。「選挙運動の達人で、一切表向きの役目に就きたがらぬこの男は、かつての幻滅した共産主義者の一人だったが、今はあらゆる理論にお尻を向け、不適な明敏な赤ら顔の実際家になり了《おお》せていた」この山崎は、かづをして「色恋ぬきで彼女に永い友情を誓うことのできる或るタイプの男」としての登場なのである。「山崎の持っている一脈の人情味は、彼の政治的絶望から生れたものだった」と、三島はこの山崎の性格決定をしている。

一方、『絹と明察』の場合にも、われわれは、主人公たちが演じる舞台の演出者として、この山崎ときわめて近似した人物が、こんどもっと鮮明な色彩を身にまとって舞台をかけめぐることを知らされるであろう。

『青の時代』においては、主人公の背後にあるかなしかの影をちらつかせていたこの「演出家」が、『宴のあと』にあっては物語の途上で姿をあらわし、ついに『絹と明察』にいたっては、小説の冒頭から名乗りをあげるのである。

『絹と明察』の主人公は、したがって、この演出家とどちらかが主演者であるのか見わけがたい比重になっているのであるが、しかし、この場合の主人公はあまくでも駒沢善次郎であろうし、演出者は岡野として受けとられなければならない。『宴のあと』の山崎が「かつての共産主義者の一人」というきわめて漠然とした語り口によって登場したのにくらべ、『絹と明察』の場合の岡野は、「今でこそかうして政財界にやたらに顔のひろい面妖な人物として通つてゐるが、岡野もかつてはハイデッガーの学風を慕ってドイツに遊び、フライブルグ大学に学んだことがある」男であり、帰朝後は時流向けの「聖戦哲学研究所といふ研究所まがひのものをひらく。少壮軍人がここに蝟集して、軍人を通して、政治家や実業家や役人に顔が売れる。占領がをはる。岡野は金を集めて、東京近郊にゴルフ・クラブを作って成功した。しかしクラブにはほとんど顔を出さず、あちこちの重要人物の集まりに『招かざる客』になって、いろんな利を得ることの方が好きである。又、大口の融資の口利きをする」という具体的経歴を持ってのお目見得なのだから、小説の中での彼のキャラクターとその役柄は、ストーリーが展開する以前にほぼ見当のつく仕組みになっているのである。

さて、『宴のあと』の山崎の演出と演技がどのようにして進められていったのかをながめてみよう。

知事選に立候補することに決意した野口の「政策、資金、選挙の人事、一切の話」をにぎるいわば選挙参謀としての位置についた山崎は、万事大ぶりにやってのけるかづの運動についには敬服してしまうようになり、はてはかづの秘書的存在にとかわっていく。選挙は、結局、野口の負けと出る。「選対本部の後始末に忙しく働きながら、山崎にはこの敗北の、気のとおくなるような実感が除除にしみ入った。（中略）この国で革新勢力が味わう幻滅には、しかし山崎は若いころから馴《な》れっこになっていた。いわば彼はいつも幻滅のほうへ賭けたので、これはむかしの若さへ不断に賭けつづけるようなものだった」彼にとって、選挙のさいに行われる不正や金権の勝利などはまるで路上の眺めに石ころや馬糞があるのと同じ感覚で把握されるのであった。「本当のところ山崎は心が冷えていたので、もっとも高貴な材木からもっとも汚れた紙屑《かみくず》まで等しなみに投げ込まれるこの選挙という暖炉を愛していた」のであり「彼は政治の周辺にむらがる人間の、利害のからんだ激しい喜怒哀楽が好きだった。否応なしに人間を誇張した激情へ持ってゆくあの不測の勢いが好きだった。どんなからくりをうしろに控えていても、選挙のあの本物の灼熱《しゃくねつ》、あの政治特有の熱さが好きだった。こういうもので、からっぽな心の倉庫を富まし、同じ立場の大ぜいの人間の昂奮した感情で空虚を充《み》たし、はては自分の感情も同じ色に染められるのを愛していた。だから有体《ありてい》に言うと、敗北がきまって重い霧に包まれた山崎の心のうごきには、どことなくわざとらしいものがあった。この幻滅の享楽家は、敗戦の悲壮な光景と心境も、少し好きだったのである」というややマゾ的傾向が、彼をして選挙へ、政治の世界へと踏み込ませているというものであった。

この山崎の〈世界〉は、『宴のあと』において、理想主義対現実主義あるいは、精神主義対肉体主義として対立するヒーローとヒロインを、どちらをも客観的にながめながらも、しかも心はからっぽ――このニヒリスト仮面の果した役割についてては「西空は静かに光って、何となく理想主義の終焉という感じがある。虚しい理想の巨大な廻り灯籠《とうろう》のように、百千の蠟燭《ろうそく》をともして、野の果てに日が沈んでゆく。この光りに背を向けて歩いてくる人間は、灯籠の絹の上に貼りつけられた影絵である。黒い一葉の薄紙を切り抜いて、その影を絹の上に踊らせる影絵である」とはっきり明言されているのである。

一方、『絹と明察』の舞台を演出する岡野の場合は、従業員全部を自分の子どもであり、子は親の信じる通りに実行すればよいのだと公言し、実行することによって、一介の町工場からようやく一流企業家への仲間入りをはたす段階までにとのしあがってきた主人公駒沢善次郎の「自ら意識しないやうな完全な偽善、企業の合理主義を天性の能力でまつたく情緒的なものに包んでしまふその遺口、彼の動かしがたい自己満足」に対して、現代企業においては信じることのできないようなその神秘さ――すなわち現代の〈妖怪〉の正体を公衆の面前にひきすえるという役目をもって登場する。時の通産大臣をして「全くのドン・キホーテだね」といわしめるその妖怪性―その向う側にある正体が何であるのかを知るためには、彼駒沢が、子どもであり家族であり、家庭ですらあると信じている紡績会社の内部からの造反、これが何にもまして有効に作用するであろうことはいうまでもあるまい。

むろん妖怪性の向うにあるものは、小心で臆病なひとりの中年男にしかすぎないことは「明察」の達人である岡野にとってはわかりすぎるほどにわかっているのであるが、しかし「崇高なものが好きなのは彼の病気で、それが彼の残酷さの原因」であるからには、当然、現代にあっては最大級の崇高さをもつ〈妖怪〉退治にと乗り出すことは必然となってくるであろう。

この岡野の演出によって展開される「駒沢紡績の労働争議」と、それに反応していく駒沢社長の心理と行為は、それが、社会的現実的事件の筋書きに密着すればするほど通俗性を倍加していくことは、いうまでもなく、〈事実は小説より奇〉なる故の逆説として、よく肯ずけるところであろう。したがって、「男が自由や平等や平和について語るのは、自らを卑しめるもので、すべて女の原理の借用にすぎぬといふこと。少しでも自尊心のある男なら、自由や平等や平和の反対物、すなはち服従や権威や戦ひについて語るべきだといふこと。男があんなことを言ひ出したとたんに、女にしてやられ、女の代弁者として利用されるやうになるといふこと。……」など、現実の町工場へいくまでもなく、中小企業経営者の一般的平均像を持つ駒沢もまた現代の妖怪として証明できるパラドックスがあるのであって、そのありふれた社会にいるありふれた人間たちを演出する岡野の横顔が、舞台を横切ってみたり、あるいは、観客席に居すわってみたりするたびに、逆説的通俗性の中に逆説的個性の影が、ある場合には濃く、ある場合には淡く投影されていくのである。

四

われわれが日頃人間性と呼んでいるものがこの渦中（政治の泥沼）で忽ち見えなくなってしまう、その痛烈な作用を愛します。それは必ずしも浄化ではありますまいが、忘れてよいものを忘れさせ、見失ってよいものを見失わせる、一種の無機的な陶酔をわれわれに及ぼすのです。こんなわけで、どんなに失敗し、どんなにひどい目に会おうが、私は一生政治を離れることができそうにありません。

彼の眉をかすめて飛ぶ蜻蛉。蘆の葉末によろぼふ小さな蝶。対岸に深い木蔭をつくる考へ深い樹々。紫の水。その水の斑紋。この世界には、帆影もなければ、何らかの憧れもなく、……自分が征服したものに忽ち擦り抜けられる不気味な円滑さしかない、と岡野は思った。

引用文の前者は、『宴のあと』の末尾の一節であって、野口と別れて、自分の〝古巣〟である雪後庵再開の祝宴に山崎を招待したかづの長い手紙に対する山崎の返信の部分から抜いたものであり、後者は『絹と明察』のやはり末尾の一節であって、わが子たちに造反を起された駒沢が、ついに倒れ、亡くなった日の午後、その病院の近くの川端に腰をおろした岡野が、目の前の川の流れを眺めながら、ふととらわれた感懐の断片である。

そして、この二人が、それぞれが演出し、かつ演じた舞台の最後に語ったことばを見のがしてはならぬようである。それは、『宴のあと』では、雪後庵再開の祝宴への招待の返事として「では来《きた》る再開の夜は、喜んで出席いたします」であったし、『絹と明察』では、駒沢社長なきあとの駒沢紡績の次期社長としてのイスを推薦したとのことばについでいわれた「これを機会に、君もそろそろ世間の表面へ出ることを考へたらどうなんだ」に対して、「永らく待ちのぞんでゐたその言葉を、岡野は耳にしつかりと嚙みしめて聴いた」と、抽象的に表現された作者の明解な意志として、われわれは、この二様の揚言を読みとることができるのである。

つねに脇役としてふりあてられていたこの二人の演出者は、どたん場にいたってついに主人公のイスにとってかわる有資格者であったことをはっきりと約束されたのであった。

作者によってキャラクターまで定められたかれら演出者たちは、ここにいたって、彼らをあやつる作者三島の「心を嚙んでいる」アイロニーの化身となって、ことばの魔術師、とよばれる三島レトリック〈美学〉への昇華を許可されることになるのである。

ここで、彼らが「演出者」ということばで表現されねばならなかったありようを、誤解を避ける意味においても述べる必要を感じる。すなわち一般的にいって演出者は、演技者の有する形而上的素質を誘導するという位置において一種の教祖的存在として考えられるのだが、しかし、一方において演出者は、演技者が演技として表現を持ち得るまでに至る過程で、演技される本体＝本質を演技者に伝達する媒体者としての役目を合わせ持っていることを見逃してはならないからである。

このことは、たとえばわが国における伝統文芸成立の過程にあって考察される巫子との対比によっても把握できるものかと思われる。巫子は、いうまでもなく神と人間との間にあって神の意志を人間に伝道し得る資格者のみにあたえられる称号であって、その資格の条件は神の意志をよく体現し得ることにあったはずであり、さらにまた、通じさせたまえと祈る願いの人間と神の間をとりもつ触媒としての有能者でもあったのである。そして、その表現の方法は、祈る行為と祈ることば――すなわち、祝詞、寿詞を総括する祝詞と呪術であったことは、いうまでもないだろう。

やや図式的になるが、神と人間の間にあるものが巫子であって、神の意志が巫子を通して呪術および祝詞によって伝達が行為されるときにある表現の形式《スタイル》が定まり、その継承によって表現の様式が確立されていくと仮定すれば、ひるがえって現代の文学における巫子とは、作家と作品の間にあって文学の形式《スタイル》と様式を決定する霊媒の位置にたつものなのであるといえるであろう。もちろん三島の文学における〈神〉とは作者自身なのであることが発想されてこよう。ここで断っておかなければならないのは、明治以来のわが国の文学にあっては、作品は、素材を通過することによって発現した作家の理性の産物として描かれることが通常と理解されていたことであり、したがって作品の中に出没する登場人物はあくまでも個性としての表白をつづけていくのが普通となっていたのであって、その極端な例としての私小説が指摘され、これについての批評と非難は、幾度となく俎上にあげられてきたのであった。しかしながら三島の場合にはこの常識はあてはまらないところに三島の文学的特質が抽出できるのであって、この点に、われわれの注意もまたはらわなくてはならないと考えるのである。

すなわち、三島が、社会的事件を素材にした場合に、素材の中から作品の主題を引き出しているのではなく事件のほうが三島の主題にはまり込んだのであることを前に述べておいたが、これをいいかえてみれば、三島は観念上の文学の主題を、社会的事件によって処理したのであるということになるのであって、作品に登場する主人公は、したがって三島の意志によってすべての行動が決定されているのであるということができよう。このことは、作中の会話にあってもそっくりあてはまるのであって、事件やプロットを描写するためのそれではなく、作者の意志決定のための会話として受け取れるし、そこでは、その登場人物の会話の一つ一つが、すべて作者の意志に所属するものとして認識されなければならないと思われるのである。

ところが、作中の主人公およびその敵役《かたき》によって語らせた作者の意志が、なお完全に語りつくされないと考えられたとき、三島は、そこに『宴のあと』の場合の山崎や、『絹と明察』の場合の岡野のような「演出者」すなわち巫子を舞台上にひきずり出し、その「演出者」にことばと行為を与えるのである。それ故に、彼ら演出者が舞台上で語り、行為することそれ自身が、呪詞であり呪術として現実的事件を超越した効力でもって主人公の行為を誘導し得るということが可能となるのである。そして、その彼らが、ふと舞台で演技している自分を客席にまぎれ込んで眺めるという三重の構造が成功したとき、そこに痛烈なアイロニーが表出されていることをわれわれは知るだろう。

さらに、この山崎、岡野をともに、作品の終末において「現実」に対して握手の手をさしのべさせるという設定を置いた三島の意志によって、三島が構築しようとする〈美学〉は、その終末の握手によって出発点となさしめようとしているものであることを物語っているのであって、そこから引き出される美への志向は、美の到達点は無であるのではなく、無こそ、美の出発点となるのだという〈三島美学〉をシンボライズさせたものにほかならないといえるのである。このことは、「金閣寺」を焼くという行為、すなわち現実にある美の対象をおのが意志によって喪失せしめたところから「観念の美」が誕生するとしていた『金閣寺』において提出された〈美〉の観念と、決して離反するものではないことがここでも確認されてくると思われる。

（註一）『宴のあと』の執筆と出版が、プライバシーの権利侵害による不法行為であるとして提訴されたいわゆるプライバシー裁判における被告側（三島氏と単行本を出版した新潮社など）の主張の第三項中に「『宴のあと』が原告（有田八郎氏）および畦上輝井（有田氏の元夫人）の経歴のうち社会的に公知の事実ならびにニュースに着想し、ストーリーを構成し、創作した小説である……」と述べられている。（「判例時報」三八五号参照）。

（註二）昭和三十六年三月、有田八郎氏を原告として、三島氏と新潮社、および同社佐藤義夫氏らを相手どった「損害賠償百万円および謝罪広告請求」の訴訟が起こされた。東京地裁で審理の結果、同三十九年九月二十八日「『宴のあと』は、事実とフィクションとの境界を判別できず、原告のプライバシーを侵害したものと認められる。被告らは八十万円の慰謝料を支払え、謝罪広告請求はその必要なし」との判決を下した。三島氏らは「この判決は文学活動の社会における意義を無視している」として東京高裁に控訴。続いて審理されていたが、四十年三月に原告人の有田八郎氏が死亡。このため、四十一年十一月の口頭弁論で両方の和解が成立した。和解の条件は、有田氏側は三島氏に対して『宴のあと』の著作権を尊重し、三島氏は改作、演劇化などにあたって故有田氏の名誉や品位を傷つけるような表現を付加しないなどで、三島氏側からは有田氏側に金一封が贈られた。

『美しい星』・『音楽』
――モダニズム文学との接点

片岡　文雄

『美しい星』

空飛ぶ円盤の目撃、目撃者の宇宙人としての意識のめざめなどSF的要素を色濃く宿し、また水爆による人類滅亡の危機とその救済をめぐる政治小説的展開を示しながらも、同時に美と死の問題をめぐって芸術家小説の性格をも重ねもつこの小説は、昭和三十七年（一九六二）一月から十一月にかけて雑誌「新潮」に連載され、同年十月、単行本として新潮社から刊行された。

＊

十一月半ばのよく晴れた夜半すぎ、埼玉県飯能市の羅漢山にのぼる四人家族があった。豪奢な星空だが、待ちのぞんだ円盤は現れなかった。去年の夏、一家はそれぞれに円盤を目撃し、別々の天体から飛来した宇宙人だという意識にめざめた。飯能一の材木商であった先代の遺産で暮らしている当主大杉重一郎は火星、妻伊余子は木星、法科学生の息子一雄は水星、英文科生の娘暁子は金星を故郷だと知ったのだった。

　重一郎は、水爆・ボタン戦争の危機から人類を救うべく火星から派遣され、使命達成のために「宇宙友朋会」を結成し、同志を全国に募った。

　十二月、暁子は友朋会の同志で金星人を名のる青年竹宮を金沢に訪ねる。暁子は竹宮の目に金星人の美しさを見、竹宮が能面の内側の闇のむこうに存在の故郷、美の極致としての金星の世界を認めた話をきく。翌日は内灘砂丘に行き、二人は日本海上に円盤の飛来を見た。世界の静寂、絶対美の陶酔を暁子は味わう。

　現実世界を支配する無垢の権力意志を求めていた一雄は、学内講演会が機縁で、青年層に絶大の人気をもつ保守党の代議士黒木を知り、その秘書となる。

　ところで、ちょうど去年の三月十日の今日、仙台市西北の大年寺山頂のおなじ場所で円盤を見た「薔薇園会議」の三人の姿があった。入会権の研究と法制史を講ずる万年助教授羽黒が主領格、他に行きつけの床屋の曾根、もと羽黒の学生で銀行員の栗田である。彼らは、白鳥座六十一番星あたりの未知の惑星から、人間を滅ぼすため地球に派遣されたのを確信しており、飯能の宇宙人一族の活動を終熄させる必要を痛感していた。

　三月中旬、きらめく金星の純潔を自覚する暁子は、自らの「処女懐胎」を知った。伊余子は竹宮との行動を直接に問い、重一郎はひそかに金沢に発つ。しかし竹宮は姿を消しており、重一郎はかつて暁子が宿をとった仙鶴楼のおかみから、竹宮が稀代の女たらしであることをきく。

　代議士黒木は、自らの経営する反日教組教育の牙城、宮城県の旦々塾《たんたんじゅく》の拡張にまつわる入会権問題で、羽黒の世話になる。羽黒ら三人は東京に招待され、秘書の一雄から父重一郎が宇宙人であることを告白させる。

晩春の四月十七日の夜、体力の衰えの目立つ飯能の重一郎のところに、羽黒ら三人が押しかけた。羽黒は、人間の三つの宿痾「事物への関心《ゾルゲ》、人間への関心、神への関心」を説き、いずれの関心をたどろうと、人間は虚無の本質を知るに至らない。そしていまだに虚無の管理者の神とその管理責任を信じる人間は、人間の栽培した最初の虚無、水素爆弾の釦を押すようにできている。人類にすみやかな安楽死を与えてやらねば、と断言する。重一郎は人間の欠点を認めながらも、人間の五つの美点、すなわち嘘をつきっぱなしにつくこと、吉凶につけて花を飾ること、よく小鳥を飼うこと、約束の時間にしばしば遅れること、よく笑うことにふれ、それら特質を残すためだけにも、全人類は救われねばならぬと反論する。羽黒らは悪態のかぎりを投げつけて、去る。

重一郎は、かつて暁子が妊娠の診断を受けた東京の大病院に入院する。一雄は父が胃癌であることを医師から告げられる。暁子は父と二人になったとき、竹宮が地球人の女たらしであることを告白させ、重一郎は暁子から癌の宣告をきく。重一郎は家族をもさけ、ただ一人、死が不当に重くのしかかってくる夜をすごすが、その重みの極点に、明晰な宇宙の声を聴く。

あくる夜、重一郎は家族とともに病院を抜け出し、一雄の運転するフォルクスワーゲンで和泉多摩川の橋を渡り、東生田駅の裏手の丘陵にのぼっていった。丘の叢林には、まこと銀灰色の円盤が、息づくように身を隠していたのだ。

＊

三島由紀夫は、「純文学」とはなにかということについて、「作者が何か危険なものを扱っている、ふつうの奴なら怖気をふるって手もださないような、取り扱いのきわめて危険なものを作者が敢て扱っている、という感じがなければならない」(『私の遍歴時代』所収「〈純文学とは?〉その他」)といっている。

小説『美しい星』についていえば、それはまず、水爆による人類滅亡の危機回避(このことば自体、惰性的な政治常識、日常感覚にまみれているが)は、対立するイデオロギーの克服解消や、力の支配関係の均衡化という相対的慣性的な政治的解決では、まったくのぞめないとして拒否する発想に、見えている。

大杉重一郎の人類に対する鳥瞰的認識には、核実験停止や軍縮といった問題を、半熟卵や林檎また乾葡萄入りのパンなどと同一の次元で論じることをしない人間の事大主義的感性の不幸が見えている。そのような感性の檻に閉じ込められている地球人は、「殺人を大したもののように思っているから殺人を犯し、その誘惑からのがれられない」のである。

人類滅亡の危機は、実は、片意地なまでの「知的な概観的な世界像」の捏造の下に、人間個々の感受性の圧殺が継続され強化されている時代状況にあるのである。知的概観的な時代の、知的概観的な世界像形成下に隠蔽され、抑圧されていく個々の人間の「巨人ならざる感受性」を解放するところに、救済は可能となるのである。奥野健男が、『カラマーゾフの兄弟』の「大審問官」の章に擬した、重一郎と羽黒の人類の運命をめぐる大論争がくりひろげられる第八、九章の場面で、重一郎が人間の五つの美点、特質としてあげていることばに、このことは見えてはいないか。美点の一つは、もし人類が滅んだとき碑文として重一郎が書くはずの第一のことば「彼ら(人間)は嘘をつきっぱなしについた」にあるが、羽黒ら「薔薇園会議」派流の言葉に翻訳したとき、「彼ら（人間）はなかなか芸術家であった」となるものにである。人間は、それぞれの「巨人ならざる感受性」を発揮すること、ただそれだけで救済されなければならないのである。

このように宇宙の始源的な運行に人類を回帰させようとして、現実の政治的状況や人間の不幸の根源を告発する鳥瞰的な思想＝大杉重一郎に象徴された思想は、それがにわかには現実世界に定着され得ないこととして、「取扱いのきわめて危険なもの」であろう。地球は、想像の自由性によってのみ、すなわち理性による自己否定の宿命を追放したときにのみ「美しい星」となるが、人間を蝕む知的概括の強烈な毒は、宇宙人の意識にめざめた者＝想像の自由性にめざめた者を除き解かれないままで終わる、という「危険」をもはらんでいる。

「危険」はまた、この作品における「美」の追求にも見られる。三島由紀夫の分身竹宮によって到達される「美」の世界は、徹底したその仮構性に生命をもっている。この世界は虚妄であり、あるべきだと考えるものは、決してこの世に存在しない。しかし何かが存在しないなら、それが存在すべきだ、とする美の論理、芸術の論理に竹宮は貫かれる。もし、彼（竹宮であり、「あなた」でもいい）が芸術家でなかったら、どうすればよいのか？　「すでに存在しているものに存在への夢を寄せ、それらを二重の存在に変えてしまい、すべてを二重に透視すればよい。」という美に至る道がある。そこで竹宮の場合は、深井《ふかい》の面《おもて》の内側の闇のむこうに存在の故郷、美の極致、燦然と輝く金星の世界を透視（想像）するのである。竹宮によって示された「美」は、想像の「個人的醇化」においてしか達成されない。つねに「例外的な夢」の特性にまもられ、「反時代的な確証」を与えるものとしてしか実現されない。非現実的で、また現実否定によって仮構され醇化されるということで、三島における「美」は挑発的でもある。「薔薇園会議」の領袖羽黒の口を借りてなされる、「人間はついには〈虚無の本質〉を知りえない」とする超越者的論理や、重一郎によって形象される「死の代償によってしか宇宙意志＝最高意志に出会うことはない」とする「死」の純化もまた、それが挑発的であればあるだけに、「危険」である。

いずれにしろ小説『美しい星』にあっては、仮構の世界＝思想の世界においてしかものごとは解決されない。『美しい星』は徹底した思想小説だ、といえる。

では、これら「救済」、「美」と「死」をめぐる主題に比して、あの円盤の目撃による宇宙人への意識のめざめは、そのSF的夢想による通俗的な詩心として、軽く見すごされるべきものであるか。

三島由紀夫は、空飛ぶ円盤への関心が、人間の「愚かな営みを全部見透かして、直に人間の純粋な心情をつかみとる能力」「人間に対する澄んだ鳥瞰的な見方」を養うことにつながる、とのべている。（『荒野より』所収「空飛ぶ円盤と人間通」）。「純文学」の成り立ちを、ともすればさまたげるような通俗性をおびた材料や感覚の移入は、人間世界を俯瞰する非現実的仮構的空間への視点の固定を可能にし、人間を時代や文明の知的迷妄から解き放つ能動的な感受性のあらわれとして了解されるべきものなのかも知れない。

小説『美しい星』は、小説としてのさまざまな性格の重層性や小説における表現領域の拡大と、また思想小説のもつ思想自体についての検証の成熟を要請し、にわかにこの小説についての統括的な評価を下すことには、抵抗を覚えるのである。

しかし、この小説が書かれた根源を求めての、つぎの磯田光一の文章には、説得力があるようにおもわれる。

「現実への絶望が、同時に非現実的な観念の醇化と一体になり、観念による〈死〉の意味づけによって、生活を巨大な芸術にまで仮構してしまうという事態―こうした心理的な背理、心情と観念との間の異様な劇にこそ、昭和の青春の半ば運命的な思想劇の一面があったのではなかろうか。

参考文献

磯田光一「増補・殉教の美学」（冬樹社　昭44・11）
奥野健男解説「美しい星」（新潮文庫　昭42・10）
高橋新太郎「美しい星」（「解釈と鑑賞」昭43・8所収）

『音楽』

精神分析医の手記の公開という形を採り、「精神分析における女性の冷感症の一症例」とサブタイトルされた実験性に富むこの小説は、昭和三十九年（一九六四）一月から十二月にかけて「婦人公論」に連載され、翌年二月、単行本として中央公論社より刊行された。

日比谷にある私の診療所に弓川麗子がはじめて姿を現わしたのは、秋の或る晴れた午前であった。美しい顔だちだが、微笑を浮かべたその頬に顔面痙攣《チック》が走った。ヒステリーの兆候である。

麗子は、甲府の素封家に生まれ、市の女学校から東京のS女子大に進学し、卒業後は又従兄《またいとこ》の許婚者を嫌って故郷にかえらず、貿易会社に就職していた。彼女は自分の顔が先走りするといい、「私、音楽がきこえないんです」とも加えた。

麗子の会社に、T大学ボート部出の美青年江上隆一がいた。麗子はいつのまにか江上に恋して、交際二ヶ月目に体をゆるした。実は少女時代、麗子は許婚者から奪われてしまっており、東京の大学に入ったのも「のがれるため」であった、という。江上が「きれいなからだではない私」に気づいたのではとおそれるが、ずるずる一年ほど付き合い、今年の夏症状が起るようになった、といった。二度目の診療のとき、麗子は隆一と付合ってただの一度も何も感じなかったと告げる。

麗子のいう「音楽」は、単にオルガスムスの美しい象徴か、それとも彼女の渇望するオルガスムスとの間には隠された象徴関係があるのだろうか。

麗子には十歳年ちがいの兄があり、彼女は兄を熱狂的に愛していた。兄は大学受験に二度失敗し、彼女が小学三年のとき、伯母との情事がばれて家出し、行方知れずとなっている。

つぎの診療日に麗子は現われなかった。あれほど嫌っていた許婚者の又従兄が死にかけているというのを看病のために、甲府に発っていた。しかし肝臓癌のために又従兄は死ぬ。麗子は、瀕死の又従兄の手を握ってやっているときに、えもいわれぬ「音楽」をきく。

身心の疲れを癒すべく麗子は、伊豆南端のS市へ保養に出かけ、不吉な鳥を連想させる青年花井を知る。彼は性の不能者であった。帰京後、彼女は花井との奇妙な同棲生活をするが、又従兄を看病しているときのようなやさしい快い感情をもつ。

ところで、麗子は江上隆一と知り合う前から失踪した兄に会っていた。彼女がまだ女子大生のとき、兄は酒場の女とアパート生活をしており、酔っている女の前で、麗子は兄のとつぜんの獣的行為を受ける。ふたたび訪ねたとき、兄と女はもうそこには居なかった。

九月半ばの或る夜、テレビの「山谷の生態」に写し出された兄に麗子を対決させるため、私は隆一をともなって山谷に行く。簡易旅館の二帖の部屋に住まう兄は、あの女に売春をさせ、自分は赤ん坊の守をしていた。兄の人生は完結していた。麗子の暗い愛の入る余地は少しもなかったのである。

そのことがあって、麗子はもはや私の診療所に姿を現す必要はなかった。一週間後、隆一から電報があった。『オンガ　クオコル　オンガ　クタユルコトナシ』。麗子の隆一とのよろこびの生活がはじまったのである。

＊

この作品における精神分析の役割は大きい。精神分析による「科学」と文学＝小説がどのように出合い結合するかという、その実験の可能性の実証に、見どころを持っているといっていいような作品である。

精神分析とは、いうまでもなくウィーンの精神病学者ジクムント・フロイト（一八五六―一九三九）の創始した心理学体系であり、無意識、深層心理の世界にかかわるものである。それと同時に、精神分析とはノイローゼ、ヒステリーの治療法をも意味している。

作品『音楽』における精神分析は、精神分析医《サイコ・アナリスト》汐見が患者の弓川麗子におけるヒステリー症状の根本原因を、彼女の無意識、深層心理に求めて、彼女の自由連想によって語られるものを観察分析し、彼女を性の歪み＝冷感症から解き放つ道を手さぐるという治療を意味しているのである。それを標題に即していえば、麗子の性的倒錯にまつわる「地獄の音楽」―比類のない汚辱をもたらす兄や性的不能の花井と又従兄に感じたもの―から、彼女を解き放ち、「明るい音楽」―隆一とのよろこびの生活―を獲得させる過程をいうのである。

ところでこの作品の場合、フロイトの汎性欲説、すなわち人間を動かす根源的な力をリビドー（性エネルギー）に求め、人間を生物学的に解釈して事足れりとするような作者の態度はない。性的な抑圧の原因は、徹底して人間関係に求められている。そのことは汐見が麗子のいう「音楽」と、彼女の渇望するオルガスムスとの間に一筋縄で行かない隠された象徴関係があるのではないかという疑問をもち、自由連想法の最初の治療を施すところからも予感される。終局において、麗子の性の抑圧の根本原因が、兄との地獄の行為を経て、彼女が無意識の裡に兄の子を宿したいという願望とそれとは逆の妊娠の恐怖を抱いているところにあることが解明される。兄の子を生むという汚辱は、麗子においては神聖の記憶に転化されるのだが、ヒステリー患者にとって、神聖さとは、多く復讐の観念を隠している。「兄さんの子を生んでやる」という決意は、兄に赤ん坊がいるのを見て、「もう兄さんのために子供を生んであげる義務はなくなった」という安堵に導かれたのである。異常な人間関係、それも暗い性的関係からの解放に麗子における冷感症（ヒステリー）との別れの糸口が見出されるのである。

では、麗子の兄との近親相姦的な愛情の意味するものは片付くのだが、あの許婚者の又従兄や花井との関係にはどのような意味が含まれていたのか。

作中、精神分析医汐見は、ハイデッガーの実存哲学の影響を強く受けている二人の精神病学者ルドウィッヒ・ビンスワンゲルとメダルト・ボスらの提唱する「現存在分析《ダーザインアナリーゼ》」への傾倒を示している。これは「在来の、生身の人間を機械的に精神分析用語の諸概念で篩《ふる》いわけるフロイト的方法を脱却して、より具体的な実存的な病者の人間像をとらえようとする試み」である。とくにボスは、性的倒錯の解明にあたって、倒錯それ自体は失敗で、「道に迷った行為」であるとしながらも、「根本的には、正常人の性行為と同じく、特殊なエロス的な融合に体験を通じて」「何とかして〈愛の全体性〉に到達しようとする試み」であると説いている。こうした説にうながされて、汐見は、麗子の冷感症が性的倒錯とは一緒にできないにしても、それを否定的側面＝拒否の面からだけとらえるのは十分でなく、「彼女が心の底で、いつも彼女の〈愛の全体〉性に到達しようとしている肯定的側面もとらえなければならないのではないか」と考える。そしてその「愛の全体性」への到着は、「彼女にとって、ただ、失踪した兄に再びめぐり会うことなのであろうか」という思いにとらえられるのである。

瀕死の許婚者の又従兄に対する麗子の奇妙な愛、性的不能者の花井へのそれは、江上隆一との性愛の完全な歓喜に至る障害である。しかもその障害は彼女自らが能動的に設定したものだ。そして又従兄や花井との関係は、あきらかに「特殊なエロス的体験」に直接つながるものでもある。麗子にとっては、「愛の全体性」に到達する道は、ただ失踪した兄にめぐり会うことだけでなく、又従兄や花井もまた不可避の存在であったのである。麗子は「愛の全体性」探索の象徴的存在である。

作品『音楽』にみられる麗子のヒステリー兆候の発見や、多くの性的象徴、また麗子の性的抑圧の根本原因の解明にみられた精神分析の方法は、あきらかにフロイトのものだが、麗子の抑圧からの解放に至るまでの、人間関係と人間事象へのあくなき探索には、フロイト以後の精神分析の発達の歴史がそのまま織り込まれているといえよう。また無意識、深層心理の世界における人間性の底知れない広さと深さに直面し、その謎を解きほぐしていくとき、フロイトの学の発展は、その学の根本への溯行において、一層その正当性が立証されているともいえそうである。

フロイトの精神分析を文学の方法として積極的に取り込んだのは、シュルレアリスムの運動であった。シュルレアリスムは後にはその社会性が問題になってくるのであるが、運動の出発においては、精神分析の学に負うところが大きい。運動の主領アンドレ・ブルトンは、『シュルレアリスム第一宣言』（一九四二年）のなかで、シュルレアレスムを次のように定義づけている。

「心の純粋な自動現象であって、それによって人が口で述べようと筆記によろうと、また他のどんな方法によるとを問わず、思考の真の働きを表現しうるものである。それはまた、理性によるいかなる監督をも受けず、審美的な、あるいは論理的な心づかいをまったく離れて行われる思考の口述でもある。」

「これまで顧みられなかった或る種の連想形式の、すぐれた実在にたいする信頼に根拠をおき、また夢の全能と、思考の非打算的な活動にたいする信頼に根拠をおくものである。シュルレアリスムはまた、他のあらゆる心のメカニズムを決定的に破壊し、それに代って、人生の諸問題を解決することを目的とするものである。」

つまりシュルレアリスムというのはイヴ・デュプレシスが指摘しているように「超現実が存する無意識の世界を、科学的に、また実験的に探索しようとする一つの試み」であった。したがってこの運動では夢が重視され、各自の無意識を自由に物語らせるための手法として、自動記述法《オートマチックエクリチュール》が適用されるのである。また無意識への潜入は、そのイメージの多様さと美しさをもたらし、表現の様式として詩がふさわしかった。前記のブルトンに加え、運動の当初からルイ、アラゴン、ロベール・デスノス、ポール・エリュアール、フィリップ・スーポーなどの詩人の名が鮮明であったゆえんである。

無意識の世界を対象とし、自由連想による方法を重視または採用することにおいて、シュルレアリストたちと『音楽』における三島由紀夫には共通項が見出せる。しかし、その共通項をめぐっての決定的なちがいは、前者にあっては、観察する者と治療を受ける者は同一人物であるが、後者のそれは別人であるということである。その結果、文学上の質の相異として、シュルレアリストたちはその想像の世界の定着を直接目的とし、現実を拒否しているが、『音楽』にあっては、想像は重視されながらも、倒錯から正常への現実復帰とでもいうべき道も見捨てられてはいないのだ。

ところで『音楽』における弓川麗子の女主人公としての特色はどこにあるか。麗子は主体的な存在、または自意識の尖鋭さによって武装した存在ではなく、まったくもって逆の、深層心理、無意識に存在のすべてをゆだねた女である、というところにある。麗子の、愛をめぐる悪魔的、地獄的な心の動きはたえず神聖さに転化するという、論理を拒否した揺曳を示して涯ない。しかし、それとても、精神分析医汐見→作者三島という眼でみつめられるとき、麗子はあくまでも女における「愛の神秘」を宿した存在として、伝統的存在でもある、といえよう。

参考文献
エーリッヒ・フロム、懸田克躬訳「愛するということ」（紀伊國屋書店　昭34・1）

ルドウィヒ・ビンスワンゲル、荻野恒一訳「夢と実存」（みすず書房　昭35・2）
メダルト・ボス、笠原嘉・三好郁男訳「精神分析と現存在分析論」（みすず書房　昭37・7）
アンドレ・ブルトン、稲田三吉訳「シュールレアリスム宣言」（現代思潮社　昭37・3）
イヴ・デュプレシス・稲田三吉訳「シュールレアリスム」（白水社　昭38・5）

『憂国』『英霊の声』に於ける思想性
――天皇制ナショナリズムの萌芽

池田純溢

芸術至上主義者と目された三島の作品を、〈思想〉に於いて論じること自体無意味な研究方法であった。少なくとも『英霊の声』(「文芸」昭四一・六)が書かれるまではそうであった。『英霊の声』が現れる以前、『憂国』を論議するのに右翼ロマンティシズムの顕現を唱える論者は、それを肯定するにせよ、否定するにせよ、一種の滑稽感をまぬがれ得なかった。ところが〈二・二六事件三部作〉と銘うって『英霊の声』『憂国』『十日の菊』が出版されるに及んで、その滑稽感は、奇妙な現実性を帯びてきた。まして同書『英霊の声』(河出書房新社　昭四一・六)に附記された『二・二六事件と私』あるいは『反革命宣言』(「論争ジャーナル」昭四四・二)『文化防衛論』(「中央公論」昭四三・八)が世に出された時、作家三島の本質が、今一度問われなければならないものとして見えてきたことも確かである。三島は〈二・二六事件〉を扱うことによって何かの転機を迎えたのであろうか。転機を迎えたことは彼自身〈昭和四〇年に『三熊野詣』とか一連の短篇を書いたことがある。あの時は、自分がどうなるかと思いました。文学が本当に嫌でした。

無力感に責められて嫌でした。何をしても無駄みたいで、何か『英霊の声』を書いた時から、生々してきちゃったのですよ〉と語っていることによって知ることができる。それ故、問題はその転機に於いて如何なる質的な転換を遂げたかである。続けて彼の云う〈危険な言説を吐いたら、これから責任をとらなければならないでしょう。（中略）何か自分にも責任がとれるような気がした〉（『対談・私の文学』講談社　昭四四・一〇）の責任とは何を意味する言葉であるのか考えねばならない。彼に〈生気〉を与えたのは新しい美的世界の開眼であったのか、それとも危険ではあるが鋭い〈思想〉、わが国の断絶された文化の連続性を可能にする〈天皇制ナショナリズム〉を手にしたのか確認する必要があろう。

『仮面の告白』（昭二四・七）から『憂国』までの三島は純粋美の世界に生きていた。しかし『憂国』から『英霊の声』への過程で、三島は美とは異質の展開を遂げたのではないだろうか。

『憂国』は昭和三十五年十二月「小説中央公論」に発表され、翌年一月短篇集『スタア』（新潮社）に収録された。収録作品は『スタア』（「群像」昭三五・一一）『百万円煎餅』（「新潮」昭三五・九）と『憂国』の三作品で、短篇集の構成は『スタア』『憂国』『百万円煎餅』の順である。構成と表題に作者の意図が働いていると考えるならば、十返肇氏より〈ポーズの多い人物〉（『五十人の作家』昭三〇・七）、中村光夫氏より〈一般的人気にこたえる演技性を次第に身につけ〉（『日本の現代小説』昭四三・四）と、非本質的な評価でありながら、一貫して三島に与えられている世評を、作者は短篇集に『スタア』と名付けることによって、見事に裏切ったといえる。時あたかも、安保闘争終焉の季節であり、国民感情の根幹には、〈ケース・バイ・ケース〉に暗示される政策のなさ、実体のなさを曝露した政府に対する不信感が芽生え、定かでない国家、民族の行方を憂うる心情の奥底には、『憂国』の知的で純粋な行為を直線的に受けとめ得る基盤が備わっていたはずである。大衆を、現実を、信じないが故に、逆に現実を見すかす能力に長け、芸術的な本質を隠匿しながら、〈演技〉によって、世人の前に意表をついて躍り出で、世人が慌てふためく間に作品だけを残して密室に閉じ籠もってしまう。そういう巧妙な演出をする三島が、この間隙につけ入るのに相応しい『憂国』を避け、短篇集に『スタア』という通俗的な題名を付したのはいかなる理由に基づくのであろうか。

『スタア』と『憂国』を並べた時、『英霊の声』が書かれた今でこそ、『憂国』を問題作として意識するであろうが、その意識の仕方は発表された時点とかなり異ってきている。換言すれば、短篇集『スタア』に含まれた『憂国』と〈二・二六事件三部作〉である『英霊の声』に含まれた『憂国』とでは、同じ作品であり乍ら、前者は美的なとらえ方、後者は思想的なとらえ方が可能なのである。発表された当初、誰が『憂国』に思想の萌芽を、ナショナリズムと読みとったであろうか。それまでの作品がそうであったように、三島の作品から思想を抽出することは作品の世界を破壊するむなしいことであり、滑稽な読み方であった。『憂国』も例に違わず、そういう作品として受けとめられ、以下論述するように『スタア』の世界、則ち三島の芸術観をふまえて読まれるべき作品なのであった。当時『憂国』には〈この皇道主義者の中に、作者は思考停止のニヒリスト的な世界に於ける「美」あるいは「魅惑」を造形しようとする〉(山本健吉氏)や〈つまり『憂国』の美しさと至福は、完全な無思想の美しさであり、いいかえれば全く外面化され、「個性」の檻を超えて観念と様式の中に解放された「私」のはなつ美である〉(江藤淳氏)という評価が加えられた。言葉は違っても〈思考停止のニヒリスト〉と〈完全な無思想〉は一致し、また江藤淳氏のいう「美」が〈エロティシズムの極地〉を指すことを思えば、「美」を「魅惑」と置きかえることも可能である。平野謙氏は〈『憂国』の批評を書くつもりであったが、紙幅を失ってしまった〉と書くのみで、論じる機会を逸している。もしも、『憂国』が、かかる〈無思想〉〈美〉〈エロティシズム〉という評価で価値づけられるならば、『憂国』を含む短篇集が『スタア』と名付けられたことも理解し得る事柄である。

なぜなら、作品『スタア』には、その通俗的な題名に反し、作者の具体的な芸術論が展開され、三島の芸術人生の様相をとらえるのに、欠くことのできない作品と考えられるからである。彼自身、〈最初の小説〉と語る『仮面の告白』以来、三島が試みてきたことは〈私といふ存在が何か一種のおそろしい「不在」に入れかはる〉（『仮面の告白』）ことであった。こうした試みが、図式的論理的に明らかにされているのが〈「不在」がスタアの特質である〉という作品『スタア』なのである。役者とは仮構の時間の中で、自分が一定のリズムを持った時間に化身してしまい、一つ一つの予定の行動を手がけてゆくことであり、目前の額絵の中へ楽に体ごと入ってゆくことの可能な人間だという。彼は〈本当の世界〉〈本物の世界〉ときっぱり手を切り〈堅固な城〉のなかに住み、彼が生きる清冽な渓流のように流れる仮構の時間に比べれば、人生の時間は〈古びたすりきれた帯〉（『仮面の告白』）にすぎなく、〈生〉きることとは、すべてを壊し、すべてを移ろわせ、すべてを流転の中へ委ねなければならない、容認できぬ〈変挺な義務〉（『スタア』）を引きうけることなのであった。現実感覚を喪失した〈私〉にとって、仮構の世界は最早仮構ではなく最も確かな現実となり、そこに於いて役者という人間でない奇妙な動物は、過去、現在、未来の時間を自由自在に生きることができる。それが〈役者〉即ち〈芸術家〉なのである。女の肉を、じっと物質を見るように凝視する苦しみがもたらした〈お前は人間ではないのだ、お前は人交はりのならない身だ。お前は人間ならぬ何か奇妙な悲しい生物だ〉(『仮面の告白』)という言葉は、三島の作品を生み出す核心を解き明かすものであり、彼が自らの〈作品〉即ち〈ロマネスク〉の性格を規定して〈ロマネスクな性格といふものには、精神の作用に対する微妙な不信がはびこつてゐて、夢想は、人の考へてゐるやうに精神の作用にあるのではない。それはむしろ精神からの逃避である〉(同)といったのもうなずける。三島の芸術は、人間の〈精神〉を信じず、〈肉〉と〈知(論理)〉をよりどころとして形成されきたったところの、現実と断絶した鏡中の美的世界なのであった。従って〈芸術〉という素朴な観念を信じ、それをいわゆる〈生活〉よりも一段と高所に置こうとする三島が、川端・谷崎の系譜を引き継ぐであろうことは、疑いようもない予見であった。

若き日の《川端康成論》《谷崎潤一郎論》には、彼等の芸術至上主義を引き継ぐに値いする自己の資質への自負が語られている。〈芸術〉という〈あの気恥ずかしい言葉を、とりわけ作家・批評家にとってはタブウであるらしいあの言葉を、臆面もなくしやあしやあと素面で口にするという芸当〉(『重症者の兇器』昭二三・三)を手にした三島は、人が完璧な誤謬(芸術)を恐れるが故に持つイデオロギーを拒絶し、〈生〉とか〈生活〉とか〈社会〉とか〈思想〉とかいうさまざまな言葉によっていいかえられ語られていた〈芸術〉を、本来の姿に復権させる旗手たろうとした。川端について〈生まれる前に、彼は何かおびただしい浪費をしたらしい〉〈物言はぬもの、それが作品の素材である。川端康成の生活には、この素材の部分が全く欠如してゐる。書かれる自我はない〉と語った時、あるいは谷崎について〈己を語らぬ作家であり、作品のどこに作者がひそむかについて昔から論議のつきない作家であるが、谷崎論の焦点は多く、この作者と作品のふしぎな関係に据えられるやうである〉と語った時、それは自己の芸術的資質を発見する言葉でもあった。三島にとってのこうした自己発見の言葉は、彼の作品を研究にするにあたって、まさに〈三島論の焦点は多く、この作者と作品とのふしぎな関係に据えられる〉として有効に応用される設問の仕方である。作品『スタア』にはこういう芸術論が凝縮されて表現されている。そしてまた短篇集『スタア』に収録された『憂国』も、この具体的な芸術論をふまえて読まれ、その仮構の世界を現実にひき戻すことは三島の芸術観を否定することであった。山本健吉氏は、切腹する武山信二と自害する麗子夫人を〈皇道主義者〉と呼んだにもかかわらず、彼等を支えている思想の質を問題としなかった。江藤淳氏も『憂国』を〈完全な無思想の美しさ〉と受け取った。それはこの作品に散りばめられた〈至誠〉も〈夫婦相和シ〉も、遺書に書きつけられた〈皇軍の万歳を祈る〉も、すべて三島美学を成就する素材にすぎないと思われたからである。当然そうある筈であった。三島の言葉に従えば、彼は武山信二となって仮構の世界を生きたのである。現実の作者と作品の関係は、三島が武山信二を演じたという〈スタア〉の世界によって説明されよう。だが『英霊の声』に収録された『憂国』をみると、そこに描かれたただ一点の〈黒い影〉のため、〈我師〉と呼んだ川端的な芸術至上主義者としての道を踏みはずした三島の姿が浮かび上がってくるのである。彼は『憂国』に於いて、語るべき自我が、自身の内部にあることを意識したのではなかろうか。それは〈作品が作品を書く〉という川端的芸術道からの逸脱であった。

『英霊の声』が書かれなかったならば、松原新一氏は〈『憂国』において三島由紀夫が、右翼ロマンティシズムの完璧な実践を描きえた事実に、やはり私どもは注目すべきだろう〉（『現代ロマン主義の問題』昭四二・五）と、ロマンティシズムに〈右翼〉なる限定された言葉を冠せることをためらったに違いない。

三島美学にとって、美の対象となり得たのは思想や愛に殉じる人間の至上の美しさだけであって、それがどのような内容を持つものであるかは、美と何のかかわりもなかったのである。このような概知の三島像を前にして『英霊の声』を読んだ時の批評家のとまどいは相当なものであった。〈若い英霊たちの復権を訴えようとする時事的な姿勢のせいかこれは三島氏の小説としては想が痩せている。私はこれは、天皇制の問題ではなく、宗教の問題だと思っている〉と天皇制と宗教をすりかえ、作者の意図に反した評価をしたのは山本健吉氏であった。同じく〈『憂国』が審美的なのに対して『英霊の声』はイデオロギー的である。さらにいえばエロスを主題にした『憂国』が意外に清潔だったのに対して、この『英霊の声』は妙に猥褻である〉と二作品を並列的に論じたのは江藤淳氏であった。また三島の美学を〈殉教の美〉と規定した磯田光一氏は〈『憂国』や『英霊の声』を支えているのが、聖戦思想やナショナリズムを超えて、むしろエロティシズムという人間の普遍的性格への執拗な関心であることに注意を払う人は意外に少ない〉(『三島由紀夫論Ⅱ』昭四一・一〇)と三島美学の持続を願う。磯田氏の弁護にもかかわらず、清潔であるか猥褻であるかは問題外として、『英霊の声』を〈イデオロギー的である〉と据えた江藤氏に、この作品の評価に於いては多分に分がありそうである。三島は『二・二六事件と私』『反革命宣言』『文化防衛論』に於いて、『憂国』から『英霊の声』への真の意図が、無意識的ではあったが、文化概念としての天皇制ナショナリズムの復活であったと説明し、わが国の歴史・文化・伝統を守ることとは、終局的には天皇を護持することであり、〈その天皇を終局的に否定するような政治勢力を粉砕し、撃破し去ることでなければならない〉(『反革命宣言』)と宣言したのである。

こうした三島の変貌について、最大の共感を書きとどめたのは日沼倫太郎氏であった。氏は〈『十日の菊』『憂国』と『英霊の声』とのあいだには、おなじ二・二六事件をテーマとしていても質的な断絶がある〉（『神話の彼方』昭四二・五）と捉え、〈この日に見えない巨大な暴力、具体的にはマス化されアメリカナイズされていく日本の現実をどうくいとめるか。たしかに近代化は日本の宿命である。宿命に抵抗するのが文学者であり、芸術家である。とすれば日本人である作者はその立脚点、正統性をどこに求めるか〉この現代的な命題こそ〈三島氏が、きわめて純正なナショナリストとして出発するついさいきんまで、考えつめていた深刻な懐疑であった〉とし、その懐疑が『十日の菊』『憂国』と『英霊の声』の間にある断絶を生み出したと指摘した。日沼氏の眼には『午後の曳航』『金閣寺』の美は、『英霊の声』を前にした時、色褪せたものに見え、それらは芝居の書割か子供の玩具である安もののぬり絵のような非生命的な印象を与えるという。それまでの三島浪漫主義の世界が観念の世界であったのに対して、『英霊の声』が異質な感動的な歴史との〈相関物〉―それはたとえ、かつてなきほど〈感傷的〉（松原新一氏）であったとしても―に於いて発見されたものだとする日沼氏の意見は、三島の変貌を的確にいいえたものと見直されるべきであろう。まさしく三島にとって、その発見の道は実に長い旅であって、西欧化された立憲時代の天皇制を否定し、宿命から超脱した自由の象徴としての天皇を理想とすることによって、彼の独り旅が始まったのである。作家が動的な歴史とかかわりを持つということは、〈思想〉を持つことであり、逃避していた〈精神〉に再び帰ることであった。『英霊の声』を書き、反共のために論陣を張った三島ほど、現実に於ける〈実在〉を感じさせた時はなかった。そして〈昭和の歴史は敗戦によって完全に前期後期に分けられたが、そこを連続して生きてきた私には、自分の連続性の根拠と、論理的一貫性の根拠を、どうしても探り出さなければならない欲求が生まれてきていた〉（『二・二六事件と私』）と語る三島には、かつての〈思想と歴史をもたぬ唯美主義作家〉の面影はない。

この三島の変貌が、彼への非本質的な評価に答えた、〈演技〉に基づく〈時局便乗的なナショナリスト〉の顔であるのか、それとも苦しい模索の結果であるのか、その真意を明らかにしておかねばなるまい。さらに彼の理想とする天皇制ナショナリズムについて、内容的に危険であるか安全であるかを問うのではなく、それが如何なる方法で護持されるのか、それを検討し、その方法は必然的にテロリストを生み出すという現実的な危険性を予知しておく必要があろう。

第一の問題については『憂国』と『英霊の声』の関連を説きあかすことによって、真意は明らかになるであろう。『英霊の声』の最も良き理解者であった日沼氏は、前述の如く、同じ二・二六事件を扱いながら『憂国』『十日の菊』と『英霊の声』の間に断絶のあることを指摘された。その根拠は〈『十日の菊』や『憂国』をかいたときにはまだ、青年将校たちの蹶起による二・二六事件が至光の栄光の瞬間であり、その挫折が「偉大なる神の死」に匹敵する出来ごとだった事実に気づかなかった〉であった。しかしこの問題意識は正しいであろうか。確かに三島自身の〈……二・二六事件の挫折によって、何か偉大な神が死んだのだった。当時十一歳の少年であった私にはそれはおぼろげに感じられただけだったが、二十歳の多感な年齢に敗戦に際会したとき、私はその折の神の死のおそろしい残酷な実感が、十一歳の少年時代に直観したものと、どこかで密接につながっているらしいのを感じた。それがどうつながっているのか、私には久しくわからなかったが、『十日の菊』や『憂国』を私に書かせた衝動のうちに、その黒い影はちらりと姿を現わし、又定かならぬ形のまま消えていった〉（『二・二六事件と私』）に従っても、このような決論を導き出すことは可能である。だが『憂国』を三島に書かせた衝動のうちにあった〈黒い影〉は、作者の内的な意識の問題にとどまり〈定かならぬ形〉のまま消えてしまったであろうか。

もしも仮に、一つの転機に立つ作品がそれまでの世界の完成であるとともに、新たな展開をもたらすモメントを内包させているという言葉が正しければ、まさしく『憂国』はその言葉に相応しい作品といえるのではなかろうか。なぜなら、『憂国』には、〈定かならぬ形〉のまま消え去ったと思われた作者内部の〈黒い影〉が、ただ一点無意識的に投影されているからである。『憂国』に投影されたこの影が、『十日の菊』『英霊の声』へと三島をいざない、それまでの美的世界との断絶をもたらしたのである。『憂国』と『英霊の声』とをつなぐ一本の線とは、『憂国』に於ける武山信二の最後の顔と『英霊の声』に於ける川崎君の顔の類似性である。麗子夫人は苦しんでいる良人の顔に、はじめて見る何か〈不可解〉なものを認めた。それは夫人にとっても〈謎〉であり、その〈謎〉は咽頭元へ刃物を突くことによって解くことができるのだという。なぜ三島は、完璧な美の完成を目前にして、こういう〈不可解〉なものを作品に持ちこんだのであろうか。大義に殉じる信二は、生の世界で澄明でありえたように、死の世界に於いても澄明でなければならない筈である。〈至誠〉〈皇軍の万歳を祈る〉の言葉を〈思想〉と次元を異にした美的世界の言葉と受けとめ、美的であるが故に、疑念を持つことなく、美的に抽象的化された〈思想〉として、この言葉に触れていた読者は、〈不可解〉の言葉のところで大いに困惑する。作者と同様、仮構の世界を生き、武山信二と一体であろうとした読者は、ここで急に仮構の世界から拒絶され、現実の世界に投げ出されてしまう。読者も麗子夫人の後を追って、腹を切るなり、咽頭を突くなりしなければ、〈謎〉は解けないというのであろうか。あるいは〈不可解〉なものが完璧な美の完成に、美的な効果をもたらすとでもいうのであろうか。しかしこのどちらでも謎を謎としか書きようのない作者三島が、読者と同じく仮構の世界から拒絶され、読者の傍に居ることに変わりはない。自由自在に飛行する能力を持った〈天狗〉（『天狗道』昭三九・七）が地を歩き始めたのである。彼に〈不可解〉と書かせ、〈天狗〉を地上に降下させたものが、彼の内部の〈黒い影〉なのであった。〈不可解〉という言葉からたぐりよせることができるのは、美的な効果ではなく、敢えていえば『憂国』に於ける美的世界の破綻であり、美の次元では処理不可能な〈思想〉の萌芽である。〈不可解〉とは、武山信二と麗子の二人の問題を通り越した、現実に於ける作者三島内部の〈語るべき自我〉といえるであろう。

『憂国』に描かれた武山中尉の〈不可解〉な顔は、『英霊の声』になると、一層不可解な〈あいまい〉な顔になってくる。この二人の顔が本質的に同じであると論じているのではない。注目すべきは、表現の類似性である。『憂国』の〈不可解〉な顔と、『英霊の声』の〈あいまい〉な顔は、作者三島の自我の放出であり、美とは無縁な表現という以外に捉えようはあるまい。『英霊の声』が詩的であるとか、エロティックであるとかいう評価は、単に技巧的な一面を捉えたにすぎず、作者に〈生気〉を与えたものが、こういう技巧的なものであるとは考えられないのである。そして『憂国』に於いて、無意識的な〈黒い影〉の投影であった顔が、『英霊の声』になると意識的な方法で描かれているところに、作者の〈演技〉以上の模索の過程を見るのである。

第二の問題は三島のナショナリズムの危険性である。日本の歴史・文化・伝統を守ることに誰が異議を唱えるであろう。また少しく譲歩して〈最後に護らねばならぬ日本〉と〈天皇制〉が同義語であることを認めても、納得しがたいのは護持の方法である。彼は〈天皇のための蹶起は、文化様式に背反せぬ限り、容認されるべきであったが、西欧立憲君主政体に固執した昭和の天皇制は、二・二六事件の「みやび」

を理解する力を喪っていた〉（『文化防衛論』）と書く。〈みやび〉とはテロリズムのことである。あるいはまた〈その時彼等（二・二六事件の将校たち）の脳裏に、恐怖によって権力の質を高めようという考えがほとんどなかったのはふしぎであり、テロールの本質をしっかり把握していたかどうかも疑問であり……〉（『道義的革命の論理』昭四二・二）とも書く。これらは過去の事件に対する解釈であるが、解釈にとどまらないのは、この内容を次の言葉と重ねれば歴然とするであろう。〈われわれは先見によって動くのであり、あくまでも少数者の原理によって動くのである〉〈もし革命勢力と行政権とが直結しそうな時点をねらって、その瞬間に打破粉砕するものでなければならない〉（『反革命宣言』）と言う。〈瞬間〉〈少数者の原理〉とはテロリズムの主張以外の何ものでもない。彼が『憂国』の武山信二を演じ、ついで幕間のテロリスト田中新兵衛を演じたのは偶然の出来事と思えない。いよいよ彼の作品に〈美的思想〉の具現者、テロリストが登場するのであろうか。

三島のかかる変貌は、〈古びたすりきれた帯〉にすぎなかった日常の時間の中に清冽な時間が流れ出したという、現代人の危機的な状況の予言であるのかもしれない。

浪曼者への挽歌
――『わが友ヒットラー』について

村上一郎

激しく菫色で　暗くて　時たま金色に光った夜
男たちだけの夜
九月二十四日の夜
明日は攻撃か
…………

（アポリネール「欲望」）

男たちばかりの世界が、美しくないことはない。男たちばかりの匂いが、香しくないことはない。男たちは、その強烈な匂いを寄せ合って、はかりごとをめぐらす。皆がそろって、英雄になれそうな夢にひたる。奇襲をたくらみ、陰謀をはりめぐらす男たちの瞳に、ぎらぎらと輝きが増す。呑みまわす一杯の酒、放歌高吟、わけのわからない感覚が、男たちを包む。立ち昇るような友情が、戦友愛が湧き、こうなれば敗北と死の予感さえもが美しく輝いて見える。理屈が何だ。イデオロギーが何だ。この瞬間を支配する直観、心情、それだけで十分ではないか。じかに世界に参入してゆく一筋な直感を信じよう。それだけを共にするならば、何のできないことがあろうか。――塹壕の中の友情。それがナチスの前身ドイツ労働者党を生んだ唯一の原理であったかもしれない。

男が、男ばかりでやれる仕事といったら何だ。戦争と革命しかありはしない。が、戦争、第一次大戦はしたたかな敗北という形で終わってしまった。武器は取り上げられ､国軍は縮小させられた。失意と、虚脱と、失業の不安と、饑餓の苦痛との他には、革命の幻想だけが残っていた。よしさらば、いっそのこともっとも幻想にみちた革命をやっつけろ。社会民主党がのして来た。共産主義者がスパルタクス団をつくった。が、アカどもの革命には、幻のように立ち昇る妖気というやつが欠けている。塹壕の友情も、やつらは否定する。ロマンティシズムは敵だという。センチメンタルだという。プチブル的だという。粗暴だけではいけないという。そいつはルンペン・プロレタリア的だという。くそ、えらそうな理屈だ。冷たいイデオロギーだ。よし、連中は、アカは、みんな敵だ。アカのいないドイツをつくれ。議会のうじ虫、ユダヤ人の金貸しと下僕ども、無駄口をたたくインテリぶった民主主義者、平和論者、宗教家、そんな奴らのいないドイツをつくれ。虹のような気焔が、塹壕をはい出た男たちのシニシズムをおしかくして、燃え上がる。あらゆるものへの熱罵冷嘲が、男たちを団結させる。失意の者も、理想を抱く者も、権力を夢みる者も、なまけ者も、ならず者も、この新しい塹壕はどんらんに呑み込んだ。

だが、ナチスは友情団体でもなければ、理想主義者のクラブでもなかったし、いつまでも暴力団であるわけにもいかなかった。ナチスは政党であるに他ならなかった。そして、政党は権力を目ざさねばならなかった。とりわけ、一九二〇年代のはじめから党内の実権を掌握したアドルフ・ヒットラーにとっては、権力への道が唯一のものであった。一九二三年十一月の一揆までは、暴力で権力がとれそうに思えた。ビュルガーブロイの集会から、一気に突撃隊を中心とするベルリン進軍がたくらまれた。が、やってみるとそうはいかなかった。国軍、警察、その他の機関と手を結ばないかぎりはだめなのだと知らされた。合法的にか、少なくとも疑似合法的に、政治工作をつみ上げてゆく他はないのだとさとらされた。むろん、金も要った。茜色のあるいは赤銅色の野蛮な抒情で考えられていた一切のプランは、しだいに散文的に変る。

いや、しだいにではすまされない時が、やがてやって来る。廻りはじめた歯車がもとに戻らない以上、量的な変化が、ある瞬間をとらえて一挙に質的な変貌を遂げずにはいない。男たちの、とみにすがれてきた友情の断ち切られなければならぬ瞬間、とりもなおさず彼らのナチスがどんな権力よりも強い世界の権力に転化し、アドルフ・ヒットラーがロマンティックな反逆児の相貌のことごとくを捨て切ってでも今や真の権力者に化身せねばならぬ瞬間が来なければならないのである。そして、その時は来た。まがうかたなく、動かしがたくやって来た。一九三四年、六月三十日。

三島由紀夫は、この瞬間をとらえた。

『わが友ヒットラー』という題のもつ意味はさまざまである。誰の友だったヒットラーをいうのか、誰の友となるヒットラーをいうのか、それとも誰の友でもなくなるヒットラーをいうのか。作者は何の願望も、述べはしない。ただ、男たちの、男たちばかりの、最後の饗宴とその絢爛たる破局をくりひろげて見せるのである。ことははじめからきわめてイロニッシュである。

＊

作者は、この男たちばかりの世界をくりひろげるのに、できる限り複雑さを避け、極度の単純化、簡素化を試みた。そのことによって、劇の進行をだけでなく、その貫く論理、思想を雄勁なものにした。しかも、ここで単純・簡素・雄勁であることが、どんな複雑な手法にもまして、豊饒であり、豪華であり、また繚乱たるものであり得るかを示し尽そうとした。くわだては成就したもののようである。三幕を通じて、太い時間の流れがどっと迸ってゆくようである。男たちの体臭はもちろん、遠く近い血の匂いも、目に見えぬ躊躇や焦慮や細かい計算や絶望をこめた吐息やおぞましい凱歌や、その他もろもろの情感も、その時間の渦に具合よく罩《こ》められて、流れてゆくようである。しかも作者の在り方は冷徹である。

一九三四年六月の、もう月末近い或る日を第一幕に、その翌朝を第二幕に、そして数日後の六月三十日夜半を第三幕に当てるこの戯曲が扱う時間はせいぜい百時間余だろう。場所はベルリンのウンター・デン・リンデンに近い首相官邸大広間ただ一室。そして登場する人物は、アドルフ・ヒットラー他三人だけである。

第一に、エルンスト・レーム。第一次大戦の末期にドイツ軍の参謀大尉で旅団副官なぞ勤めたこの男は、戦後バイエルンが左翼の兵士評議会（レーテ）の勢力によって占められた頃、レーテのつくろうとする人民義勇軍に対抗する郷土防衛志願部隊を組織したのをはじめ、バイエルンにおける各種の右翼団体、軍事組織を結成し、それらをドイツ労働者党、後にはナチスに送り込み、早くからヒットラーと軍関係のパイプの役を勤めた。一九二三年の一揆に至るレームとヒットラーとの関係については、マーザーの『ヒトラー』（紀伊國屋書店刊、村瀬・栗原訳）が詳しく叙述している。大胆で独立独歩、傍若無人のこの男にとっては、軍隊式のやり方だけが人生そのものであった。市民の服装を軽蔑し、軍服を外面的にも内面的にも自分にふさわしい唯一のものと信じた。勇猛な英雄のポーズをとりたがるこの男は、同性愛の趣味があったといわれ、それはこの戯曲の第三幕でヒットラーの述べるレームの罪状のなかにも数えられている。「わたしにとって重要なのは或る運動の兵士的要素である。運動が兵士に要求している当然な特権を認めてくれれば、わたしは喜んで運動に従う」という彼の言葉がマーザーの本に引用してあるが、一九二一年にはじめて組織されたナチス突撃隊をこの兵士の精神で鍛え上げ、ドイツ国軍の再建をこの突撃力の力を中心にして成し遂げようとするのが、レームの念願であった。一九二三年の一揆にも、彼はフォン・ロッソウ将軍らをヒットラーに結びつけ、自らももっとも勇敢に闘った。しかし、ヒットラーとレームの間の不和の根は、マーザーによるとふつう考えられているよりもはるかに前からわだかまっているようである。フランスのルール占領がはじまった一九二三年春、レームは突撃隊によるゲリラ戦まで考えたが、ヒットラーはむしろフランスの助けを借りてでも、権力を取り独裁者になろうとたくらんでいた。マーザーによれば「ヒットラーはレームをたんにバイエルン国防軍との連絡係として、また組織者として、そして最後には装飾的な端役として利用し、そして十分に利用しつくしたのである」。レームがバイエルン至上主義者・君主主義者、また全ドイツ主義・極右民族主義勢力等を結びつけて軍事的団体に仕立てた祖国主義的闘争連盟共働団をも、ヒットラーはたんに「戦術上の」協力者としかみなかった。一九二五年、レームはヒットラーと合わず、突撃隊指導者を辞し、その後南米ボリヴィアの軍に勤務していたが、ヒットラーは一九三〇年に彼を呼び戻して突撃隊の再建をゆだね、ヒムラーの親衛隊をもその指揮下に入れたのである。が、これで二人の旧交が復活したかどうかは問題であり、そこにこの戯曲のせりふにも出てくるレームのゲーリングに対する嫉妬、呪詛が強まってくる。ゲーリングはレームよりずっと後から党に入って来て突撃隊の牛耳をとり、あたかもナチスが国家権力奪取に向って具体的に歩み出したのに歩調を合わせて突撃隊の性格をも変えてしまおうとしたのであった。レームが後に、フォン・シュライヒャー将軍とたくらんで、本来の念願である突撃隊の国軍編入を図ったのも、こういういきさつからであった。シュライヒャーは突撃隊をヒットラーから切りはなすことを条件としたようだ。戯曲に現れるかぎりでのレームは、組織力の強い陰謀家の側面を捨象され、むしろ日本の古武士を思わすような情念の持主として形象されている。そのことは、レームという西洋の軍人のもっている「兵士」という観念を日本的に変形したことになる。同時にレームは実物よりもだいぶん雄弁になっているらしい。が、それらによって、戯曲のとりわけ前半は、引き緊った形を得たということができよう。後にいうように、ヒットラーとレームとの長く旧い、そして友情と憎悪のまつわった関係が、この戯曲の大きい部分を占めている。

第二の人物、グレゴール・シュトラーサーも、一九二〇年以来のヒットラーの同志であった。はじめから有能な組織力をもつ党員で下バヴァリアの党の幹部であった。この男のやって来たことについては、アラン・バロックの『アドルフ・ヒトラー』（みすず書房刊、大西訳）に詳しい。戦中は中尉であったが、復員後、せりふにも出てくるように、ランツフートで薬屋をやっていた。弟のオットーともども、ナチス党綱領のうち国粋主義や反資本主義的な部分を固執し、北ドイツの労働者階級にそれを吹き込んだ。ヒットラーとシュトラーサー兄弟との間に入ったひびは、ドイツ前皇帝の財産没収にからんで、一九二五年から顕著になったといわれる。シュトラーサーは、ナチス綱領二十五条のうちの第九条（国家公民の平等の権利・義務）、第十条（公民の労働の義務）、第十四条（大企業の利益配当への参加）、第十七条（土地改革、土地没収、地代廃止、土地投機の防止）その他養老制度、教育の機会均等、母子保護、少年労働禁止等をふくむ、ワイマール憲法の影響のつよかった部分を、さらに拡大して新しい綱領を作ろうとさえ試みた。大工業国営化等が、その中心のテーマであったらしい。が、一九二六年、ヒットラーはシュトラーサー派だったゲッベルスを味方に引き込んで党内をおさえ、一九三〇年にはそのゲッベルスを使ってグレゴールの弟のオットーを党から追い出したが、兄のほうは妥協して党内に止まり、幹部の地位を守った。ヒットラーがオットーに向かっていった言葉に、「私は社会主義者だが……社会主義といえばマルクス主義のことだと君はすぐ思い込んでしまう」「労働者を観念に訴えて獲得しようなどと当てにするわけにはいかぬ」「人権革命以外に革命はない。君は自由主義者だ」等があるという。ヒットラーにとっては、綱領なぞどうでもよかったか、ないしは邪魔なものだった。綱領を大真面目に信奉する党員はヒットラー個人に対する絶対的な信仰に身を賭けはしまいと思えたからである。また右の件の頃、グレゴール・シュトラーサーがヒットラーに、「権力を握ったらクルップ財閥をどうするか」と訊ねたのに対してヒットラーは、言下に「そのままそっとしておくさ、わたしをドイツ経済をぶちこわしてしまうほどバカだと思うかね」と答えたともいう。このクルップ財閥をめぐるヒットラーとのやりとりが、戯曲のなかの大きな契機を占めてくるのである。だが、このような対立がはじめから存在したのにもかかわらず、シュトラーサーにとっても、ヒットラーが「わが友」でなかったわけではない。シュトラーサーが薬屋であった頃、ヒットラーは弟のオットーを通じて、経済的に苦しいなら党の資金を使ってもいいから、もっとましな事業をやれといってやった挿話もある。やがて党の政治組織部長となるシュトラーサーの力を、ヒットラーはやはり最後まで利用しなくてはならなかったのである。ナチスの国会議員がまだわずかであった頃から、シュトラーサーは国会議員であった。が、一九三〇年代になってヒットラーが工業資本家たちと談合し合うようになると、ヒットラーの話と、一方で行われているシュトラーサーの反資本主義的な演説とはいよいよつじつまが合わなくなる。シュトラーサーを山師ではなく野獣的ではあるが理想主義者であるというのはバロックである。ここに目をつけたフォン・シュライヒャー将軍は、一九三二年シュトラーサーを使ってナチスに協力させ、自身内閣を作ろうとくわだて、ヒットラーはゲーリングやゲッペルスの支持によってこれを抑えたが、この事件によってシュトラーサーは党の幹部の職を辞して引退する。シュトラーサーがこんな裏切りをするとは思えないといって、ヒットラーが泣いたという挿話もある。だが、左派のシュトラーサーと手を切ったことが、次いで起る国会放火事件と相まって、ヒットラーを政権の座に就けさせる有力な動因になった。ヒットラーは首相となり、ナチスを唯一の政党として「統制」を推進し、シュトラーサー主義を叩きこまれていた労働組織N・S・B・O（国粋社会主義工場細胞）をも、新ドイツ労働線に切りかえてゆく。シュトラーサーは彼と対立しながら、かつて弟を見殺しにしてまで妥協した場合にも現れているように、とことんまで徹底して闘うことがなかったようだ。だから一九三四年になってヒットラーが再び彼との旧交を暖め出すと、それに応じて会見するようになる。が、破局前のヒットラーとの会見で、彼はゲーリングとゲッペルスの解任をもち出し、もの別れになったというのが事実らしい。このようなシュトラーサーという男を、戯曲では、シニカルな、しかし見透しのきくインテリ風の人間として形象している。戯曲を字面で読むかぎり、シュトラーサーはそう魅力のある人物ではない。だがレームが陽であるのに対して陰であるシュトラーサーは、ヒットラー自身までがまだ躊躇を残している粛正のたくらみを見ぬき、レームを引きつけ、フォン・シュライヒャーの側に手を打って生きのびようとする。シュトラーサーにどれだけの見透しと計画があったのか、事実の上では判らないが、戯曲の仮構の上では緊迫感をもって描かれており、シュトラーサーの存在が第二幕の中心にならなければならない。

第三の人物、そしてこれこそ最後の人物は、老グスタフ・クルップである。クルップが、製鉄資本家の雄であることはいうまでもない。前の二人が、党内右派・左派の別はあれ、十数年にわたるヒットラーの同志であり友であったのに対して、クルップはむろんそう長い友人ではない。何時頃からヒットラーとクルップの面識が生じたかは知らないが、おそらくヒットラーが相当の名士にのし上がってからの関係であろう。早くからナチスに資金をみつぎ、西ドイツの資本家たちとの仲立ちを勤めたのはティーセンであるが、資本家とりわけ「死の商人」の代表として登場するのはクルップでなくてはならない。クルップの登場は、前の二人の登場以上に史実からは離れているだろう。ヒットラーが粛正を決意してから、エッセンに旅してそこでクルップやティーセンと会見しようとしたかもしれないとは、前記のバロックも推定しているところであるが、それも確かではない。一九三四年六月三十日の夜半、クルップが首相官邸のバルコニーに立って、粛清の銃声を聴きつつ、これをよみするのは、むろん仮構であろう。このことは、戯曲がどう史実と離れているかを問題にしていうのではなく、クルップの登場自体がきわめて象徴的に取扱われているのだということをいっておきたいために、断っておくのである。それだけにクルップの形象は、作者の自由にゆだねられる。

戯曲の時間、空間、人物の設定が右のように極度に切りつめられているのだけが特色ではない。劇の進行は、ごく短い一ヵ所で四人が顔を合せて会話に入りかけるところがあるがこれとてすぐ断絶し、あとはクルップとレーム、ヒットラーとレーム、或いはレームとシュトラーサー、というように一対一の、それこそ男と男の対話・対決で行われる。第三幕に至っては、すでにレーム、シュトラーサーの二人は粛清され、舞台外にも生きてはいないのだから、ただヒットラーとクルップのみが他に誰もいない「友」同士として向かい合うのである。むろん一人対一人で進行する劇形式は古今いくつもあるがこの形式を敢えて採り、一対一の充実し切迫し、ごまかしようのない対話のみで押し切ってゆこうとしたところに、作者の心にくい配慮と自信とが見えるのである。男が男同士、二人きりで会談している情景は、それが三人であり、または四人である場合よりもはるかに男くさい。このふんだんな男くささで押すところにこの戯曲の面白さがあるので、それはもう戯曲を成り立たしめるための手段であると同時に、目的であるといわねばならないのである。それが面白くない人にはこの戯曲はつまらない。が、たぶんその人には、どんな戯曲もつまらないことになろう。

その男くささが、もっとも強烈に、そしてゆるみなく描き出されているのが、ヒットラーとレームの会話を中心とする前半、第一幕ならびに第二幕のはじめである。レームこそ、この戯曲のなかで自らヒットラーを「わが友」としてもっとも強く意識している人物であり、かつまたナチスの初心に帰って、あの塹壕の友情を回想するにかなった人物である。回想するだけではない。レームはその延長の上に、更新しつづける革命、そしてナチスの完成を夢みている。

レーム……忘れてはいけない。革命はまだ終ってはいないのだ。次の革命のあとでドイツは本当によみがえり、ハーケンクロイツの旗は朝風にはためき、あらゆる腐敗と老醜を脱して、若々しい復活したウォーダンの国が、眼《まなこ》は涼しく、逞しく、樫のような腕をしっかりと組み合えた、美しい、男らしい戦士共同体の国が立てられるのだ。お前はその国の首長になる。その国の首長になることこそ、アドルフ、お前の輝かしい運命なんだ。そのためには俺はこの命をさえ捧げよう。

ヒットラーが、この熱意を、ただ政治の冷たい法則であしらい切ったのかというとそうではない。独裁者は、そんなに強くはない。「ミュンヘンではじめてお前に会ったとき、俺は一目でここに同志がいたと直感した」というヒットラーの回想には、かならずしも嘘はない。「エルンストは軍人、アドルフは芸術家、そうして手を握り合ってゆけばよいのだ」というレームの単純な夢に、ヒットラーは「今さらそれができると思うのかい」と反問しなければならないのではあるけれども、心情はヒットラーをまだ引きずってはいる。ヒットラーにとって、この軍人はもう現実勢力としての国軍のパイプであるどころか、軍との和解の障害であり、ヒットラーはレームのいう「次の革命」をでなしに、革命のもっともたくみな終結をこそ遂行せねばならない。

ヒットラー（バルコニーのほうを見まいとして引返し）ああ、エルンスト、誘惑するな。俺を誘惑するな。俺の胸にもう一度あの甘く痺れる酒を注ぎ込むな。

というところで、ヒットラーはわずかに己れを支える。第一幕と第二幕との間で、ヒットラーがどのようにレームを説得したかは判らないが、第二幕のはじめで、レームはもう、突撃隊の活動休止を約束し、その上自分も病気休養という形をとる「政治休戦」に折れている。レームはそれでも最後まで「権力のもっとも深い実質は若者の筋肉だ、それを忘れるな」といいつづけるが、もうその忠告は、政治的には力にも威嚇にもならない。ただヒットラーには、最終的にまだためらいが残っている。そのためらいの揺曳するところに、この戯曲の前半を、美しく抒情的に盛り上げているいわれがあるように思う。ヒットラーとレームのかかわり方が、この戯曲の少なくとも半分か、或いはそれ以上を占めようとしているゆえんである。作者の力が、どれほどこの前半に注がれているかは、後に見るように、そのために戯曲の後半の色を薄めてしまうほどでさえある。とりわけ、第一幕のしつらえは、まことに巧みであり、ただに絢爛であるばかりでなく、布石の上でゆるぎがない。ただ一つ気がかりとして残るのは、シュトラーサーの描き方である。シュトラーサーのクルップに呼び寄せられて語る語り口は判る。論理として、筋立てとしては判る。つづいてヒットラーに呼ばれての対話のいわんとするところは判る。だが、生き生きとした対話とは思えない。レームの姿に比べると、魅力がない。何といっても、戯曲の前半はレームによって支えられている。ところが、もしヒットラーとレームとのかかわりによって、もし戯曲の生命がこれ以上左右されてしまうなら、それは危険なのである。というのは、ヒットラーと老クルップのかかわり方に、これは見方によっていろいろな解釈が可能であろうが、作者は戯曲の生命のもう半分、というよりそれ以上を賭けねばならぬからである。むろんこの二つのかかわりを、切り離して考えることはできない。しかし、戯曲の前半におけるクルップは、ごく暗示的な、潜在的な存在でしかない。クルップはヒットラーの演説中、左右に侍立しているレームやシュトラーサーを思いのままに手招き寄せる力をもっている。ヒットラーに思わず弱気な告白までさせる力ももっている。しかし、にもかかわらず、戯曲前半でのクルップは、傍観者に近い形をとる監視者である。もし、ヒットラーとレームとのかかわりが、あまりにも力強く美しくでき過ぎて、その色が全体を蔽うなら、この戯曲はレームの悲劇ということになってしまう。それでは、戯曲の全体を貫いて流れるべき思想は生きたとはいえぬであろう。そこに戯曲のレトリックの成否と、戯曲全体の論理というか思想というか、それとのむつかしいかかわりがある。

小島信夫が「朝日新聞」（昭和四十三年十一月二十八日）でこの戯曲を評し、「古典詩劇のようなレトリックの多い文章でしゃべらせているので、福田恆存訳のシェークスピアを読むような感じがするが非常に充実感がある」と述べ、かつつづいて、

「ヒットラーとレームが肩をたたきあって過去を述懐しあう、やさしさのあふれたように見える最初の場面は魅力的である。そのうちヒットラーが右と左の二人を殺しクルップと手をにぎる場面にうつると、レトリックも次第に冴えなくなる」

といっているのは、当っているように思う。レトリックの冴えという限りたしかにそうである。それでは作者がわざとそうしたのかどうか。という問題になる。

はじめ戯曲を読んだ時には、第二幕で、ヒットラーとレームの対話を盗み聴いていた老クルップがバルコニーから顔を出して、嵐は来る、きっと来ると、無気味な予言を罩めたヒットラーへの鼓舞を与えて消え去り、ついでやっとレームをつかまえたシュトラーサーが差し迫っている二人の危険を訴えて最後の提携を申し入れるところの、まさに劇的進行がクライマックスに上昇してゆくあたりから、何とも

いえぬ停滞が感じられてならなかった。センチメンタルなところの多いシュトラーサーのせりふも、何か冗長であり、破局の到来を説く彼の緊迫のこもっている筈のせりふも、どうも説明的に思えたのだった。作者にとって、シュトラーサーという男はよほど書きにくいのかとも思えた。それは第一幕でのシュトラーサーの描き方からも類推された。レームとシュトラーサーの最後の提携の機会とはいっても、これがねっから問題にならず、はかなく敗れ去るのは必然なのであるにしても、二人はもう少し迫力にみちた噛み合いをし、俗にいわれている右派の左派のといった別なんぞかなぐり捨てて、やり合う場面になったらというもどかしさに誘われた。シュトラーサーの見透しが、クルップの予言した嵐の前にははかないものにすぎないにしても、彼はまたレームの直情に対して、やはり一個の怪物的な力をもってレームを引きずろうとする緊迫を生むだけのものがあらねばなるまい。が、見透しの上で或いは論理の上でシュトラーサーはレームより確かなのであるけれども、第一幕から力強く描かれて来ているレームになかなか対決できない。シュトラーサーがレームを動揺させる場面はたしかにある。が、そこが強烈なストラグルになり切れないのは、シュトラーサーのせりふが、彼の論理上強いところほど、むしろレトリックに弱く、彼が弱いところでかえって奇妙に文学的であり過ぎはしまいかと、そんなことを思ったのであった。だが、そうとると、作者はシュトラーサーのこころのなかを十分くぐり切って筆を運んでいないことになる。作者は、やはりレームに代表されるかつての塹壕の友情の友情への愛惜にひきずられ、シュトラーサーを敢えてささやかな小政略家にしつらえてしまっているのだろうかと、疑ってみたくもなるのであった。

しかし、思い返してみるなら、この四人の男たちばかりの登場者のうちに、誰一人くだらない端役もいなかった筈である。とりわけ第二幕におけるシュトラーサーは、もっとも重い役割をになっているという見方さえできる筈である。もし、この男が作者にとって書きにくい人物であったにしても、作者の力量は、十分に立てられた計算の上で、この男を消極的に描いているのではあるまいかと考え直して見なければなるまい。シュトラーサーの個性は、むしろその沈静なところにあり、しかも上演を予定しての戯曲である以上、こういう影のような表し方が、かえってシュトラーサーという男を生かしめることもあり得る。そう思って見なおすと、作者がわざと前半をいろどる力強くあからさまなレトリックをしだいに収束して、実はシュトラーサーの長いせりふに現れるような、別のレトリックをしのび込ませながらこの後半を終結に運ぼうとしている手だてが読みとれなくはない。ウォーダンも、ジークフリートも、神話のなかにしかいなかった、それらの幻はクルップの掌握する鋼鉄の意志の前には、みじめな概念でしかなかった、と知らしめるがためにこそ、前半にくりひろげられるレトリックはあったのだともいえよう。ここに作者らしいイロニーがある。旺盛な讃美をいつしか挽歌に逆転させてしまう配慮がある。

ところで、クルップの登場だが、その戯曲にクルップその人を出現せしめることが、正しかったかどうか。党内の左右両派を斬ってクルップと握手し、その祝福をうけるヒットラーという設定が、はたして成功であるかどうか。あまりにも図式的に過ぎはしまいか。公式的といってさえよくはないか。はじめて読んでみた時は、そう思えてならなかった。公式的であるとまではいわないにせよ、こういう形でクルップを直に登場せしめずに、しかもこの形以上に、クルップで代表されるようなもろもろのものたちへのヒットラーの拝跪を、描かれたのだったらという願望を捨てられなかったのである。いいかえるなら、あまりにもクルップにとって直接的な「わが友」に納まり過ぎてしまったヒットラーの姿に、極端な単純化の陥り易い側面を考えたのであった。総資本の意思といったものは、もっともっと見えない神の姿をとって「わが友」を動かさねばならぬのではないか、そのほうがもっとも怖ろしく否応なしに「わが友」を捕え、包み込むのではないか。――それがはじめに読んだ時の直感であった。が、かならずしもそうではなかった。むしろそういう読み方が図式的であった。

クルップ（椅子にゆったりと掛けて）そうだな。今やわれわれは安心して君にすべてを託することができる。アドルフ、よくやったよ。君は左を斬り、返す刀で右を斬ったのだ。
ヒットラー（舞台中央へ進み出て）そうです、政治は中道を行かなければなりません。

という最後の幕切れは、それだけとってみるなら至極図式的であるかもしれない。が、ここへもってくるだけの作者の筆さばきの巧みな運び具合が、けっこうこの終結を説明的な痩せたものにしていない。挫折した者は、レームとシュトラーサーだけではなかった。ヒットラーもまた、挫折者であった。もっともあわれな挫折者であったかもしれなかった。彼は、古代や中世の英雄のように、障害者たちを片づけたのではなかった。ウォーダンの叫喚も哄笑も、ヒットラーのものではなかったのではなかった。第一幕のはじめのヒットラーの演説姿も、ここに至って木偶のように見えてくる。自分以外の者を全部狂人だと思ってしまえという、第一幕の終りでのクルップの忠告が暗示するものが生きてくる。作者は、権力のメカニズムを説明しているのではなくて、支配の心情のなかにくぐり込んで、ヒットラーの運命を葬っているのだともいえる。築かれようとしている第三帝国は、浪曼者の夢の実現ではなくて、その夢の残骸でしかない。ヒットラーは生きて、この始末に責任をとりつづけなければならない。新しき「友」クルップは、けっして責任を分かってくれはしない。もうすがりつく夢もない、この孤独な独裁者も、かつては一個の若々しい浪曼者であった。そのこと自体をまで、くだらないこととしておとしめてはならぬという作者の抗議が、この在りし日の浪曼者の群への挽歌を創らせ、それを充実したものにしたのだといえよう。しかも、作者が、かつてのヒットラーを「友」としているかというなら、かならずしもそうではない。浪曼者の夢はただイロニーとしてある。それをイロニーとしてのみあらしめつつ、作者は覚めているのである。そこにこの戯曲の心にくさがある。そして、これだけのことをいっているのではないのだ、という気配がつねに残ってゆく。その気配にはもう一浪曼者たることを超えた趣が備っている。

（「文学界」昭和四四年三月）

『喜びの琴』『朱雀家の滅亡』より『豊饒の海』へ
――三島由紀夫のナショナリズム

松本　鶴雄

一　民衆像の欠格したナショナリズムの意味

三島由紀夫が『憂國』や『英霊の聲』以来とみに作品の基調をナショナリズムに絞り、他方では『文化防衛論』や『太陽と鉄』で花々しくその情念を展開し、世間の一部や文壇では、不意なるこの右翼イデオローグの出現に今更ながら、いかがわしい或る困惑をもって対処しているというのが、偽らざる今日の三島観であろう。しかし果して三島由紀夫は人々がさほどまで危険視している右翼ナショナリストであり、刀剣愛撫の心底に無気味な国家主義を匿している作家なのであろうか。筆者はそうは思わない。むしろ彼の文学を支えているのはナショナリズムというよりは、美の衣裳としての天皇主義だと思っているからだ。

もっとも『文化防衛論』によれば「文化概念たる天皇」「文化の全体性の統率者としての天皇」志向による一民族一文化伝統を護持し、文化と政治の絶対的対立を止揚する日本民族の統率者たる実質的な

「栄誉大権」を天皇に付与しようというのであるから、ナショナリズムと言えなくもない。それは戦前の日本国家主義が天皇制を政治の原点として内外に臨み、以て国論を統一し、国威を海外に発揚したのとその発想の図式は同じなのである。ただ彼はそのような戦前型ナショナリズムが政治という権力機構に天皇制を無理矢理ひきずり込み、天皇を神格化した歴史を西欧型立憲君主制の破産として峻拒し、政治権力の項に文化伝統を代置しているのである。しかも生理的嫌悪とも言える共産主義への拒否反応が一層、彼の論理を尖鋭化せしめている。むろんこれも文化領域でのナショナリズムであるには相違ないが、いわゆる政治概念としてのナショナリズムとは大いに径庭を距てているのだ。

　周知のようにnationとは国民あるいは民族が国家より優先した意味を持っている。従ってナショナリズムとは、いかにそれが国家主義的な側面をもつ擬制であるにしろ、究極においては国民や民族の救済という理念を高く掲げなければならぬ事情はナチズムにしても、戦前の日本国家主義にしても軌を一にしている。しかし三島由紀夫は俗衆（『日本人論』）とか愚衆（『私の遍歴時代』）という言葉を平然と用い、あるいは「富の分配の不公平」という質問に対して（『文化防衛論』所載・早大でのティーチ・イン）欧米からみるとまだ日本は「無階級社会に近い」とか、税法改革によって解決できるとかと、大衆状況を行政問題にすりかえる考え方の底辺にあるものは、どう見ても民衆蔑視の思想であろう。それは彼の貴族主義とは銅貨の裏表なのであり、かような民衆侮蔑を結果する秩序思想は一方では彼の文体《フォルム》成立のための古典美が宿命的に担わざるを得ぬ、二律背反というほかないだろう。

　もしも、彼が民衆的なものを認めるなら、三島文学は崩壊する。この点について野口武彦は『三島由紀夫の世界』で三島が畏敬してやまぬトーマス・マンとの比較を面白く展開している。『トニオ・クレーゲル』の、あるいは『飢えた人々』のデトレフの健康な生活人、又は貧しき人々に対する自己同一性の感情移入を例にして、三島のイロニイとマンのそれとの異相を浮彫りにしているのは、その限りでは正しい。野口は言う、「これはイロニイ以外の何ものかである。もしもわたしがトーマス・マンの文学にあの気品ある古典主義的節度を与えているのが、人間に対するこの愛情だといったら陳腐にひびくだろうか」と。それは陳腐どころではない。まさに正鵠を射た解釈である。

だがこのような「人間に対する愛情」、名も知れぬ貧民に対する感情、自分以外の庶民、そのようなものを捨象したところで三島文学は構築されてきた。美学的にはそれはそれで正しいとは思うが、だからこそそれ故に三島由紀夫がナショナリスティクな発言をし、それを作品の基調にしだすと何となく空疎感がつきまとう。全てのものを美の形而上学に転化していく、この〈美の特攻隊〉を自認している作家にとっては民衆イメージは美的対象に成り得ぬという一点で最もおぞましいものである筈だ。しかしどんな欺瞞的方策であれ民衆救済の理念なくしてはナショナリズムは成立しない。としたなら『憂國』にみるような民衆イメージ欠除のナショナリズム心情はひとつの方便であり、エロチシズムの延長であると断定してもいいだろう。

しかしそれでは『豊饒の海』第二部『奔馬』に描かれている「陛下のお顔は悩んでをられる」というイメージを外延しての日本浪曼派的美の神格化、文化統率者としての天皇存立の前提条件たる慈愛を謹んで承ける民草は欠落するわけである。そこに三島美学の矛盾がある。美は醜によって保たれているのだ。神格化天皇の美を描くためにはどうしても、今まで彼が忌避して来た醜の世界を描かねばならない。そういう自己撞着の皮肉に当面して彼はこの『奔馬』では、恋闕の情を支える民草を描かざるを得なかった。しかしそれはあくまで道具立てなのである。それにしても彼の文学には珍しく民衆救済観が、そこでは披瀝されている。

ひたすらイギリスとアメリカに氣を兼ねて、一擧手一投足に色氣をにじませて、柳腰で歩くほかに能のない外務官僚。私利私欲の悪臭を立て、地べたを嗅ぎ廻って餌物をあさる巨大な蟻喰ひのやうな財界人。それ自ら腐肉のかたまりになつた政治家たち、出世主義の鎧で兜蟲のやうに身動きならなくなつた軍閥。眼鏡をかけたふやけた白い蛆蟲のやうな學者たち。満洲國を妾の子同然に眺めながら、早くも利權あさりに手をのばしかけてゐる人々。……そして廣大な貧窮は地平の朝焼けのやうに空に反映してゐた。（傍点・筆者）

しかし傍点の部分に注意するがいい。民衆の困窮がかくも美しい麗句で描かれた例が今までの日本文学にあっただろうか。美しすぎるゆえのその空々しさ。その根底にうかがえる民衆観、単なる作者の美的イメージの道具立てとしての描写。これこそ三島由紀夫の奇妙なナショナリズムの正体と言えるだろう。としたら彼がナショナリズムの心情を借用して言いたい世界は何か。それは言うなら天皇イズムであり、聖なるものを畏怖すると同時に犯したいという『金閣寺』に端的に現れているテーマと同じ、形を変えた美の哲学であり、美と死を重ね合わせた情念であると思われる。その意味では、彼の考えている〈天皇〉像は恰好の素材なのである。恋闕の情と『春の雪』に述べられている「優雅とは禁を犯す」という考え方、〈冒瀆の快楽〉とが一致する彼岸に三島由紀夫の原点はあるようだ。

二　『喜びの琴』における相対化論理のイロニイ

もっとも三島由紀夫の〈いわゆる〉ナショナリズムはそればかりが成因ではないだろう。彼の抱く鞏固な反共意識がますます彼のナショナリズムを醸成していることは否めないのだ。学生とのティーチ・イン（『文化防衛論』所載）で反共理由を「私はどうしても自分の敵が欲しいから共産主義というものを拵えたのです」と言明している。これは反共意識の同義反復であって何らかの説明にならないが、それにしても三島由紀夫が抜き難い反共精神で身を鎧っている証明にはなる。

従って戯曲『喜びの琴』が文学座によって上演を拒否され、それに対し作者の側が公開状をもって応酬した経緯は、その後間もなく天皇主義と反共精神を軸としたナショナリズムを目指すことになった三島由紀夫にとっては、象徴的事件であったと言えよう。さて、このドラマは昭和三十九年の文学座正月公演のために執筆され同年「文芸」二月号に掲載された。時代背景は「近い未来の或る年の一月」とあるが六〇年安保の政治の嵐から連想しての、七〇年安保見取図が戯画化のように描かれている。〈所〉は、「都内某区本町警察署の二階の一室」とある。首都は連日のように過激学生や労組のデモの波状攻撃を受けている。世間は物情騒然、革命近しといった雰囲気がこの警察署を取巻いているのだ。主要登場人物はムウシキン公爵を想わせる交通係の川添巡査以外は、全て公安関係の警察官達である。その公安課が総理大臣の乗る急行列車転覆計画を察知し、極秘のうちに内偵をすすめる。最初は極左分子の仕業だと思われたが、極右による左翼批難の世論づくりのためのデッチ上げ事件だとわかる。

公安の松村巡査部長は復員して以来、この道一筋に生きて来たベテラン。反共愛国の正義感でかたまった男。行動力も抜群。若い巡査達から慈父のような信頼を受けている。若い片桐巡査は松村の命令で、列車転覆の陰謀を粉砕し関係者を逮捕すべく現地へ向う。列車は転覆し、片桐巡査は犯人達を捕える。むろん総理はこの陰謀をいち早く知らされ乗っていなかったが、一般乗客多数が死傷し、世間は騒然となる。新聞は極左急進分子の犯罪として大々的に報道するが、片桐が逮捕したのは右翼団体の男達である。だが彼等は即日釈放される。片桐は狐につままれたようになる。右翼の仕業なのに新聞は左翼だと書き立てる。どうしてか？　彼にも公安の他の巡査達にも何がその背後で起こりつつあるのか、さっぱり見当がつかない。

署の外では連日のデモが日を追って過激になっていく。交通整理の川添巡査だけはのんびりしている。「どこからともなく、コロリンシャン・コロリン……何かこう、まどやかな音つうか」つまり美しい琴の音が、騒音の彼方から聞こえてくると言い張っては、人々に笑われる。しかし、彼はその幻の音を聞くのが毎日の生甲斐なのだ。

そんな時、列車転覆首謀者は何と敏腕の公安巡査部長、松村であったことが判明。彼が極左の秘密党員だというのだ。その松村に尊敬と信頼を寄せていた片桐巡査は激しいショックを受ける。転覆事件は三転し、左翼批難の世論工作のための右翼のデッチ上げ劇はもう一度ひっくり返り、左翼の側の世論工作であり、松村が自分の地位と片桐巡査の純心を利用したものだったのだ。このあたりのドンデン返しは実に巧妙である。また三幕目の松村と片桐の対決は凄絶な心理劇の定石通り緊迫して進行する。松村は片桐に「俺を信じたのがお前の罪だ」と言い、誠実で純真な心が罪なのだとうそぶく。

片桐 お前は俺のなりたくない人間の手本だ。俺のもっとも憎む人間の鑑だ。

松村 そうだ。そして睨め。そうして精魂こめて俺を憎め。今の瞬間に、やっとお前は俺と同じ種類の人間になったのだ。

片桐 何だと。

松村 いいか。お前が俺を信じている間は、俺の言うなりになっているあいだは、お前はただのひよっこだった。まだよちよち歩きのひよっこだった。決してお前は俺に似ることなんかできはしなかった。いくら真似をしても、いくら尊敬しても。……ところが今、やっとお前は俺に似てきたんだ。その憎しみは本物だ。お前は俺とそっくりだ。そっくりだ。鏡に映してみろ。……お前も一個のみごとな人間の鑑になったのだ。人間の中での怪物になったのだ。

まるでメフィストファレスの言うような言葉を松村は吐く。その翌日打ちひしがれたこの若い巡査片桐にも不意に、川添巡査と同じ美しいまどやかな琴の音が心の深い所で聞こえてくる。人間に絶望し、悪魔的なものをくぐった果ての美しい琴の音――本当の美は悪魔的状況の中に、あるいは人間不信と絶望と背徳の中から花開くという、三島文学の一貫したテーマがここにもいかんなく描かれているのだ。しかしこの作品に限っていえば、かなり鮮明な共産主義嫌悪がはしはしにうかがえるが、ナショナリズムは未だ明確な形をとって表面化していない。

作者はこのドラマを「文芸」に掲載するにあたって「前書―ムジナの弁―」を付記している。その中でこの劇の成立条件として「安保闘争以後の思想界の再編成の機運、青年層への変革の絶望、いわゆる天下泰平ムードのやりきれなさ」を挙げ、「イデオロギーは本質的には相対的なものだ」と断っている。しかしこの「前書」は文学座の上演拒否への抗弁の形をとっているのであるから「イデオロギーは本質的に相対的」と言う言辞は文学座の誤解への批判であって、必ずしも、このドラマの主要テーマとは言い切れないのだ。

この「前書」の前に作者は「朝日新聞」（昭和三八年一一月二七日）に「文学座の諸君への公開状」（『私の遍歴時代』所載）をのせ、その中で「芸術は必ず針がある。毒がある。この毒をのまずに、ミツだけを吸うことはできない」と主張したが、この戯曲のテーマもこれにかかわっている。それは三島由紀夫が処女作以来抱き続けてきた美意識なのだ。なおこの公開状中で彼は次のように自作を説明している。

反共の信念に燃える若い警官が、その反共の信念を彼に吹き込んだ、もっとも信頼する上官であった巡査部長が、実は左翼政党の秘密党員であって、この物語の進行する未来の架空の時間に、その政党の過激派が策謀した列車転覆事件に一役買っていたのみか自分自身も道具として利用されたことを知り、悲嘆と絶望の底に落ち込むが、思想の絶対化を唯一のよりどころに生きてきた青年は、すべての思想が相対化される地点の孤独に耐えるために、ただ幻影の琴の音にすがりつく話である。

確かにそれだけの話なのだ。文学座が分裂騒ぎまで起して上演拒否する作品ほどではないようだ。もっとも文学座にしてもこの程度の内容、思想の相対化、芸術＝毒、悪魔論なぞ、作者から御丁寧な教示を受けなくとも充分に理解していたに違いない。むしろ彼等はそういうものを理解した上でなお、この作者の抱いている全ての事物を相対化していくことによる美の絶対化、美を手に入れるためには世界が滅んでもいいのだといったデモーニッシュな芸術至上主義の底にある、不気味なものが許せなかったのかも知れない。

そしてこの世全てを相対化する鍵は『喜びの琴』では美しいこの世のものではない。あり得ぬ存在としての幻聴なのである。この支点なくしては相対化は不可能なのだ。しかし作者はいつもこのような現実離れしたメルヘン的手法に頼ってばかりはいられなかったろう。とすれば芸術の認識論の方法化の上でもこの〈琴の音〉がやがては、三島の浪曼派的心情、貴族趣味、王朝文化への憧憬と結びついて早晩、天皇神格化へと転位していったであろう事情は容易に推測できよう。人間はきびしい相対化に裸で耐え得るものではない。事象を相対的に見るには、見者の絶対化と見者自身を支える或る絶対的信仰のようなものが必要であるというイロニイを見逃すべきではないのだ。

三　『朱雀家の滅亡』と承詔必謹のロマンチシズム

そしてこのような全世界の相対化を支える絶対者、全てが相対化の中で滅んでもキリスト教の神のごとく厳然と存在しなければならぬものとしての〈天皇〉を三島由紀夫は設定し、それへの〈恋闕の情〉を描いたのがドラマ『朱雀家の滅亡』である。従ってこの作品は「などてすめろぎは人間《ひと》となりたまひし」という『英霊の聲』の人間天皇への批判とは表裏をなしたテーマで貫かれている。この戯曲は四十二年、「文芸」十月号に発表され、同誌に作者はドラマの後書きものせている。それによるとエウリピデスの『ヘラクレス』を典拠にして、子殺し妻殺しの筋書きを換骨奪胎したものだそうだ。しかしこれはこの作者のいつもながらの異国趣味でたいして重要なことではない。それよりも「この芝居の主題は、〈承詔必謹〉の精神の実存的分析ともいえるであろう。すなわち完全な受身の誠忠が、しらずしらず一種の同一化としての忠義へと移ってゆくところに、ドラマの軸がある」と言っている個所は注目すべきだ。

そしてこの作品の場合の「兇器」こそが『喜びの琴』の思想不信の果ての幻聴の敷衍化であり、『英霊の聲』の呪詛をふくんだ軍神達の大合唱と同義の、読者を三島文学の浪曼的世界へ飛躍せしめる発条なのである。しかもこの「狂気」はこのドラマでは天皇への誠忠、恋闕を志向しているがゆえに、ひときわ滅びゆく美しさの効果を表現しているようである。

〈時〉は終戦をはさむ一、二年の春、秋、夏、冬。〈所〉は琵琶の名家として名高い朱雀侯爵邸。四幕。当主の朱雀経隆はかつては天皇の御学友でもあった人物。敗色濃い国家を救うべく軍人あがりの田淵首相失脚のため彼は奔走し、成功する。だが同時に彼は「分を越えた行動をした者の、後進への戒めのためにも、ここはどうしてもお暇をいただくべきだ」と考え、侍従職もやめ「せめて今後は遠い菊の香を慕つて、身を慎んで余生を送らう」と決意して自邸に引きこもる。

ところでこの朱雀家には昔から奇怪な伝説と運命がつきまとっていた。琵琶の家系であるから守護神は弁天様である。この女神は代々の朱雀家の美しく若い嫁を嫉妬する。ために朱雀家では奥方が若いうちに亡くなる。当主・経隆の場合も例外ではない。海軍士官になった長男・経広も若くして亡くなった妻の子といううたてまえになっているが、実は女中おれいとの仲に生れた子なのである。経広も自分の秘密を知っている。彼は秘密を抱いたまま戦死する。許婚者・璃津子と実母のおれいは経広が死地に赴くのをなんとかおしとめようとするが、結局、徒労になってしまった。

空襲が激しくなり、朱雀家も荒方、焼失する。食糧不足、世相動乱、明日もわからぬ日々の中で、この邸にとり残されたのは当主と女中おれいである。おれいは主従関係を無視して経広の戦死は経隆の責任だと日夜、なじる。実子を子として扱えなかった実母の激しい悲しみに経隆は連日、復讐されるわけだ。またおれいは正式の妻の座も要求する。だが彼女も直撃弾で死ぬ。全てを失って経隆は呆然と終戦を迎える。彼の心を占有しているのはただ天皇への忠誠だけなのである。そこへ死んだ息子の許婚者、璃津子が現われ、息子を見殺しにし、奥様と名のつかない人（おれい）を見殺しにし、自分は何もしないではないかと老いた経隆を激しく責める。

璃津子　あなたのうつろな心の洞穴が、人々を次第に呑み込み、何もなさらぬことを情熱に見せかけ、この上もない冷たさを誠と呼ばせ、あなたはただ、夜を昼に、昼を夜につないで生きておいでになった。そして朱雀家の三十七代を、御自分の一身に滞らせ、人のやさしい感情の流れを堰き止めておしまいになった。みんなあなたのおかけで滅びた。おじさま一人が滅びずにいらっしゃるのは何故？

……（中略）……

璃津子　滅びなさい。滅びなさい！　今すぐこの場で滅びておしまいなさい。

経隆　（ゆっくり顔をあげ、璃津子を注視する―間。）どうして私が滅びることができる。夙《と》うのむかしに滅んでいる私が。

――幕。

この劇の最後「夙うのむかしに滅んでいる私」という意味は、恋闕に真直に向った滅私奉公の精神であろう。日常的生活、家庭、人間らしい情愛、それ等全てを否定して、一つの聖なる絶対性を志向する心境、それを「狂気」と表現する経隆の次のような科白は意味深い作者の浪曼的情念であろうか。「……しかし私が気が狂っていたとするると、それはどんな狂気だったのだろう。果して私自身の狂気だったろうか。それともはるかかなたから、思召しによって享けた狂気だったか。たとえ私が狂気だったにせよ、あの狂気の中心には、光りかがやくあらたかなものがあった。狂気の核には水晶のような透明な誠があった。それによって得た私の恵みは、喪失も喪失でなく、一人の息子を失ったことさえ、さらに大きなものを得たと感じられたことだ。翼を切られても、鳥であることが、私の狂気だったから、その狂気によってかるがると私は飛んだ」。だが敗戦によって「中心には誠はなく、みごとに翼は具えていても」決して飛ばない正気の時代が訪れたのである。

この時より名実ともに経隆は滅んでしまった。自分の洞穴にとじこもり「狂気の再臨」だけをひたすら望んで、生きていかねばならない。そしてここに述べられている狂気とは恋闕であり、皇室に寄せる至誠であることは言を俟たないだろう。この経隆の心境こそ戦後世界を耐え難い違和感で忍従して来た、作者自身の密かな告白でもあろう。『英霊の聲』にしろ『朱雀家の滅亡』にしろ「狂気の再臨」を切々と望む、浪曼者三島由紀夫の依拠している神格化天皇主義の水脈がとうとうと流れているのである。そしてそれはナショナリズムというよりは、ナショナリズムに装われた美的象徴としての、あるいはこれまでの三島のエロスの全流域を流し込んだ果ての「上御一人」というイメージなのだ。

このような疑似絶対者を自分の文学の中に導入することは、表面的には『喜びの琴』の「前書」の思、想の相対性と矛盾しているようだが、むしろ逆で現実の天皇制を都合良く歪曲することによって、三島由紀夫は相対性を描く視点を獲得する。ここに至って三島は全世界を徹底的に相対化する武器を手に入れたのであった。換言するならそれこそが、琴の幻聴であり、虚無の中で妖しく開いた花を鞏固に支える架空のビジョンであり、文学的方便なのではないだろうか？

四　『豊饒の海』と恋闕の心情

ともあれ三島由紀夫にとっては是が非でも天皇は個であって全であり、絶対者であり、神でなければならぬのだ。とすれば終戦後、天皇の人間宣言は許し難い裏切りであり、彼の情念の中で神格化された天皇への冒瀆であった。従って『英霊の聲』の「御聖代がうつろなる灰に充たされたるは、人間宣言を下されし日にはじまつた。すべて過ぎ来しことを『架空なる観念』と呼びなし玉ふた日にはじまつた。われらの死の不滅は犢された」という呪いめいた独白も、最後の「などてすめろぎは人間《ひと》となりたまひし」という畳句も作者自身のいや三島文学の体質の内奥から発した、現今の天皇制に象徴された戦後体制への呪咀に外ならない。

そして『英霊の聲』より『朱雀家の滅亡』を通過するあたりから、いわゆる神格化された天皇を頂点とする文化ナショナリズムとも言える思想が奔放に展開されていった。その間の事情を彼は「三田文学」での秋山駿との対談で『英霊の聲』を〈自己革命〉と規定し、次のような心境を吐露している。「天皇の問題は『朱雀家の滅亡』という芝居で一番自分では書いたつもりでいるのですが……（略）……『英霊の聲』を書いた時に、僕は、そんなこと言うと――また先のことですからわかりませんが――なにか自分にも責任がとれるような気がしたのです」（『対談・私の文学』収録）と。この場合の責任という言葉は文学者と同時に一生活人としての自分に課されたものだろうが、事実、『英霊の聲』以後、彼の言う〈文武両道〉にわたる天皇主義・ナショナリズムは色濃く彼の行動を支配する。いわゆる〈武〉の方では『文化防衛論』に収められている大学生とのティーチ・インや「楯の会」、おさおさ怠らぬ剣道や空手などの武術修行。それに並行して〈文〉の集大成としての『豊饒の海』が書き進められていった。

さてこの『豊饒の海』四部作中は、『春の雪』と『奔馬』のみ刊行された段階で、第三部が「新潮」連載中であり、その全貌に評を加えることはできない。しかしながら、『春の雪』『奔馬』に限って言えば『二・二六事件と私』（『英霊の聲』所載）で、作者が語っているように前者では「たわやめぶり」を、後者では「ますらをぶり」を小説化したものであろう。そしてこの「たわやめぶり」「ますらをぶり」は言うまでもなく、この作者が常々口にしている〈文武両道〉の文学化であり、しかもこの両概念を成立させているものは恋闕であり、「上御一人」という理念なくしては生じ得ぬ心情なのである。

従って取扱っている内容は全く異なっているかに見えても、この二作品は一つのテーマの表と裏の関係にある。『春の雪』の主人公・松枝清顕が夭折し、仏教の輪廻転生によって、次代には『奔馬』の飯沼勲に生れ変わるという手続きを作者はとっているが、そんな衒学趣味の姑息な手続きなくしてもその二作品は切っても切れぬ三島由紀夫の情念の核を成すシャムの双生児なのだ。その事情は「武断を知る者のみがまことの愛恋を――いいかえるなら雷鳴の惨烈な慟哭を知る者のみが、春雨のひそかな歔欷の吐息を、エアレーベンし得る」と評した村上一郎の「三島由紀夫小論」（『浪曼者の魂魄』所載）の言辞通りである。

なお右の著で村上が「恋闕」を適切に説明している。紹介しておいた方がいいだろう。「恋闕のこころというのは、制度によって成ったものではないし、権力に強制されたものでもない。公的な教育の機関で教えることさえできぬような、こころなのである。公衆的な道徳でもなければ、約束ごとでもないのである。いわばひそかな、半ば恥ずかしいような、これという行動基準のない点ではほしいままでもある。つきつめるなら狂夢に近い、まことに〈恋〉という文字を当てはめねばどうにも書き現わしようのないところではないだろうか」と言い、それは忠義とも違い、ただ皇帝を密かに、ひたすら恋い慕う心情だと述べ、高山彦九郎の例を挙げている。

そしてこのような心情こそ『英霊の聲』や『朱雀家の滅亡』以来とみに増して来た三島文学の主調音だったのだ。それは野口武彦が『三島由紀夫の世界』であげている、三島文学の形而上学的な主題としての三和音《ドライクラング》「死」「夏」「海」を止揚する第二主題の誕生といっていいだろう。もちろん『春の雪』『奔馬』いずれの主人公も散華するように夭折する。海や夏のイメージもふんだんに使われているから『豊饒の海』においても、この三和音《ドライクラング》はそのまま生きているが、それが統一されまっしぐらに恋闕の情に向い、それを濾過して言語や情景や人物さまざまの感情やがこの新しい第二主題のもとに美しく交響し合っているのである。

例えば『春の雪』の主人公・松枝清顕が宮家へ輿入れが決定し勅許まで出た伯爵令嬢、綾倉聡子と密会するストーリィは一見陳腐なメロドラマの形式をとった姦通小説であるが、しかしここで注目しなければならないのは、宮家へ輿入れのため勅許が下ったのを敢えて犯そうとする主人公の常軌を逸した不忠とも思える「優雅というものは禁を犯す」のだという、みやびの極致にて冒瀆の快楽を賭けようとする考え方だろう。聡子が禁裡に近い人になったがゆえに優雅であり、美しいという想念を形成しているのは、みやびの源流を皇室に置く，形を変えた悶々たる恋闕と言えよう。
それは『奔馬』の飯沼勲が君側の奸を除いたら切腹すべきだという考えと照応する。『春の雪』が在原業平譚であるとするなら、『奔馬』は主人公が昭和の神風連たらんとして財界の巨頭を刺殺し、自らも腹かき切って果てる武断尽忠のパロディとも言えるが、草莽の身であってこのような大事を決行することは不忠の忠なのであり、事の成否とは別に切腹して果てねばならぬという、恋闕の悲劇を内包している。それについては『奔馬』の沈着果断な主人公・飯沼勲と洞院宮の次のような問答に注意するがいい。

「はい、忠義とは、私には、自分の手が火傷をするほど熱い飯を握って、ただ陛下に差上げたい一心で握り飯を作つて御前に捧げることだと思ひます。その結果、もし陛下が御空腹でなく、すげなくお返しになつたり、あるいは『こんな不味いもの喰へるか』と仰言つて、こちらの顔へ握り飯をぶつけられるやうなことがあつた場合も、顔に飯粒をつけたまま退下して、ありがたくただちに腹を切らなければなりません。又もし、陛下が御空腹であつて、よろこんでその握り飯を召し上がつても、直ちに退つて、ありがたく腹を切らなければなりません。何故なら草莽の手を以て直に握つた飯を、大御食《おおみけ》として奉つた罪は萬死に値ひするからです。では、握り飯を作つて献上せずに、そのまま自分の手もとに置いたらどうなりませうか。飯はやがて腐るに決つてゐます。これも忠義ではありませうが、私はこれを勇なき忠義とよびます。勇氣ある忠義とは、死をかへりみず、その一心に作つた握り飯を献上することであります」

「罪と知りつつさうするのか」
「はい、殿下はじめ、軍人の方々はお仕合せです。陛下の御命令に従つて命を捨てるのが、すなはち軍人の忠義だからであります。しかし一般の民草の場合、御命令なき忠義はいつでも罪となることを覚悟せねばなりません」

このような勇気ある忠義、それすなわち〈罪〉という考え方は、『春の雪』の主人公の「優雅というものは禁を犯す」の丁度裏返しなのである。この握り飯の比喩は高貴、至尊なものへのやむにやまれぬ思慕というよりは、聖域を彼岸に設定し、設定するということでこれを犯している、また犯すという形でそれにかかわっていく三島文学の一貫した〈美と死〉のアナロジーであろう。

だが三島由紀夫は何故、天皇イメージを美の根源に据えねばならぬのか。この美による殺戮者にとって、日本の美の伝統を象徴して来た（と三島が主張してやまぬ）天皇イメージまでも金閣寺以上の道具としたいためなのか。それともこれこそが戦後二十年ひたすら世間に対し隠蔽してきた三島文学の本来のモチィーフなのか。その解答はわれわれが今後の彼の活動を見守る以外、速断できないのである。ただ言えることは『豊饒の海』に顕著なこのような恋闕は、例えば『春の雪』の天暁の〈髑髏不二〉のエピソード、あるいはどんな莫連の女だろうとこちらさえ純潔ならよしとする極度の美的主観主義への自己暗示のための、日本浪曼派的心情に合わせた架空の虚像ではないのかという実感を拭い去ることができないのだ。としたら天皇イメージを中心にしたかのようなナショナリズムを導入したことが、果して三島文学に豊饒をもたらすのか、あるいは逆に不毛を結果するのか？　それはいずれとも言い難い。これからのこの作者にとって大きな宿題だろう。

三島由紀夫作品事典

Ⅱ

作品論

三

長谷川泉
森安理文
編

中世

越次　倶子

〔初出〕「文芸世紀」昭和二十年二月（『中世㈠』）「文芸世紀」昭和二十一年一月（『中世㈢』）「人間」昭和二十一年十二月（『中世』全文）

〔所収〕『頭文字』（新潮文庫　昭二六・一〇）『花ざかりの森』（角川文庫　昭三〇・三）『三島由紀夫選集1』（新潮社　昭三二・一一）『三島由紀夫短篇全集』（新潮社　昭三九・二）

〔テーマ・モチーフ〕「常徳院足利義尚は長享三年三月二十六日享年二十五歳にして近江国鈎里の陣中に薨じた」。この様な書き出しの中篇『中世』は、昭和十九年（一九四四）、勤労動員で行っていた中島飛行機の工場内で執筆された。三島は、〈いづれは死ぬと思ひながら、命は惜しく〉〈書きかけの原稿を抱へて、じめじめした防空がうの中へ逃げ〉込み、その穴から，遠い大都会の空襲を眺めていた。三島の目には、〈それはぜいたくな死と破滅の大宴会の、遠い篝のあかりを望み見るかのやうであつた〉（〈〉内の文は、『私の遍歴時代』より引用、以下同じ）。敗戦の感は日増に深まり、東京は焼土と化しつつある時期であった。三島はこの時、「文芸文化」の同人との交際も途絶え、ただ一人〈終末観の美学の作品化〉に熱中し、〈自分を室町の足利義尚将軍と同一化し〉て、書き上げたのが、この『中世』である。モチーフは一つには、幼い頃から母方の祖母、橋トミ氏（明治七年〜昭和二十四年）の影響で、親しみ、憧れていた謡曲の絢爛たる文体と、〈自分一個の終末観と、時代と社会全部の終末観とが完全に一致した、まれに見る時代〉の反映によるものである。

三島にとっての中世は、応仁の乱果てた後の頽唐の都の姿であり、予兆が美の凡て、と夕映えの美しさにも畏怖悚懼して祈る都人の心であり、予はかの宵の明星であろうか、昼の終わりを告げる別世界からの使者であると語った、薄命の義尚将軍そのものであった。愛息の死によって悲嘆にかきくれ、遂には、病の床に伏した父義政公。義尚の寵愛をうけ、公の伽をつとめていた、猿楽の美少年菊若の愁嘆。その菊若を愛した霊海禅師。そして、限りない悲愁の兆をその日に湛えた亀。義政公の為、不死の薬を求めて北九州の湊々を旅ゆく老医鄭阿——総ては義尚の死が支配しているのである。

物語はすすむ。紺碧の夏空を背にして、雷の火柱が立った。「凡ては…凡ては美しい凶兆の風の仕業」と禅師は号泣する。その時から悲劇は急速に展開する。義尚の霊を受くべき器は菊若!「魂や帰り来れ、君此の幽都に下ること無かれ」と降霊の儀式が始まる。亀は転がり鳴咽していた。不死の薬に欠くことの出来ない亀の脳髄をとるべく鄭阿は、義政公寵愛のこの亀を殺害した。この時、綾織の腕に抱かれた菊若の身に義尚の霊が宿った。不吉な兆が重なり悲劇が生まれる。それは、第二のテーマでもある、菊若と綾織の死である。降霊によって、精魂尽き果てた菊若と、義政公に肉体を捧げ尽くした綾織の相寄る魂の美しさを、蓮の露がこぼれるばかり尊いと、禅師は合掌するのである。若い二人の愛は高められ、浄められ、死へと導かれる。危険なる美〈若者達が滅亡へと急激に傾斜する美〉の極致を描き切る。

〔評価〕『中世』初め合計八篇を読んだ中村光夫が「こんなものはマイナス百五十点だ」と決めつけた、という話は余りにも有名である。臼井吉見はその著書『戦後』第七巻の「人と文学2」のなかで、「まさしく、あの滅茶で絶望的な戦争の生んだ新古今的なるものの最初の結実であって、日本の現実と深い根でつながるものだということである」と言う。絶望感とこの世の終末観のまっただ中で書かれた物語は、吉村貞司の言葉を借りれば、「『中世』はまさに詩から小説への転回点を示す」作品である。三島が生来持っていた浪漫的作風が、「文芸文化」との出会いにより、古典主義的色調を色濃く帯び、『苧菟と瑪耶』『みのもの月』『祈りの日記』が生まれ、初期の作品の総括として『中世』が出来たのである。

〈**参考文献**〉　吉村貞司『三島由紀夫の美と背徳』（現文社　昭四一・九）

重症者の兇器

小林　陽子

〈**初出**〉「人間」昭和二十三年三月号

〈**所収**〉『三島由紀夫作品集6』（新潮社　昭二九・三）『三島由紀夫評論全集』（新潮社　昭四一・八）

〈**テーマ・モチーフ**〉　この評論は戦後の虚無と文学の関係を取扱った一種の文芸時評である。ここに作者の戦後のとらえ方が問題になってくるのである。戦争というものは死を志向するものであり、若いうちに美しく死ぬ事が最も純粋な人生の姿であって、生きのびる事は醜さを人目にさらす事でしかない、という当時においては「如何に美しく死ぬか」という完結した美的形式的な死が夢みられていたのであるが、終戦という戦争の終末によって、今まで唱えられてきた「美的形式的な死」は不可能なものになってしまったのである。ここに戦後を喪失の時代として迎えた作者達の年代が姿を現してくる。虚無の時代、「生の不安」、「自殺が出来ない不死身の不幸」というものを背負った人々にとって、自ずから兇器としての論理が創り出されるのは当然の事であろう。ここに書かれているサナトリュームの重症者達は「生と死」という相対するものと背中合わせに生活しており、その中で生きて行く為には、反逆の論理、即ち兇器が必要となって来るのも又同様な事である。

〈われわれの世代を「傷ついた世代」と呼ぶことは誤りである。虚無のどす黒い膿をしたたらす傷口が精神の上に与えられるためには、もうすこし退屈な時代に生きなければならない。退屈がなければ、心の傷痍は存在しない。戦争は決して私たちに精神の傷は与えはしなかった〉。このように、彼がとらえた戦後と自分の属する世代の認識の中で創られる兇器とは、逆転であれ、倒立であれ、何よりも「行為」でなければならない。三島の文学が「行為」となる所以である。

〔**評価**〕　この『重症者の兇器』は昭和二十三年の作品であって、この時期は二十二年に東京大学を卒業し、翌二十三年一月より大蔵省に勤め、同年九月辞職する迄の間に書かれたものであり、彼が作家としての出発点を築く為には、自らの文学的理念を決めねばならぬ時期であった。従ってこの作品はそうした彼の立場からうちあげられた烽火である。だが、ここで論ぜられた理論が三島にとっていかなる必然性をもっていたかということは別として、戦後と、三島を含む若い世代に対する洞察と認識に関する当為については、なお充分に検討の余地はあると思われる。ランボオは、その『遊び』の中で「小説が初等数学であるとすれば、詩は高等数学であるべきだと思っている。……」といっているが、理論を解説し叙述する為に、散文によるか詩によるかということは、理論以前に帰属する問題であるが、この作品のようにもともと詩的直覚に基づいた詩的な理論でありながら、何故、散文体によらねばならなかったのか、評価の問題はそこにもある。

〔**参考文献**〕　神西清「ナルシシスムの運命―三島由紀夫論」（「文学界」昭二七・三　講談社『散文の運命』所収　昭三一・八）

愛の渇き

越次　倶子

〔初出〕　書き下ろし長篇（新潮社　昭二五・六刊）
〔所収〕　『愛の渇き』（新潮社　昭二五・六）『愛の渇き』（角川文庫　昭二六・六、新潮文庫　昭二七・三）『愛の渇き・仮面の告白』（筑摩書房　昭二七・九）『三島由紀夫作品集Ⅱ』（新潮社　昭二八・八）『愛の渇き』（河出新書　昭三一・四）『三島由紀夫選集6』（新潮社　昭三三・一〇）『三島由紀夫長篇全集Ⅱ』（新潮社　昭四一・一二）
〔テーマ・モチーフ〕　『三島由紀夫作品集Ⅱ』のあとがきによると、「緋色の獣」という題をつけたのだそうだが、新潮社の意見で、「愛の渇き」と改題した、ということが書いてある。

三島の叔母が片付いた先が、大阪近郊の名高い農園で、〈叔母の舅が実業界を隠退してから、近代的な園芸技術を活用した農園をはじめたのである。そこで叔母がいろいろ農園の話をする。数年前使つてゐた若い無邪気な園丁の話をする。もちろん叔母と園丁の間には何の関はりもない。しかしこの園丁の話から、突然、私に一つの物語の筋がうかんだ。物語はそのとき、ほとんど首尾一貫して脳裡にうかんだのである。〉（作品集Ⅱ、あとがき）。かくして、叔母は緋色の獣、悦子となり、若い無邪気な園丁は三郎となり、実業界を隠退して農園を経営する舅が、弥吉となり、三島も自認しているように〈モオリヤックの一時的な影響化に生れた文体〉（『自己改造の試み』）を通して、三島の観念の世界を描いたのである。

昭和二十三年（一九四八）十二月「序曲」に発表した『獅子』の主人公繁子に見られた、現実の世界への限りない絶望感と、貴族精神を維持しつつも、一方荒廃してゆく魂から生まれた悪を、美として認める、三島特有の神不在の悪徳の美学がテーマであり、加えて、現実の生活に於いての種々様々なまやかしごとへの誘いに対する厳然とした拒絶の精神が見られる。

悦子は三郎に恋をした。しかし、三郎が「この当て事の答には、奥様の名前を言つてもらひたいんだらう。きつとさうなんだらう」とやっと分って「奥様あなたであります」と言う。この無邪気で、微笑ましい嘘に、悦子の恋はすべて終わったのだった。この幼稚な嘘に身を任せても絶望的な悦子の魂の救済にはなり得ない。悦子は三郎の要求を退けたばかりか、弥吉の持って来た鍬で、三郎を惨殺した。「誰もあたくしを苦しめてはいけませんの。誰もあたくしを苦しめることなぞできませんの」と悦子はいい放つ。三郎を殺して、悦子の心は解き放たれた。永遠に続く馴合の、そして、その後に救済などあり得ない、まやかしの幸福を選ばず、悦子は一瞬の解放の喜びにのみ賭けたのである。『獅子』の繁子が、自分を苦しめた愛する夫への復讐の為に、夫の愛人恒子と、その父親を毒殺し、夫の愛している息子親雄を殺害した後、繁子が。「暗闇のなかでもそれとわかる百合のやうに美しい歯をみせて微笑した」ように、悦子はその夜、恩寵のような無垢な眠りを、わがものにしたのである。悦子は、戦前から続いている、人間社会の道徳観や幸福感に対するまやかしを、痛むべき良心を持たぬ心で、発きたてたのである。しかし、その後には――恩寵の眠りのむこうには、再び、決して救いを求めない、虚無と絶望を自己の総てにした悦子が存――るばかりなのである。

〔評価〕「群像」の創作合評会で本多秋五は、「性的不満からくるヒステリー女に託して、作者のもっているある不満とか、ある渇きとか、つまり『愛の渇き』ですね。そういうものをうったえようとしている作品だというふうに、僕には思われる」と発言している。また「三島の作品中、最も纏ったものの一つであり、我々に小説というものそのものについて考えさせる気品を備えている」と吉田健一は言う。吉村貞司は、「『愛の渇き』は、渾然たる古典的なまとまりをもった、小宇宙を形成し」「技術上から言っても、三島由紀夫が完全な成功を得た最初の作品」と言っている。

〈自分が自分以外のものになりたくなかった〉という自己主張こそは、戦後の若者の心そのものではなかっただろうか。その意味で、『愛の渇き』は、三島を戦後文学の旗手たらしめるいとぐちとなった作品だと思う。

〔**参考文献**〕吉田健一「解説」（新潮文庫『愛の渇き』昭二七・三）　進藤純孝『戦後作家研究』三島由紀夫論（誠信書房　昭三三・六）

真夏の死

越次　倶子

〔**初出**〕「新潮」昭和二十七年十月

〔**所収**〕『真夏の死』（創元社　昭二八・二）　『真夏の死』（角川文庫　昭三〇・八）　『三島由紀夫選集11』（新潮社　昭三三・四）

〔**テーマ・モチーフ**〕〈外遊前に一夏をすごした伊豆今井浜できいた事件を骨子〉（作品集Ⅲ、あとがき）にして、〈文士が外遊すると、「おみやげ小説」を書くのがならひになつてゐたが、私はそんなものは書くまいと決心して、大方の原稿をことはり、数ヶ月を心の準備に費しつつ、「真夏の死」といふ、純然たる日本の出来事の小説を書いた〉（『私の遍歴時代』）のである。

三島にとって最も得意とするテーマの一つに、「死」がある。『中世』に於ける終末感の漂よう「死」、『苧菟と瑪耶』に見られる「死」による青春の愛の高まり、『盗賊』の情死に見る魂の荒廃――『真夏の死』の主題も再び「死」である。そして、ライトモチーフは、「真夏」と「海」である。「海」もまた、『真夏の死』に至る迄、三島の浪漫的な魂の故郷として、繰り返し書かれてきた。「真夏」は―『仮面の告白』の幕切れは、真夏の日射しでぎらぎらと反射していた。しかし、『真夏の死』の「死」は『中世』とは趣を異にし、「海」は、浪漫的な憧憬の根源としての海とは異っているように思われる。

極くありふれてはいるが、夫の働きが良くて、平均的家庭よりはやや恵まれた平和な一家庭が、突如として、子供二人と夫の妹の死という悲劇に見舞われた。その後の夫と妻の心理の変化を、年月を二年間に区切り、執拗に追跡している。この作品は、「家庭生活の危機の心理を描いた」（中村光夫）とか、「作者は真剣にロマネスクを排除し、しかも死との対決をやめない。そこには事件を人間性の内面に埋没した、現代小説のメチエのゆたかなみのりがあるのだ」（吉村貞司）とのみ受けとるには、余りに象徴的な小説である。『終末感からの出発』に〈あの破壊のあとの頽廃、死ととなり合せになつたグロテスクな生、あれはまさに夏であつた。かがやかしい腐敗と新生の季節、夏であつた。昭和二十年から、二十二、三年にかけて私にはいつも真夏が続いてゐたやうな気がする〉三島にとっての真夏は、昭和二十年の八月、敗戦の時期を象徴する。

二児を失い義妹を失った朝子は、「はやく夏がすぎればいいと思つた。夏といふ言葉そのものが、死と糜爛の聯想を伴つてゐた」これは前期の三島の真夏のイメージと呼応している。やがて「夏が去つてしまへば、一年のあひだ、再び人は夏を味はふことが出来ない」「ひいてはあの事件が存在しなかつたと感じるかもしれない」、秋が深まるにつれて、「日ましに安堵と平和の影が濃くなつた」一年たつと「忘却が当然の権利のやうに」訪れて来た。「敗戦」という日本開闢以来の悲惨事が年がたつにつれて忘れ去られてゆく、否、単純な忘却のみに終わらず、退屈し始め、何かを待つようになった！――朝子のように。事件があってから丸二年後、再び惨事のあった海辺を訪れた朝子は何かを待っていた。夫は妻が何を待っているのかが分ると、悚然として、生残りの息子の手を強く握りしめたのである。ここに至って、三島の警告は明白になる。

〔評価〕「群像」の創作合評で、高橋義孝が「あっさり言ってしまえば子供二人と義理の妹をなくした月収十五万円の会社員の奥さんの心理」と一口に言っているが、事件と人間と時間の三者の関係を明確に摑み、それに戦後の日本に於ける「危機」をなぞらえていった手法は卓越していると思う。天才的作家は常に、自国の十年先の運命が見通せるという証しにもなる作品であると思う。

最後に、再び海辺を訪れた朝子の目に「たしかに一度夏空の中に、白いくつきりとした輪郭をもつた、恐ろしい風姿の大理石の像」が映った。これは、「実在のうちに不在のものの形姿を見、不可視のものに表象を与える」（野口武彦）この場面に、著者は大岡昇平の『野火』の主人公が見た、夕陽の丘に立つ巨人の姿を思い浮かべるのである。戦後作家の見神の記を『真夏の死』にも見ることができる。

〔参考文献〕　野口武彦『三島由紀夫の世界』（講談社　昭四三・一二）

沈める滝

越次　倶子

〔初出〕「中央公論」昭和二十九年十二月〜三十年四月連載

〔所収〕『沈める滝』（中央公論社　昭三〇・四、昭三一・一〇、昭三四・八）『沈める滝』（新潮文庫　昭三八・一二）『三島由紀夫長篇全集Ⅰ』（新潮社　昭四二・一二）

〔テーマ・モチーフ〕金力、家柄、美貌、智力、其他あらゆる面で完璧な青年技師が、ダム建設の現場で、六か月の越冬生活を送る。その間の人妻との恋愛の発展と終止を主軸としてこの物語は展開する。『青の時代』『禁色』を経て、三島の描く現代青年像は、主人公城所昇に集結される。そして更に、この青年像は拡大し、世界破滅思想の第一人者たることを自認する『鏡子の家』の杉本清一郎に受けつがれていく。ホワイトカラーの出世頭の清一郎の処世術を昇も等しく持っていたが、清一郎と違うところは、昇は戦後の青春の虚無の思想を持っていながら、『潮騒』の新治の面影をある一時期心に宿したことである。

『沈める滝』の主題は、「現代人はいかに生きるべきか」ということである。人間存在は今、言い換えるならば危機または〈分れ目〉にさしかかっている。極度に発展した、若しくは、発展しつつある技術的文明社会の一員として社会に埋没してしまうか、孤立化して、自己存在の内部にのみ閉じ籠もるか、いずれかの道を選択しなければならない。前者を選べば、人間は〈本来的自己存在〉を見失い、社会の一機能になってしまう。後者を選べば、現実社会との接触を失い、虚無の淵に身を沈めねばならない。

この状況において、自然との根源的関連を取り戻せば、危機を解消できるだろうか？『沈める滝』の昇は大自然の懐に戻るべく、ダム建設現場の越冬隊への参加を希望した。「昇の心には喜びが生まれた。彼と下界とは完全に遮断されたのだ」と。現場近くで、氷ってつららになった小滝が、折からの西日を受け繊細に輝いているのを見た。顕子のようだ。その思いは、かつて一度として女性を愛したことのなかった彼を、恋する人に変えていった。人工的な虚構の恋愛が「大自然」の中で、彼に凡庸な恋を目覚めさせ、越冬隊の食糧を横流しした瀬山の頬を、単純で低級な正義感から擲ったりした。また、告白の衝動に襲われて、今迄決して打ち明け話などしなかった彼が、恋を告白してしまったりした。しかし――。雪が解けて、越冬生活が終わった。彼を待ちかまえていた顕子に会った。何ものにも無感動であった彼女は、無意味に感動する平凡な女性に変わっていた。昇を追って現場近くの町にやって来た顕子に瀬山は、「あの人は感動しないから好きなんだ」と昇が云っていたと告げる。みるみる絶望に襲われる彼女を木影から昇は見ていたが、彼は救いの手は差しのべなかった。「無類の残酷さに達する試練」と思ったのだ。彼女はその夜、川に身を投げて死んだ。昇の自然への復帰も、そこから生まれ出た彼女への恋も結局は人工的なものだったのだ。人工的である以上永続はしない。現代人の魂は、厳しくかつ暖かくなつかしい自然の故郷へ帰りきってしまうことは出来ないのであろう。その後の昇は、「確乎たる、社会的に有用な人物に」なり、「昇の途方もない明るさと朗らかさには、拒絶の身振りに似たものがあった」。完成したダムを、銀座のバーのマダム達に見物させながら、「丁度俺の立っているこの下のところに小さな滝があったんだ」と昇は言った。ダムは昇の滝を沈めた。否、昇が小さな滝を胸中深く葬りさった。現代人の生きる道は、各々の魂の底に秘める「拒絶」の精神であろうか。現代人は、技術的文明社会の中にあって、自然への復帰も幻想にすぎなく、魂の故郷喪失、存在喪失を課せられつつ、それらの喪失を、拒絶しつつ、社会的に有用な人物として、上機嫌で生き続けなければいけない。

〔評価〕　理屈抜きに共感を呼ぶ力作と思われる。「群像」創作合評では、昇の「行為する動力はどこから出るのか分からない」（寺田透）、「モチィフの根本に、思いつきの気まぐれが潜在していたのではないかと思えてならない」（臼井吉見）などの批評にも一理ある。

〔参考文献〕　村松剛「解説」（新潮文庫『沈める滝』昭三八・一二）

白蟻の巣

斉藤かほる

〔初出・初演〕　「文芸」昭和三十年九月号　昭和三十年十月「青年座」（於俳優座劇場）

〔所収〕　『白蟻の巣』（新潮社　昭三一・一）『三島由紀夫戯曲全集』（新潮社　昭三七・三）

〔テーマ・モチーフ〕　時・盛夏。舞台・ブラジル、リンス郊外の珈琲園主の邸宅。三幕物。人が人を許すという行為、それがいかに非人間的な行為であるかを、妻と抱え運転手との心中未遂事件を発端として展開してゆく。この二人を園主の義郎は生来の寛大さをもって許していた。しかし運転手百島の妻となった啓子には、許すこと、許されることによって生じている一切の無気力な空気が苦痛でたまらない。許す事の中にある人間崩壊、許してやっているという自己満足とその裏にある葛藤、それらによって出来上がっているものが、白蟻の巣の様な脆く空虚なこの家の空気である。人はさまぐ〵な情熱を持っている。それが故にいろ〵〵な問題も起す。このまちがいを起す事が人間的行為であり、そこにこそ生きた人間の喜怒哀楽も情緒もあるのだと啓子は思う。この人間の感情を取戻したいが為に、啓子はもう一度夫と園主の妻妙子との姦通を企てるが、所詮幻想にすぎなかった事を知る。失望した啓子は、かつて夫達が心中を図った納屋に義郎と向う。啓子の不貞によって、今まで〝許されていた〟立場の百島は、〝許す〟立場も持つ事になる。ここに於て、人を許すという事は、寛容さとみせていて実はいかに不遜な態度であるかが決定的となる。それは期せずして、二度目の自動車による心中事件を誘発する。生ける屍同然となった百島は何の情熱もないままに再び妙子との心中を企てる。〝あやまち〟と〝許可〟と〝人間的行為〟と〝非人間的行為〟とは絶ゆる事がない。許すという事の中に足掻いている四人のドラマも、白蟻の巣に戻る自動車の音で続いて行こう。

〔評価〕　昭和三十年十二月、第二回岸田演劇賞受賞作。人を許すという寛大さの前で、啓子の生気はいつも失わされてしまう。真夏の太陽の下、人の愛も憎しみもそのけだるさの中に消されてしまう。この無気力を邸近くにある空虚な白蟻の巣に象徴し、その中であがいている啓子を追って描き、緊張感あふれた場面が展開されている。選び抜かれた台詞が迫力を盛上げている。自己主張と自己否定と、自己満足と偽善と、背中合せに存在する人間の二面の姿をそれぞれの人物に課しているものと思われる。

〔参考文献〕　野村喬「三島由紀夫と劇」（「国文学」昭四一・七）

橋づくし

斉藤かほる

〔初出〕「文芸春秋」昭和三十一年十二月号

〔所収〕『橋づくし』（文藝春秋新社　昭三三・一）『三島由紀夫短篇全集』（新潮社　昭三九・二）『鍵のかかる部屋』三島由紀夫短篇全集第五巻（講談社ロマンブックス　昭四〇・七）『花ざかりの森・憂国』（新潮文庫　昭四三・九）

〔テーマ・モチーフ〕第七の橋の袂。警官に声をかけられ、「逃げる気か」「逃げるなんてひどいわよ」。思わずそう叫んだ満佐子の目に、最後の祈念をすませているみなの姿があった。みなの願事は何であったのか、誰が聞いてもただにやにや笑うばかりで答えないみなであった。この無造作な無骨な姿の山娘が願事を胸に秘めて浮かべる最後の薄笑いが、この作のテーマとなろう。陰暦八月十五日の夜、口を一切きかずに七つの橋を渡り切ったら願事がかなうという俗信により、芸者二人と料亭の娘が願かけに出かける。これに料亭の女中がお供に加わる。勢込んだ三人にはそれぞれ周到な願事がある。しかし自分の願事を他人に口外してはならない。何よりも不思議なのは、みなの願事である。あらぬ方を見て真剣味のない態度でついてくるみなが、一行には自分達の願望に対する侮辱のように感じられるのであるが、途中、かな子がにわかの腹痛で第四の橋の手前で脱落、小弓は第五の橋上で知人に声をかけられ願かけが敗れる。次々に脱落者が出るに従って、みなの存在がはっきりと意識されてくるのである。他人の願望が気味悪く迫る。人には己れの願望を誇示したいと思う心と裏腹に、他人のそれを知りたいという欲望もある。この覗見主義に対して薄笑いでしか応酬しないみなの姿に肉厚なものを残している。

〔評価〕この科学万能の世の中にあっても、人には多かれ少なかれ純粋無垢な願かけの心があると思われる。その姿をこれほど巧みにおもしろく描いている作品も少ないと思う。一見何の願も持たないような山出しの小娘が一人目的を貫徹するという結びが殊に小気味よい。人の道すべてこの様で、願望と障害の交叉であり、それを願かけの道行きに代表し、短い中に表現している点はあざやかである。川と橋が人間の運命の岐路となるものとして小説の中に使われる事が多い。又、川や橋が道祖神を表わすものとして珍重されていた。そうしたかつての道祖神を持込んできた文学の形態を彷彿と感じさせる。道行文章は江戸以降の文芸形式として多く、この作もそういう構成をふまえて書かれたものと思う。『現代日本文学全集』「月報94」に、湯浅芳子の言「ふと鏡花の『辰巳巷談』を想った」とあるが、筆者にはO・ヘンリの短篇『警官と賛美歌』が思い浮んだ。

〔**参考文献**〕　山本健吉「解説」（筑摩書房『現代日本文学全集』83　昭三三・七）　佐伯彰一「解説」―国際性と回帰（講談社『われらの文学』5　昭四一・三）

美徳のよろめき

小林　陽子

〔**初出**〕　「群像」昭和三十二年四・五・六月号連載

〔**所収**〕　『美徳のよろめき』（講談社　昭三二・六）『美徳のよろめき』限定版（講談社　昭三二・九）『美徳のよろめき』（新潮文庫　昭三五・一一）『美徳のよろめき』（講談社ロマンブックス　昭三六・七）『三島由紀夫長編全集Ⅱ』（新潮社　昭四三・三）

〔**テーマ・モチーフ**〕　一般に『美徳のよろめき』は道徳とロマネスク的官能とをテーマとして取扱われたものであるといわれているが、もう一歩掘り下げて考える上に於いてこの作品の発想動機から取上げてみたいと思う。作者が少年時代から愛読していたといわれているフランスの作家、レーモン・ラディゲの小説『ドルジェル伯の舞踏会』に、この作品の発想動機があるのはほぼ確実である。そういう観点に立ってこの作品をみると、これは即時的発想のもとに書かれたものではなく、作者が約二十年間もの長期に渡って温めてきたものであり、最も円熟した時期、(『仮面の告白』『潮騒』『金閣寺』等の大作を書き上げ、彼の作家としての体勢が確立された時期)に書かれたものである。『ドルジェル伯の舞踏会』と『美徳のよろめき』との共通性、というよりもこの両作品を支えているものは根本的には同種類のものであり、それは作者によって創られた『ドルジェル伯の舞踏会』の現代版であるといってもさしつかえない。それは「火」によって目覚めていく官能——客間では煖炉に薪がもえていた。この煖炉を見るとセリユーズには田舎の思い出がよみがえった。燃え上がる炎は彼が閉ざされそうに感じていた氷を解かしてくれるのだった。彼はしゃべった。(中略)伯爵は誰かが(私は火が好きです)などということができるとは想像したことがなかった。これに反して、ドルジェル夫人の顔は生きいきとしていた。彼女は煖炉の前の火除けより高くなっている革の腰掛けにかけていた(『ドルジェル伯の舞踏会』)。日本人にはめづらしい長いまつすぐな脚で、煖炉の火にちかく温たまつたところは、いちめんに仄赤い斑《ふ》がうすい皮膚の下にひしめいてゐるやうにみえる。(中略)もし土屋が強ひて頼んだら、この脚にだけは接吻させてやつてもよいと節子は考へる(『美徳のよろめき』)。

右記引用文からも察せられる様に、ラディゲの「火」に対する観念も、三島の作品に於ける「火」も新しい愛情の予兆と結びつき、官能・道徳という現実的なものを経過しながら、破滅(終り)に結びつき、眠りを媒介としてそれは「無」に帰していくのであって、両作品は—「さあ、マオ、眠りなさい！いいかい」—「これからは私も眠れる。ともかく眠らなくては…」を終章としているのである。この作品のテーマとなっている「火」に対する観念は『美徳のよろめき』以前の作品の中にも多く取扱われているものである。

〔**評価**〕道徳はルールであってはならない。そこに小説が必ず悲恋でなければならない理由も生じるし、また人間の情念は現実の卑俗さに滅ぼされるという過程においてのみ、その純化を渇望する姿が必要となってくるのである。

単に背徳の小説というならば大岡昇平の『武蔵野夫人』もあるが『武蔵野夫人』の場合主体となっているものは、幾組かの男女の恋愛と金銭的な打算であり、現実社会の一面を考慮に入れて貞潔な恋愛の持つ逆説的なトリックを書こうとしたルール的な性格を持った作品であるが、この作品はその同じ背徳を更に美装しようとする不敵な態度が見られる。先にテーマの項で述べた「火」のことも、また、土屋との別離や、書いた手紙を出さずに破ってしまう事なども、三島のいう一連の美装化への役目を果しているものと思われる。

〔**参考文献**〕レーモン・ラディゲ（生島遼一訳）『ドルジェル伯の舞踏会』（新潮文庫）　吉田健一「解説」（河出書房　日本文学全集38『三島由紀夫』　昭四三・二）

私の遍歴時代

松田　悠美

〔**初出**〕「東京新聞」昭和三十八年一月〜五月連載

〔**所収**〕『私の遍歴時代』（講談社　昭三九・四）『三島由紀夫評論全集』（新潮社　昭四一・八）『三島由紀夫

文学論集』（講談社　昭四五・三）

〔テーマ・モチーフ〕　この作品は著者三島由紀夫の青春における文学的遍歴のはじまりから終りを著した作品である。つまり、著者が彼の少年時代に「何が何でも小説家になりたい」という「奇妙な欲望」を持ちはじめてより、はじめての校外の文学活動の舞台となった「文芸文化」に「花ざかりの森」を発表することとなった十六歳から、「内心の怪物を何とか征服したやうな小説」――『仮面の告白』を書きあげた二十四歳より朝日新聞の特別通信員という資格で世界一周旅行に出てギリシャに行き「ニイチェ流の『健康への意思』を呼びさまされ「晴れ晴れとした心で日本へ帰つた」二十七歳までの、「文学的青春」のはじまりから終結を三十八歳の折に著した作品である。

それは文学的姿勢の上からいえば、古典主義世界への憧憬にはじまったポーズとしての古典主義への耽溺を、いかに体系化しスタイルとして完成させるか、ということにおいての混迷であり、また、アマチュア的文学姿勢に目覚めてより、プロフェッショナルな文学姿勢に目覚め移行していく過程においての混迷である。また、内面的な自己確立の問題の上に立っていえば、自分のなかの「化物のやうな巨大な感受性」が信頼から憎悪に変化していく過程において、それをいかに切り捨て崩壊させるか、そうすることによって自分に迫ってくる危機感からいかに脱出するか、そしてそうした自己改造によってもっとも自分に欠乏している「肉体的な存在感といふべきもの」をいかに組織するか、という構造上の混迷である。

だが、このような文学的遍歴を著者の実際的過去の時間と混同してはならぬ。混同することにおいて欺されてはならぬ。これは書くという行為そのものが含むメカニズムでもあるが、この文学的遍歴における意志的な顚末は、著者が『私の遍歴時代』というこの作品を完成した時点においてはじめて造形化された「過去」である、ということである。

「過去」とは軌跡をもつものであり、軌跡は、過去的時間の事象をあるいは空想的過去の事象を新たに組み立てなおし体系化することによって以外には、つくりえない。著者は書くという行為を通して、古典主義的志向性のなかでの、あるいはギリシャ的志向性のなかでのさまざまな文学的出会い――と、それが含む（それは死の観念にも通じるものであるが）危険な美と美的観念をモチーフとしながら、自らの文学的「過去」を組織しようとしたものであって、それは偽装的「過去」でもある。それは、原体験の再組織化であって、そうした意味ではここに示された「遍歴時代」はすべて著者の過去的過去ではないといえる。それは、現在的過去あるいは未来的過去として把握されるべきものなのである。そしておそらく著者にとって、この作品を書くということの意味は、文学的「遍歴時代」、つまり「文学的青春」を書きたいということのみであって、したがってこの作品のテーマは、著者が意識するしないとにかからわず、願望的なものとしての文学的「遍歴時代」の造形化にあると思われる。

〔**評価**〕偽装化された私的体験としては、著者が小説家としての出発点とした『仮面の告白』も同様である。この作品は、『仮面の告白』においてつくりあげた出発点を、ますます堅固でどこからみても本当らしいものに仕立て上げることに成功した。

自叙伝を発表するということは、作家にとってはそれぞれに重要な意味をもつものである。三十四歳の折に書かれた川端の『文学的自叙伝』ではどうであろうか。放浪児感情によってのみ生きてきた川端にとっては、はじめから過去というようなものはない。したがって過去というものは、いつでも自分とは切り離れていて即物的な存在としてある。だから川端にとっては生々しく自分に迫ってくる過去などないのであるから、過去は感じとることによって再生する以外にない。その再生された自分自身を自分自身として思いこみ、思いこむことに堪えようとするのである。そして堪えようとすることが現在から未来にわたす架橋となる。川端において『文学的自叙伝』は現在から未来を生きるための過去再生の意味をもつ。三島は川端のことを「自己批評の達人」だといっているが、過去に向っては共に積極的でありながら、ふりかえることによって過去を消し去ろうとした三島とは、その姿勢の上で随分相異がみられる。

〔参考文献〕　磯田光一「殉教の美学――三島由紀夫論」（「文学界」昭三九・二～四、冬樹社『殉教の美学』所収昭三九・一二）

三熊野詣

佐野　和子

〔初出〕　「新潮」昭和四十年一月

〔所収〕　「三熊野詣」（新潮社　昭四〇・七）

〔テーマ・モチーフ〕　『三熊野詣』は昭和四十年一月（一九六五）に「新潮」誌上に発表された作品で、七月には同社より『月澹荘綺譚』『孔雀』『朝の純愛』の三編を加えたものが出版されている。三島はその「あとがき」の中で、〈これから数年間は長篇にかかりきりになるので、この集のあとは、又しばらく短篇から遠ざかることになる。今度の四篇をまとめたのは、ほぼ同時期に書かれ、共通のテーマを持つてゐるからである。この集は、私の今までの全作品のうちで、もっとも頽廃的なものであらう。私は自分の疲労と、無力感と酸え腐れた心情のデカダンスと、そのすべてをこの四篇にこめた。四篇とも、いづれも過去と現在が尖鋭に対立せしめられてをり、過去は輝き、現在は死灰に化してゐる。「希望は過去にしかない」のである〉という。この言葉を読者がどのように受けとめて、三島の作品系譜の中に位置づけるかは、翌年の『英霊の声』を始め『豊饒の海』『春の雪』『奔馬』から『文化防衛論』などの政治的関心、特に「日本主義」的発想にもとづく、全学連の極左的思想との対決の上から考えねばならず、三島はここで積極的に伝統的な「文武」の思想がもたらす日本人の生きがいと浄福についての虚構を文学的手法にもとづく美学ではたそうとしているかにみえる。このことはかなり以前から三島の内部で志向されつつあった思想であってそのことは三島自身も認めていることなのだが、そのこと自体への積極的な傾斜を示す過程で、この「あとがき」はかなり重要な意味をもつ。

作品『三熊野詣』は第一章から第五章までで成立している作品である。第一章は常子が藤宮先生のお伴で熊野三山へ詣でるところから始まっているが、そのことが「しんからおどろいた」ということは藤宮先生が特異な学者であり歌人であって、その生活態度は、それを語れば、それだけで充分読者の興味の対象となるものである。そんな藤宮先生の生活圏内に立たされた常子が先生を見て「これほど平板な人生から高い悲哀を紡ぎ出す先生の秘訣さへつかめれば、そのとき常子も、先生と肩を並べる歌を作れるだらうと思はざるをえなかつた」というのも、この作品が短歌を作るという作業を通して営まれる生活というものが、どのような観念に支配され、その観念を糧にどのような生活が営まれてゆくのかという両者の関係を明らかにしようとするモチーフを含んでいる。二章に移ると、先生の国文学者として又、短歌を習作するということについての理解が常子に語られている。それは我が国の伝統文芸に対しての三島自身の学習の成果であることは云うまでもない。そしてここで注目してよいことは先生が旅に出てさえ少しも自己の日常性を崩さないということであって、その為に引き起こされた破綻をつくろわねばならぬのは常子であって、先生の扇がハタと止むたびにこちらの息も止まるような気がして神経過敏になってゆくのを三島は「辛夷の白い大きな花の湿った花弁に触れたやうな感じだった」などという比喩をもちいて華麗につづる。あとは熊野三山を参拝しながら境内に「香」「代」「子」と刻した三つの黄楊の櫛を一つずつ見つからぬようこっそりうめてゆくのである。この奇行が意味するものは特別説明されてはいないし「香代子」なる女性が藤宮先生とどのような関係にあるかうかがうべくもない。常子はしきりに背景となってあらわれる夏の暑さと紀州の海、熊野深山の幽遠なる状況を写してその間に桃源郷でもあり浄土ともあくがれた日本人の他界観念とあやしく交叉する女の妄執にもおののかねばならなかった。そして十年間先生の前で一度も流したことのない涙が流れてくるのも、常子にとってそこが旅先であったからであり、旅というものが常子に涙を流させたのである。そして、そのことは先生の呪縛から、自己を取りもどしたということをものがたる。そして、その時点から藤宮先生の学問と、学問をする人間藤宮先生の我執とか我欲というものを認める余裕もでてくるのである。藤宮先生の奇行を通して、独身を立て通した先生自身の世間にあざむく伝説を作りだそうとしている意図をも理解するのである。

〔評価〕　この作品の素材が折口信夫をモデルとして書かれていることは折口信夫の業績とその人となりを知るものならば想像にかたくない。折口をモデルとして書かれた作品は多く、とりわけ加藤守雄の『折口信夫回想』や岡野弘彦の『折口信夫の晩年』はここでのモチーフをほうふつとさせるところが多い。三島の『三熊野詣』について云えば、文学意識が素材自体の中にあるのか、作者三島の中にあって三島自身の文学的方法になりえているかについて少し疑問がある。つまり作者はまだ素材に対して充分な克服を示していないのである。例えば作品の随所で藤宮先生が語る古代文学に対する造詣は、折口学説そのままであってこれに対する三島の発展や批判は少しも見られない。

同じ三島の作品『宴のあと』においてあれほどあからさまに野口をして有田たらしめたにもかかわらず、この作品では藤宮先生が充分に折口信夫となっていないのである。勿論モデル小説ではないのであるから、作中の人物はモデルの血肉化を急ぐ必要はすこしもないが、ただ作中の人物が現実の人間より遙かに観念的に下廻るということは文学の虚構性においても同じかねないものがある。

〔参考文献〕　なし

目―ある芸術断想

松田　悠美

〔初出〕　「芸術生活」昭和三十八年八月　第一部芸術断想―舞台のさまざま―
「芸術生活」昭和三十八年九月　―猿翁のことども―
「芸術生活」昭和三十八年十月　―詩情を感じた〝蜜の味〟―
「芸術生活」昭和三十八年十一月　―群衆劇の宿命―
「芸術生活」昭和三十八年十二月　―期待と失望―

「芸術生活」昭和三十九年一月　―三流の知性―
「芸術生活」昭和三十九年二月　―モニュメンタルな演技―
「芸術生活」昭和三十九年三月　―英雄の病理学―
「芸術生活」昭和三十九年四月　―憤りの詩心―
「芸術生活」昭和三十九年五月　―劇中の中の〝自然〟―
「文学座上演パンフレット」昭和三十年七月　第二部PLAYBILLS―〝只ほど高いものはない〟と〝葵上〟
「武智鉄二演出・『円型劇場形式による創作劇』パンフレット」昭和三十年十二月　―武智版〝綾の鼓〟―
「関西歌劇団上演パンフレット」昭和三十一年三月　―卒塔婆小町―
「文学座上演パンフレット」昭和三十一年十一月　―鹿鳴館―
「文学座上演パンフレット」昭和三十三年七月　―薔薇と海賊―
「芸術座上演パンフレット」昭和三十四年九月　―女は占領されない―
「俳優座上演パンフレット」昭和二十九年十一月　―若人よ蘇れ―
「文学座上演パンフレット」昭和三十五年一月　―〝熱帯樹〟の成り立ち―
「文学座上演パンフレット」昭和三十五年四月　―わが夢の〝サロメ〟―
「文学座上演パンフレット」昭和三十六年十一月　―十日の菊―
「吉田史子制作パンフレット」昭和三十七年三月　―黒蜥蜴―

「堂本正樹リサイタル」昭和三十七年十一月　―プロゼルピーナ―
「文学座上演パンフレット」昭和三十八年六月　―トスカ―〈可憐なるトスカ〉
「園井啓介ほか日生劇場上演パンフレット」昭和三十九年五月　―喜びの琴―「週刊新潮」21号〈昭三九・五〈週間日記〉〉
「水谷八重子ほか日生劇場上演パンフレット」昭和三十九年十月　―恋の帆影―

〈所収〉『日―ある芸術断想』〈集英社　昭四〇・八〉

〈テーマ・モチーフ〉　これは、諸々の舞台芸術ならびに映画芸術に関するエッセイ集で、第一部「芸術断想」第二部「PLAYBILLS」とから成る。

第一部は、主に著者が完全に鑑賞者の位置にのみ立てる諸々の舞台芸術のなかから、実際に見ることによって感じとった所感を著者の演劇理論に立脚しながら展開させていくもので、初出に掲げてあるとおり十のエッセイによって構成されているが、この全体を流れる光りと陰は一つの「演劇」の概念から発せられる一つのトーンである。

第二部は、著者の自作の戯曲十を集め、それに関する制作動機や構成過程、商業演劇として成立していく過程などを読者〈観客〉のために解説したものである。著者自身のことばを借りれば「第一部の自分が『見る』人間なら、第二部の自分は多少とも『行ふ』人間である」ということになる。

しかし、著者にとっては、著者自身が彼の演劇理論を組み立てて持つと持たないとに関わらず、演劇を観るということに対する、ことに俳優という存在に対する興味や関心は、おそらく彼の文学を形成していったもっとも内因的な要素に関わっている。それは、「完璧な俳優」に対する神秘性というようなものであろうか、著者はそれを現実の舞台に再現させようとする。「完璧な俳優」とは、完全な客体となって誰の目にも見えない、「戯曲といふ純粋主体」を人の目に見せ得るものであって、俳優が作者の作り出した観念をその肉体やセリフを媒体として「俳優といふものの客体的要素」を高めれば高めるほど俳優は「見られた主体」となって「主題を表現する抽象的役割を担ふ」、というロジックから生れる。また劇場も「どんな形であれ『存在』の仮構である」。俳優が「彼自身の存在を放棄し、彼ならぬ別個の人格の『役』の存在証明にすべてを捧げ」るためには格好な場所である。そこで著者は、仮構のメカニズムの完全性を能のなかに発見しようとする。ことに「翁」において「登場人物と囃子方が粛々と橋ガカリに現はれる何分間か」ほど「窄い能舞台が世界を包摂し、能役者が人間を代表してゐるやうに見える時はない」といい、「演劇の真の呪術は、このやうな状況においてしか成立しない」というのである。そして、「演劇が綜合芸術であるとするならば、真の綜合的演劇といふものは、このやうに単純な形でしか果されぬといふ逆説は、おそらく演劇の本質にかかはる問題である」といっている。それは、能の劇的理論が、「心理的な間」を持つことを拒否していることにも関わる。

このような演劇についての関心は、三島がおそらく原初的なかたちとして内有する生命の危機感や恐怖感に対し、それを克服し離脱するために彼自身を完全な他者に仕立てあげようとする生命的な保護本能にもかかわっているものといえよう。

〔**評価**〕　このエッセイ集の題は「目」である。著者はそのあとがきで、「私は『目』だけの人間になるのは、死んでもいやだ。それは化物になることだと思ふ。それでも私が、生来、視覚型の人間であることとは、自ら認めざるをえない。私は音楽でさへ、聴くことができず、見てしまふ人間なのだ」といいながら、そのあとで「第一部では、『見る』ことに集中され、第二部では『行ふ』ことがまざつて来るが、この本の彼方には、ひたすら『見られる』存在としての俳優たちが輝いてゐる。（中略）かれらを輝やかすものこそ、われわれの『目』なのである」と書いているが、ここに論理的矛盾はないけれど、これはいささか弁護めいている。第一部は、読者（観客）のための演劇論ではない。著者自身のための演劇論であって、著者の演劇論の全体としてある一つの演劇断想を十あつめることによってより完全な演劇理論へと構築するために書かれた感が強い。第二部は、完全に読者（観客）サービスのもので、御丁寧にあとがきで「そこにはおのづからジェスチュアも含まれ、誇張も含まれる。又、本当でない謙遜も含まれる、さういふものを読み分けて面白がつてくれる読者は、同時に、芝居の最上の観客であると思ふ」ということまで付け加えている。著者はここにおいては書く行為までアクターとして徹している。読者から「見られる存在」となることを充分意識し、その意識を芸術創造上の重要な要素として充分とりいれている。

〔参考文献〕　なし

サド侯爵夫人

松田　悠美

〔初出・初演〕「文芸」昭和四十年十一月　昭和四十年十一月劇団ＮＬＴ（於紀伊國屋ホール）

〔所収〕『サド侯爵夫人』（河出書房新社　昭四〇・一一）『サド侯爵夫人』限定本（中央公論社　昭四一・八）『サド侯爵夫人』（新潮社　昭四四・五）

〔テーマ・モチーフ〕　この戯曲は、ドナチアン・アルフォンス・フランソワ・ド・サド侯爵と、何らかの形でサド侯爵に関わりあいを持つ六人の女によって構成されている。しかし、劇中直接的にサドは登場してこない。登場する六人の女は、それぞれに道徳も性格も異にするものであるが、この女たちにとって共通する唯一のものは、あるいは女たちを互いに結びつけている唯一のものは、サド侯爵であり、彼を〈悪徳〉の存在として捕えているということである。この作品は著者が意図している通り「女性によるサド論」であって、六人の女たちは、それぞれの角度からサドを映している鏡であり、いいかえればそれぞれの道徳や性格や立場の所属する領域から、サドを理解している存在である。

ルネは、良人（サド）が悪徳の領域に所属しているのなら、そして「良人の罪がその程を超えたのなら、私の貞淑も良人に従って、その程を超えなければ」ならないとして、良人の〈悪徳の高み〉にまで達しようと志向する存在である。

サン・フォン伯爵夫人は、サドと同領域の〈悪徳〉の位置――まったく「肉欲」を共有し共犯する立場にある。

アンヌは、「女の無邪気さと無節操」のみを武器とするアン・モラルの立場の唯一の女である。それだけに行動と思考の間に断絶がなく、価値観はすべて合理性の範疇にある。

モントルイユ夫人は、身持ちの正しい、貞女の鏡と、貞淑の代表者をもって自認しており、「法・社会・道徳」のルールそれ自体である。

シミアーヌ男爵夫人は、サン・フォン伯爵夫人のアントニウムとしての〈美徳〉の領域に所属する。

シャルロットは、民衆の代表であって、前述五人の女とサドら貴族階級、貴族社会に対するアンチテーゼである。

作品はこれら六つのタイプの女性によって象徴される道徳をモチーフとして展開されているのだが、それは単に劇の筋みちを展開させていくための要素としてあるということなのではなく、この六つの道徳のかたちを図式的に絡み合わせ構築することによって、そこから舞台に登場しない〈サド侯爵の顔〉を造形しようとしたものである。

サド侯爵とは一体なにであったのだろうか。サドを理解していると深く信じ込んでいるそれぞれの女たちのサド像は、実は幻影にすぎなくて、実在のサドは女たちにとって常に垣根の向こう側にしかいなかったのである。最後的にそのことに気がついたのは、垣根のこちら側にいた六人の女たちのうちサド侯爵夫人ひとりのみであり、彼女はサドが牢屋で書いた物語『ジュスティーヌ』を手渡されて読了した瞬間からそのことを悟る。『ジュスティーヌ』は「淑徳のために不幸を重ねる女の物語」であって、彼女は「私のために書いたのではないか」という衝撃を受ける。「アルフォンスは私です」といっていた彼女はいまや、「ジュスティーヌは私です」といわざるをえない。それは今まで彼女が抱いてきたサド像に対するアンチテーゼであり、〈断絶〉であった。サドはいまや淑徳の力では接近することのできない、「悪の中から光りを紡ぎ出し、汚濁を集めて神聖さを作り出し」、「天国への裏階段をつけた」聖域の人であった、というように筋を運ぶ。

だが、ここで論理は更に飛躍し、六人の女たちによって確かに在ると信じていたサド像が、最終的にはかき消されてしまう。それは、〈閉じ込める〉というきわめて人為的な手続きを踏むことによって造形化していく以外には、捕らえることのできないものであったからだ。サドも「無」にすぎなかった。

作者はサド侯爵夫人の目を通して、六つの道徳を組み合わせ、それぞれの女たちのサド観から綜合されてくる〈サド侯爵の顔〉のなかに、「無」を投入しようとしたものであって、この〈サド侯爵の顔〉の表情は、能楽における「面」と同じように、一つの概念が様式化されたものとして把えればよいわけである。

〔評価〕　作者自身のことばによれば、これは澁澤龍彦の「サド侯爵の生涯」から興味を誘発され書きはじめたものである。つまり、「サド侯爵夫人があれほど貞節を貫き、獄中の良人に終始一貫尽していながら、なぜサドが、老年に及んではじめて自由の身になると、とたんに別れてしまうのか、という謎」の解明を試みることが直接の原因となったものらしいが、著者は実在の人物―サド夫人ルネとその母モントルイユ夫人と妹のアンヌの三人に、架空の人物三人を創造し組み合わせることによって、「イデエの衝突」のみに劇を構築し、その論理的解明を図ろうとしたものである。したがって、史実を歪めた点もあるが、そうしたことは問題ではない。「すべてはサド夫人をめぐる一つの精密な数学的体系でなければならぬ」ということも、またそのためには、「セリフだけが舞台を支配し、（中略）情念はあくまで理性の着物を着て歩き廻らねばならぬ」ということも、この作品においてはすべてが作者の「目算どおりに」仕上がっていて、サドが直接的に登場してその存在を主張しない、ということの、構成上のテクニックも、第三幕最後のシーンが含むアイロニーの哲学に向ってのみ、計算され仕組まれているもので、それも充分果たされていると思われる。

〔参考文献〕　澁澤龍彦「序」―サド侯爵夫人の真の顔（河出書房新社『サド公爵夫人』昭四〇・一二）

四　三島文学の展望

海外における三島文学の諸問題

武田　勝彦

一　アプローチの問題

近作『暁の寺』の最終回（「新潮」昭四五年四月号）の中で、三島由紀夫氏は多分に修辞的な手法をあやつりながら、三島文学解明の鍵を読者に投げつけている。

…濃紺の富士をしばらく凝視してから、突然すぐわきの青空へ目を移すと、目の残像は真白になつて、一瞬、白無垢の富士が青空に泛ぶのである。

いつとはなしにこの幻を現ずる法を会得してから、本多は富士は二つあるのだと信ずるやうになつた。夏富士のかたはらには、いつも冬の富士が。現象のかたはらには、いつも純白の本質が。

三島文学、すなわち三島氏の作品という具体的な現象のかたわらに、いつも本質があるとしたら、読者はかなり喜劇的立場に追いやられるおそれがある。作品を鑑賞する側からいうと、作品それ自体の内部にその本質を見出そうとするわけである。しかし、実は本質が作品の内部から抜け出して、そのかたわらに純白の姿を見せているとしたら、読者は下手をすると化かされた阿呆になる危険にさらされているわけである。

三島文学の真価は、秘められた本質を現象から識別し、作品の外部に引き出された抽象的思考と感覚の中に見出されるものであることは、これまでの氏の作品からも充分に期待し得るところである。氏の『近代能楽集』などは古典に仮託したアレゴリーが現代的装飾を施されて、現象の中に沈潜させられている作品の典型的なものである。『金閣寺』の場合も、センセイショナルな放火事件に取材しながら、まったく異質な次元で、現代人の病理学的研究が展開されているのである。したがって、三島文学は完全な計算をした後で作図された精密な青写真に基づいて創作されている。連想を追いながら、その糸をたどり、次から次へと書き足して行くような種類のものではない。川端康成氏の『千羽鶴』や『山の音』のようにどこで終わってもよいものではなく、決着をつけねばならない点はあらかじめ明瞭にされているわけである。これは、西欧の小説技法にかなり近いものといえよう。三島文学が西欧諸国で最も数多く翻訳され、受け入れられているのは実はかかる性格によるものではなかろうか。日本人的な腹芸や、話せばわかる式の思考方法とは対極点に立つ近代合理主義思潮の蔓延した西欧社会では、三島文学の構成に対しては親近感が湧くのも当然のことといえよう。

三島氏の作品では『金閣寺』『宴のあと』などからもわかるように、登場人物の一人一人の内心にかなり深いメスが加えられている。人間が生み出す悲劇がまことに巧妙に分析されている。さらに、その人間が置かれた環境の描写や分析もかなり繊細に行われている。ある場合には、人間の衝動や感覚が行動を左右する実存的手法に挑む姿勢もうかがわれる。かかる技法全体が西欧人を三島文学に引きつける大きな要素となっている。

しかしながら、三島文学に摂取された日本の伝統は西欧的要素を圧倒するほど重要な意義を持っている。日本の伝統といっても、西欧側から見ると、異国風な味付けはすべて日本の伝統にくり入れられる公算が多いし、日本側から見ると、近代性の欠如というような曖昧な概念に終ってしまうことがままある。日本文学を日本的にしているものは何かを明確にしておかないと、西欧側からの批判に反論を加える橋頭堡が脆弱にならざるを得ない。吉田精一氏は『古典文学入門』の「序章」で「日本の国民性が、分析的、論理的でなく、宗教的、哲学的でもなく、現実的であり直感的であるとすれば、日本の文学もまた、抽象的、観念的なものを排除し、日常の素樸な生活体験に密接しようとする傾向が比較的に強い。」と述べられているが、まことに当を得た所論である。三島氏の場合は既に述べたように、吉田氏の指摘された非日本的性格を他の現代作家よりも、より多分に自家薬籠のものとしている。しかし、自然と人間の間に見られる素樸な関係にスポット・ライトをあてて見ると、西欧文学には見られないほどの調和がある。調和という言葉が抽象的過ぎるならば、自然と人間の距離がせばめられている。人間の思考や感情が自然の風物によって代置されることすらある。自然を論理的に分析しようとする態度は顕著には現われていない。この具体例として、チャールズ・B・フラッド氏は『宴のあと』の一節を取り出して解説しているが、これは後に詳述する。

これらの基本的問題を軸として、海外における三島文学の諸問題を取り上げることにしたいと思うが、三島氏の作品は別表の翻訳一覧表が示す通り、かなり数多くの作品が訳されている。これに筆者の未見のスペイン語訳『仮面の告白』、スエーデン語訳『潮騒』、さらに本書刊行までには公刊される予定のスエーデン語訳『美しい星』などを加えると、おそらく、三十点を越すことになろう。したがって、批評の方もそれに比例してかなりの数にのぼっている。筆者が集めただけでも、四十数篇あり、リストだけなら六十篇を越えている。したがってここでは、日本の図書館などでも容易に入手し得るものを優先し、その中で特に興味深いものを総花的に扱うことにした。そのために、エドワード・サイデンステッカー氏、ドナルド・キーン氏、アール・マイナー氏、ナンシー・ロス女史などの論文でこれまでに日本に紹介されたものは割愛し、稿末に参考文献として掲げざるを得なかったことをお許しいただきたい。

次に、翻訳の質的問題については、その概要を記すにとどめた。海外における日本文学を論じる場合、まず翻訳の問題が提出されるが、これは正確に解答を出し得ない性質のものではなかろうか。完全な翻訳は期待すべくもないし、またその判定者もいないからである。しかし、三島文学の翻訳のされ方については若干その実態を述べておくべきであろう。

翻訳と一口にいっても、日本人が西欧文学を翻訳する場合と、西欧人が日本文学を翻訳する場合ではかなり相違があるのではなかろうか。日本における西欧文学の翻訳は文法的正確さと、語ないし語句の等置転換に重きがおかれている。これはおそらく明治時代の翻案者に対する反抗精神のなせるわざであろうか。あるいは、古くから中国文学を摂取する過程において培われた第二の本能であろうか。少なくも、西欧人の翻訳はかなり創作的であり、内容の伝達に重点がおかれるとともに、翻訳の文章それ自体の質が問題にされることが多い。一例として、『潮騒』の冒頭を原文と、メレディス・ウェザビィ氏（Meredith

Weatherby）の英訳とを対比して見よう。

歌島《うたじま》は人口千四百、周囲一里に充たない小島である。

歌島に眺めのもつとも美しい場所が二つある。一つは島の頂きちかく、北西にむかつて建てられた八代神社である。

ここからは、島がその湾口に位ゐしてゐる伊勢海の周辺が隈なく見える。此には知多半島が迫り、東から北へ渥美半島が延びてゐる。西には宇治山田から津の四日市にいたる海岸線が隠見してゐる。

Uta-jima——Song Island——has only about fourteen hundred inhabitants and a coastline of something under three miles.

The island has two spots with surpassingly beautiful views. One is Yashiro Shrine, which faces northwest and stands near the crest of the island. The shrine commands an uninterrupted view of the wide expanse of the Gulf of Ise, and the island lies directly in the straits connecting the gulf with the Pacific Ocean. The Chita Peninsula approaches from the north, and the Atsumi Peninsula stretches away to the northeast, To the west you can catch glimpses of the coastline between the ports of Uji-Yamada and Yokkaichi in Tsu.

まず、第一に、三つの節から成立している原文が二つの節にまとめられていることに気がつく。文節の設定は作家の意識の流れのバロメーターともなるものであるだけにかなり重要視すべきものであるが、ウェザービィ氏の訳だけでなく、他の西欧の訳者の場合にも文節の変更はかなり頻繁に行われている。この点は文体論的問題点として、今後の日本文学研究者に課せられる大きな課題となろう。

訳語の選択などについては、稿者のような日本人のよくするところではない。ただし、『禁色』においては（『…』）によって、意識の流れが説明されている。『禁色』の英訳はこれをイタリック体で表記している。『金閣寺』のにも（『　』）用法は見られるが、イタリック体にはなっていない。このような点は、どのように考えるべきであろうか。というのは、『禁色』の翻訳が出ると、イタリック体が注目されたせいか、早速ジョイスとの比較などが巷の話題になったからである。翻訳については、段落とかイタリック体とか、あるいは重訳の問題などを日本側では今少し慎重に取り上げるべきであろう。

書名	言語名	年次	翻訳者（＊は英語より重訳）
潮騒	英	一九五六	メレディス・ウェザビィ
	独	一九五九	オスカー・ベンル
	伊	一九六一	リリアナ・ソマビラ＊
	デンマーク	一九六七	エリザベス・ハマリッヒ
近代能楽集	スエーデン	一九五六	エリック・ワールンド

	英	一九五七	ドナルド・キーン
	スペイン	一九五九	酒井和也
	独	一九六二	ゲルダー・V・ウスラ＊
	デンマーク	一九六四	アスター・ホフホルゲンセン
仮面の告白	英	一九五八	メレディス・ウェザビィ
	独	一九六四	ヘルムート・ヒルツァイマー
夜の向日葵	英	一九五八	篠崎茂穂、ヴイジル・ウォーレン
金閣寺	英	一九五九	アイバン・モリス
	独	一九六一	ウォルター・ドナート
	仏	一九六一	マルク・メクレオン
	スエーデン	一九六二	トルステン・ブロンクヴィスト
	スペイン	一九六二	ホアン・マルセ
	ノールウェイ	一九六三	ハンス・ブラアルビング
	伊	一九六四	マリオテニーィ

	デンマーク	一九六五	エリザベス・ハマリッヒ
宴のあと	英	一九六三	ドナルド・キーン
	仏	一九六一	G・ルノンドー
	伊	一九六四	クリアナ・ソマビラ
	デンマーク	一九六四	エリザベス・ハマリッヒ
	独	一九六七	八代佐地子
午後の曳航	英	一九六五	ジョン・ネイサン
	スエーデン	一九六七	ブリゲット・マルテン・エドルンド
真夏の死他	英	一九六六	エドワード・サイデンステッカー他
サド侯爵夫人	英	一九六七	ドナルド・キーン
禁　色	英	一九六八	アルフレッド・H・マークス
愛の渇き	英	一九六九	アルフレッド・H・マークス
美しい星	スエーデン	一九七〇	エリック・サンドストローム

なお、『真夏の死』には、「百万円煎餅」「魔法瓶」「志賀寺上人の恋」「橋づくし」「憂国」「道成寺」

「女方」「真珠」「新聞紙」が含まれている。

＊ここに表示した作品はいずれも単行本として出版され、稿者の管見に入ったものである。この他にも目録などで若干見聞したものもあるが、訳者などを明示し得ないものは省略した。なお、一九六九年にミシガン大学で出版されている *Occas-ional Papers No. II Japanese Culture II* には「三原色」「怪物」「孔雀」の翻訳が掲載されている。

二　対比と影響

比較文学の二大ジャンルとして、対比と影響をあげることができる。この二つの範囲は本質的に相異なるものでありながら、研究が充分に熟していない場合には、前者が後者を補足する場合が多い。したがって、ここでは、あえて対比と影響という順序で海外における三島批評にスポット・ライトをあてて見ることにした。各種の批評を綜合すると、対比例としては二十人ほどの西欧作家の名前をあげることが出来るが、最も興味深く思ったのは、短篇『真珠』（昭和三十八年）とモーパッサンの『頸飾り』（現代は *La parure* 一八八四年）との関連を取り上げたＤ・Ｊ・エンライト氏の批評である。

『真珠』はモーパッサンの『頸飾り』の陽気な変形であるが、日本人が箸を落としたときに当面するような社会的当惑を取り扱っているものである。しかしながら、ティー・パーティに出席した中年の婦人たちの武士気質をある程度まで突いている作品でもある。

後半の武士気質の点については問題外であるとしても、冒頭の『頸飾り』の変形に関する言及には注目してしかるべきであろう。『頸飾り』はモーパッサンの短篇の中でも異色の作品で、いわゆる落ちがある。漱石が「此落チガ、嫌デアル」と記していることは有名な話である。貧乏なロワゼル夫人が文相主催の祝賀会に招待され、借物のダイヤモンドの頸飾りを紛失してしまった。三万六千フランという大金を出して新しい頸飾りを買い、フォレスチェ夫人に返却する。十年間借金返済に苦しんだあげく、実は借物の頸飾りは五百フランの模造品だったことが判明する。モーパッサンは外部によって内部を現わす写実派の作家であるから、ロワゼル夫人とその夫、あるいはフォレスチェ夫人の心理分析などは期待し得べくもない。一方、三島氏の『真珠』の方はまことに複雑である。佐々木夫人の誕生祝に山本、松村、東《あづま》、春日の四夫人が集まる。佐々木夫人は真珠の指輪をはめていたが、たまたま真珠が台からはずれたために、真珠を菓子皿のそばへころがしておいた。この真珠が紛失したために四人の客にそれぞれの個性に応じた影響が生じたのであった。東夫人が「私が喰べちゃったの、真珠だったんだわ」といい出し、この機転で一座は笑いの中に納まった。やがてお開きとなり、東、春日両夫人と山本、松村両夫人がそれぞれ連れ立って帰途に着いた。東夫人は気の弱い春日夫人に向って真珠を嚥み込んだのは、春日夫人であるという。春日夫人は真珠を買って、東夫人と共に佐々木夫人の家に返却に参上する。一方、山本、松村両夫人の間でもトラブルが生じた。松村夫人はタクシーで帰る途中、例の真珠が自分の手提の中にあるのを見て驚き、口実を作って下車し、例の真珠に似た真珠を買って佐々木夫人に返却に参上する。その後、松村夫人は山本夫人が例の真珠を自分の手提に入れたのであろうと推測して、山本夫人を詰問する。山本夫人は泣いて身の潔白を誓った上、例の真珠をやにわに咽喉へ流し込んでしまった。松村夫人はこの行為に感動し、これまで仲の悪かった二人は急速に睦じくなる。東、春日夫人の方は頓に仲が悪くなってしまった。ものにこだわらぬ佐々木夫人は二人から返却された真珠を新しくデザインさせた指環にはめこませて、こだわりなく歩きまわったのであった。真犯人は松村夫人が推量したように、山本夫人が松村夫人の手提に真珠を辷り込ませておいたことは、原作中に明らかにされている。

この二つの作品は以上のような筋立てであるが、『真珠』は『頸飾り』の変形といえるであろうか。たとえ、三島氏がモーパッサンの『頸飾り』を熟知していたにしても、変形とはいえまい。対比の問題は危い綱渡りになりかねないこともままある。エンライト氏の三島評にはかなり興味深いものも多いが、かかる発想法には賛成しかねる。

対比例の典型的批評の一つに、ケニス・レックスロス氏の『潮騒』評がある。

ジャケットに刷り込んだ絵は『潮騒』を『ダフニスとクロエー物語』になぞらえている。この作品はギリシァの農民ないしは漁民の牧歌に似ている。しかし、しばしば指摘されているように、典型的な西欧恐怖劇はアリストテレスの悲劇の要求にかなうものである。

『潮騒』と『ダフニスとクロエー物語』との対比に関しては、中村真一郎氏、野口武彦氏なども、明確にしているところである。中村氏は「『赤と黒』を読むつもりでなく『ダフニスとクロエ』を読むつもりにならなくてはいけない」という。野口氏は「『ダフニスとクロエー』を藍本とし、伊勢湾口の或る島をギリシァの幻影と二重写しにして執筆された作品」といっている。さらに、三島氏自身も『私の遍歴時代』の中でギリシァへの傾斜を述べた後に、「私がこのような昂奮のつづきに書いたのが、帰国後の『潮騒』である」と述べている。したがって、『潮騒』の場合には、対比から影響への研究の展開を示唆させるものがある。しかし、さらに両作品を比較検討し、主題、構成などについても詳細に研究しない限りは、明確な結論を出すことはできないであろう。

次に、このような接点をめぐって、いくつかの代表作に対する見解を辿ってみたいと思う。まず、第一に西欧の批評家たちが最も多角的に影響関係を論じた『禁色』を取り上げて見ることにしよう。『禁色』評を「スペクテイター」誌に掲載したイギリスのモーリス・キャピタンチック氏は翻訳文体の拙劣さを指摘した後に、次の如く述べている。

デカダンス派、ジュネ、サルトルから取り入れた要素もあるが、まばゆいばかりの輝かしさは三島氏自身のものである。

イギリスの批評家がデカダンス派という場合は、いわゆる世紀末文学を形成した人々というわけである。代表的な人として、スウィンバーン、ワイルドをあげることができよう。もちろん、本家本元のフランスのデカダンス派としては、ボードレール、ヴェルレーヌ、ランボーをあげることができる。ところで、本来のデカダンス派の姿とは一体どのようなものであろうか。文学なり芸術が人間生活の理想に影響を及ぼすことが不可能になると、安易な生活意識を満足させるために没理想的な感情に訴えることになる。その結果、感覚的な満足を追い求め、官能的な美、珍奇なものや異常なものの中に見出される美を憧憬する傾向が強まる。かくして、頽廃そのものを美と見るに至るわけである。『禁色』にはかかる傾向がないと断言することはできない。しかし、三島氏は究極において、檜俊輔を南悠一に対する敗者とすることによって、異常なものの中に滞在する美を否定しようとしているわけである。「僕も現実の存在になりたい！」と叫ぶ悠一を救済していることを見落してはならない。男色という大道具はただちに頽廃と結び付けられ易いが、実はここにも問題がある。三島氏の場合は男色に溺れることが主題ではなく、それは大道具ではあっても、その道具立てから脱皮した地点に現実の存在を摑み、その中に生き延びる道を求めているのである。この点に充分注意すべきではなかろうか。この半疑問を肯定した限界において、『禁色』の構成要素にデカダンス派の影響を指摘することは妥当といえよう。かかる見地から、三島氏とワイルドを結び付ける評者には、同じくイギリスの批評家、デイヴィッド・リーズ氏などをあげることができよう。リーズ氏の所説に入る前に、ジュネの問題に触れておかねばならない。三島氏自身には、ワイルド論もあるが、すぐれたジャン・ジュネ論がある。その中で、氏が「ジュネは異教世界の自然を再発見してゐると謂つていい」と述べていることは注目に値しよう。ジュネは倒錯の美学に酔う傾向がある。これを三島氏は異教なる語で修辞的に解説しようとする。したがって、氏は「ジュネの男色は象徴的なものである」とも断定している。『禁色』の批評として、「三島の男色は象徴的なものである」とすりかえることも不可能ではない。したがって、構成要素としてジュネをあげることは妥当である。このほかには、『金閣寺』を論じたリンカーン・キルスタイン氏がジュネとの関連に触れていることを指摘しておきたい。

サルトルの問題は『禁色』に見られる実存主義的性格から導き出されたものであると思う。前にも引用したように、南悠一は自己の存在の自覚の上に新しい生活の出発を得ようとしているわけである。この自覚こそサルトルの求めて止まなかった実存的人間に通じるものであり、キャピタンチクの主張するところに一致する。しかし、ジュネにしてもサルトルにしても、三島氏の場合、影響といえるかどうかは難しい。サルトルのような実存主義思潮は必ずしも西欧の一手販売の特許品とはいい難い。仏教の、それも禅の精神の内奥にはかなり実存的な要素があり、日本の中世に心惹かれた三島氏の場合、実存主義的傾向が外来思潮の借物であるという結論は下し難いからである。
これらのほかに、『金閣寺』に関連しては、T・S・エリオット、ジェイムズ・ジョイス、ドストイエフスキー、ジード、ジュネなどとの対比と影響を問題にしている批評家もいる。これらの作家との関係に立ち入るには充分な紙幅がないので問題点の提起にとどめておく。

三　投映の密度

海外における批評家が作品のいかなる点に注目するかという臨床例がこれまでの海外における日本文学研究には欠けていたように思われる。『万葉集』ならいかなる歌が最もよく訳されているのか、『源氏物語』ならいかなる帖が最もよく訳されているのかなどを検討し、批評の集中する点を見定め、それによって海外における日本文学への関心の実態を調査することは、翻訳作品の点数などとは次元の異なった部類の研究である。『禁色』にしろ『金閣寺』にしろ、かなりの長篇である。これらの作品のどこが引用されているのか。また、それは如何なる目的によるのか。これらの問題を解明することにより、投映の密度を考えてみることにしたい。三島氏の作品の発表順に引用箇所と、その批評対象を要約しておきたいと思う。

『仮面の告白』批評家はジョン・コールマン氏。掲載誌は「スペクテイター」(一九六〇・九・二)
初恋の少年少女がするように、私と園子は写真を交換した。私の写真をメダイヨンに入れて胸に下げているという手紙が来た。ところが園子が送ってよこした写真は折鞄にしか入らない大きさだった。内ポケットにも入らないので、私は風呂敷に包んで持ちあるいた。

三島氏が思いもよらぬ諧謔性をきらめかせ、主人公の心の転換を示す詳細な臨床例として引用されている。

『愛の渇き』批評家は、D・J・エンライト氏。掲載誌は「ニューヨーク書評」（一九六九・九・二五）。翻訳者アルフレッド・マークス氏は意識の流れを表わすため、イタリック体を用いているが、エンライト氏は普通の字体に直して引用している。

私は目をつぶつてゐるうちに、或る朝、世界が變つてゐることを是認する。そんな朝が、そんな純潔な朝が、もうそろそろめぐつて來てもいい筈だ。誰のものでもなく誰にも希はれずに到來する朝が。……私は希はずにゐて、しかも私の行為が、さういふ何も希はない私を根こそぎ裏切つてしまふ瞬間を夢みてゐる。ほんの些細なほんの目立たない私の行為が。……

三島氏の登場人物は自らに問を発し、自ら思考する秀れた能力を備えている人間であることを立証するためにこの箇所は引用されている。氏は悦子もまたその例外ではないことを指摘している。

『禁色』批評家はモーリス・キャピタンチック氏。掲載誌は「スペクテイター」（一九六八・六）

…苦しみの絶頂にゐる妻の顔を……見比べてゐた悠一の心は、變貌した。あらゆる男女の嘆賞にゆだねられ、ただ見られるためにだけ存在してゐるかと思はれた悠一の美貌は、はじめてその機能をとりもどし、今やただ見るために存在してゐた。ナルシスは自分の顔を忘れた。

この箇所は悠一が妻の出産に立ち会い、檜俊輔から逃れ得る機会を摑んだことを叙した美しい一節として引用されている。

『禁色』批評家はデイヴィッド・リーズ氏。掲載誌は「エンカウンター」（一九六九・一）

戀といふものは、潛伏期の長い點でも、熱病によく似てをり、潛伏期のあひだのさまざまな違和感は、熱病を俟つて、はじめてその兆候だつたことがはつきりする。その結果、發病した男は、熱病といふ病因で割り切れない問題は世界中にないやうな氣がするのだ。戰爭がおこる。あれは熱病だよ、と彼は喘ぎながら言ふ。

この部分は、モームのような格言めいたことをかたくるしくいう例としてあげられている。英国人にわからせるための批評とはいえ、三島氏をモームのような俗流の大衆作家と対比するということは首肯しかねる。しかし、『禁色』にはかなりお説教調があることは事実であり、かかる調子はアングロサクソン人の好むところといえよう。

『金閣寺』批評家はハワード・S・ヒベット氏。掲載誌は「土曜論評」（一九五九・五・一六）

幻の金閣は闇の金閣の上にまだありありと見えてゐた。それは燦めきを納めなかつた。……庇は池の反映に明るみ、水のゆらめきはそこに定めなく映つて動いた。夕日に映え、月に照らされるときの金閣を、何かふしぎに流動するもの、羽搏くものに見せてゐたのは、この水の光であつた。たゆたふ水の反映によつて堅固な形態の縛めを解かれ、かかるときの金閣は、永久に揺れうごいてゐる風や水や焔のやうな材料で築かれたものかと見えた。

可視的な美は、多彩な、また複雑な象徴を持っていることを、絶えず移り変りゆく金閣の姿に見い出されることを例証するために、この箇所は引用されている。同じく、ヒベット氏は、

私の現實生活における行爲は、人とちがつて、いつも想像の忠實な模倣に終る傾きがある。

を引用している。これは、溝口が作中、最も驚くほど自覚をうながされた例としてあげられている。ま

ことに片言隻句ともいうべき短文ながら、きわめてポイントを摑んだ引用といえよう。
『金閣寺』批評家は、ピイター・ヒュン氏。掲載誌は、「エンカウンター」（一九六〇・九）
音にたとえるなら、この建築は五世紀半にわたって鳴りつづけて來た小さな金鈴、あるいは小さな琴のようなものであったろう。その音が途絶えたら……
美の化身としての金閣寺を溝口が焼こうとする衝動にかられる情景として引用されている。無署名であるので、後にまわしたが、「ニューズ・ウィーク」（一九五九・五・一八）の『金閣寺』紹介では、ヒュン氏が引用した箇所の一節がほぼそのまゝ取り上げられている。すなわち、
それにしても金閣の美しさは絶える時がなかった！　その美はつねにどこかしらで鳴り響いていた。……（以下は前の引用に続く）
この箇所はよほど外国人批評家の注目を引くところなのであろうか。視覚的に捕える美を聴覚によって音で捕えるという比喩が好まれるためであろうか。
『宴のあと』批評家はチャールズ・B・フラッド氏。掲載誌は「モニュメンタ・ニッポニカ」（一九六四・一一二巻）
木村の風貌も物の言ひつぶりも、日向でかすかな風に落葉を一二片づつ自分のまはりへ散らしてゐる靜かな老ひた落葉樹を見るやうな風情があつた。
かづは野口をも含めて三人の男の肌に、何だか水氣の乏しい共通な感じを抱いた。それは永らく女に触れない肌と似たもので、永らく實際の權力に携はらずにゐる男の肌だつた。

これらの二箇所は三島氏の秀れた才能を示す例として引用されている。その才能とは、氏が人間を描写すると同時に、人間としての普遍的型を示し、さらに、人間と自然の世界との間の懸隔を否定することなく埋めつくす日本的特質の三拍子が揃っていることにほかならないとしている。

原文引用ということは一見平易のようでありながら、まことに難しい。限られた紙幅で外国の作品を紹介したり、批評する場合、ある特定の箇所を選別するには、その目的の如何を問わず、批評家の資質を暴露することになる。ここにあげたいくつかの例から、結論を出すわけにはいかないが、今後かかる作業が集積されるとき、海外における日本文学鑑賞の態度が明らかにされるのではなかろうか。また、これらの引用箇所と日本の批評家の取り上げ方とを対比して見ると、批評方法の相違なり、視点の問題もさらに展開されることになるであろう。この一節はあくまで問題点の提起であり、筆者自ら結論を求めているわけではない。あまりにも明白な外国文学からの模倣の跡を辿って影響としたり、何らかの類似性を探して対比とするような浅薄な比較文学的研究から脱皮して、実証性をふまえながら、論理を形成することが今後の近代文学研究を深層化し、みのり多いものとするのではなかろうか。

四　今後の問題

フランスの「ヌーヴェール、リテレール」（一九六九、一一・二〇）において、ミシェル・ランドム氏が「日本文学の記録—現代の成熟派」を書いた折、谷崎・川端・太宰・安部の四氏の諸作品を紹介し、さらに、野間、大江、大岡氏などの名をあげた後、三島氏だけは別格として、「三島の仮面の諸相」として、『金閣寺』『午後の曳航』『近代能楽集』を中心に三島文学のコスモポリタニスム的性格と日本的性格に言及していた。取り上げられた作品からもほぼその論旨はわかるが、三島氏だけを特に大きく扱っている点は見逃せない。三島氏、安部氏などの場合には、多くの批評家が西欧との接近を唱えているが、それが近代的自我の確立に基づく文学とどのようなかかわり合いを持つかが今後の大きな主題となるであろう。西欧の社会と日本の社会とには深い断絶があることを信じている筆者には、『豊饒の海』以後の三島評について、日本文学が西欧なみになったというだけの批評には満足し得ないものがある。三島文学は、川端文学が東西の架橋となったとすれば、東西の隧道となるのではなかろうか。これは一片の比喩ではない。氏が『禁色』に見せた世界文学的画廊の構築には隧道を掘り抜く不断の努力と精緻な計算があると見るからである。

第二には、いわゆる比較文学的研究法をどのように西欧側の研究者が適応し、開拓するかである。これまでのところは、三島評は数こそ多いが、徹底的な研究が未だに公にされていない。近く、トロント大学の鶴田欣也氏が三島文学とギリシァ精神について力作を公にするとのことである。また、アメリカの修士論文にも三島氏を扱う学生が漸次増加しているという。小説家三島だけでなく、評論家三島のヴェールがはがされるとき、比較文学上の影響の問題もより明白にされるであろうし、対比の問題もさらに多角的になるであろう。海外における三島文学研究の問題点は以上の二つを軸として、さらに文体論の領域にまで及ぶ可能性を内包しているのが現状である。

なお、本稿で触れなかった海外における三島問題、また海外の研究者による邦文三島論の主たるものとその内容を次に掲げておく。

『海外における日本近代文学』（早大出版部）――ナンシー・ロス女史の三島論をめぐって、村松定孝、武田勝彦の論評がある。

『三島由紀夫――日本の文学』（中央公論社）――ドナルド・キーンの詳細な解説がある。

『近代能楽集』（新潮文庫）ドナルド・キーンの興味深い解説がある。

「『近代能楽集』について」（「国文学」一四巻十一号）――武田勝彦によるキーンの『近代能楽集』評の紹介と解説。

「海外での三島評価と国際性」（「解釈と鑑賞」三三巻十号）――サイデンステッカー氏によるアメリカにおける三島批評総括。

「海外での三島文学演習」（「解釈と鑑賞」三三巻十号）――粂川光樹のプリンストン大学における三島研究の実状。

「アメリカにおける三島由紀夫の受容をめぐって――「潮騒」・「近代能楽集」――（「早稲田大学、比較文学年誌」六号）武田勝彦。

「『金閣寺』評」（「国文学」一五巻七号）ハワード、ヒベットの『金閣寺』評の翻訳。

「海外における三島文学」（「国文学」一五巻七号）武田勝彦。

「三島『近代能楽集』の問題」（「解釈と鑑賞」三五巻五号）アール・マイナーの『近代能楽集』評の翻訳。

三島由紀夫研究の展望とその道標

遠藤　祐

日本浪曼派からの出発

周知のように、三島由紀夫は、敗戦の翌年の六月、川端康成の推挙によって「人間」に『煙草』を発表し、文壇に登場した。彼の早熟の才能はすでに学習院中等科のころに開花し、昭和十三年に最初の小説『酸模』（「輔仁会雑誌」）があり、さらに『花ざかりの森』（昭一六・九〜一二）以下詩、エッセイ、短編を「文芸文化」にかかげ、同誌の同人を介して日本浪曼派に近づき、十九年には短編集『花ざかりの森』を刊行して一部にはその存在を知られていた。けれども、すべてが戦争という巨大な歯車のいきおいにのみこまれてしまう季節においては、もちろん広く注目されるにはいたらなかった。だが『花ざかりの森』を頂点とするこの一時期が、三島文学の胎生期として、三島由紀夫論のひとつのポイントをなしていることは、誰しも認めている。とくにその「影響は可成うけてゐる」（「堂々めぐりの放浪」）とみずから語っている日本浪曼派とのかかわりは、なかなか微妙な問題を含むようである。

といっても、三島由紀夫は日本浪曼派の運動に直接参加したのではない。「年譜」（筑摩書房版『現代日本文学全集』83、同『現代文学大系』58、講談社版『日本現代文学全集』100などを参照）にも記されるとおり、「間接的影響」をうけた訳だが、「間接的」とされるところから、かえって両者のかかわり方の単純でない所以が導かれてくる。この点について、三好行雄は「背徳の論理――『金閣寺』三島由紀夫」（『作品論の試み』昭四二・六　至文堂所収）で、

「ナショナリズムの毒をうすめて、ややデカダンの影をおびる唯美主義と、ロマンチックで、放恣な古典への傾斜を年少な個性に印影したようである。印影したというよりも、個性の資質をより鮮明にくまどってみせたというべきかもしれない。」

とのべ、磯田光一は「三島由紀夫論Ⅰ」（『パトスの神話』昭四三・二　徳間書店所収）において、「信仰・実践型」の共感でなく、「低俗な軍国主義者への反撥として」の「伝統的な古典美学の摂取」という影響関係を指摘している。つまり三島由紀夫は、日本浪曼派に近づきながら、保田与重郎らの民族主義、国学主義的な側面、それが当時の若い世代の間にひきおこした狂熱の渦にまきこまれることを、まぬかれていたのであり、まぬかれた理由は、浪曼派との邂逅以前に、彼が独自の「資質」にもとづく唯美的・ロマン的心情を育てていたためにほかならなかったのである。だから三島は、日本浪曼派から自身の嗜好に合うところだけを切りとるという形で影響をうけたのだといってもよい。

とすれば三島由紀夫は果して日本浪曼派から出発したのかという疑問も当然起こってくるであろう。本多秋五は『続物語戦後文学史』（新潮社　昭三七・一一）の「日本浪曼派のホープ」の章でそれをとりあげ、「事実」としてはそうであっても、「日本浪曼派からの出発は、三島にとって一時のかりの宿りではなかったか、と考えてみたい」と記している。なおこの章には、三島と日本浪曼派との交渉をうかがう資料と

して、二つの文章が引用されている。ひとつは三島の学習院時代の恩師清水文雄と保田与重郎との対談「日本浪曼派の周辺」で、「バルカノン」（昭三三・八）にのったもの、他は影山正治の「日本浪曼派の問題」で、影山の主宰する短歌雑誌「不二」に連載されたもの。本多の引用はその第一〇回（昭三五・一二）からである。（ちなみに、未見であるが、影山の『民族派の文学運動』が大東塾出版部から昭四十年に刊行されていることをつけ加えておく。）「日本浪曼派のホープ」は、しかし、問題の提示にとどまるが、みずからも〝ロマン派心酔〟の体験をもつ橋川文三の「三島由紀夫伝」（『現代知識人の条件』昭四二・一一　徳間書店所収）は、幼少時・戦争下・敗戦・『仮面の告白』の成立およびそれ以後、という構成をとりながら、やはり三島由紀夫における日本浪曼派体験の照明に大きな比重をかけている。生得の資質からくる「共感」と「微妙な反撥」あるいは伊東静雄のもつ孤高のきびしさとのふれ合いを重視するなど、見のがせぬ指摘がそこにある。三島と日本浪曼派との関係は、本多秋五もいうごとく、日本浪曼派そのものをどうとらえるかの問題と密接にかかわってくる。最近その再評価の動きがしきりだが、それによって三島の場合も観点が変わってくるだろう。逆に三島文学の検討が浪曼派の性格を考える上に影響するというところもあるのではないか。

戦後文学史における位置づけ

三島由紀夫の戦後の歩みのなかで、『仮面の告白』（昭二四・七）の成立は大きな意味をもっている。この長編によって、三島の文壇における評価が確立し、作家的地位も定まった。それまでの彼は、特異な才能が騒がれる半面、不信の眼でみられることも多かった。本多秋五は先の『続物語戦後文学史』のなかで、臼井吉見と中村光夫の対談「三島由紀夫」(「文学界」昭二七・一一)によりつつ「理解されなかった三島由紀夫」について語っている。それによると、中村光夫は『煙草』、『中世』(「人間」昭二一・一二)その他の初期短編に「マイナス百五十点」の判定を下したという。ところがその中村光夫は、『仮面の告白』に接して三島をみなおし、理解者として「三島由紀夫」論を書き、さらに「三島由紀夫——人と文学」(『現代文学大系』58所収)を解説して、自己の生活と芸術に対するきびしい批評家であることを強調するまでになっている。しかし本多秋五の三島評価はなお辛く、『仮面の告白』を「怪作」とよび、つづく『愛の渇き』(昭二五・六)、『青の時代』(「新潮」昭二五・七〜一二)、『禁色』(「群像」昭二六・一〜一〇、「文学界」昭二七・八〜二八・八)などについても、「無縁なもの」「中途半端」「装飾の作品」として否定的である。

総じて本多評には、三島の作品を、理解しようとしてもできぬものと感じている趣きがあって、両者の間には越えがたい距離が存するようにみえる。そのことは同じ「近代文学」同人の埴谷雄高も認めており、「三島由紀夫」(『鞭と独楽』昭三二・六　未来社所収)において、「マルクス主義を境界線とする互いに理解しがたい二つの断層」のあることを、自身と平野謙との対話にことよせて語っている。この文章は戦後文学史のひとこま、「序曲」創刊のころに具体的にふれていて興味深いが、埴谷は三島由紀夫を、異った世代、「目的をもたぬ時代の青年の直截な代表者」とみている。本多評の根底にもそういう意識がやはり抜きがたく存在しているので、本多によれば、第一次戦後派は、マルクス主義の洗礼をうけたことと、兵士としての戦争体験をもつことという二つの共通項を有する。ところが三島由紀夫にはそれがない。だから本多秋五の眼には彼が「戦後派ならぬ戦後派」とうつり、その作品は「戦後文学全体からいえば……鬼子的作品」と規定されることになる。

右のごとき規定、とくにあとの発言は、しかし、「戦後文学」論ないしは「戦後文学」史論そのものにかかわる問題を含んでいよう。たしかに三島由紀夫は戦後派のなかで異質の存在なのかもしれない。「近代文学」派との差異は決定的であり、戦後派のもうひとつのグループである「マチネ・ポエティック」派ともちがっている。だからといって、三島が継子扱いされてもよいのだろうか。本多秋五や「近代文学」同人の三島由紀夫論は、みずから戦後文学の主流を形成したものという意識が底にあって書かれたという事情を、私は無視することができない。『物語戦後文学史』はいうまでもなく戦後をはるかに距てた時点で書かれたものだけれども、自身が生き、呼吸してきた時代をふりかえるとき、著者はおのずから当時の自己の心情をあり〳〵と想起し、そのときの心持になって、「戦後文学史」を文字どおり「物語」っている。そこにこそこの書の特色、価値もある訳だが、それだけに主観性を帯び、ある立場からみられた〈史〉であるということも、否定できぬと思う。三島評価もその線から外れてはいないだろう。埴谷、平野の場合もそうである。異質だとしてつっ放してしまう意地悪さがあるといったら、意地悪な見方になるだろうか。戦中から戦後にかけて自己形成期を送った世代の「代表者」として、三島由紀夫の文学も「戦後文学」のなかに異端以上の座を与えられるべきではないか。この問題も、日本浪曼派との関係と同様、三島由紀夫をめぐって今後も追及がなされねばならないと思う。

もちろんこれまでにも位置づけの試みがなかったのではない。早く神西清は、三島を「戦争から最も激甚な打撃を受けた世代」の「旗手」としてとらえ、その文学を「アンガジェの文学」とみる視点を「ナルシシスムの運命──三島由紀夫論」（「文学界」昭二七・三、『散文の運命』昭三二・八　講談社所収）において示した。神西以後にはたとえば饗庭孝男に、同世代的共感をふまえて、三島における戦争体験の内在化を重視する拠論から、その「戦後文学」史における位置づけを考え、「近代文学」派・「マチネ・ポエティック」派を批判して、「戦後文学」とは何かを再検討しようとする試みがある。「反日常性の文学――戦後文学論の転換を求めて」（『戦後文学論』昭四一・一一　審美社所収）がそれだが、饗庭はこの評論に先立って「三島由紀夫論」（同前）を発表している。そこで、三島文学の出発点における「生命的発想」に注目しつつ、その具体的徴表を作品に探って、「海」への関心と「血」への憧憬をみいだすとともに、さらに三島文学の形成要素として男色をあげ、「その反社会性、その反日常性がもつ批判が、逆に社会の本質をつく」という三島に固有の批評性を饗庭は求めた。このように「生命的発想」に注目するのは、物ごころのついた時からすでに戦争＝死がみずからとともにあり、そのなかで成長した故に、戦争＝死は自己に内在するものと化した、という饗庭自身の自己確認があるためにほかならない。饗庭孝男がそうであるように、三島由紀夫もまた「末期の眼で生をみること」をおのれの必然とする世代のひとりであった。彼等にとっては、自己を想うことはすなわち死を凝視することなのであり、だからこそ「生命的発想」がリアルなものとなり、文学創造の根拠ともなりうるのである。

ここでひとつの補足をさしはさみたいが、鳥居邦朗は「戦後文学における『第三の新人』の位置」（「日本近代文学」第九集、昭四三・一〇）において、登場の時期からいって文壇史的には「第三の新人」とは区別されている三島を、その文学の質的な検討を通じて、むしろ島尾敏雄、吉行淳之介らに近づけて考察するという視点を設定している。鳥居は先の饗庭の「反日常性の文学」をふまえて、三島、島尾・吉行らが「ともにそれぞれの戦争体験がもたらした『日常性』の論理ではいやし難い精神の傷を、それぞれの文学の出発点においている」ところに「深い近縁性」を指摘しつつも、三島があくまで「反日常性」

の世界にみずからの文学を構築したのに、島尾や吉行は戦争体験によって垣間みた「人間存在の深淵」をむしろ「戦後の日常生活の中に追究しようとした」として、両者の差異を浮彫にする。鳥居氏はいわゆる「第三の新人」の位相を照明するのが本旨だけれども、三島の位置づけに関しても、新たな把握がみられるので、興味深い。「戦後文学」史のなかでの三島文学の取扱いは、このようにまだまだあげつらう余地を残している訳だ。

　強い世代的共感に支えられた饗庭孝男の「三島由紀夫論」は、すでにみたごとく戦争体験を中核にすえているところに特色をもつ。それにくらべると、他の評家の多くは、戦争そのものよりも敗戦の体験を重くみる。つまり、敗戦の時点での大きな価値逆転、死と生との交替の事実が三島に与えた影響の深刻さに注目するのである。たとえば橋川文三の「三島由紀夫伝」（『現代知識人の条件』昭四一・八　徳間書店所収）がそうであり、磯田光一の「三島由紀夫論Ⅰ」および、

　「三島の不幸は、そして彼の本質的な悲劇は、『生』と『死』とを意味づける原理の崩壊によって、つまり、彼から『美しい夭折』の可能性をうばった『敗戦』によってもたらされたのである。」

というとらえ方を発想の根源におく「殉教の美学――三島由紀夫論」（「文学界」昭三九・二〜四、『殉教の美学』昭三九・一二　冬樹社所収）も同様である。

　少年期以来の夢想癖と、日本浪曼派の影響と、戦争のもたらした世界破滅の予兆とから三島が織りだした「終末観の美学」（『私の遍歴時代』）は、敗戦の時点で崩壊した。平和と日常性の復活によって、自己が美しく滅びうるという期待は、ともかく生きねばならぬという義務感にとってかわられた。だから三島にとって、戦後とは「『美』と『死』との喪失の季節」（『殉教の美学』）、あるいは「『凶々《まがまが》しい挫折』

の時代」（「三島由紀夫論Ⅰ」）であり、彼は「一種凶暴な荒廃の中に生き」た（「三島由紀夫伝」）とされる。その意味でも三島は他の戦後派と決定的にちがっていた。「近代文学」の同人たちが、「マチネ・ポエティック」の人々もまた、起死回生の思いで抑圧された自己の生と芸術への欲求を自由に発現する充足感を味わったのに対し、戦後の数年なお「終末観の美学」を抱いて遍歴していたこの戦後派は、ひとり内面の空白感、喪失感に苦しまなければならなかったのである。三島由紀夫と戦後派との関係は先にもふれたが、磯田光一は右の二つの文章で、それを問題にし、とくに「近代文学」との「断層」にメスをいれて、戦中から戦後にかけての、「マイナス百五十点」という悪評さくさくたる三島の「創作自体が、エゴイズム、ヒューマニズムの旗印をおし立てた戦後の進歩主義思想に対する、逆説にみちた凶悪な復讐行為」であり、それらの思想の「根底にあった『有効性』の観念への果敢な挑戦にほかならない」（『殉教の美学』）と強い口調でのべている。そういう磯田の眼には、おそらく「近代文学」派のみならず、民主主義文学派もまた三島文学の対極にあるものと映っているであろうことは、想像にかたくない。「進歩主義思想」の側からは「鬼子」とされるその異端性、美しい死への憧憬を「人間に内在する自己否定の根源的欲求」（傍点引用者）の表現と目して、それに共鳴するものを感じたところに、「殉教の美学」は成り立った。「反ヒューマニズムの美学」、磯田光一の三島評価はここに集約されている。

『仮面の告白』『禁色』をめぐって

叙述がやや前後することになるが、戦後における三島由紀夫の歩みを、敗戦の衝撃を軸としてとらえ、それ故の「荒廃」を意味深くみる視点は、橋川文三の場合に顕著である。そしてその見方は、『仮面の告白』

が三島の精神史に占める重要性の把握と表裏をなしている。すなわちそれを「荒廃の感覚の中から不適な自己回復をめざす」三島の最初の試みとして、意義づけるのである。

それと関連して注意されるのは、『仮面の告白』成立をめぐる作者自身の「私は……ニヒリスティックな耽美主義の根拠を、自分の手で徹底的に分析する必要に迫られてゐた」（『私の遍歴時代』）という発言であり、「当時の作者の精神的危機から生れた排泄物ともいふべき作品」「この本は今までそこにすんでゐた死の領域へ遺そうとする遺書だ。この本を書くことは私にとつて裏返しの自殺だ」（『仮面の告白』初版ノート）という自注である。後者は「三島由紀夫伝」にも引用されているが、橋川はそこから三島の敗戦体験につぐ第二の転機をひきだしてくる訳である。「裏返しの自殺」とは三島の常用する逆説的な表現だが、この場合死から生へたち戻ることを意味している。喪失感の間から、ともかくしぶとく生きながらえることを我が身に課した三島由紀夫の姿勢がそこにある。としても三つ子の魂は百までなので、美と死の主題が抹殺されてしまう訳ではない。第二の転機以後の三島文学がどう生きながらえたかを、作品に即して丹念にたどってみることは興味あるテーマであって、磯田、三好行雄、最近では野口武彦の『三島由紀夫の世界』（講談社　昭四三・一二）などがそれぞれの角度から綿密な目くばりをみせているが、さらに独自な読みとりが期待される。ついでにふれると、『私の遍歴時代』は同名の評論集（講談社　昭三九・四）、『三島由紀夫評論全集』（新潮社　昭四一・八）に収められており、「十七歳から二十六歳」つまり日本浪曼派とのかかわりから、最初の外遊にいたるまでの「文学的遍歴」を三島自身が語った文章で、研究上の有力な手がかりを与えてくれる。

先に記したように、三島文学を、同世代を代表する「生きんがための行動者」の文学と規定したのは、神西清であった。その「ナルシシスムの運命」は、やはり、敗戦後しばらくの間を三島の「模索時代」とし、それから脱却して「耽美主義の根拠」の分析を意図したところに、『仮面の告白』の成立した所以を読みとっている。「ナルシシスムの運命」は、江藤淳によって「数多い三島由紀夫論のなかでもっとも忘れ難い名文」（「三島由紀夫の家」）とされるが、たしかに三島論中の古典といってよく、のちの論評でこれから刺激をうけたものの数は、少なくない。神西はそこで三島のエッセイ『重症者兇器』（「人間」昭二三・三）をとりあげて、それを「美の殉教者」から「美による殺戮者」に転じた彼の行動宣言、戦争による被害者の戦後社会に向けて提出した復権要求とみなし、その上に立って、三島文学を「復讐者の文学」、「牡の文学」と呼ぶ。「牡の文学」はその宿命としてナルシシズムという形態をとることになるのだが、ナルシシズムはまた、三島が、美の兇器をみずからに擬して、自己をみつめるにいたった状況（つまり『仮面の告白』の創出という事実）と深くかかわるとされている。なぜなら、神西は、ナルシシズム本質を、「自己陶酔」よりも「自己注視」にあると考えるからである。

ところでその場合、自己は必然にみる私と、みられる私とに分けられる。みる私は鏡のなかの自己の影にどれほど恋いこがれても、影そのものにはなれない。そのために古代のナルシスはついに水仙と化さねばならなかったが、近代のナルシシズムは「相対主義」であり、「分裂」を必至とする「運命」にある。三島はその「運命」に対処するために、男色という主題と『仮面の告白』という方法を発見した。神西論は、そのようにみて、『仮面の告白』の発展として、『禁色』のなりゆきに期待をよせている（「ナルシシスムの運命」は『禁色』第一部の終った時点で書かれた）。

神西論に対して、奥野健男の「にせナルシシズムの文学——三島由紀夫論」（「文学界」昭二九・三、『現代作家論』昭三〇・一〇　近代生活社所収）は、敗戦の衝撃を「内側に、自我そのものの事件」ととらえ、戦後の三島に、戦中の「唯美主義」の「惰性」をみいだすとともに、その行きづまりからの脱出の試みとして、『仮面の告白』を評価する点に変わりはないが、ナルシシズムの解釈において、神西以来の「定説」にアンチ・テーゼを提出しようとの意図をもって書かれている。奥野の三島論は精神分析的な視点を導入したところに、特色がある。敗戦は三島にとって、精神的権威の崩壊と同時に、すべての心理的抑圧の消滅を意味していたから、そこで彼は「自己のリビドーの本質を、正確に分析する」機会をえて、『仮面の告白』を書いたのだ、というのが奥野の見解である。リビドーは自己の奥底にひそむ性願望である。それを俎上にのぼせるということは、三島個人に即していえば、芸術家として起死回生をはかる捨身のわざであったが、これを「社会的」「文学史的」にみれば、「日常性の底にある人間存在そのものをも浮かびあがらせること」によって、従来にない「人間認識の方法の手がかりを開いた」ものとして、積極的に意義づけられるのである。

しかし、『仮面の告白』『愛の渇き』の試みを高く評価する奥野は、初期の三島由紀夫に、美の創造者たることと、みずからが美そのものになろうという願望とを混同する傾向を認める。それが『禁色』『秘薬』の二部作にわざわいして、この「周到な用意と緻密な計算により構成された」はずの長編は破綻をきたしたと批判している。『禁色』で「絶対的な美そのもの」として設定された南悠一は、当然ナルシストでなければならず、したがって「自己以外のなにものにも憧れない、つまり他人をリビドーの対象としない」存在であるべきなのに、作者は悠一に自身のリビドーを与えてしまった。これは明らかに矛盾であり錯誤である。かかるあやまりを犯した原因は、本来「美の優越者」ではない三島が、自己嫌悪から逆にナルシストに強く憧れ、自身もそうなりたいと願ううちに、いつかみずからをナルシストだと思いこむ、という心理のからくりにある。

以上が奥野健男の分析の要点で、それ故に「三島はナルシストにあこがれ、ナルシストぶる、にせナルシストにしか過ぎない」と手きびしい判断が下されるのである。

「にせナルシシズムの文学」は『秘薬』が完結したあとで書かれた。それと前後して世評は『禁色』二部作に集中したが、風当りは概して強かったようである。臼井吉見は「途方もない誤算」と「『秘薬』を読んで」（「朝日新聞」昭二八・一〇、『人間と文学』昭三一・五　筑摩書房所収）で評し、寺田透は実感のわかぬ「空しい作」と「『秘薬』のこと」（『同時代の文学者』昭三一・五　講談社所収）できめつけた。それより先、寺田は「群像」（昭二八・一〇）に「三島由紀夫論」（『同時代の文学者』所収）を書いているが、そこでは、まず三島の文体にみられる「論理的錯乱、不明晰」を細かに例証したのち、奥野のように、「見るもの」とみられる自分との混同を問題にして、その根拠を「東洋的な自己分割の不徹底さ」に求めた。『禁色』の悠一を「人造の美青年」、すなわちみられるもの、肉体としての存在と考え、彼の「現実の存在になりたい」という願い、いいかえれば、精神を有し、「見るもの」となって、みずから生きる存在であろうとする要求が、第二部にどう扱われるかを「楽しみ」にしたのは、神西清であったけれども、「三島由紀夫論」で寺田は、『秘薬』における悠一の「転身」（『禁色』二五章）に、「本当にかれの自覚であったのか」と、疑問をさしむけている。

いま三島文学の文体に関する寺田透の批判にふれたけれども、江藤淳の文体観もそれに劣らず厳格である。『作家は行動する』（講談社　昭三四・一、のち角川選書の一冊として昭四四・五刊）の一章、「美的対象としての文体」は、三島由紀夫について、人間的なもの、現実的なものへの関心がなく、ただ「美の行動者」たるおのれを写すための、美しくみがきあげられた「人工的、工芸品的な文体」があるにすぎず、それは「かりになんであろうと『小説の文体』ではない」ことを指摘している。この見方にはいささかきびしすぎるとの印象がないでもない。「ニヒリスティックな耽美主義」からの脱却を求めて、鷗外に学び、「規矩の正しい文体で、冷たい理知で、抑へて抑へて抑へぬいた情熱で、自分をきたへてみよう」（『私の遍歴時代』）としたという三島自身の証言を考慮すれば、文体論の問題はなお検討される必要があると思う。寺田、江藤の意見を参観しつつ、精密な分析の加えられることが望ましい。

『金閣寺』論など

『禁色』二部作につづいて、三島由紀夫は『潮騒』（昭二九・六）、『沈める滝』（「中央公論」昭三〇・一～四）を発表した。この時点で日野啓三は、饗庭孝男と同じく、自己の存在それ自体に対する問いを問わねばならぬ世代の立場から「三島由紀夫論」（『昭和の作家たちⅢ』昭三〇・一一　英宝社所収）を書いた。敗戦による「存在そのものの秩序と連関」の喪失の間におかれた「われ〳〵」の「精神史的現実に対応する」ものが三島文学なのであって、その特質は「存在論的ニヒリズム」にあるというのがその主旨で、「真の戦後作家のひとり」として、三島由紀夫への支持が表明されている。

『沈める滝』のあとに、やはり世評を呼んだ『金閣寺』（「新潮」昭三一・一～一〇）が現われる。それまでは『仮面の告白』から『禁色』への展開をみることが、三島論のパースペクティヴをなしていた。しかし『金閣寺』の出現以後は様相が変わる。三島文学の系譜において、『禁色』よりも『金閣寺』が画期的な作として衆目を聚めるようになるのである。

『金閣寺』については、臼井吉見、山本健吉が評を新聞にかかげ、森本和夫が「『金閣寺』をめぐって」（『文学者の主体と現実』昭三五・四　現代思潮社所収）を書いた。これは江藤淳の文体論とひとしく、美はあるが人間はいないとする否定論である。そのほか、中村光夫、野島秀勝、正宗白鳥、三好行雄らが論じ、三島自身、小林秀雄と「美のかたち」と題した対談（「文芸」昭三二・一）をかわしている。瀬沼茂樹の『戦後文学の動向』（昭四一・五　明治書院）に収録された「三島由紀夫」も『金閣寺』論である。緒論のうちで「『金閣寺』について——その構造」（「日本文学」）を問題とした三好行雄の関心はきわめて強く、以後「三島由紀夫」（「解釈と鑑賞」昭三五・九）、「『金閣寺』鑑賞」（『現代日本文学講座・小説7』昭三七・二　三省堂所収）、「背徳の倫理——『金閣寺』」（「解釈と鑑賞」昭四二・四～六、『作品論の試み』昭四二・六　至文堂所収）を発表している。

「『仮面の告白』と『金閣寺』とは、三島由紀夫というレンズをはさんで、それぞれ実像と虚像の関係でむきあっている。ふたつの作品に首尾をはさまれた三島の変容は、作品の内部分析のみによってたしかめることができる。」

これは「三島由紀夫」の結びの言葉であるが、そこに、三島文学に関する新たなパースペクティヴの提示をみることができる。実像と虚像との関係」というのは、『金閣寺』と『仮面の告白』とがともに作者の少年期から青春へかけて、換言すれば戦中から戦後にいたる生体験を反映しているのだけれども、その反映のさせかたが対照的であることを意味していると思われる。かかる見とおしのもとに、三好は別に「三島由紀夫入門」（『日本現代文学全集』100所収）を書いた。「三島由紀夫」（昭三五・九）は、「近代作家の研究法」という課題に即して書かれたので、純粋に「作品分析による作家論」の可能な存在として、三島由紀夫が選ばれた訳である。三好は、三島が日常の時間や秩序とは別個の「内的法則」を所有する、完結した構造をもつ小説の創造を意図する作家であることにふれ、そういう構造的な小説の最初のものとして『仮面の告白』を重視し、さらに作者の意図の完璧な具現を『金閣寺』に見いだして、作品分析にはいっていく。その分析は「背徳の倫理」においていっそう密度を高め、金閣焼亡の事実と作品『金閣寺』の虚構とのかかわりが追求されて、首尾照応する作の論理の綾がときほぐされていく。そしてそのような作業の間から「芸術と人生の悲劇的な関係」を描くという『金閣寺』のモチーフがひきだされてくる。「背徳の倫理」は精妙さでは他の追随を許さぬ「作品論の試み」であるといって、過言ではない。

個々の作品がそれぞれ完結した構造をもち、作者から独立しているという点で、三島由紀夫は夏目漱石に匹敵するように思われる。漱石もまた〝純粋に「作品分析による作家論」の可能な存在〟であって、だから近年『吾輩は猫である』以下の作品論が、多くの評家、研究者の手で試みられている。その豊かさにくらべると、三島の場合にはまだ貧しいといわねばならない。三島由紀夫研究の進展もさることながら、その前提として三島由紀夫作品研究がもっと進められてよいのではないか。三好行雄の『金閣寺』論の塁を摩すごとき取り組み方が、他の作に及ぼされるにしたがって、新たな三島像の照明がなげかけられるだろうことを、私は信じたい。

磯田光一もまた長く三島由紀夫に注目をつづけてきた評家のひとりである。前期『殉教の美学』以外に、今日まで折にふれて発表された三島論はかなりの数にのぼる。それらのうち、すでにしばしばひき合いにだした「三島由紀夫論Ⅰ」は、三好の「入門」以後に記された三島文学の概観として、最も適切なものである。もともと『日本文学全集』の解説のために書かれた（昭四一・一〇）ものだから、叙述が特定のところにかたよらず、しかも『殉教の美学』に示された三島文学の本質に切りこむ姿勢はより鮮やかに表われている。

「わたくしは夕な夕な／窓に立ち椿事を待つた／凶変のだう悪な砂塵が／夜の虹のやうに町並の／むかふからおしよせてくるのを」とうたう一五歳の詩への注視にはじまり、異常なものへの期待を内にひめたこの「詩を書く少年」が成長して戦後の文壇に登場してから、昭和四十一年に戯曲『サド侯爵夫人』を公けにするまでの「文学的な歩み」を、「戦後思想の主流にたいして、たえず異端者としての立場を崩さなかった」点に要約するこの論の視点は、すでにみた『殉教の美学』のそれとかさなる。思うに反主流といえども、決してとり残された存在ではない。それは「反」の一字において、まさしく主流に拮抗しうる勢力なのだ。三島が「異端」と目されるのも、同様に、彼が「戦後思想の主流」に対する「反」主流の位地に立っているからにほかならない。

磯田の論は、三島由紀夫の美学の根底に、「人間を『エロス的存在』と見る人間観」を認めるところから出発している。エロスとは一般に情念をさすが、『殉教の美学』では、それを「美しい目的のために死にたいという根源的な欲求」と表現している。「美しい目的」とは、恋愛であっても、宗教の教義であっても、政治的な理念であってもよい。ともかく自己より偉大と感覚される何かである。したがって「エロス的存在」は、その大いなるものに自己を合一させる、つまり殉じるという行為のうちに生の充足感を味わうことを願う存在を意味する。それは、現世における自己拡張の要求、「エゴイズム」とともに人間の本質を形づくっている、と磯田はいう。奥野健男の「リビドー」を「エロス」と解するのである。

このような「人間観」は、「三島由紀夫論Ⅰ」をみると、三島由紀夫も関心を抱いたジョルジュ・バタイユの『エロチシズム』の論理（室淳介の訳がダヴィッド社から出ている）に導かれるものであるらしい。そして磯田は、三島はその文学に「エロス的存在」としての人間を造形することによって、「エゴイズムを通してヒューマニズムへ」という戦後思想の主流」へのアンチ・テーゼを提出したのだ、と考えるのである。「三島由紀夫論Ⅱ・美的反逆の構造」（『パトスの神話』所収）の中核をなすのも、やはりこの「エロス」の問題なのである。

文学の解析に「エロス」というファクターをとりあげてみると、三島にかぎらず、他のたとえば漱石や谷崎潤一郎や有島武郎などの場合についても、面白い手がかりをえられそうな印象が私にはある。それを明確にするためには、まず「エロス」そのものを私なりにつきつめてみる必要があるけれども、そうすることによって近代文学の流れのなかにひとつの系譜をたどれるのではあるまいかという、これもごく漠とした予感めいたものをもつのである。

三島由紀夫の本質

「三島由紀夫論Ⅰ」では「『戦後』という『時代』の自画像を描いたのが『鏡子の家』」だとされているが、そのことを対象にしたのが、江藤淳の「三島由紀夫の家」（「群像」昭三六・六、『江藤淳著作集2』昭四二・一〇　講談社所収）である。その他の三島論には、芥川龍之介と比較して、三島の文体の「視覚的な鮮明さ」「印象的な比喩」による対象の定着などの特色を論じ、その小説構成における「ドラマチックな状況の設定」を、『絹と明察』（「群像」昭三九・一～一〇）を通じて観察する佐伯彰一の「三島由紀夫」（『伝説と分析の間』昭四二・一二　南北社所収）、三島文学の主題を「単なる真実も、単なる虚偽も、共にほんものではない」ということにみいだし、その主題は「否定の否定」という禅に近い存在認識の上に成り立つとする小西甚一の「真実と虚偽の彼岸」（「解釈と鑑賞」昭四二・二）、『盗賊』（昭二一〜二三諸誌に断続発表、二三・七刊）から『英霊の声』（「文芸」昭四一・六）にいたる三島の作品展開を「意識と存在のドラマ」（精神と肉体、認識と行為、死と生との葛藤ともおきかえることができる）を軸にして、構造的に把握しようとする渡辺広士の「三島由紀夫論」（『戦後文学・展望と課題』昭四三・二　真興社出版所収）などがある。

単行書には、吉村貞司『三島由紀夫』（東京ライフ社　昭三一・三）があって、昭和三十年までの三島の精神史が作品に即して眺められているが、「作者と共に、苦悩し、絶望し、呻吟する」（「あとがき」）著者の姿勢は、時とすると対象のひきずられる気味なしとしない。

ほかに三島論の単行書には、野口武彦の『三島由紀夫の世界』がある。これは、「思想の科学」（昭四二・六）の「三島由紀夫論」と、「文学界」（昭四三・四）の「仮面の双面神」のモチーフをさらに発展させたもので、初期短編から『豊饒の海』第一巻の『春の雪』同じく第二巻の『奔馬』にいたる三島由紀夫の「作品史」をこまかにたどった、現在のところもっとも包括的な三島論である。本書は、三島由紀夫の本質を「ロマン主義的人間」とみさだめ、現実を越えた「高次のもの」への憧憬と、人生に対する無関心、ロマン派の特徴である「イロニイ」とが、三島文学の主調音をなしていることを、個々の作品の分析を通して検証していく。この包括的な論評のなかで、とくに私の心に残ったのは、『沈める滝』における「貴種流離譚」の意味の考察であった。その意味を「見方を変えれば、通常の人間世界で生きることへの、あるいはそもそも人間であることへのミスキャスト意識である」と考え、そうみれば『沈める滝』のみでなく、「三島文学の主要な虚構人物たちが、だれでも大なり小なりこうして人間世界にまぎれこんだ異教の貴種の面持を呈している」という指摘。地上から天の高みにのぼることを熱望する人間は、いつかしらずしらずのうちに、現実にいきているのは場ちがいだという理念を育ててしまうのだが、その作品における徴表を、野口は三島文学における「アンジェリスムの系譜」と呼ぶ。それはまさに三島由紀夫の「ロマン主義」的な「気質」の生んだもの以外の何ものでもないのである。

　三島由紀夫の本質を、磯田光一のように「エロス的存在」とするか、野口武彦のように「ロマン主義的人間」とするか、それとももっとちがった規定をするか——それもまた今後の三島由紀夫研究に残されたもっとも大きな課題であろう。

三島由紀夫研究
参考文献目録

凡例

*本目録は三島由紀夫に関する研究文献を「一　単行本」「二　雑誌特集号」「三　単行本一部所載論文」「四　雑誌所収の論文・エッセイ等」「五　新聞所載の論文」「六　文学全集等巻末解説」「七　文庫本解説」「八　資料」の諸項目に分類、各項目ごとに刊(発)行年月日順に配列した。

*記載に当っては、標題・著(筆)者名・書(雑誌)名・発行所・発行年月日とし、また発行年月日等には算用数字を用いた。

→は他文献への再録を意味する。

*本目録には、昭和45年4月末日までのものを記載し、新聞等は代表的なものだけに留めた。

*作成に当っては、小川和佑・山口基両氏に種々の御教示を得ました。ここに深く謝意を表します。また、本目録は総覧とは云うものの記載中に誤謬や脱落もあると思われます。後日の完全を期すためにも、御教示を頂ければ幸甚です。

作成者　光栄　堯夫

参考文献

一　単行本

三島由紀夫　吉村貞司（東京ライフ社　昭31・2）
三島由紀夫の美と背徳　吉村貞司（現文社　昭41・9）
三島由紀夫の世界　野口武彦（講談社　昭43・12）

二　雑誌特集号

解釈と鑑賞　第31巻第9号〈戦後文学の旗手三人〉（昭41・7）
戦後文学の達成（瀬沼茂樹）。三島由紀夫入門―人と文学―（磯田光一）、三島文学における背徳（進藤純孝）、三島由紀夫におけるギリシャ（吉村貞司）、三島由紀夫と中世（鳥居邦朗）、三島由紀夫と劇（野村喬）。作品の解題と評価・三島由紀夫（田中栄一編）。
三田文学　第55巻第4号〈特集・三島由紀夫〉（昭43・4）
私の文学を語る（インタヴュアー・秋山駿）。中間者の眼（橋川文三）、狂気の宝石（松浦竹夫）、悲劇への意見（利沢行夫）。
解釈と鑑賞　第33号第10号〈特集・三島由紀夫〉（昭43・8）
失われた〝饗宴〟を求めて（磯田光一）、三島由紀夫の思想構造（伊藤勝彦）、「文芸文化」との出会いと初期作品（高田瑞穂）、三島由紀夫と日本浪曼派との血縁（三枝康高）、三島文学への古典の垂跡（小西甚一）、三島由紀夫の戯曲（尾崎宏次）、三島文学における時事的素材と作品様式（阿部正路）、海外での三島評価と国際性（サイデンステッカー）、海外での三島文学演習（粂川光樹）、精神分析から見た三島文学（三好郁男）、学習院時代の作品（越次倶子）。三島作品事典（長谷川泉編）。参考文献（遠藤祐）。
国文学　第15巻第7号〈特集・三島由紀夫のすべて〉（昭45・5臨時増刊）

三　単行本一部所載論文

三島由紀夫論・「秘楽」のこと　寺田透（『現代日本作家研究』未来社　昭29・5――▶『同時代の文学者』講談社　昭31・5）
三島由紀夫　佐々木基一（『文章講座6文章鑑賞』河出書

房　昭30・2）
泰淳と由紀夫　神西清（『日本の近代文学』東京堂　昭30・7）
三島由紀夫　十返肇（『五十人の作家』講談社　昭30・7）
三島由紀夫論　日野啓三（『昭和の作家たち・Ⅲ』英宝社　昭30・8→『幻視の文学』三一書房　昭43・12）
三島由紀夫　杉浦明平（『現代日本の作家』未来社　昭31・9）
三島由紀夫論――にせナルシシズムの文学　奥野健男（『現代作家論』近代生活社　昭31・10）
「金閣寺」をめぐって　森本和夫（『文学者の主体と現実』現代思潮社　昭31・12→『文学の主体と現実』現代思潮社　昭44・12）
三島由紀夫　中村光夫（『中村光夫作家論集・3』講談社　昭32・3）
三島由紀夫　臼井吉見（『人間と文学』筑摩書房　昭32・5）
三島由紀夫　埴谷雄高（『鞭と独楽』未来社　昭32・6）
ナルシシスムの運命――三島由紀夫論　神西清（『散文の精神』講談社　昭32・8）
三島由紀夫論　進藤純孝（『戦後作家研究』誠信書房　昭33・5）
三島由紀夫氏の文体　石原慎太郎（『価値紊乱者の光栄』凡書房　昭33・11）
実感的作家論――三島由紀夫論　平林たい子（『自伝的交友録実感的作家論』文芸春秋新社　昭35・12）
三島由紀夫と中世能楽　吉田精一（『現代文学と古典』至文堂　昭36・10）
三島由紀夫　片口安史・三好行雄（『現代作家の心理診断と新しい作家論』至文堂　昭37・1）
「金閣寺」鑑賞　三好行雄（『現代日本文学講座・小説7』三省堂　昭37・2）
理解されなかった三島由紀夫　本多秋五（『続物語戦後文学史』新潮社　昭37・11）
三島由紀夫　山本健吉（『十二の肖像画』講談社　昭38・1）
三島由紀夫の劇　村松剛（『文学と詩精神』南北社　昭38・1）
三島由紀夫「潮騒」「金閣寺」「鏡子の家」三枝康高（『現代知識人の心情』信貴書院　昭38・1）

死と瓦礫と青空の時・「林房雄論」について　日沼倫太郎（『文学の転換』南北社　昭39・4）

三島由紀夫著「鏡子の家」・「獣の戯れ」・「午後の曳航」　奥野健男（『文学的制覇』春秋社　昭39・3）

「美しい星」論　奥野健男（『文学は可能か』角川書店　昭39・5）

三島由紀夫　サイデンステッカー（『現代日本作家論』新潮社　昭39・6）

「金閣寺」三島由紀夫　中村光夫（『現代日本文学』有信堂　昭39・6）

三島由紀夫と現代　磯田光一（『殉教の美学』冬樹社　昭39・12）

三島由紀夫・美意識の効用と危険　山田宗睦（『危険な思想家』光文社　昭40・3）

夭折者の禁欲―三島由紀夫について―　橋川文三（『増補日本浪曼派批判序説』未来社　昭40・4）

三島由紀夫著「剣」　栗田勇（『文学の構想象徴の復権』三一書房　昭41・3）

三島由紀夫の「美学」と戦後　佐藤静雄（『戦後文学の方法』新日本出版社　昭41・4）

三島由紀夫　瀬沼茂樹（『戦後文学の動向』明治書院　昭41・5）

三島由紀夫について　津田孝（『日本文学の動向と展望』太郎書店　昭41・7）

三島由紀夫論・反日常性の文学　饗庭孝男（『戦後文学論』昭41・11）

三島由紀夫「憂国」　長谷川泉（『新編　近代名作鑑賞』至文堂　昭42・5）

三島由紀夫　日沼倫太郎（『現代作家案内』三一書房　昭42・5）

「金閣寺」三島由紀夫―プラトン主義者の犯罪―　川崎寿彦（『分析批評入門』至文堂　昭42・6）

背徳の倫理―「金閣寺」―・「剣」について　三好行雄（『作品論の試み』至文堂　昭42・6）

野間宏・大岡昇平・武田泰淳・三島由紀夫　佐々木基一（『戦後の作家と作品』未来社　昭42・6）

神話の彼方―三島由紀夫について―　日沼倫太郎（『病める時代』番町書房　昭42・7）

三島由紀夫　奥野健男（『文壇博物誌』読売新聞社　昭42・7）

三島由紀夫の家　江藤淳（『江藤淳著作集・2』講談社　昭42・10）
三島由紀夫伝・三島由紀夫著「林房雄論」について　橋川文三（『現代知識人の条件』徳間書店　昭42・11）
対話・反ヒューマニズムの心情と論理　三島由紀夫・伊藤勝彦（『対話・思想の発生』番町書房　昭42・11）
三島由紀夫　佐伯彰一（『伝記と分析の間』南北社　昭42・12）
サディズムの周辺の劇―「サド公爵夫人」評　真継伸彦（『未来喪失者の行動』河出書房　昭42・12）
異質への転轍―三島由紀夫氏の場合　いいだもも（『転形期の思想』河出書房　昭43・2）
三島由紀夫論　渡辺広士（『戦後文学展望と課題』真興社出版　昭43・2）
三島由紀夫論　磯田光一（『パトスの神話』徳間書店　昭43・2）
美における資質と思想―三島由紀夫と保田与重郎―　桶谷秀昭（『近代の奈落』国文社　昭43・4）
ナンシー・W・ロスの「金閣寺」論　武田勝彦（『海外における日本近代文学研究』早稲田大学出版部　昭43・4）
ナンシー・W・ロスの「金閣寺」論からわれわれの受け取る問題点　村松定孝（『海外における日本近代文学研究』早稲田大学出版部　昭43・4）
「沈める滝」評　服部達（『われらにとって美は存在するか』審美社　昭43・9）
三島由紀夫批判　小田切秀雄（『文学的立場と政治的立場』筑摩書房　昭44・5）
美的対象としての文体―三島由紀夫―　江藤淳（『作家は行動する』角川書店　昭44・5）
現代ロマン主義の問題―三島由紀夫と亀井勝一郎　松原新一（『文学的勇気』洛神書房　昭44・6）
三島由紀夫―失われた饗宴を求めて　磯田光一（『文学・この仮面的なもの』勁草書房　昭44・7）
三島由紀夫論　久保田芳太郎（『戯作と無頼』勁草書房　昭44・7）
三島由紀夫　巌谷大四（『文壇紳士録』文芸春秋　昭44・10）
三島由紀夫小論　村上一郎（『浪曼者の魂魄』冬樹社　昭44・11）

人物論、三島由紀夫、つくられた自己と暗殺　小川徹（『堕落論の発展』三一書房　昭44・12）
三島由紀夫の古典主義美学　磯田光一（『現代文学と古典』読売新聞社　昭45・1）
三島由紀夫　吉田健一（『作者の肖像』読売新聞社　昭45・2）

四　雑誌所収の論文・エッセイ等

「仮面の告白」評　神西清（「人間」昭24・10）
聖セバスチャンの顔―「仮面の告白」評―　花田清輝（「文芸」昭25・1）
四人の作家　三好十郎（「文学界」昭25・9）
三島由紀夫の耽美　野間宏（「文学界」昭26・2）
三島由紀夫論　佐々木基一（「近代文学」昭26・8）
「禁色」を読む　林房雄（「群像」昭26・12）
「クロスワードパズル」評　河上徹太郎・武田泰淳・臼井吉見（「文学界」昭27・2）
三島由紀夫の才　青野季吉・佐藤春夫・中村光夫（「群像」昭27・3）
ナルシシスムの運命―三島由紀夫論　神西清（「文学界」昭27・3→『散文の運命』）
三島由紀夫　中村光夫・臼井吉見（「文学界」昭27・11）
三島由紀夫論　八木義徳（「早稲田文学」昭27・12）
文壇の恐るべき子供―三島由紀夫の人と作品　浦松佐美太郎（「別冊文芸春秋」昭28・11）
宿命の美学―三島由紀夫論　佐野金太郎（「作家」昭28・3）
不毛の小宇宙―三島由紀夫論　日沼倫太郎（「文芸首部」昭28・8）
三島由紀夫論　湯地朝雄（「新日本文学」昭28・8）
三島由紀夫論　寺田透（「群像」昭28・10→『現代日本作家研究』→『同時代の文学者』）
偽ナルシシズムの文学―三島由紀夫論　奥野健男（「文学界」昭29・3→『現代作家論』）
三島由紀夫小論　大井広介・十返肇（「文学界」昭29・7）
「潮騒」評　ドナルド・キーン（「文芸」昭29・9）
三島由紀夫の文章　芦沢節（「言語生活」昭29・10）
三島由紀夫論　沢井潔（「近代文学」昭29・12）
三島由紀夫論　杉浦明平（「群像」昭30・1→『現代日

本の作家』）
「沈める滝」の男と女　田中澄江（「中央公論」昭30・6）
「沈める滝」評　服部達（「三田文学」昭30・8→『われらにとって美は存在するか』）
三島由紀夫　近藤日出造（「中央公論」昭30・9）
自分の文芸雑誌を―三島由紀夫氏へ　川端康成（「文学界」昭31・1）
「小説家の休暇」評　中村真一郎（「群像」昭31・1）
三島由紀夫の「休暇」　大岡昇平（「新潮」昭31・3）
品行方正な背徳―「禁色」について　武田泰淳（「新潮」昭31・5）
文明批評の強靱な鑿　石原慎太郎（「文学界」昭31・8）
三島由紀夫論　石原慎太郎（「文芸」昭31・11）
「金閣寺」について　中村光夫（「文芸」昭31・12）
「鹿鳴館」と「婦系図」　遠藤慎吾（「現代劇」昭32・1）
対談・美のかたち――「金閣寺」をめぐって　小林秀雄・三島由紀夫（「文芸」昭32・1→『現代日本文学講座・小説7』）
「金閣寺」について―その構造―　三好行雄（「日本文学」昭32・3」）
金閣寺論　進藤純孝（「新日本文学」昭32・4）
「美徳のよろめき」論　石原慎太郎（「新潮」昭33・3）
「潮騒」と大人気のない話　中野重治（「新日本文学」昭32・10）
三島由紀夫論　野島秀勝（「群像」昭34・2）
実感的作家論―三島由紀夫論　平林たい子（「群像」昭34・6→『自伝的交友録実感的作家論』）
三島由紀夫論　饗庭孝男（「近代批判」昭34・6→『戦後文学論』）
三島由紀夫論　村松剛（「文学界」昭35・1）
三島由紀夫論序説㈠㈡　落合清彦（「解釈」昭35・9〜10）
三島由紀夫論　磯田光一（「群像」昭35・10）
三島由紀夫論　清水信（「近代文学」昭35・10）
三島由紀夫　三好行雄（「解釈と鑑賞」秋の臨時増刊　昭35・10）
三島由紀夫論　湯地朝雄（「新日本文学」昭36・2）
三島由紀夫　山本健吉（「群像」昭37・2→『十二の肖像画』）

三島由紀夫氏へ　秋永悦郎（「文学者」昭36・5）
三島由紀夫の家　江藤淳（「群像」昭36・6→『江藤淳著作集・2』）
三島由紀夫　板垣直子（「解釈と鑑賞」昭37・4）
三島由紀夫論―精神分析学的な視点から　植村浩（「解釈と鑑賞」昭37・4〜5）
座談会・太宰治と三島由紀夫―新作家論―　村松剛・佐伯彰一・奥野健男（「文学界」昭37・6）
三島由紀夫論　久保田芳太郎（「白夜評論」昭37・11）
現代の思想をさぐる―「美しい星」阿部公房（「朝日ジャーナル」昭37・12）
マリアの悲しみ―「美しい星」村松剛（「文学界」昭38・2）
オブジェ三島由紀夫　細江英公（「新潮」昭38・7）
死と瓦礫と青空の時―戦後文学とは何か　日野倫太郎（「近代文学」昭38・6→『文学の転換』）
三島由紀夫論　サイデンステッカー（「自由」昭38・7）
三島由紀夫論　マリオ・テーティ（「新潮」昭38・9）
贋造された「政治」と「美」玉井五一（「新日本文学」昭38・9）
性文学の質的転換―「仮面の告白」奥野健男（「文学界」昭38・9）
文学と青春の思想―「林房雄論」村松剛（「文学」昭38・11）
三島由紀夫小論　高橋和己（「文芸」昭38・11）
「美しい星」論　奥野健男（「文芸」昭38・12→『文学は可能か』）
三島由紀夫の現実否認の情熱　津田孝（「文化評論」昭38・12→『日本文学の動向と展望』）
殉教の美学　磯田光一（「文学界」昭39・2〜4→『殉教の美学』）
三島由紀夫　久保田芳太郎（「解釈と鑑賞」昭39・5）
三島由紀夫の魅力を探る　石橋万喜夫（「解釈と鑑賞」昭39・9）
三島由紀夫の伊東（静雄）訪問　神堀忍（「果樹園」昭39・9）
反日常性の文学　饗庭孝男（「双面神」昭39・11→『戦後文学論』）
批評におけるリアリズム　小田切秀雄（「文学」昭39・12→『文学的立場と政治的立場』）

三島由紀夫と大江健三郎　渡辺広士（「群像」昭40・5）
三島由紀夫のこと　清水文雄（「早稲田公論」昭40・6）
三島由紀夫の文学　日沼倫太郎（「国文学」昭40・12）
三島由紀夫の「潮騒」　磯貝英夫（「国文学」昭40・11）
「憂国」にみる三島由紀夫の危険な美学　古林尚（「文学的立場」昭41・7）
平和と戦争の心理　サイデンステッカー（「自由」昭41・10）
三島由紀夫の立場　古林尚（「文学的立場」昭41・11）
憂国―三島由紀夫　長谷川泉（「国文学」昭41・11～42・2→『新編 近代名作鑑賞』）
三島形而上学への疑問―「英霊の声」にふれて　梅本克己（「文芸」昭42・1）
三島由紀夫　磯田光一（「国文学」昭42・2）
観念の兇器について　田中美代子（「文学者」昭42・2）
三島由紀夫「憂国」　高田欽一（「地球」43号　昭42・2）
三島由紀夫と古典―真実と虚偽の彼岸　小西甚一（「解釈と鑑賞」昭42・2）
「文芸文化」と三島由紀夫氏　古田博保（「バルカノン」22号　昭42・2）
二・二六事件と文学―「英霊の声」「宴」など　三枝康高（「潮」昭42・3）
「日本回帰」のドン・キホーテたち　野島秀勝（「批評」7号　昭42・4）
三島由紀夫の反近代―「英霊の声」について―　日沼倫太郎（「批評」7号　昭42・4）
ナショナリズム批判の視点―三島由紀夫と井上光晴の作品を中心に　湯地朝雄（「新日本文学」昭42・4）
神話の彼方―三島由紀夫について―　日沼倫太郎（「論争ジャーナル」昭42・5→『病める時代』）
現代ロマン主義の問題―三島由紀夫と亀井勝一郎　松原新一（「展望」昭42・4→『文学的勇気』）
叙事詩的イメージ―三島由紀夫論　利沢行夫（「群像」昭42・9）
三島由紀夫論　野口武彦（「思想の科学」昭42・6）
仮面の双面神―三島由紀夫氏の黙示録的世界　野口武彦（「文学界」昭43・4）
非芸術的・非演劇的考察　池田弘太郎（「論争ジャーナル」昭43・6）
「死」、甘美なる母―三島由紀夫と日本の感性　高山鉄男

（「季刊芸術」6号　昭43・7）
日本の近代化と天皇―三島由紀夫氏の「文化防衛論」について　高山義彦（「論争ジャーナル」昭43・8）
美の論理と政治の論理　橋川文三（「中央公論」昭43・9）
天皇制の岩盤について　北川透（「南北」昭43・10）
三島由紀夫著「太陽と鉄」　秋山駿（「批評」14号　昭43・12）
三島由紀夫―「英霊の声」を視座として　笠原伸夫（「国文学」昭44・2）
浪曼者への挽歌　村上一郎（「文学界」昭44・3→『浪曼者の魂魄』）
戦後文学の中の「戦後」―三島由紀夫の一時期にふれて　金子昌夫（「早稲田文学」昭44・4）
エロチシズムあるいは情熱の行方―「春の雪」および「奔馬」など　澁澤龍彦（「波」昭44・4）
三島由紀夫・橋づくし　野口武彦（「国文学」昭44・6）
金閣寺　遠藤祐（「解釈と鑑賞」昭44・7）
三島由紀夫　森川達也（「解釈と鑑賞」昭44・11）
三島と太宰　鈴木清（「国語」9号　昭44・12）
三島由紀夫と戦後文学　桶谷秀昭（「解釈と鑑賞」昭45・1）
安部公房と三島由紀夫　小川徹（「国文学」昭45・1）
自由と文化―三島由紀夫批判　真継伸彦（「人間として」1号　昭45・3）
現代の仮面―三島「近代能楽集」評　アール・マイナー（「解釈と鑑賞」昭45・5）

五　新聞所載の論文

三島由紀夫の誤算―小説「秘薬」を読んで　臼井吉見（朝日新聞　昭28・10・22→『人間と文学』）
本能の底に潜むもの―三島由紀夫作「獅子」の繁子　山本健吉（朝日新聞　昭28・10・25夕刊）
三島の「金閣寺」　臼井吉見（日本経済新聞　昭31・10・6）
炉辺雑感―「金閣寺」を読んで　正宗白鳥（東京新聞　昭32・1・24夕刊）
「宴のあと」とプライバシー　戒能通孝（図書新聞　昭36・3・25）
「林房雄論」について―三島由紀夫　日沼倫太郎（図書新

聞　昭38・9・28→『文学の転換』）

『午後の曳航』について　磯田光一（図書新聞　昭38・10・5→『殉教の美学』）

三島由紀夫著「林房雄論」について　橋川文三（日本読書新聞　昭38・10・14→『現代知識人の条件』）

「日本」という〝美〟と〝悪〟　磯田光一（図書新聞　昭39・1・1→『殉教の美学』）

三島由紀夫著「剣」　栗田勇（図書新聞　昭39・1・18→『文学の構想　象徴の復権』）

「絹と明察」について　磯田光一（図書新聞　昭39・9・26→『殉教の美学』）

三島由紀夫と思想　小田切秀雄（東京新聞　昭39・11・5夕刊→『文学的立場と政治的立場』）

三島由紀夫「英霊の声」　饗庭孝男（図書新聞　昭41・8・6→『戦後文学論』）

美における資質と思想―三島由紀夫と保田与重郎―　桶谷秀昭（法政大学新聞　昭42・6・28―『近代の奈落』）

現代をえぐる戯曲―「朱雀家の滅亡」について　奥野健男（読売新聞　昭43・1・25夕刊）

三島由紀夫への予言　日沼倫太郎（読売新聞　昭43・7・7）

挫折を原理とする美学　伊藤勝彦（図書新聞　昭43・9・23）

告白と批評の中間で―三島由紀夫著「太陽と鉄」　磯田光一（読売新聞　昭43・11・19）

三島美学を超克せよ　村上一郎（図書新聞　昭44・6・2→『浪曼者の魂魄』）

六　文学全集等巻末解説

現代日本小説大系別冊3、解説　中島健蔵（河出書房　昭26・3）

昭和文学全集23、解説　中村光夫（角川書店　昭28・10）

現代日本文学全集83、解説　山本健吉（筑摩書房　昭33・7）

日本文学全集68、解説　山本健吉（新潮社　昭34・8）

新選現代日本文学全集31、解説　日野啓三・三島由紀夫について　山本健吉（筑摩書房　昭35・1）

日本現代文学全集100、作品解説、中村光夫・三島由紀夫入門　三好行雄（講談社　昭36・1）

昭和文学全集8、解説　石原慎太郎（角川書店　昭37・

2）
新日本文学全集33、解説　江藤淳（集英社　昭37・3）
現代の文学40、解説　奥野健男（河出書房　昭39・3）
三島由紀夫自選集、解説　橋川文三（集英社　昭39・7）
日本青春文学名作選6、解説　瀬沼茂樹（明治書院　昭41・5→『戦後文学の動向』）
現代文学大系58、人と文字　中村光夫（筑摩書房　昭38・12）
日本の文学69、解説　ドナルド・キーン（中央公論社　昭40・1）
現代日本文学館42、三島由紀夫伝　橋川文三（文芸春秋新社　昭41・8→『現代知識人の条件』）
われらの文学5、国際性と回帰　佐伯彰一（講談社　昭41・3→『伝記と分析の間』）
日本文学全集82、作家と作品　磯田光一（集英社、昭41・10→『パトスの神話』）
豪華版日本文学全集27、解説　磯田光一（河出書房　昭42・1）
日本短篇文学全集17、解説　山本健吉（筑摩書房　昭42・11）
カラー版日本文学全集38、解説　吉田健一（河出書房　昭43・2）
新潮日本文学45、解説　村松剛（新潮社　昭43・9）
現代日本文学大系85、解説　植谷雄高（筑摩書房　昭44・1）
現代日本文学35、評伝的解説　磯田光一（学習研究社　昭44・12）

七　文庫本解説

仮面の告白　福田恆存（新潮文庫　昭25・6）
頭文字　神西清（新潮文庫　昭26・10）
愛の渇き　花田清輝（角川文庫　昭26・6）
愛の渇き　吉田健一（新潮文庫　昭27・3）
盗賊　武田泰淳（新潮文庫　昭29・4）
禁色　大井広介（新潮文庫　昭29・11↓改版　野口武彦、昭44・1）
純白の夜　蘆原英了（角川文庫　昭31・7）
潮騒　中村真一郎（新潮文庫　昭30・12）
金閣寺　中村光夫（新潮文庫　昭35・9）
美徳のよろめき　北原武夫（新潮文庫　昭35・11）
永すぎた春　十返肇（新潮文庫　昭35・12）

沈める滝　村松剛（新潮文庫　昭38・12）
鏡子の家　田中西二郎（新潮文庫　昭39・10）
獣の戯れ　田中美代子（新潮文庫　昭41・7）
美しい星　奥野健男（新潮文庫　昭42・10）
不道徳教育講座　奥野健男（角川文庫　昭42・11）
近代能楽集　ドナルド・キーン（新潮文庫　昭43・3）
午後の曳航　田中美代子（新潮文庫　昭43・7）
花ざかりの森・憂国　三島由紀夫自解（新潮文庫　昭43・9）
宴のあと　西尾幹二（新潮文庫　昭44・7）
音楽　澁澤龍彦（新潮文庫　昭45・2）

八　資料

「コギト」総目次（上）　高橋春雄（「日本浪曼派研究」1号　昭41・11）「文芸文化」総目録　隠岐国彦（「バルカノン」）22号　昭42・7）「コギト」総目次（下）高橋春雄（「日本浪曼派研究」2号　昭42・7）日本浪曼派研究文献一覧　神谷忠孝（「日本浪曼派研究」3号　昭43・6）「日本浪曼派」・「コギト」年表　小川和佑（「地球」49号　昭45・4）

三島由紀夫年譜

作成者　山口　基

年　譜

大正十四年　一九二五年
一月十四日、東京市四谷区（現新宿区）永住町二番地に、父平岡梓《あずさ》（元農林省水産局長）、母倭文重《しずえ》（元東京開成中学校長橋健三の次女）の長男として誕生。本名公威《きみたけ》は、祖父定太郎（元樺太庁長官）が同郷の土木工学の権威、工学博士古市公威男爵の名よりとる。

昭和三年　一九二八年　三歳
二月、妹美津子誕生。

昭和五年　一九三〇年　五歳
一月、弟千之誕生（現内閣法制局勤務）。幼児は祖母夏子（夏子の祖父は幕府最後の若年寄永井玄蕃頭、父は大審院判事永井岩之丞）の溺愛を受けて育てられ病弱であった。

昭和六年　一九三一年　六歳
四月、学習院初等科に入学。読書に親しみ、小川未明、鈴木三重吉の童話及び講談社少年文学（中山峯太郎、南洋一郎、高垣眸）を愛読する。

昭和十二年　一九三七年　十二歳
三月、学習院初等科卒業。初等科時代は作文の点わるし。当時の作文、「椿姫」「彼と彼女」など。★四月、学習院中等科に進学。渋谷区大山町十五番地の両親のもとより通う。この頃、祖母に連れられ歌舞伎や能を見る。★七月、「春草抄―初等科時代の思い出」（「学習院輔仁会雑誌」159号）。★十二月、「秋二題」（「同」160号）。

昭和十三年　一九三八年　十三歳
三月、「酸模《すかんぽう》―秋彦の幼き思い出」。「金鈴」。「座禅物語」（「同」161号）。★六月、「鈴鹿抄―墓参り、附狸の信者」。「蜃気楼の国、月夜操練、隕星」。「暁鐘聖歌―路可伝第一章より」（「同」162号）。中等科時代に文芸部先輩坊城俊民、東健《たかし》（文彦）、徳川義恭と知り兄事する。

昭和十四年　一九三九年　十四歳
一月、祖母夏子死去（六十四歳）。★三月、「九官鳥」。「東の博士たち―マタイ伝による」（「同」163号）。★十一月、「館―第一回」（「同」164号）。これは以後中断。

昭和十五年　一九四〇年　十五歳
三月、「小曲集」（「同」165号）。★十一月、「彩絵硝子」（「同」166号）。この頃、川路柳虹に師事して詩作し、後の「十五歳詩集」となる。中等科時代の愛読書は、堀口大学訳レイモン・ラディゲ『ドルヂェル伯の舞踏会』、ワイルド『サロメ』、谷崎潤一郎の全作品、リルケの作品など。

昭和十六年　一九四一年　十六歳
九月、「花ざかりの森」（「文芸文化」→十二月完結）。これは国文学の師、清水文雄の理解ある指導を受けてその同人誌に推薦されたもの。ペンネーム「三島由紀夫」は伊藤左千夫の名にヒントを得てこの時から用いる。★十一月、「抒情詩抄―小曲集抜萃」。「秋草集―短歌会詠草」。「編輯後記」（「輔仁会雑誌」167号）。

昭和十七年　一九四二年　十七歳
一月、「わたくしの希ひは熾る」（「文芸文化」）。★三月、学習院中等科卒業。父梓、農林省水産局長で勇退。伊東静雄詩集『夏花』

及び王朝文学を愛読。★四月「大詔」(「文芸文化」)。学習院高等科文化乙類(ドイツ語)に進学。主任教授は新関良三。文芸部委員。後に委員長になる。★七月、「古今の季節―古今集論」(「文芸文化」)。「花ざかりの森の序とその一」。「馬」。「苧菟と瑪耶」。「後記」(「赤絵」創刊号)。これは先輩東文彦、徳川義恭との三人で出した同人誌。装幀は徳川義恭で四百部の自費出版。★八月、祖父定太郎死去(八十歳)。★十月、「かの花の露けさ」(「文芸文化」)。★十一月、「玉刻春」。「晴岡集―短歌会詠草」。「編輯後記」(「輔仁会雑誌」168号)。「みのもの月」(「文芸文化」)。★十二月、「うたはあまねし」(文芸文化」)。「文芸文化」同人清水文雄、蓮田善明、池田勉らを通じ日本浪曼派の間接的影響を受ける。とくに伊東静雄の詩を愛した。

昭和十八年　一九四三年　十八歳

一月、「寿」(「文芸文化」)。この頃、富士正晴と知り後に林富士馬に紹介される。★三月、「世々に残さん」(「同」→十月完結)。★六月、「恋供養」。「祈りの日記」。「後記」(「赤絵」2号)。★十月、東文彦の夭折(二十三歳)により「赤絵」廃刊。★十一月、「懸詞」(「文芸文化」)。★十二月、「夢野乃鹿」。「東健兄を哭す」。「夜の蟬」。"Märchen vonMandala"(「輔仁会雑誌」169号)。「柳桜雑見録」(「文芸文化」)。

昭和十九年　一九四四年　十九歳

一月、「古座の玉石―伊東静雄覚書」(「文芸文化」)。★七月、「序」(林富士馬詩集『千歳の杖』まほろば叢書)。「東健兄を哭す」(東文彦遺稿集『浅間』私家版)。この頃、舞鶴海軍機関学校での訓練に参加。★八月、「夜の車」(「文芸文化」)。後に「中世に於ける一殺人常習者の遺せる哲学的日記の抜萃」と改題。翌月上旬にかけ沼津海軍工廠に勤労動員。★九月、学習院高等科を首席で卒業。銀時計拝受。★十月、東京帝国大学法学部法律学科(独法)に入学。勤労動員で群馬県中島飛行機小泉工場に行く。「中世」執筆。処女小説集『花ざかりの森』(七丈書院)。上野雨月荘で出版記念会を催す。当時の座右の書『上田秋成全集』(富山房百科文庫)。

昭和二十年　一九四五年　二十歳

二月、「中世㈠」(「文芸世紀」)。すでに郷里(兵庫県印南郡志方村)で徴兵検査を受け第二乙種に合格していたが、赤紙の入隊検査に際し、軍医の誤診により即日帰京。帰途大阪に初めて伊東静雄を訪ねる。★五月、勤労動員で神奈川県海軍高座工廠の寮に入る。★六月、「エスガイの狩」(「文芸」)。この頃、庄野潤三、島尾敏雄と知り、同人誌「曼荼羅」に習作を発表。戦争末期は主として能楽と近松の世界に親しむ。★八月、高座工廠の寮で「岬にての物語」執筆。★十月、妹美津子、聖心女子学院在学中に腸チフスで死去(十七歳)。「菖蒲前」(「現代」)。

昭和二十一年　一九四六年　二十一歳

一月、「中世㈢」(「文芸世紀」)。「中世㈡」は戦災に遭い未刊。この頃、鎌倉に初めて川端康成を訪ねる。★六月、「贋ドンファン記」(「新世紀」)。「バルタザアルの死」(「文芸新誌」)。「煙草」(「人間」)。川端康成の推薦を受け文壇に登場。★十一月、「岬にての物語」(「群像」)。★十二月、「中世(完)」(「人間」)。成城高校で行われた蓮田善明追悼式に列席し詩を捧げる。

昭和二十二年　一九四七年　二十二歳

三月、「恋と別離と」(「婦人画報」)。★四月、「軽王子と衣通姫」

（「群像」）。★八月、「夜の仕度」（「人間」）。★十一月、『岬にての物語』（桜井書店）。東京大学法学部法律学科卒業。高等文官試験行政科に合格。★十二月、大蔵省銀行局国民貯蓄課に勤務。後に大蔵省機関紙「財政」の編集に携わる。「春子」（「人間」・別冊(1)『人間小説集』）。「自殺企図者」（「文学会議」）。これは『盗賊』第二章に当る。

昭和二十三年　一九四八年　二十三歳

一月、「サーカス」（「進路」）。「相聞の源流」（「日本短歌」）。★二月、「変の終局そして物語の発端」（「午前」）。これは『盗賊』序章に当る。★三月、「重症者の凶器」（「人間」）。「嘉例」（「新文学」）。これは『盗賊』第五章に当る。★四月、「殉教」（「丹頂」）。「家族合わせ」（「文学季刊」）。★五月、「ドルヂェル伯の舞踏会」（「世界文学」）。「ツタンカーメンの結婚」（「財政」）。「あやめ」（「婦人文庫」）。★六月、「頭文字」（「文学界」）。「慈善」（「改造」）。「宝石売買」（「文芸」）。★七月、「好色」（「小説界」）。「罪びと」（「婦人」）。★九月、「反時代的な芸術家」（「玄想」）。創作に専念すべく決意し大蔵省を退職。★十月、「美的生活者」（「文学会議」）。これは『盗賊』第四章に当る。「不実な洋傘」（「婦人公論」）。★十一月、「火宅」一幕（「人間」）。「山羊の首」（「別冊文芸春秋」9号）。「夜告げ鳥」（「文芸」）。これは印刷の際、初行が脱落。『盗賊』（真光社）。★十二月、「獅子」。「小説の表現について―座談会」（「序曲」創刊号）。『夜の仕度』（鎌倉文庫）。

昭和二十四年　一九四九年　二十四歳

一月、「大臣」（「新潮」）。「恋重荷」（「群像」）。「幸福といふ病気の療法」（「文芸」）。「毒薬の社会的効用について」（「風雪」）。「川端康成論の一方法」（「近代文学」）。★二月、「魔群の通過」（「別冊文芸春秋」10号）。「愛の不安」一幕（「文芸往来」）。『宝石売買』（大日本雄弁会講談社）。《火宅》毎日ホールで俳優座により初演（青山杉作演出）。★三月、「小説の技巧について」（「世界文学」）。「侍童」（「小説新潮」）。★四月、「反抗と冒険」（「群像」）。★五月、「灯台」一幕（「文学界」）。★七月、「訃音」（「改造」）。「一青年の道徳的判断」（「人間」）。『仮面の告白』（河出書房）。★八月、『魔群の通過』（河出書房）。★九月、「雨月物語について」（「文芸往来」）。「舞台稽古」（「女性改造」）。★十月、「美について」（「近代文学」）。「ニオベ」一幕六場（「群像」）。「聖女」一幕（「中央公論」・文芸特集号）。★十一月、「親切な機械」（「風雪」）。「火山の休暇」（「改造文芸」）。「孝経」（「展望」）。★十二月、「怪物」（「別冊文芸春秋」14号）。徳川義恭死去（二十八歳）。

昭和二十五年　一九五〇年　二十五歳

一月、「果実」（「新潮」）。「花山院」（「婦人朝日」）。「鴛鴦」（「文学界」）。「純白の夜」（「婦人公論」→十月完結）。★二月、《灯台》毎日ホールで俳優座により初演（作者演出）。★三月、「作家の日記」（「文学界」）。「魔神礼拝」（「改造」→翌月完結）。★四月、「オスカア・ワイルド論」（「改造文芸」）。★五月、『灯台』（作品社）。★六月、『怪物』（改造社）。『愛の渇き』（新潮社）。これはモーリヤックの影響を受け、最初「緋色の獣」と題す。『仮面の告白』（新潮文庫）。★七月、「青の時代」（「新潮」→十二月完結）。「日曜日」（「中央公論」・夏季文芸特集号）。★八月、「遠乗会」（「別冊文芸春秋」17号）。目黒区緑ヶ丘二三二三番地に転居。★十月、「邯鄲」一幕（「人間」）。★十二月、「牝犬」（「別冊文芸春秋」19号）。『純白の夜』

（中央公論社）。『青の時代』（新潮社）。《邯鄲》文学座アトリエにより初演（芥川比呂志演出）。

昭和二十六年　一九五一年　二十六歳

一月、「家庭裁判」（「文芸春秋」）。「禁色」（「群像」↓十月完結）。「綾の鼓―近代能楽集ノ内」一幕二場（「中央公論」・文芸特集号）。★三月、「偉大な姉妹」（「新潮」）。「箱根細工」（「小説公園」）。「椅子」（「別冊文芸春秋」20号）。『仮面の告白その他』（改造社）。★四月、「死の島」（「改造」）。『聖女』（目黒書店）。★六月、『狩と獲物』（要書房）。★七月、『遠乗会』（新潮社）。『愛の渇き』（角川文庫）。★八月、「夏子の冒険」（「週刊朝日」↓十一月完結）。『花ざかりの森』（雲井書店）。これには新作を追加。《純白の夜》松竹で映画化（大庭秀雄監督）。★九月、「谷崎潤一郎」（筑摩書房『文学講座』⑴）。★十月、『三島由紀夫短篇集』（創芸社）。『頭文字』（新潮文庫）。《艶競《はでくらべ》近松《ちかまつ》娘《むすめ》》明治座で柳橋みどり会により初演。★十一月、『禁色・第一部』（新潮社）。★十二月、『夏子の冒険』（朝日新聞社）。朝日新聞特別通信員の資格で世界一周旅行に出発。

昭和二十七年　一九五二年　二十七歳

一月、「卒塔婆小町―近代能楽集ノ内」一幕（「群像」）。「クロスワード・パズル」（「文芸春秋」）。「学生歌舞伎気質」（「小説新潮」）。北米滞在。★二月、「只ほど高いものはない」三幕十六場（「新潮」）。《綾の鼓》三越劇場で俳優座により初演（長岡輝子演出）。南米ブラジル滞在。★三月、『愛の渇き』（新潮文庫）。パリ滞在。同地で「夜の向日葵」執筆。★四月、「石切場」（「赤絵」8号）。四月から五月にかけロンドン、ギリシヤ、イタリア旅行の後帰国。★六月、「真夏の死」執筆開始。★七月、「希臘・羅馬紀行」（「芸術新潮」）。★八月、「秘楽―『禁色』第二部」（「文学界↓翌年八月完結」）。★九月、「金魚と奥様」（「オール読物」）。『愛の渇き・仮面の告白』（筑摩書房）。★十月、「真夏の死」（「新潮」）。『アポロの杯』（朝日新聞社）。★十一月、「にっぽん製」（「朝日新聞」夕刊↓翌年一月末完結）。『三島由紀夫集』（河出書房・新文学全集⑹）。★十二月、「美神」（「文芸」）。《夏子の冒険》松竹で映画化（中村登監督）。この頃吉田健一、大岡昇平らの鉢の木会に参加。

昭和二十八年　一九五三年　二十八歳

二月、『真夏の死』（創元社）。★三月、『にっぽん製』（朝日新聞社）。三重県神島に取材旅行。★四月、「雛の宿」（「オール読物」）。「夜の向日葵」四幕三十場（「群像」）。「江口初女覚書」（「別冊文芸春秋」33号）。★六月、「卵」（「群像」・増刊号）。「旅の墓碑銘」（「新潮」）。「急停車」（「中央公論」）。『夜の向日葵』（講談社）。《夜の向日葵》大阪と京都で文学座により初演（長岡輝子演出）。★七月、「不満な女たち」（「文芸春秋」）。「伊東静雄氏」（「プシケ」）。「伊東静雄氏を悼む」（「祖国」）。『三島由紀夫作品集』全六巻（新潮社↓翌年三月完結）。この作品集において「秘楽」の名を抹殺し『禁色』一巻にまとめる。《夜の向日葵》第一生命ホールで文学座により上演（長岡輝子演出）。★八月、「恋の都」（「主婦の友」↓翌年七月完結）。神島再訪。★九月、「花火」（「改造」）。『秘楽・禁色第二部』（新潮社）。★十月、「ラディゲの死」（「中央公論」・秋季小説特集号）。「道徳と孤独」（「文学界」）。『綾の鼓』（未来社・未来劇場⑹）。★十二月、《芥川龍之介原作・地獄変》歌舞伎座で吉右衛門劇団により初演（久保田万太郎演出）。《にっぽん製》大映で映画化（島耕二監督）。

昭和二十九年　一九五四年　二十九歳

一月、「葵上《あおいのうえ》―近代能楽集ノ内」一幕（「新潮」）。★四月、『盗賊』（新潮文庫）。★六月、「若人よ蘇れ」三幕（「群像」）。「博覧会」（「同」・増刊号）。「芸術狐」（「オール讀物」）。『潮騒』（新潮社）。★七月、「鍵のかかる部屋」（「新潮」）。「復讐」（「別冊文芸春秋」40号）。「溶けた天女」三幕（「新劇」）。★八月、「詩を書く少年」（「文学界」）。「女神」（「婦人朝日」↓翌年三月完結）。「軽王子《かるのみこ》序詞」（「現代」）。「女ぎらいの辯」（「新潮」）。東宝ロケ一行と共に三度神島旅行。★九月、『恋の都』（新潮社）。《地獄変》大阪歌舞伎座で上演（郷田恵演出）。★十月、「志賀寺上人の恋」（「文芸春秋」）。「ファッシズムは存在するか」（「文学界」）。これは後に「新ファッシズム論」と改題。『鍵のかかる部屋』（新潮社）。《潮騒》東宝で映画化（谷口千吉監督）。★十一月、「水音」（「世界」）。「鰯売恋曳網」一幕（「演劇界」）。「SOS」（「小説新潮」）。『若人よ蘇れ』（新潮社）。『文学的人生論』（河出新書）。『禁色』上下（新潮文庫）。《鰯売恋曳網》歌舞伎座で吉右衛門劇団により初演（千田是也演出）。新潮社同人雑誌賞の選衡委員担当。★十二月、「芥川竜之介について」（「文芸」・増刊号）。『潮騒』により第一回新潮社文学賞を受賞。

昭和三十年　一九五五年　三十歳

一月、「海と夕焼け」（「群像」）。「沈める滝」（「中央公論」↓四月完結）。「班女―近代能楽集ノ内」一幕（「新潮」）。『新潮』（新潮社・青春文学双書）。★二月、「横光利一と川端康成」（河出書房『文章講座』）。『夏子の冒険』（河出新書）。《熊野》歌舞伎座で莟《つぼみ》会により初演（作者演出）。★三月、「新聞紙」（「文芸」）。『花ざかりの森』（角川文庫）。『青春をどう生きるか』（要書房）。これに「モラル―青年の道徳的判断」を再録。★四月、「商い人」。「危険な関係」（「新潮」・創刊六百号記念号）。「山の魂」（「別冊文芸春秋」45号）。『沈める滝』（中央公論社）。★五月、「熊野」二場（「三田文学」）。「屋根を歩む」（「オール讀物」）。★六月、「芸術にエロスは必要か」（「文芸」）。「空白の役割―青年の役割」（「新潮」）。「幸福号出帆」（「読売新聞」↓十一月完結）。『女神』（文芸春秋新社）。《船の挨拶》文学座アトリエにより初演（松浦竹夫演出）。《只ほど高いものはない、葵上》第一生命ホールで文学座により上演（長岡輝子、戌井市郎演出）。★七月、「牡丹」（「文芸」）。『ラディゲの死』（新潮社）。『純白の夜』（河出新書）。『創作ノオト・盗賊』（ひまわり社）。★八月、「三原色・演出覚書」一幕五場（「知性」）。「船の挨拶」一幕（「文芸」）。『終末感からの出発―昭和二十年の自画像」（「新潮」）。『真夏の死』（角川文庫）。玉利斉について自宅でボディビル練習開始。★九月、「白蟻の巣」三幕（「文芸」）。★十月、『仮面の告白」「河出新書）。《白蟻の巣》俳優座劇場で青年座により初演（菅原卓・阿部広次演出）。★十一月、『小説家の休暇』（講談社）。《芙蓉露大内実記》歌舞伎座で吉右衛門・猿之助劇団により初演（作者演出）。★十二月、「芙蓉露大内実記」一幕（「文芸」）。『新潮』（新潮文庫）。《綾の鼓》東京産経会館国際会議場で能形式により上演（武智鉄二演出）。『白蟻の巣』により第二回岸田演劇賞を受賞。鈴木智雄に会いボディビルをジムで練習。

昭和三十一年　一九五六年　三十一歳

一月、「金閣寺」（「新潮」↓十月完結）。「永すぎた春」（「婦人倶楽部」↓十二月完結）。『白蟻の巣』（新潮社）。『幸福号出帆』（同）。★三月、「十九歳」（「文芸」）。「わが古典」（「群像」）。「大障碍」一幕四場（「文

学界」）。《卒塔婆小町》大阪産経会館で関西歌劇団によりオペラ形式で上演（石桁真礼生作曲・武智鉄二演出）。★四月、「永遠の旅人―川端康成の人と作品」（「別冊文芸春秋」51号）。『近代能楽集』（新潮社）。『愛の渇き』（河出新書）。★六月、『詩を書く少年』（角川小説新書）。「中央公論」懸賞小説選考委員担当。★七月、「鷗外の短篇小説」（「文芸」・増刊号）。「足の星座」（「オール読物」）。『純白の夜』（角川文庫）。★八月、「自己改造の試み」（「文学界」）。★九月、「亀は兎に追いつくか?」（「中央公論」）。★十月、「施餓鬼舟」（「群像」・創刊十周年記念号）。『沈める滝』（中央公論社・文芸愛読版）。『亀は兎に追いつくか』（村山書店）。『金閣寺』（新潮社）。『金閣寺』限定版（同）。★十一月、「陶酔について」（「新潮」）。『三島由紀夫集』（芸文書院）。《鹿鳴館》第一生命ホールで文学座創立二十周年記念公演により初演（松浦竹夫演出）。中央公論社新人賞の選考委員担当。（三十二年を除き三十六年まで）。★十二月、「橋づくし」（「文芸春秋」）。「鹿鳴館」四幕（「文学界」）。『永すぎた春』（講談社）。《鹿鳴館》京都、大阪、神戸の各地で文学座により上演（松浦竹夫演出）。

昭和三十二年　一九五七年　三十二歳

一月、「女方」（「世界」）。「道成寺―近代能楽集ノ内」一幕（「新潮」）。『金閣寺』により第八回読売文学賞を受賞。式後講演。★三月、『鹿鳴館』（東京創元社）。★四月、「美徳のよろめき」（「群像」↓六月完結）。「巻頭言」（「赤絵」15号）。★五月、『ブリタニキュス』安藤信也訳・三島由紀夫修辞（新潮社）。《永すぎた春》大映で映画化（田中重雄監督）。★六月、「現代小説は古典たりうるか」（「新潮」↓八月完結）。『美徳のよろめき』（講談社）。★七月、「色好みの宮」（「オール読物」）。「朝の躑躅《つつじ》」一幕（「文学界」）。クノップ社の招きで渡米、ミシガン大学で日本文学について講演。★八月、「貴顕」（「中央公論」）。亡き友学習院時代の先輩、徳川義恭がモデル。《朝の躑躅》新橋演舞場で新生新派と莟会合同公演により初演（長岡輝子演出）。★九月、「日本文壇の現状と西洋文学との関係―ミシガン大学講演草稿」（「新潮」）。『現代小説は古典たり得るか』（新潮社）。『美徳のよろめき』限定本（講談社）。西インド諸島、メキシコ、北米南部旅行。★十月、《美徳のよろめき》日活で映画化（中平康監督）。十二月にかけニューヨーク滞在。《近代能楽集》ニューヨークで半年間上演。★十一月、『三島由紀夫選集』全十九巻（新潮社↓三十四年七月完結）。

昭和三十三年　一九五八年　三十三歳

一月、『橋づくし』（文芸春秋新社）。スペイン、イタリーをめぐり上旬帰国。★三月、「旅の絵本」（「新潮」）。★四月、「日記」（「新潮」↓翌年九月完結）。後に『裸体と衣裳』としてまとめる。★五月、「薔薇と海賊」三幕（「群像」）。『旅の絵本』（講談社）。『薔薇と海賊』（新潮社）。《金閣寺》新橋演舞場で新派により初演（村山知義演出）。★六月、川端康成の媒酌により画家杉山寧の長女瑤子（日本女子大学英文科在学中）と結婚。★七月、「不道徳教育講座」（「週刊明星」↓翌年十一月完結）。《薔薇と海賊》第一生命ホールで文学座により初演（松浦竹夫演出）。★八月、《金閣寺》大映で「炎上」と題し映画化（市川昆監督）。《近代能楽集・邯鄲》ハワイのホノルルで上演。★九月、『永すぎた春』（ロマンブックス）。★十月、『鏡子の家―第一章・第二章』、ヘルダーリン「むかしと今」（「声」創刊号）。《近代能楽集》西独各地で年末にかけ上演。季刊誌「声」

の編集参加。八ヶ月ほど続けたボクシングをやめボディビル練習に復帰。★十一月、《むすめごのみ帯取池》歌舞伎座で吉右衛門・猿之助劇団により初演（久保田万太郎演出）。★十二月、「むすめごのみ帯取池」一幕二場（「日本」）。「薔薇と海賊」により週刊読売新劇賞を受賞。

昭和三十四年　一九五九年　三十四歳

一月、『文章読本』（「婦人公論」・別冊付録）。《近代能楽集》サンフランシスコで上演。剣道の練習を開始し第一生命の道場に通う。師範は山本孝行七段。★三月、「熊野《ゆや》―近代能楽集ノ内」一幕（「声」三号）。『不道徳教育講座』（中央公論社）。★四月、『女神』（角川文庫）。★五月、「十八歳と三十四歳の肖像画」（「群像」）。《近代能楽集》スエーデンのストックホルムで上演。★六月、『文章読本』（中央公論社）。太田区馬込《まごめ》東一―一三三三（現、南馬込四ノ三二ノ八）の新宅に転居。設計は清水建設の鉾之原捷夫で白堊のコロニアル様式。長女紀子誕生。★七月、《不道徳教育講座》日活で映画化（西河克巳監督）。作者出演。★八月、『沈める滝』（中央公論社・普及版）。★九月、『鏡子の家』第一部・第二部（新潮社）。『六世中村歌右衛門』（講談社・写真集―編著）。《女は占領されない》芸術座で東宝現代劇として初演（長岡輝子演出）。★十月、「女は占領されない」四幕十一場（「声」五号）。★十一月、「影」（「オール読物」）。『裸体と衣裳』（新潮社）。

昭和三十五年　一九六〇年　三十五歳

一月、「熱帯樹」三幕二十三場（「声」六号）。「宴のあと」（「中央公論」↓十月完結）。「お嬢さん」（「若い女性」↓十二月完結。《熱帯樹》第一生命ホールで文学座により初演（松浦竹夫演出）。★二月、『続不道徳教育講座』（中央公論社）。★三月、《からっ風野郎》大映映画に朝日奈武夫として若尾文子と出演（増村保造監督）。深沢七郎作曲の主題歌を歌う。★四月、《ワイルド原作サロメ》東横ホールで文学座により初演（作者演出）。『夏子の冒険』（角川文庫）。《近代能楽集》メキシコシティで上演。★七月、「弱法師《よろぼし》―近代能楽集ノ内」一幕（「声」八号）。《近代能楽集》オーストラリヤ、ケラングで上演。★八月、《近代能楽集》アメリカ、コネチカット州ウェストポートで上演。★九月、「百万円煎餅」（「新潮」）。『金閣寺』（新潮文庫）。★十一月、「スタア」（「群像」）。『宴のあと』（新潮社）。『お嬢さん』（講談社）。『美徳のよろめき』（新潮文庫）。翌年一月にかけ夫人同伴で世界一周旅行。《近代能楽集》ニューヨークで上演。★十二月、「憂国」（「小説中央公論」・冬季号）。「夢の原料」（「学習院輔仁会雑誌」182号）。『永すぎた春』（新潮文庫）。

昭和三十六年　一九六一年　三十六歳

一月、季刊誌「声」十号で廃刊。『スタア』（新潮社）。★二月、《近代能楽集》ニューヨーク・シティで五十日間上演。試演を見る。★三月、『宴のあと』につき有田八郎よりプライヴァシイ侵害の廉で提訴さる。★四月、「存在しないものの美学―新古今集珍解」（「解釈と鑑賞」）。「美に逆うもの」（「新潮」）。『神西清全集』全三巻（文治堂）の編集参加。★六月、「獣の戯れ」（「週刊新潮」↓九月完結）。★七月、「魔―現代的状況の象徴的構図」（「新潮」）。『美徳のよろめき』（ロマンブックス）。★九月、「苺」（「オール読物」）。『獣の戯れ』（新潮社）。渡米しカリフォルニア大学での日本シンポジウムに出席、「日本の青年」について講演。★十一月、『美の襲撃』（講談社）。《十日の菊》第一生命ホールで文学座創立

二十五周年記念公演により初演（松浦竹夫演出）。★十二月、「十日の菊」三幕二十八場（「文学界」）。「江戸川乱歩原作黒蜥蜴」三巻十三場（「婦人画報」）。

昭和三十七年　一九六二年　三十七歳

一月、「帽子の花」（「群像」）。「魔法瓶」（「文芸春秋」）。「美しい星」（「新潮」→十一月完結）。「愛の疾走」（「婦人倶楽部」→十二月完結）。★二月、「十日の菊」で第十三回読売文学賞（戯曲部門）を受賞。★三月、「源氏供養─近代能楽集ノ内」一幕（「文芸」）。『三島由紀夫戯曲全集』（新潮社）。《黒蜥蜴》東京サンケイホールで吉田史子制作、芥川比呂志、水谷八重子らにより初演（松浦竹夫演出）。★四月、《三原色》堂本正樹リサイタルにより初演（堂本正樹演出）。★五月、『不道徳教育講座』（中央公論社・新装版）。《綾の鼓》新橋演舞場で新派により上演（松浦竹夫演出）。長男威一郎誕生。★七月、「俳句と孤絶」（青）。★八月、「月」（「世界」）。★十月、『美しい星』（新潮社）。★十一月、『お嬢さん』（ロマンブックス）。《鹿鳴館》新橋演舞場で新派により上演（戌井市郎演出）。★十二月、『文芸読本・川端康成』（河出書房新社─編著）。

昭和三十八年　一九六三年　三十八歳

一月、「葡萄パン」（「世界」）。「真珠」（「文芸」）。「自動車」（「オール読物」）。「肉体の学校」（「マドモアゼル」→十二月完結）。「私の遍歴時代」（「東京新聞」→五月完結）。『愛の疾走』（講談社）。★二月、「林房雄論」（「新潮」）。★三月、『薔薇刑』限定本（集英社・細江英公写真集）。被写体モデルとなる。河出版『現代の文学』全四十三巻の編集参加。★六月、《トスカ》V・サルドウ作・安堂信也共訳。新宿厚生年金会館小ホールで文学座により初演（戌井市郎演出）。★八月、「雨の中の噴水」（「新潮」）。「切符」（「中央公論」）。「芸術断想」（「芸術生活」→翌年五月完結）。『林房雄論』（新潮社）。『スタア』（ロマンブックス）。★九月、「天下泰平の思想」（「論争」）。『午後の曳航』（講談社）。★十月、「剣」（「新潮」）。★十一月、「わが創作方法」（「文学」）。文学座のための戯曲「喜びの琴」が座内の反対で上演禁止と決定され文学座を脱退。★十二月、『剣』（講談社）。『沈める滝』（新潮文庫）。日生劇場のスタッフに参加。

昭和三十九年　一九六四年　三十九歳

一月、「絹と明察」（「群像」→十月完結）。「音楽」（「婦人公論」→十二月完結）。中央公論社『日本の文学』全八十巻の編集参加。劇団NLT結成と同時にその顧問。★二月、「喜びの琴」三幕六場（「文芸」）。『肉体の学校』（集英社）。『喜びの琴─附美濃子』（新潮社）。『三島由紀夫短篇全集』（同）。★三月、《剣》大映で映画化（舟橋和郎監督）。★四月、『私の遍歴時代』（講談社）。『禁色』（新潮文庫）。《潮騒》日活で映画化（棚田吾郎監督）。★五月、《喜びの琴》日生劇場で園井啓介らにより初演（浅利慶太演出）。★六月、下旬より十日間ニューヨーク旅行。★七月、『三島由紀夫自選集』限定本（集英社）。★八月、『愛の疾走』（ロマンブックス）。★九月、『幸福号出帆』（桃源社）。係争中の『宴のあと』問題は東京地裁で敗訴。★十月、「恋の帆影」（「文学界」）。『絹と明察』（講談社）。『鏡子の家』（新潮文庫）。《恋の帆影》日生劇場で水谷八重子らにより初演（浅利慶太演出）。★十一月、『絹と明察』により第六回毎日芸術賞（文学部門）を受賞。河出版『石原慎太郎文庫』全八巻の編集参加。★十二月、『第一の性─男性研究講座』（集英社）。

昭和四十年　一九六五年　四十歳

一月、「月澹荘綺譚」（「文芸春秋」）。「三能野詣』（「新潮」）。「現代文学の三方向」（「展望」）。★二月、「孔雀」（「文学界」）。」『音楽』（中央公論社）。★三月、『花ざかりの森』（ロマンブックス）。英国文化振興会の招きでロンドン旅行。約一ヶ月滞在。★四月、「聖セバスチャンの殉教」池田弘太朗共訳（「批評」復刊一号↓三号）。『夜の仕度』（ロマンブックス）。《憂国》作者主演・監督で映画化。ツール短篇映画祭で次点。★五月、『遠乗会』（ロマンブックス）。《近代能楽集・弱法師、班女》新宿文化劇場で劇団NLTにより初演（永田晴康・寺橋喜浩演出）。★六月、「朝の純愛」（「日本」）。『真夏の死』（ロマンブックス）。『レスボスの果実』限定本（プレス・ビブリオマーヌ、『サフィール』15）。《近代能楽集・熊野《ゆや》》歌舞伎座で中村歌右衛門により上演。★七月、『三熊野詣』（新潮社）。『鍵のかかる部屋』（ロマンブックス）。★八月、『目―ある芸術断想』（集英社）。『雨の中の噴水』（ロマンブックス）。★九月、「春の雪―『豊饒の海』第一巻」（「新潮」↓四十二年一月完結）。十一月にかけ夫人同伴でアメリカ、ヨーロッパ、東南アジア各地を取材旅行。★十一月、「サド侯爵夫人」三幕（「文芸」）。「太陽と鉄」（「批評」↓四十三年六月完結）。『サド侯爵夫人』（河出書房新社）。《サド侯爵夫人》紀伊国屋ホールで劇団NLTにより初演（松浦竹夫演出）。

昭和四十一年　一九六六年　四十一歳

一月、「仲間」（「文芸」）。「複雑な彼」（「女性セブン」↓七月完結）。『肉体の学校』（コンパクトブックス）。『サド侯爵夫人』により文部省第二十回芸術祭賞（演劇部門・脚本）を受賞。芥川賞選考委員担当。★二月、「危険な芸術家」（「文学界」）。「おわりの美学」（「女性自身」↓八月完結）。★三月、『反貞女大学』（新潮社）。★四月、『憂国』映画版（新潮社）。『サーカス』限定本（プレス・ビブリオマーヌ）。《憂国》アートシアター系で映画封切上映。★五月、「映画的肉体論」（「映画芸術」）。★六月、「英霊の声」（「文芸」）。『英霊の声』（河出書房新社）。★七月、「私の遺書」（「文学界」）。「ナルシシズム論」（「婦人公論」）。『獣の戯れ』（新潮文庫）。東京大手町日経ホールで丸山明宏のチャリティ・リサイタルに出演、自作の詩を歌う。★八月、『複雑な彼』（集英社）。『三島由紀夫評論全集』（新潮社）。★九月、「団蔵・芸道・再軍備」（「20世紀」）。「夜会服」（「マドモアゼル」↓翌年八月完結）。「三島レター教室」（「女性自身」↓翌年五月完結）。『聖セバスティアンの殉教』池田弘太郎共訳（美術出版社）。★十月、「荒野より」（「群像」）。『対話・日本人論』林房雄（番町書房）。★十一月、《アラビアンナイト》日生劇場で北大路欣也らにより初演。（松浦竹夫演出）。翌月の千秋楽に出演し歌う。『宴のあと』問題は有田家との間に裁判上の和解成立。★十二月、「伊東静雄の詩」（「新潮」）。

昭和四十二年　一九六七年　四十二歳

一月、「時計」（「文芸春秋」）。★二月、「奔馬―『豊饒の海』第二巻」（「新潮」↓四十三年八月完結）。「青年像」（「芸術新潮」）。映画『黒い霧』裁判にその芸術性証言のため東京地裁に出廷。川端康成、石川淳、安部公房の諸氏と共に中国文化大革命についてのアピールを声明。★三月、「古今集と新古今集」（広島大学「国文学攷」）。「『道義的革命』の論理―磯部一等主計の遺稿について」（「文芸」）。『荒野より』（中央公論社）。★四月、久留米陸上自衛隊士官候補生学校、富士学校、習志野空挺団に約一ヶ月体験入隊。M24戦車に試乗。浅野晃詩集『天と海』を朗読しレコードに吹込む。題してポエムジカ（詩楽）。★六月、《鹿鳴館》紀伊国屋ホールで劇団NLTにより上演（松浦竹夫演出）。★七月、『芸術の顔』（番町書房）。後楽園ジムで空手の練習開始。師範は中山正敏八段。★八月、『サド侯爵夫人』限定本（中央公論社）。★九月、『葉隠入門―武士道は生きている』（光文社）。『夜会服』（集英社）。《三原色》新宿文化劇場地下で劇団アンダーグラウンド蝎座により上演（堂本正樹演出）。インド政府の招きにより夫人同伴で約一ヶ月インドに取材旅行。夫人は一足先に帰国。帰途ラオス、バンコックに立寄る。★十月、「朱雀家の滅亡」四幕（「文芸」）。『朱雀家の滅亡』（河出書房）。《朱雀家の滅亡》紀伊国屋ホールで劇団NLTにより初演（松浦竹夫演出）。『美しい星』（新潮文庫）。『昭和批評大系』全四巻（番町書房）の編集参加。★十一月、『不道徳教育講座』（角川文庫）。《熊野《ゆや》》歌舞伎座で中村歌右衛門により上演（藤間勘十郎振付）《近代能楽集・葵上、熊野《ゆや》》新宿文化劇場でアートシアター公演として上映（堂本正樹演出）。『対話・思想の発生』伊藤勝彦（番町書房）。★十二月、『三島由紀夫長篇全集1』（新潮社）。航空自衛隊百里基地より稲葉二佐操縦のF一〇四超音速戦闘機に文士として初めて試乗。

昭和四十三年　一九六八年　四十三歳

一月、「習字の伝承」（「婦人生活」）。★二月、「F一〇四」（「文芸」）。北海道千歳演習場（信濃台）で陸上自衛隊第七師団の装甲車に試乗。★三月、『三島由紀夫長篇全集Ⅱ』（新潮社）。陸上自衛隊富士学校滝ヶ原駐屯地に学生二十名を引率、半月ほど体験入学。後にその「三島小隊」をもって『楯の会』結成。★四月、「小説とは何か」（「波」）→連載中）。『対談集・人間と文学』中村光夫（講談社）。★五月、「野口武彦氏への公開状」（「文学界」）。「サムライ」（「映画芸術」）。「命売ります」（「プレイボーイ」）→十月完結）。★六月、「若きサムライのための精神講話」（「ポケットパンチOh!」→翌年五月完結）。★七月、『文化防衛論』（「中央公論」）。『討論・現代日本人の思想』（原書房）。『三島由紀夫レター教室』（新潮社）。★八月、陸上自衛隊富士学校滝ヶ原分屯地に学生三十数名を引率、半月ほど再び体験入隊。★九月、「機能と美」（「男子専科」）。「日沼氏と死」（「批評」・秋季号）。「暁の寺―『豊饒の海』第三巻」（「新潮」→四十五年四月完結）。日本文化会議理事に就任。★十月、「橋川文三氏への公開状」（「中央公論」）。「ミランダ―バレエ」（「心」）。『太陽と鉄』（講談社）。★十一月、「波多野爽波・人と作品」（「俳句」）。"Alle Japanese are Perverse."（「血と薔薇」・創刊号）。「自由と権力の状況」（「自由」）。『岬にての物語』限定本（牧羊社）。★十二月、『わが友ヒットラー』（新潮社）。『命売ります』（集英社）。東京赤坂・乃木会館における関東学協結成大会に列席し記念講演をする。講演要旨は後の『〝憂国〟の論理』（日本教文社）に収録。

昭和四十四年　一九六九年　四十四歳

一月、「東大を動物園にしろ―東大紛争の嵐の中で」（「文芸春秋」）。「月々の心」（「婦人画報」→連載中）。『春の雪』（新潮社）。★二月、「反革命宣言」（「論争ジャーナル」）。『奔馬』（新潮社）。★四月、「私の文学を語る」（「三田文学」）。『文化防衛論』（新潮社）。★五月、『黒蜥蜴』（牧羊社）。『サド侯爵夫人』（新潮社）。東大駒場教養学部で東大全共闘会議の学生一〇〇〇人を前に討論集会に参加。★

六月、『三島由紀夫・東大全共闘』(新潮社)。『癩王のテラス』(中央公論社)。★七月、「北一輝論―『日本改造法案大綱』を中心として」(「三田文学」)。『若きサムライのために』(日本教文社)。《癩王のテラス》帝国劇場で北大路欣也、岸田今日子らにより初演。★八月、「『古事記』と『万葉集』― 〃日本文学小史〃の内」(「群像」)。大映映画「人斬り」に出演。★九月、「行動学入門」(「ポケットパンチ Oh!」↓連載中)。《春の雪》芸術座で東宝現代劇特別公演として初演(菊田一夫演出)。★十一月、文化の日、国立劇場屋上で『楯の会』結成一周年記念パレード挙行。「『楯の会』のこと」(パンフレット)。《曲亭馬琴原作・椿説弓張月》国立劇場で開場三周年記念歌舞伎公演(三島由紀夫演出)。その上の巻(伊豆国大嶋の場)に台詞を朗読しレコードに吹込む。『椿説弓張月』限定本(中央公論社)。

昭和四十五年　一九七〇年　四十五歳

一月、「同志の心情と非情」(「潮」)。『椿説弓張月』普及本(中央公論社)。★二月、『音楽』(新潮文庫)。★三月、『三島由紀夫文学論集』(講談社)。「序」(小高根二郎『蓮田善明とその死』筑摩書房)。陸上自衛隊富士学校滝ヶ原分屯地に学生三十数名を引率、約一ヶ月ほど体験入隊。★四月、「性的変質から政治的変質へ」(「映画芸術」)。★六月、『懐風藻』と『古今和歌集』――〃日本文学小史〃の内」(「群像」)。楯の会の歌「起て!紅の若き獅子たち」を作詩し、「英霊の声」朗読と共にレコードに吹込む(越部信義作編曲)。「日本の歴史と文化と伝統に立って」(『〃憂国〃の論理』日本教文社)。

外国語訳

イギリス
アメリカ　※『潮騒』M・ウエザビイ　一九五六　A・クノップ(米)
※『近代能楽集』D・キーン(同)
※『金閣寺』I・モリス　一九五八(同)『仮面の告白』M・ウエザビイ　一九五八　ニューディレクションズ(同)
『夜の向日葵』篠崎茂、W・ヴィルディル共訳　一九五八　北星堂(日)
『現代日本短篇集―真夏の死』E・G・サイデンステッカー　一九六一　日本出版貿易(日)
『現代日本短篇集―志賀寺上人の恋』I・モリス　一九六一　国際出版サービス(日)
※『宴のあと』D・キーン　一九六三　A・クノップ(米)
※『午後の曳航』J・ネイサン　一九六五(同)
『真夏の死』E・G・サイデンステッカー　一九六六　ニューディレクションズ(同)
『サド侯爵夫人』D・キーン　一九六七　グローブ・プレス(同)
※『禁色』A・H・マークス　一九六八　A・クノップ(同)
※『愛の渇き』A・H・マークス　一九六九(同)
※印――C・E・タトル出版ポケットブック(日)

フランス　『金閣寺』M・メクレアン　一九六一　ガリマール
『宴のあと』G・ルノンドオ　一九六一
『午後の曳航』G・ルノンドオ　一九六八

ドイツ　『潮騒』オスカー・ベンル　一九五九　ローヴォルト

『金閣寺』ウォルター・ドナット　一九六一　リスト
『近代能楽集』G・ウスラー　一九六二　ローヴォルト
『仮面の告白』ヘルムット・ヒルツアイマー　一九六四
『宴のあと』八代佐地子　一九六七
イタリー　『潮騒』リリアナ・ソマビラ　一九六一　フェルトウ
リネリ
『金閣寺』マリオ・テッチ　一九六二
『宴のあと』リリアナ・ソマビラ　一九六四
『午後の曳航』マリオ・テッチ　一九六七
スペイン　『近代能楽集』酒井知也　一九五九　マノドラコラ（ア
ルゼンチン）
『金閣寺』ホアン・マルセ　一九六二　バラル
デンマーク　『宴のあと』エリザベス・ハマリッヒ　一九六四
ギルデンダル
『近代能楽集』A・H・ホルゲンセン　一九六四
『金閣寺』エリザベス・ハマリッヒ　一九六五　同　『潮騒』
同　一九六七
スエーデン　『近代能楽集』エリック・ワーランド　一九五六
ボニエ
『金閣寺』トルステン・ブロンクヴィスト　一九六二
『午後の曳航』ブリゲット・マルテン・エドルンド
一九六七
ノルウェー　『金閣寺』ハンス・ブラアルビンク　一九六三　オスロ
大韓民国　『波濤―潮騒』金潤成　一九六二　新太陽社

編　者　紹　介〈昭和45年7月1日現在〉

長谷川泉　大正7年生。東京大学文学部卒。学習院大学講師。

森安理文　大正4年生。國學院大學文学部卒。相模女子大学教授。

遠藤　祐　大正14年生。東京大学文学部卒。フェリス女学院大学教授。

小川和佑　昭和5年生。明治大学文芸科卒。文芸評論家。

執 筆 者 紹 介（五十音順）

有山大五　昭和11年生。国学院大学文学科卒。読売新聞記者。

池田純溢　昭和18年生。関西学院大学修士課程修了。現在，上智大学大学院博士課程在学。

石附陽子　昭和18年生。相模女子大学国文学科卒。現在，相模女子大学図書館勤務。

磯田光一　昭和6年生。東京大学英文科卒。文芸評論家。

越次倶子　昭和14年生。学習院大学大学院修士課程修了。

江藤　淳　昭和8年生。慶應大学文学部卒。文芸評論家。

小高根二郎　明治44年生。東北大学法文学部卒。文筆業。

片岡文雄　昭和8年生。明治大学文学部卒。現在，高知追手前高校教諭。

小林陽子　昭和18年生。相模女子大学国文科・東洋大学英文科卒。

斉藤かほる　昭和15年生。相模女子大学国文科・早稲田大学専攻科卒。

佐野和子　昭和19年生。相模女子大学国文科卒。全国林業改良普及協会編集部勤務。

嶋岡　晨　昭和7年生。明治大学文芸学科修士課程修了。詩人。

清水文雄　明治36年生。広島文理科大学卒。比治山女子短大教授・文学博士。

神西　清　明治36年生，昭和32年歿。東京外国語大学露語科卒。

高橋和巳　昭和6年生。京都大学文学部卒。作家。

武田勝彦　昭和4年生。上智大学大学院政経科修士課程修了。早稲田大学助教授。

田中美代子　昭和11年生。早稲田大学文学部卒。

野田宇太郎　明治38年生。成城大学講師。

花田清輝　明治43年生。東京大学英文科卒。文芸評論家。

原　子朗　大正13年生。早稲田大学文学部卒。立正女子大学教授。

本田創己　昭和15年生。国学院大学文学部卒。都立上野忍岡高校講師。

松田悠実　昭和17年生。相模女子大学国文科卒。新聞之新聞社編集部勤務。

松原新一　昭和15年生。京都大学教育学部卒。文芸評論家。

松本鶴雄　昭和7年生。早稲田大学文学部卒。埼玉県立本庄高校教諭。

馬渡憲三郎　昭和14年生。国学院大学文学部卒。相模女子大学講師。

光栄堯夫　昭和21年生。東洋大学国文学科卒。栃木県立小山高校教諭。

三好行雄　大正15年生。東京大学国文科卒。東京大学文学部助教授。

村上一郎　大正11年生。一橋大学・海軍経理学校卒。評論家。

山口　基　昭和2年生。明治大学文学部卒。

（編集後記に代えて）
逝きて五十年、三島由紀夫氏に捧ぐ

本書は、昭和四十五年七月『三島由紀夫研究』（A判／496ページ／上製活版仕上げ／定価千八百円）として上梓されたものを、氏の没後五十年を記念して、ここに復刻することにしたものである。

本書『三島由紀夫研究』は、当時まだ駆け出しの編集者であった私が担当した「作家研究シリーズ」の一冊であった。ワープロなどのなかった時代、ガリ版に近いタイプ印刷で作成した企画書「執筆要綱」をダメ元で三島氏本人に見てもらおうと考えた。いまにして思えばずいぶん勝手なことをしたものである。当時、三島氏は馬込《まごめ》東（現、東京都大田区南馬込）に住まいしており、同じ馬込に住む私の家が近かったこともあって、その後いく度か訪ねる機会を得た。

もちろん、最初はその「執筆要綱」を持参したときである。このときは玄関でお手伝いさんに本書の企画趣旨を説明して氏に手渡しくれるよう言づけてもらった。その後すぐに「執筆要綱を返すから取りに来い」との思いがけない返事があって勇んででかけていった。戻された「執筆要綱」には、赤字で若干の字句訂正な

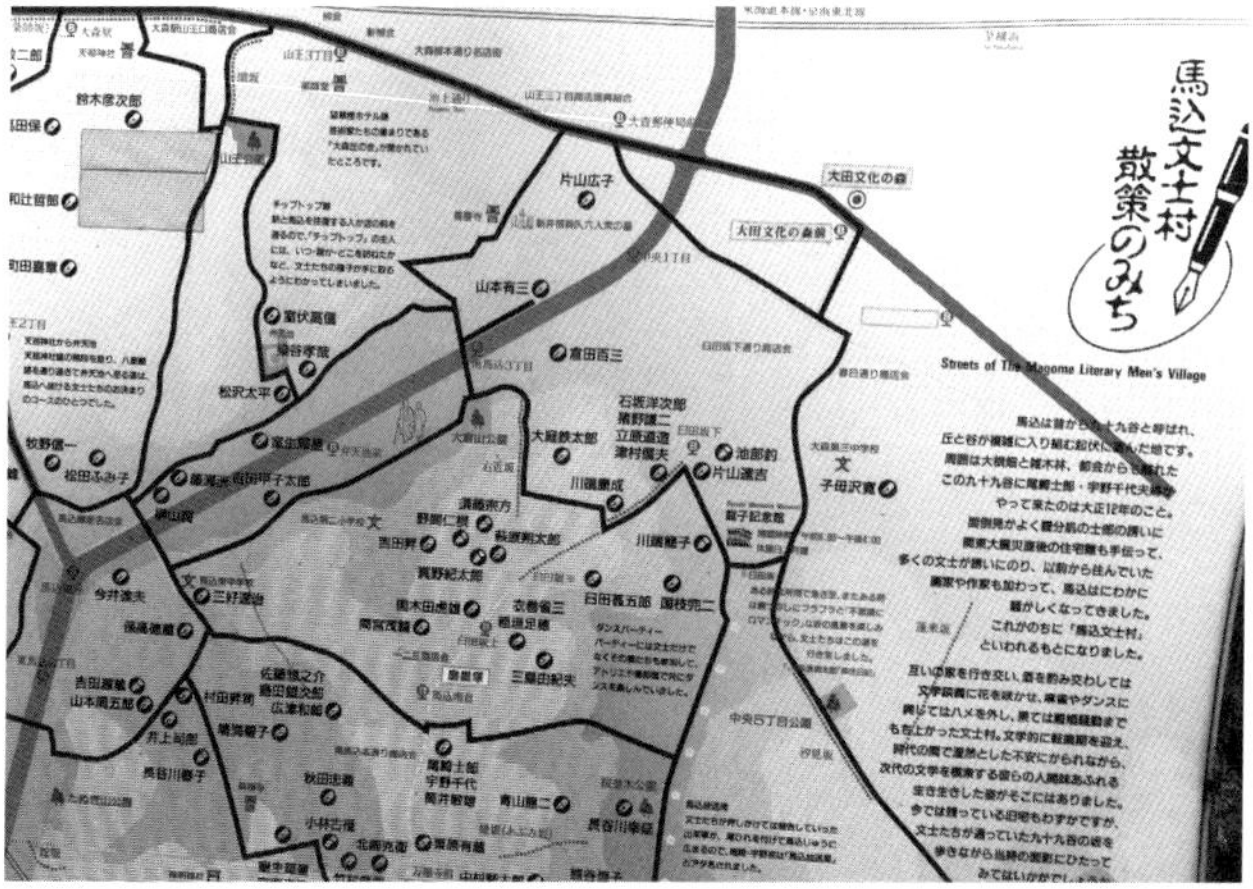

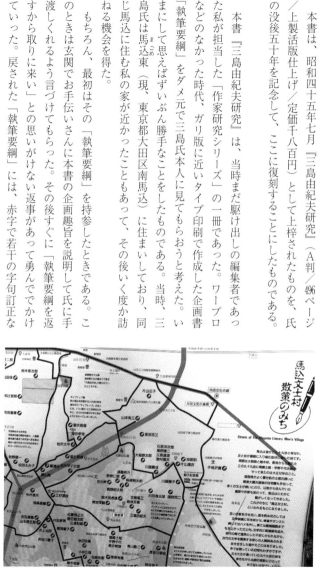

どが加えられていた。そして三度目にお邪魔したのは、完成した本を届けに行ったときである。このときもまだ氏にお会いすることなく、本に添えて御礼のご挨拶を伝えてもらった。二、三日すると社に電話がかかり「十冊購入したいから本を届けてほしい」とのことであった。さっそく風呂敷に包んで自転車で持参した。氏に直接お会いできたのはこのときが初めてであった。玄関の階段を上って中庭に通されると、氏はそこで待っていてくれた。七月の夏さなかということもあって、濃紺の短パンに黒いTシャツという姿で「記念にこの本を川端さんやキーンさんに贈ってやろうと思ってね」と照れ臭そうに言いながら、封筒に入った本代金を手渡してくれた。中庭に据えられた金属製のテーブルに置かれたドリンクを飲みながらのことである。そのうちにお手伝いさんが「先生、テレビ局からお電話です」と言われて席を立った。戻ってくると「北島三郎って知ってる？　歌手なんだそうだけど対談してほしいって、何を話せっていうのかな。なんでそんな対談企画話を持ってくるのかな、あの局はいつも」と苦笑していた。

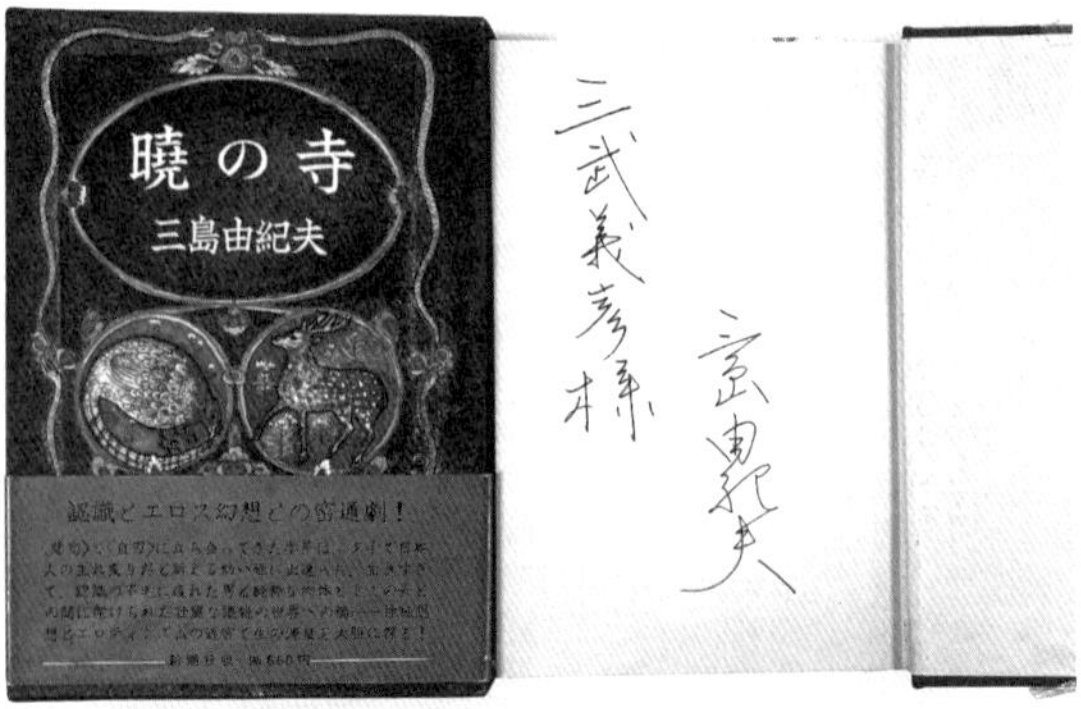

　そのころ、友人に誘われて私は講談社の野間道場で少しばかり剣道をかじっていた。氏はそれを聞くと、銀座通り（中央通り）にあった警察署（現、警察博物館）の剣道場へ来るように誘ってくれた。そこでは得意の逆胴を見せてくれた。汗をぬぐいながら、新潮社から出たばかりの『暁の寺』にサインしてくれた。「いずれ機会があれば、一度お手合わせを」と言ってくれたものの、ついにそれは実現されることはなかった。その年の十一月、池袋の東武デパートで開かれた「三

島由紀夫展」で、本書年譜をそっくりそのまま等身大のパネルにして展示してくれたことはとても嬉しかった。それからまもない十一月二十五日、自衛隊の市ヶ谷駐屯地（現、防衛省）で氏は壮絶な最期を遂げた。そのとき本書の編者の一人に「三島由紀夫は、義彦さんを『楯の会』に誘いたかったのかもしれないね」と冗談交じりに言われたことが妙に記憶に残っている。

この事件直後、当時まだ九段下にあった取次の東販（現、トーハン）や大阪屋（現、楽天ブックスネットワーク）などから大量の電話注文が入った。当時、社主であった父は「研究書は週刊誌などとは違う。取次の言うとおりにしていたら、やがて大量の返品が戻されてきて困るのはこっちだ」と本の増刷を認めなかった。本書が初版千部だけの「幻の本」となってしまった所以である。

本書を復刊するにあたり、五十年ぶりに三島邸を訪ねてみることにした。当時の記憶はあいまいで、隘路で複雑に曲がりくねった坂道を自転車で行きつ戻りつしながら捜してみたがどうしても分からなかった。仕方なく近くの交番に戻って尋ねることにした。六尺は優にある若いお巡りさんが一人いて、丁寧に大きな地元の地図を広げ、指さしながら道順を教えてくれた。驚いたことに邸は五十年前の記憶と同じであった。しかもなお、玄関壁には

本展協力者〈五十音順敬称略〉

穴沢喜美男	新潮社
右文書院	大映
織田音也	東宝
川戸志津夫	日生劇場
劇団NLT	細江英公
国立劇場	三島由紀夫
後藤勝一	矢頭保
篠山紀信	山口基
集英社	浪慢劇場
松竹	

三島由紀夫展

会期　昭和四十五年十一月十二日㈭〜十七日㈫

会場　東武百貨店七階大催事場

「三島由紀夫」と表札が掲げられたままだった。「馬込文士村散策のみち」の文学記念碑の代わりのつもりなのであろうか。

氏に初めてお会いしたとき、氏より私は二十年若かった。そしていま、私は氏より三十年長く生きた。本に携わって五十有余年、ここまで本にかかわって生きて来られたことを感謝しながらも、私を育ててくれた著者はじめ大勢の人や先代の父に対し、その大恩に報いることができているだろうかと考えると、いささか心もとないばかりである。

辞世に良寛さんは「散る桜　残る桜も　散る桜」と詠み、三島氏は「散るをいとふ　世にも人にも　さきがけて　散るこそ花と　吹く小夜嵐」と詠んだ。私はこれらに「散るも残るも　花ありてこそ」と付け句をしたい。「花」はもちろん「君」であってもよい。

本書の復刻を、なによりもまず三島氏に捧げたい。

令和二年六月二十五日

三武義彦

三島由紀夫研究

令和二年七月二十五日　発行

編著者　長谷川泉
　　　　森安理文
　　　　遠藤祐
　　　　小川和佑

装幀　黒田萌

発行者　三武義彦

〒101-0062　東京都千代田区神田駿河台一―五―六

発行所　株式会社　右文書院

振替　〇〇一二〇―六―一〇九八三八
電話　〇三（三二九二）〇四六〇
FAX　〇三（三二九二）〇四二四

印刷・製本　株式会社文化印刷

*印刷・製本には万全の意を用いておりますが、万一、落丁や乱丁などの不良本が出来いたしました場合には、送料弊社負担にて責任をもってお取り替えさせていただきます。

ISBN978-4-8421-0820-9　C3091